P. J. Ried

Die Aschebringerin: Sprung zwischen den Welten

W0321509

Mehr über unsere Autoren und Bücher:
www.piper.de

Wenn Ihnen dieser Roman gefallen hat, schreiben Sie uns unter Nennung des Titels »Die Aschebringerin: Sprung zwischen den Welten« an empfehlungen@piper.de, und wir empfehlen Ihnen gerne vergleichbare Bücher.

ISBN 978-3-492-50341-9
© Piper Verlag GmbH, München 2020
Redaktion: Julia Feldbaum
Covergestaltung: Emily Bähr, www.emilybaehr.de
Covermotiv: Bilder unter Lizenzierung von Shutterstock.com genutzt
Printed in Germany

P. J. Ried

Die Aschebringerin: Sprung zwischen den Welten

Roman

PIPER

Du und ich, wir schwebten
über Träume, Ängste, Dächer.
Bis ein Sprung uns teilte
in Schatten, Traum und Wirklichkeit.
Zwei Ichs in Spiegelscherben –
Silhouetten meines Periskops.

Prolog

Die Jagd beginnt.

Ich spüre, wie der Puls in meinen Ohren dröhnt wie das Tosen eines gigantischen Wasserfalls. Meine Muskeln und Sehnen sind zum Zerreißen gespannt, während ich versuche, meinen hektischen Atem zu zähmen wie ein wildes Tier.

Aus, aus, ein. Ein, aus, aus.

Mit klammen Fingern taste ich nach dem vertrauten elektrisierenden Kribbeln in meinem Bauch. Wie von einem unsichtbaren Faden gezogen breitet es sich von dort in meine Arme und Beine, in meine Zehen und Fingerspitzen aus und weckt jede Zelle mit einem zischenden Stromschlag. Ich kann fühlen, wie es die Kontrolle übernimmt, wie es meinen Rücken krümmt und meine Knie beugt, wie es meinen Körper von den Zehennägeln bis zu den Haarspitzen in Alarmbereitschaft versetzt und anspannt, als wäre er ein Pfeil und die Welt ein Bogen. Wie es die Sehnen weiter strafft … und zielt.

Sie kommen.

Wütende Rufe werden laut, dringen an mein Ohr wie der Knall eines Pistolenschusses. Das Band wird freigegeben, der Pfeil schnellt nach vorn und sirrt durch die Luft, dreht sich um sich selbst und zerschneidet die flirrende Hitze über den Dünen. Nichts ist oben, nichts ist unten, nichts ist von Bedeutung. Das Rumoren in meinem Bauch wird zu dem Brüllen eines Löwen, der sich in meiner Brust aufbäumt und mit seinen Pranken einen wilden Rhythmus gegen meine Rippen trommelt.

Der Pfeil bin ich, Yashira Willow, die *Aschebringerin.*

Einst Weltenspringerin, Goldbringerin, beste Portalläuferin

seit der zweiten erdgeschichtlichen Stunde null. Früher gefeiert, geliebt, bejubelt – heute gehasst, gejagt, verstoßen.

Seit die Welten hinter den Portalen zu brennen begannen, bin ich eine Ausgestoßene. Verdammt dazu, die Schuld zu tragen, eine Ausgestoßene der Gesellschaft, heimatlos. Sie verdrängten mich an den Rand der Wüste, nah genug, um mich zu jagen, weit genug, um mich dem Tod in die dürren Arme zu treiben. Nur manchmal wage ich mich aus meinem provisorischen Versteck und hole mir mit gespitzten Ohren meine wertvollste Währung: Informationen.

Und trotzdem liebe ich den Kitzel der Gefahr, in der Stadt erwischt zu werden. Es erinnert mich an das Gefühl, wie es früher war, wenn ich vor Hunderten von Menschen auf dem Feld der Arena stand, vor mir das hellblaue Leuchten des Portals, in das ich gleich hineinlaufen würde. An die Anspannung, die Hoffnung, dass sich all die langen täglichen Trainingsstunden auszahlen würden, dass ich meine Jagd nach neuen Bestwerten erfolgreich fortsetzen könnte. Neben mir ein Konkurrent, ein weiteres Portal, das weitaus kostbarere Beute verbergen könnte als meines. Die jubelnde Menge in meinem Rücken, die mich anfeuert: *»Yashira! Yashira! Yashira!«*

Jetzt sind es bloß die sandigen Dünen, auf die ich zurenne, und statt meiner Fans habe ich das wütende Keuchen meiner Verfolger im Nacken. Ich kann es ihnen nicht mal verübeln. Wäre es nicht mein eigener Kopf, auf den eine solch hohe Summe ausgesetzt ist, würde ich mich vermutlich selbst jagen.

Doch dieses Mal ist etwas entscheidend anders. Als ich über meine Schulter zurückblicke, wirken meine Jäger abgelenkt, geradezu zerstreut. Ihre Waffen sind nicht auf mich gerichtet und sie laufen in eine andere Richtung, eine gekrümmte Achse entfernt von meiner geraden Schneise durch den heißen Sand. Neben ihnen kann ich noch eine weitere Gestalt ausmachen. Nein, nicht neben ihnen, vor ihnen! Ich kneife meine Augen zusammen, um in dem staubigen Flimmern klarer zu sehen, und erkenne eine schlanke Silhouette, die sich vor dem Jägertrio durch den Sand kämpft. Kleidungsfetzen flattern um sie herum wie zerlumpte

Fahnen im Wüstenwind, eine traurige Erinnerung an frühere Zeiten. Im Gegensatz zu mir verliert die Gestalt ständig den Halt im weichen Sand, stolpert und rappelt sich auf, immer und immer wieder, die Verfolger mit jeder Sekunde dichter auf ihren Fersen. Es scheint hoffnungslos.

Einem plötzlichen Impuls folgend, der all meinen Instinkten zuwider ist, verlangsame ich mein rasantes Tempo. Einer der Jäger wirft eine dunkle Kugel nach dem fremden Wesen, sie öffnet sich in der Luft und hüllt die Gestalt in ein engmaschiges Netz. Augenblicklich geht sie zu Boden und bleibt gekrümmt im heißen Wüstensand liegen. Ich höre die Männer über den Triumph jubeln, ihre Beute gefangen zu haben, und balle meine Hand zur Faust. Vermutlich ist es ein Ausgestoßener, so wie ich. Sie drehen sich von mir weg, klatschen sich ab und sprechen in ihre Funkgeräte, kehren unbewusst einer Hyäne den Rücken zu. Ein schwerwiegender Fehler.

Bevor ich mir selbst darüber im Klaren bin, was ich tue, schleiche ich mich an die drei Jäger und ihre wehrlose Beute heran. Es ist riskant, doch die Männer sonnen sich noch in ihrem Erfolg und rechnen nicht mit einem Störfaktor. Dumm von ihnen.

Mühelos durchtrennt das Messer, das ich in einem abgenutzten Holster an meinem Oberschenkel trage, die Fäden des Netzes. Eilig reiße ich die Fasern auseinander, greife nach der dürren Gestalt und ziehe sie auf die Füße. Ich bedeute ihr stumm, mir zu folgen, und werfe das Netz zurück auf unsere Verfolger. Sie rufen etwas in einer fremden Sprache und zappeln, als sie die Gewichte an den Fäden zu Boden reißen. Zufrieden blecke ich die Zähne. Aber es wird sie nur kurz aufhalten, gerade lange genug, um uns einen kleinen Vorsprung zu verschaffen. Wir müssen fliehen, sofort. Also packe ich die sehnige Hand des anderen Ausgestoßenen, zerre an ihr und renne los – mit meinen durchtrainierten Muskeln in einem geschmeidigen, zielgerichteten Tanz durch den losen Sand.

Wir müssen ein merkwürdiges Bild abgeben, wie wir so nebeneinander durch die Dünen rennen, eine Gestalt leichtfüßig, klein und muskulös, die andere groß, keuchend und knochig. Hinter uns die zornigen Schreie unserer Jäger, die mit jedem meiner kräftigen Schritte leiser werden, bis sie sich schließlich vollends in der unendlichen Weite der Wüste verlieren. Erst als ich mir sicher bin, dass wir sie abgeschüttelt haben, führe ich uns zu einem kleinen Höhlensystem unweit der Stadt. Hier habe ich mir mit meinen wenigen Habseligkeiten eine notdürftige Bleibe eingerichtet. Ich lasse die Gestalt los. Sie schwankt und scheint stark dehydriert. Wortlos drücke ich ihr meine Wasserflasche an die aufgeplatzten Lippen und zwinge sie zu trinken. Erst dann blickt sie zu mir auf.

Man sagt, den ersten Lauf durch ein Portal vergisst man nie. Die Anspannung vor dem Startschuss, das kräftige Zusammenspiel der Muskeln und Sehnen, wenn sie ihre Arbeit tun, den unbändigen Sog des Portals und die fremden Eindrücke der Welt dahinter.

Es stimmt, man vergisst ihn nicht. Doch noch weniger werde ich die schillernd blauen Augen des Jungen vergessen, die mich aus dem blassen Gesicht anblicken und ohne Vorwarnung in eine völlig neue Welt saugen.

Mit hämmerndem Herzen wache ich auf.

Kapitel 1

Es ist kalt, als ich meine Augen aufschlage, aber trotzdem ist das Laken unter mir nass geschwitzt. Als hätten sich die Bilder verflüssigt und wären im Schlaf aus meinem Kopf geflossen. Träge blinzele ich in die hellen Sonnenstrahlen, die sich an dem nur halb heruntergelassenen Rollo vorbeischleichen, und gebe ein benommenes Stöhnen von mir.

Was war das bloß für ein Traum? Er wirkte so authentisch, so klar, beinahe schärfer als die Realität – und doch so völlig anders. Die vertrauten Wahrnehmungen des Laufens und der Anspannung vor einem Wettkampf, die merkwürdige und völlig verquere Jagd auf mich, die eigentliche Jägerin. Was soll das bedeuten? Und was hatte es mit dieser trockenen Sandwüste auf sich? Und dazu dieser fremde Junge, seine Hilflosigkeit und vor allem seine Augen. Augen, so paralysierend blau wie die Portale, in die ich sonst laufe, von einer solchen Anziehungskraft, dass die Portale selbst bloß wie schwache Imitationen wirken. Sogar jetzt, als die Eindrücke des Traumes allmählich verblassen, ziehen sie mich in ihren Bann. Fast so, als würden sie mich noch immer dazu herausfordern, in sie einzutauchen …

Entschieden schüttele ich den Kopf, um diesen Gedanken zu vertreiben, und setze mich auf. Das hellblaue *Portal-Running-Champion*-Schlafshirt klebt an meinem Körper und meine schwitzigen Hände bekommen das Band in meinem zerzausten Haarknoten nicht richtig zu fassen. Schlaftrunken stütze ich mich mit den Ellbogen auf die Knie, vergrabe das Gesicht in meinen Händen und versuche, mich zu sammeln.

Aus, aus, ein. Ein, aus, aus.

Die Atemübung hilft mir, einen klaren Kopf zu bekommen. Mit wackligen Beinen stehe ich auf und tapse auf nackten Füßen durch das Zimmer und quer über den Flur ins Bad. Mechanisch drehe ich den Duschhahn auf, streife das Shirt ab und warte, bis das Wasser dampfend heiß ist. Dankbar stelle ich mich unter den wohltuenden Strahl, schließe die Augen und lasse das Wasser über meinen Kopf und den Rücken hinabrinnen. Zusammen mit dem Schweiß wasche ich so auch die restlichen Bilder des kuriosen Traumes von mir. Nur die Augen des dürren Jungen bleiben mir im Gedächtnis wie der erste Fußabdruck im unberührten Boden hinter einem Portal.

Energisch schüttele ich mich, greife nach dem Handtuch und rubbele meine gerötete Haut ab. Das muss aufhören! Ich brauche meine gesamte Konzentration für das heute bevorstehende Finale der diesjährigen *Portal-Running*-Championships. Ablenkungen kann ich mir nicht erlauben, schließlich muss ich trotz meiner sicheren Favoritenrolle meine Sponsoren beeindrucken. Der heutige Wettlauf entscheidet darüber, wer aus der Top Ten von ganz Alpha der beste Portalläufer des Jahres wird. Natürlich winken uns allen bereits lukrative Verträge, doch die Gewinner der Championships werden in der Regel mit Sachpreisen und noch wesentlich wertvolleren Belohnungen überhäuft.

Gedankenverloren betrachte ich den goldenen Miniaturturnschuh, den ich als Dekoration und tägliche Motivationsquelle auf den kleinen Sims unter dem Badezimmerspiegel gestellt habe. Es ist ein Geschenk von meinem Trainer Liam, das er mir zu meinem ersten Sieg bei einem großen Turnier überreicht hat. Damals war ich vollkommen überwältigt von dem jubelnden Publikum, Liams Lob und den vielen Medienberichten über mich als neues Portallauf-Talent. Lächelnd umschließe ich das kühle Metall mit meinen Fingern, wiege es in der Hand und lasse meine Erinnerungen an den kostbaren Moment kurz Revue passieren.

Für mich und meine Familie würde ein weiterer Sieg viel bedeuten, denn wir besitzen nur wenig. Zwar gehören uns ein paar kleine Gewächshäuser am Rand der Stadt, doch sie werfen keine allzu hohen Beträge ab. Umso glücklicher waren meine Eltern, als sie vor vier Jahren erfuhren, dass ihre Tochter das seltene Portalsprung-Gen in sich trägt und somit das Zeug zur Portalläuferin hat. Fortan wurde mein Leben völlig davon bestimmt. Durch ein Stipendium konnte ich eine kleine Wohnung in der mehrere Stunden entfernten Hauptstadt beziehen, trainierte zweimal täglich und wurde in die Technik des Portalpassierens eingeweiht.

Seit jedoch vor drei Jahren ein Portalläufer während eines Wettkampfs auf unerklärliche Weise verschwunden ist, sind meine Eltern immer besorgter um mich. Ich selbst mache mir darum keine Gedanken und konzentriere mich lieber völlig auf mein Training. Inzwischen kann ich mir etwas anderes überhaupt nicht mehr vorstellen. Mittlerweile gehöre ich sogar zu den besten Portalläuferinnen von Planet Alpha, die im Rahmen des heutigen Jubiläumswettkampfes gegen die anderen Favoriten antreten darf.

Und ich bin fest entschlossen zu gewinnen.

Mit der Handkante wische ich über das beschlagene Glas des Badezimmerspiegels. Mein Gesicht wirkt blass und verzerrt. Der Traum von gestern Nacht hat wohl seine Spuren hinterlassen. Nur meine Augen stechen klar und deutlich hervor wie zwei kristallklare Smaragde.

Schluss damit! Ich muss mich beeilen und die letzten Vorbereitungen treffen. Beinahe in Rekordzeit schlüpfe ich in mein hellblaues Trikot und die dunkelblauen Shorts und lasse das Handtuch achtlos auf den Boden fallen. So schnell ich kann, schlinge ich ein Frühstück aus Joghurt, Müsli und Apfelstückchen in mich hinein, greife nach meinen am Vortag gefüllten Flaschen und stopfe sie in meine Sporttasche. Eilig binde ich meine Haare am Hinterkopf zu einem straffen Pferdeschwanz zusammen und schlüpfe in meine neongrünen Schuhe mit den dunkelblauen Schnürsenkeln. Anschließend greife ich meinen Locator vom Schuhschrank und die Tasche vom Boden und lasse die Tür hinter mir zufallen.

Es ist ein schöner, sonniger Morgen und ich atme die kühle Luft ein, um einen klaren Kopf zu bekommen. Ich frage mich, was mich bei meinem Lauf erwarten wird. Die Witterungsbedingungen hinter den Portalen, die jeweils auf einen der dreiundzwanzig Monde von Alpha führen, sind stets unberechenbar. Ich kann nur hoffen, dass mich dort kein Schneesturm oder ein heftiger Hagelschauer empfangen werden.

Eilig klettere ich in den Shuttlebus, der bereits auf mich wartet. Ein seltener Luxus auf Alpha, denn Fahrzeuge sind hier aufgrund der Ressourceneinsparung extrem kostspielig. Nicht nur die in Gewächshäusern künstlich gezüchteten Lebensmittel, sondern auch die von der Erde mitgebrachten Metallteile werden wegen ihrer Knappheit streng überwacht und rationiert. Die meisten Bewohner sind deshalb auf die Nutzung der strikt durchgetakteten Elektrozüge angewiesen. Zu meinem Glück ist einer meiner Sponsoren jedoch so großzügig, mir für Fahrten zu Wettkämpfen und zum Training einen Shuttlebus samt Chauffeur zur Verfügung zu stellen.

»Na, bereit für deinen großen Coup, Yashira?«, begrüßt mich Liam vom Beifahrersitz aus.

»Ich hoffe es«, antworte ich, während ich mich auf den Rücksitz fallen lasse und sein Grinsen aus dem Rückspiegel auffange. Es erreicht seine Augen nicht.

Nervös lächle ich zurück, nicke dem Fahrer zu und streiche mir eine verirrte Locke aus den Augen. Liam und ich kennen uns schon seit fast zweieinhalb Jahren. Nach meinem Umzug in die Stadt mit nichts als ein paar Klamotten und einem wirren Haufen hoffnungsvoller Träume im Gepäck gab mir vor allem mein Training Halt. Schnell hatte ich das Gefühl, in Liam jemanden gefunden zu haben, der mich verstand und mit mir an einem Strang zog. Zumindest meistens. Unser Verhältnis ist mit den Jahren – und nach ein paar Verletzungen, die mich in der letzten Saison stark zurückgeworfen haben – schwieriger geworden. An den meisten Tagen baut er mich auf, bringt mich zum Lachen und hält mir den Rücken frei. Aber manchmal sieht er mich mit diesem undefinierbaren Blick an, als überlege er, ob ich all seine Mühe auch wirklich wert sei. Als würde er mich am liebsten mit einem Tritt in den Hintern vor die Tür setzen, sobald sich die Gelegenheit bietet. Oder sobald er bei einer seiner Sportwetten wegen mir verliert.

Vor dem Fenster fliegen die spiegelverglasten Hochhäuser Alphas geradezu vorbei, bis wir schließlich die Auffahrt zum Stadion erreichen. Auf einer künstlich aufgeschichteten Anhöhe ragt es in den Himmel wie eine glänzende Krone aus Stahl. Seine wie Zacken gestalteten Sitzblöcke, die ovale Innenfläche aus Tartanbelag und Kunstrasen und die schimmernden Portalrahmen aus Titan – all das könnte ich mit verbundenen Augen nachzeichnen. Trotzdem erscheint es mir jedes Mal, wenn ich die Arena betrete, wie ein kleines Wunder. Ein Wunder, in dessen Genuss ich bloß durch die schräge Laune der Natur komme, an der richtigen Stelle meiner DNS zufällig das richtige Gen mutieren zu lassen.

»Wir sind da, Yashira! Viel Glück. Ich schaue von oben zu«, sagt Liam, als der Fahrer vor einem Hintereingang anhält und per Knopfdruck meine Tür öffnet.

Ich greife nach meiner Sporttasche und steige aus dem Wagen. Einen winzigen Moment lang zögere ich, bevor ich kurz entschlossen den Kopf zurück in den Wagen schiebe und frage: »Liam? Auf wen hast du heute gesetzt?«

»Auf dich natürlich. Auf wen denn sonst?«

Dann schließt Liam die Tür, und das Auto fährt weiter auf den winzigen Parkplatz, der für Sportler und VIPs reserviert ist. Ich bleibe zurück, allein mit dem Kreisel meiner Gedanken. Nur seine Worte hallen noch in meinem Kopf nach, während ich mich der Arena zuwende. Wenn er wüsste, wie offen sich seine Tipps unter uns Athleten herumsprechen.

Auf wen denn sonst? Ich weiß es auch nicht.

Am separaten Eingang für Sportler gebe ich wie immer meine Tasche in die Hände der Sicherheitsleute. Routiniert haken sie meinen Namen auf der Liste ab, scannen den ID-Chip in meiner rechten Zeigefingerspitze und winken mich durch die Sicherheitsschleuse. Augenblicklich beginnt sie, unangenehm schrill zu piepsen, als hinge ihr Leben davon ab, mir vor meinem Lauf grausame Kopfschmerzen zu bereiten.

»Arme zur Seite ausstrecken!«, bellt eine verkniffene Beamtin und fährt mit einem Handscanner meine Gliedmaßen entlang. »Ihre Armbänder?«

»Nein«, antworte ich mit einem Blick auf die zahlreichen bunten Bändchen, die mein rechtes Handgelenk zieren. »Keins davon ist aus Metall. Ich …«

»Tragen Sie sonst irgendwo Metall am Körper, von dem wir nichts wissen? Versuchen Sie, irgendwas in die Arena zu schmuggeln? Sagen Sie es besser gleich, Sie wissen, dass der Ganzkörperscan alles sichtbar macht.«

»Hören Sie, es sind sicher meine Ohrringe. Das hatten wir doch schon mehrfach. Ich vergesse jedes Mal, sie rauszunehmen.«

Misstrauisch betrachtet die Beamtin mein rechtes Ohrläppchen und fährt mit ihrem Scanner über die drei silbernen Stecker. Ich kneife die Augen zusammen, als das Gerät direkt neben meinem Kopf aufheult.

»Sie dürfen passieren. Aber das ist Ihre letzte Mahnung. Nächstes Mal nehmen Sie die Dinger gefälligst vorher raus, oder ich muss Ihnen den Zutritt verweigern!«

»Ja, ich werde es nicht wieder vergessen«, murmele ich und schiebe meinen linken Zeigefinger in den weißen Kasten vor mir. Eine winzige Nadel sticht in meine Fingerkuppe und speichert mein Blut für die Doping-Kontrolle. Mit gesenktem Kopf nehme ich meine Tasche entgegen und verdrehe heimlich die Augen, während ich auf die mir zugeteilte Aufwärmschleuse am anderen Ende des Raums zusteuere.

Die Wahrheit ist, dass ich meine Ohrringe absichtlich nicht rausnehme, um die strengen Sicherheitsbeamten zu ärgern. Und ich habe nicht vor, das zu ändern.

Mit einem leisen Zischen öffnen und schließen sich die elektronischen Schiebetüren zur Schleuse. Der Raum dahinter ist in ein gedämpftes Licht getaucht, das die weißen Wände sanft reflektieren. Unter einem Garderobenhaken hängt ein Plakat mit der Überschrift *»Portal-Running-Championships Finale 2450«*, unter der ein Bild von mir prangt, wie ich im Gegenlicht eines Portals posiere. Gedankenverloren strecke ich die Hand aus und berühre den Schriftzug mit meinem Namen unter dem Foto. Was für eine Ehre, dass ich in diesem Jahr zu den Werbegesichtern für die Meisterschaften zähle. Ich erinnere mich noch daran, wie aufgeregt ich vor dem Shooting war. Als kleines Kind habe ich immer davon geträumt, eines Tages auf solch einem Plakat zu sehen zu sein. Doch das Lampenfieber vor dem Fototermin war nichts im Vergleich zu der Erregung, die ich heute empfinde: eine Mischung aus freudiger Erwartung und der blanken Angst zu versagen.

Mit bebenden Fingern krame ich meinen Locator und eine Trinkflasche hervor und werfe meine Tasche auf die schmale Holzbank unter dem Garderobenhaken. Seufzend fahre ich mir mit der freien Hand über die Augen, versuche, ruhig zu atmen, mein Ziel zu visualisieren und das nervöse Kribbeln in meinem Bauch zu unterdrücken. Es gelingt mir nicht.

Ab hier bin ich vollkommen auf mich allein gestellt, bis ich nachher auf das gigantische Innenfeld des Stadions gerufen werde. Durch drei weitere Schleusentore werde ich dann in die Mitte der Arena gelotst, wo Tausende Augenpaare jede noch so kleine Muskelzuckung aufmerksam verfolgen. Über mir drei gigantische Monitore für die Zuschauer und Kameras vor meinem Gesicht, so dicht, dass ich wie jedes Mal glauben werde, die Linse müsse von meinem Atem beschlagen. Kein Zittern, kein Schwanken, kein Wimpernschlag entgeht ihnen. Doch irgendwann wird sich meine Aufmerksamkeit auf die rote Tartanbahn zu meinen Füßen richten, dann auf die Portaltore vor mir und vor allem auf den knisternden blauen Kreis in ihrem Inneren. Wie immer werde ich meinen Zopf richten, durchatmen, meinen Stand überprüfen und hoffen, dass ich mich nicht doch noch in letzter Sekunde vor Tausenden Menschen übergeben werde, die in meinem Kopf alle zu einer gigantischen lärmenden Masse verschmelzen.

Entschlossen klopfe ich mir auf die Schenkel und stehe auf, um mit meinen Dehnübungen zu beginnen und mich auf das bevorstehende Rennen zu konzentrieren. Es sind die letzten Minuten ohne aufdringliche Sicherheitsbeamte, ohne Publikum, ohne Kameras.

Kapitel 2

Aus, aus, ein. Ein, aus, aus.

Meine Muskeln schmerzen vor Anspannung, trotzdem drücke ich meine Zehen tiefer in den Boden. Ich schiebe einen Fuß vor und den anderen nach hinten, während das Publikum vor Aufregung zu pulsieren scheint. In der Menge kann ich Zeigefinger-Handschuhe in allen möglichen Farben und sogar einige Fanplakate für mich ausmachen: »Wir lieben dich, Yashira!«, »Lauf zu Gold durch dein Portal – du bist phänomenal!«, »Go for it, Yashira!«

Ganz vorn, in der ersten Reihe, entdecke ich zwei geflochtene blonde Zöpfe, die unter einem knallpinken Basecap hervorlugen. Die blaue Fanschminke auf den Wangen ist völlig verschmiert, und ich bin mir sicher, dass die Ärmel des übergroßen Kapuzenpullovers Spuren davon tragen. Typisch Diana. Wie immer wirkt meine Freundin und Trainingskameradin beinahe nervöser als ich, obwohl ich diejenige bin, die antritt. Leider hat Diana die Qualifikation für das Finale knapp verpasst, aber ich bin froh, dass sie hier ist. Mit ihr in meiner Nähe fühle ich mich einfach sicherer.

Ich lächle leicht in ihre Richtung, doch schnell gewinnt die Anspannung in mir die Oberhand, und ich werde wieder ernst. Das unheilvolle Kribbeln in meinem Bauch breitet sich aus, bis es meinen gesamten Körper erfüllt wie ein Schwarm wütender Insekten. Immer wieder stechen sie von innen heraus zu, bis sogar meine Haut brennt und juckt. Die feinen Härchen stellen sich bis zum Anschlag auf und fühlen sich an wie elektrisiert.

Langsam richte ich meine Aufmerksamkeit auf das mir zugeteilte Portal. Der rechteckige Rahmen aus Titan blitzt in der

Sonne, und das elektrische Feld darin gibt ein leises Summen von sich. Doch ich habe nur Augen für die runde, flackernde Scheibe in seiner Mitte, für das Tor in eine andere Welt. Es knistert verheißungsvoll, als könnte es gar nicht erwarten, dass ich durch seine leuchtend blaue Mitte laufe.

So blau wie die Augen aus meinem Traum.

Energisch schüttele ich den Kopf, um die Erinnerung daran zu vertreiben. Mit zitternden Fingern taste ich nach meinen Haaren, ergreife das Gummiband und ziehe meine Locken straff. Links neben mir grinst die wasserstoffblonde Victoria ihr zuckersüßes falsches Lächeln in die Kameradrohne und verteilt Kusshände in Richtung des Publikums und der männlichen Athleten: Linos, Ryan, Tone und zwei, die ich nicht kenne. Ich unterdrücke ein entnervtes Stöhnen. Kaum zu glauben, dass ausgerechnet dieses Püppchen meine ärgste Konkurrentin ist. Jetzt schwenkt die Kamera auf mich, und ich versuche, mir ein zuversichtliches Lächeln abzuringen. Es fühlt sich verkrampft an. Also hebe ich meine Hand und winke kaum merklich, während ich mir die größte Mühe gebe, nicht so nervös auszusehen, wie ich mich fühle. Ein kleiner Junge in der ersten Reihe stupst seine Mutter an und zeigt aufgeregt zu dem großen Flatscreen hinauf, auf dem gerade mein Bild übertragen wird. Auf seinen Pausbacken steht mein Name in roter Schminke geschrieben.

Dann schwenkt die Kamera wieder von mir weg, hin zu Syrah, die mit beiden Händen überschwänglich winkt und sich in Pose wirft. Es ist mir ein Rätsel, wie sie selbst in solchen Situationen nie ihre gute Laune verliert. Vielleicht ist sie deshalb bei allen so beliebt.

Nach einem kurzen Moment löse ich meinen Blick von ihr, lasse ihn zurück zu meinem Portal wandern und stutze. Hat es gerade orange geflackert? Ich blinzele und sehe genauer hin, doch da ist nichts. Sicher hat eine Sonnenreflexion mir bloß einen Streich gespielt. Schließlich habe ich heute sogar Schwierigkeiten, die Zahlen des Countdowns auf dem Monitor am oberen Ende des Rahmens zu erkennen. Ich beschirme die Augen mit der Hand, um abzulesen, wie viel Zeit mir bis zum Start bleibt.

Noch 30 Sekunden.

Zeit, noch einmal meinen Stand zu überprüfen und meine Muskeln und Sehnen trotz ihres stummen Protests noch weiter anzuspannen. Ich versuche, ruhig zu atmen und dem Pulsschlag in meinen Ohren nachzuspüren, der mit dem Ticken des Countdowns verschmilzt.

Noch 20 Sekunden.

Ich blicke nach links und rechts, nehme nur flüchtig meine Gegner ins Visier und erkenne trotzdem jedes Detail ihrer Körperhaltung. Ryan stützt sich mit den Fingerspitzen auf dem Boden ab und scharrt mit den Füßen. Tone und Linos klopfen ihre Muskeln wach, wohingegen die beiden fremden Läufer reglos dastehen wie Statuen. Victoria streicht sich eine perfekt gestylte Locke aus der Stirn, während Syrah die linke Hand in den Saum ihrer Shorts krallt. Die anderen beiden Mädchen, ein Zwillingspaar mit schwarzen Haaren und hellen Augen, schlagen synchron auf ihre Schenkel. Und sie alle fixieren dabei angestrengt ihre Portale. Schweißperlen glänzen ihnen auf der Stirn, ihre Rücken sind gebeugt, die Zähne gebleckt. Ab und zu begegnen sich unser aller Blicke, und die Rivalität zwischen uns wird beinahe greifbar. Es fehlt nicht viel, und man würde wütendes Knurren und Fußscharren hören. Die Grenze zwischen Mensch und Tier scheint bei solchen Wettkämpfen stets ein Stück weit aufgehoben. Es ist ein Zustand voller Adrenalin und Rausch, in dem einzig und allein der Sieg zählt, dem wir alle uns beugen. Einer Horde Raubtiere gleich, die auf das Kommando zur Jagd wartet.

Noch zehn Sekunden.

Meine Augen fokussieren jetzt nur noch mein eigenes Portal und nehmen es so intensiv ins Visier wie Dutzende Kameras mich in diesem Moment. Ich kann sein elektrisches Summen bis in meine Knochen spüren, obwohl es gut hundert Meter von mir entfernt ist. Das nervöse Kribbeln in meinen Gliedern nimmt immer weiter zu, bis ich es nicht mehr aushalte und meine Startposition einnehme. Ich verlagere mein Gewicht und krümme den Rücken, bereit, beim kleinsten Geräusch nach vorn zu schießen. Für einen

Moment steht die Welt um mich herum still.

Aus, aus, ein. Ein, aus, aus.

Null.

Ein Schuss ertönt, knallend wie ein Peitschenschlag. Beinahe zeitgleich schnellen alle Läufer und Läuferinnen nach vorn und stürzen sich auf ihre blau schillernde Beute im silbernen Tor. Mein Körper übernimmt die Kontrolle, katapultiert auch mich voran und gräbt meine Fußballen dabei unbarmherzig in den harten Boden. Ich treibe meine Beine zur Eile an, die Schritte weit und schnell, während ich zum ersten Mal seit dem Startschuss wieder ausatme.

Ich erreiche das Portal als Erste, erklimme die drei Stufen des Gerüsts und stürme hindurch, ohne mit der Wimper zu zucken. Hellblaue Blitze umhüllen meine Glieder, doch ich spüre sie nicht auf meiner Haut. Ein Ziehen in der Magengegend, ein Stechen in meinem Kopf, das Gefühl, zerrissen zu werden – dann bin ich auf der anderen Seite.

Dort bleibe ich kurz stehen, atme einmal tief durch und blinzele in das dumpfe Licht der Umgebung hinein. Der Himmel hängt so tief über mir, dass sein dunkles Grau meine Schultern niederzudrücken scheint. Das Atmen fällt mir schwer, denn die Luft schmeckt dünn und faulig und hängt rau in meiner Kehle. Ich hebe die Hand und schirme erneut die Augen ab, um meine Umgebung zu betrachten und mich zu orientieren.

Links und rechts umgeben mich dunkelbraune Stämme und schlammgrünes Blattwerk wie pflanzliche Mauern. Spröde Zweige und Moos knirschen unter den Sohlen meiner Laufschuhe, deren künstliches Grün hier wie ein Fremdkörper wirkt. Bis auf das Rauschen des Windes in den Baumkronen und das leise Summen und Zirpen von Insekten und Vögeln ist es mucksmäuschenstill. Obwohl es helllichter Tag ist, wirkt der Wald dunkel und trostlos. Trotzdem kommt es mir so vor, als würde er von innen heraus vor Leben pulsieren. Unbehaglich reibe ich mir über die Unterarme, denn ich habe das unbestimmte Gefühl, beobachtet zu werden.

Planet Epsilon. Ich hätte es schlimmer treffen können.

Ein leises Sirren an meinem Ohr verrät mir, dass die Begleitdrohne, die mir durch das Portal gefolgt ist, den Timer und ihre Kamera aktiviert. Ich greife an meine Hüfte und zurre den Gurt mit der Trinkflasche und dem Notfall-Sauerstoffbehälter straff. Dann werfe ich einen ersten Blick auf den Locator an meinem linken Handgelenk und betrachte die roten, grünen und gelben Punkte in meiner Umgebung. Heute muss mein Glückstag sein, denn ganz in der Nähe blinkt ein roter Punkt. Das bedeutet, dass sich nicht weit von hier ein Generator voller geladener Batterien befindet, welche mir viele Punkte im Ranking einbringen werden, wenn ich sie einsammele. Bevor ich loslaufe, sehe ich einmal direkt in die Kameralinse der Drohne, recke den Daumen nach oben und grinse für das Publikum in der Arena. Dann setze ich mich in Bewegung.

Es dauert nicht lange, bis meine Muskeln wie von selbst in ihren routinierten Trott verfallen. Mit jedem Meter grabe ich meine Fußballen tiefer in den wurzeligen Boden und lasse meine Schritte immer weiter und kraftvoller werden, bis der Dunkelwald Epsilons nur so an mir vorüberfliegt.

Diesen Teil liebe ich besonders am Portallaufen: die Möglichkeit, die Unberührtheit eines anderen Planeten zu erkunden, die Stille der Einsamkeit, die mich hinter dem Portal erwartet, und das vertraute Gefühl, wie geschmeidig und verlässlich mein Körper mich davonträgt. In diesen seltenen Momenten ist mein sonst so gedankenkreiselnder Kopf völlig leer und jede noch so kleine Faser meines Körpers steht vollständig unter meiner Kontrolle. Selbst dann, wenn das schmerzhafte Brennen der Belastung sich irgendwann in meinen Gliedmaßen breitmacht und meine Muskeln beginnen, über meine Haut um Erlösung zu weinen, genieße ich noch jeden Augenblick.

Es ist stets das hektische Piepsen meines Locators, das mich aus diesem euphorischen Flow-Zustand reißt. Es erinnert mich daran, dass ich in einem Wettkampf auch Punkte erzielen muss und mir schnelle Beine allein nichts nützen. Nur widerwillig verlangsame ich meine Schritte, zwinge meine Lunge, die dünne Luft langsamer und weniger gierig einzusaugen, und checke das Display. Mittlerweile leuchtet der rote Punkt beinahe durchgehend. Das erste Ziel meiner Jagd muss also ganz in der Nähe sein. Mit einem Druck auf den Knopf an der Seite schalte ich den nervtötenden Piepston aus, kneife die Augen zusammen und verharre regungslos.

Nach kurzer Zeit kann ich vor mir ein leichtes Flimmern in der Luft ausmachen. Die meisten Menschen würden es vermutlich nicht einmal bemerken, doch wir Portalläufer sind auf das Erkennen dieser leisen Störungen in der Luft getrimmt wie ein Raubtier auf die unachtsamen Bewegungen seiner Beute. Augenblicklich kauere ich mich zusammen und spanne jede Faser meines Körpers an. Jetzt muss ich schnell sein.

Wie ein Pfeil schieße ich vorwärts, ohne Zögern, ohne Zweifel, ohne Vorwarnung. Die Begleitdrohne fliegt hinter mir her, hält mein Tempo in der Luft und zoomt hektisch hin und her, unschlüssig, worauf sie die Linse richten soll. Doch mich interessiert nur mein Ziel, meine Beute, der voll beladene Generator, der vor mir flimmert und mich nun auf seinem Radar bemerkt hat. Das Flackern seiner Gestalt wird heftiger, denn nun verwendet er weniger Energie auf die Aufrechterhaltung seiner Tarnfunktion und mehr auf den einprogrammierten Fluchtmechanismus. In rasender Geschwindigkeit saust der Generator über den verwucherten Waldboden, als wären ihm plötzlich Gliedmaßen gewachsen. Ich setze ihm nach, trockenes Laub wirbelt hinter mir auf. Es ist ein kurzes, unbarmherziges Rennen zwischen uns, seine mechanischen Beine gegen meine aus Fleisch und Blut und Muskeln, und ich gewinne. Keuchend werfe ich mich mit meinem gesamten Gewicht auf ihn und presse meine Hände gegen das kühle Metall. Die Spitze meines rechten Zeigefingers leuchtet von innen heraus hellblau auf, und ein elektrisierendes Kribbeln jagt meinen Arm hinauf, als die Oberflächensensoren des Generators mich über meinen ID-Chip als Portalläuferin authentifizieren. Sofort erstarrt die Maschine mitten in ihren Bewegungen und wird vollends sichtbar. Nun kann ich den großen roten Knopf an der Seite des schuhkartongroßen Geräts erkennen und drücke ihn mit der Spitze meines Zeigefingers so tief hinein, wie es geht. Erneut leuchtet mein Finger auf, dieses Mal so hell, dass ich das winzige Stück Metall in ihm erkennen kann. An dem nun lahmgelegten Gerät öffnet sich eine Klappe, sodass mir acht handgroße rote Röhrchen entgegenrollen, die ich hektisch vom Boden aufsammele und meiner Begleitdrohne entgegenstrecke. Diese fährt ein Fach am Boden aus, in das ich die mit Epsilons planetarer Energie gefüllten Röhrchen fallen lasse.

Schwer atmend, aber zufrieden zwinge ich mich zu einem Blick in die Kamera, die direkt vor meinem Gesicht herumschwirrt, und wische mir die Tropfen aus Schweiß und Luftfeuchtigkeit von der Stirn. Meine Haare kleben wie angeklatscht auf meiner Kopfhaut. Diesen Teil wiederum hasse ich an meinem Sport: die ewigen Kamerazooms, die mich bevorzugt dann bis ins Detail inszenieren, wenn ich am unvorteilhaftesten aussehe. Doch ich zwinge mich zu einem Lächeln für das Publikum und die Sponsoren und greife vorschriftsmäßig nach den leeren Röhren, die meine Drohne gerade auf das glitschige Moos unter mir fallen lässt. Mit geübten Handgriffen setze ich sie in die Klappe des Generators ein und aktiviere ihn wieder mit einem Druck auf den Knopf.

Erleichtert stehe ich auf, strecke mich und betrachte optimistisch das Display meines Locators. Der erste Fang ist stets der schwierigste – es war pures Glück, dass mir so schnell ein voller Generator in die Hände gefallen ist. Aber leider bleibt mir keine Zeit mehr, mich darüber zu freuen, denn ein Blick auf die orangefarbene Anzeige der Begleitdrohne informiert mich darüber, dass bald die Hälfte meiner Zeit um ist. Eilig genehmige ich mir einen Schluck meines Sportdrinks aus dem Gürtel an meiner Hüfte, wobei ich vorschriftsmäßig darauf achte, das darauf abgedruckte Markenzeichen meines Getränkesponsors in die Kamera zu halten. Anschließend setze ich mich wieder in Bewegung, diesmal auf einen gelben Punkt zu. Das muss fürs Erste genügen, denn ich muss unbedingt wieder zurück im Portal sein, wenn die Stunde um ist. Vielleicht fällt mir ja auf dem Rückweg noch ein weiterer Generator in die Hände.

Nach wenigen Hundert Metern verlangsame ich erneut meine Schritte. Ein mulmiges Gefühl macht sich in mir breit, und meine Nackenhaare stellen sich auf, ohne dass ich sagen kann, warum. Ich ziehe meinen plötzlich diffus blinkenden Locator zurate und sehe mich um. Die jähe Stille in diesem Teil des Dunkelwaldes drückt beinahe schmerzhaft auf meine Ohren. Selbst meine Begleitdrohne gibt auf einmal keinen Laut mehr von sich. Von dem vertrauten Flimmern eines nahen Generators fehlt jede Spur, sodass ich meine Augen noch fester zusammenkneife. Nichts rührt sich.

Da fällt wie in Zeitlupe eine zarte grauweiße Flocke auf meine Handfläche.

Verwundert führe ich die Hand mit der Flocke an mein Gesicht. Ist das etwa Schnee? Hier auf Epsilon? Nein, diese Flocke ist nicht kalt. Sie liegt warm und weich auf meiner Hand, unregelmäßig gezackt und trotzdem von einer zierlichen Schönheit. Ein fasziniertes Lächeln stiehlt sich auf meine Lippen, während ich sie betrachte.

Schließlich hebe ich den Kopf und sehe, wie noch mehr von ihnen vom Himmel schweben. Fast schon zärtlich legen sie sich auf meine Haare, streifen meine Wimpern und liebkosen meine erhitzte Haut. Am liebsten würde ich die Arme ausstrecken, damit noch mehr auf ihnen landen können, und mich in ihrer Mitte drehen und tanzen. Noch immer ist alles still um mich, als hielte ganz Epsilon den Atem an.

Es ist zu still.

Als ich meine Augen zurück auf Epsilons Horizont richte, bleibt mir vor Schreck der Mund offen stehen. Eine gewaltige Feuerlawine rollt auf mich zu.

Innerhalb von Sekundenbruchteilen schließt sich die Angst wie eine eiserne Faust um mein Herz. Mehrere Schläge lang setzt es aus, während ich fassungslos auf das tobende Flammenmeer vor mir starre.

Dann reagiert mein Körper. Er wirbelt auf dem Absatz herum, gräbt die Ballen so fest in den Boden, dass Erdbrocken und Asche hinter mir aufstäuben, und zwingt meine Beine in einen unnatürlichen Rhythmus. Die Knie heben und senken sich beinahe schneller als der rasende Puls, während das Herz einige Schläge hinterherhinkt und seine Arbeit nur stotternd wieder aufnimmt. Allmählich registriert auch mein Bewusstsein, was mein Körper schon längst verstanden hat, und antwortet mit einer Woge aus Adrenalin. Meine Muskeln scheinen vor Schmerzen beinahe zu explodieren, während das lodernde Inferno hinter mir mit rasender Geschwindigkeit näher kommt. Um mich herum glüht und knistert die Atmosphäre des Planeten. Wie brennendes Papier zieht sie sich in der Hitze des Feuers zusammen, löst sich in Fetzen vom schwarzen Himmel des Alls. Überall qualmt und raucht es. Die Luft stinkt bestialisch nach verbranntem Leben. Schmerzhaft krampft sich meine Lunge zusammen. Ich muss mich zwingen, nicht zu würgen.

Wo ist das Portal? Ich weiß es nicht mehr!

Mein Locator blinkt noch hektischer als zuvor. Ich kann gerade noch den leuchtend blauen Punkt des Portals auf dem Display sehen, bevor es wild flackert und schließlich erlischt. Panisch ringe ich nach Luft, halte mir abwechselnd die Hände vor die tränenden Augen, um die umherwirbelnden Ascheflocken fernzuhalten. Halb blind taumele ich durch den brennenden Wald, strauchele, falle, rappele mich wieder auf und haste voran. Einzig mein Instinkt hält mich davon ab, liegen zu bleiben. Meine Lunge droht zu bersten, meine Haut glüht wie im Fieberwahn, während die haushohe Wand aus Feuer von allen Seiten näher kommt. Es ist ausweglos. Ich habe keine Chance. Das war's.

Da taucht aus dem Nichts ein blassblauer Schimmer hinter einer Aschewolke auf. Er ist kaum sichtbar und flackert unkontrolliert, als würde er wie ich mit jedem Herzschlag schwächer. Doch das blaue Licht ist meine letzte Hoffnung.

Hustend kämpfe ich mich durch das brechende Gehölz dem Leuchten entgegen. Doch nur wenige Meter, bevor ich es erreiche, nehme ich aus dem Augenwinkel eine ruckartige Bewegung wahr. Schreiend reiße ich die Arme nach oben, in der festen Überzeugung, dass ein umstürzender Baumstamm mein Schicksal besiegeln wird. Unbarmherzig wirft er mich zu Boden. Der Aufprall presst den letzten Sauerstoff aus meinen pfeifenden Lungen und raubt mir jegliche Orientierung. Benommen bleibe ich liegen.

Doch ich brenne nicht. Noch nicht.

Ich reiße die Augen auf und versuche, den Baum von mir hinunterzuschieben. Er fühlt sich so heiß an wie ich, ist nachgiebig, weich und trotzdem fest. Plötzlich umfasst er mit glühenden Fingern meine Oberarme wie ein Schraubstock, zerrt mich auf die Füße und schüttelt mich. Es ist kein Gegenstand, sondern ein Mensch.

Ein Mensch? Auf Epsilon?

Aber jetzt ist nicht die Zeit, mir darüber den Kopf zu zerbrechen. Ich muss hier raus. *Wir* müssen hier raus, und die einzige Möglichkeit ist das stetig kleiner werdende Portal neben uns. Hastig packe ich die fieberheiße Haut des Fremden und zerre ihn mit letzten Kräften in Richtung des Portals. Verzweifelt strecke ich die Hand nach unserem letzten Ausweg aus – strecken *wir* die Hand danach aus, und das blaue Licht erlischt.

Im selben Moment umgibt uns ein zischendes blassgrünes Strahlen. Innerhalb weniger Sekundenbruchteile saugt es uns ein und spuckt uns sofort wieder aus, direkt vor die schockierten Augen des Publikums in der Arena.

Ich lande unsanft auf meinen Knien und Fäusten. Mein Körper verkrampft, sodass ich mich reflexartig krümme und die Ellenbeuge vor den Mund presse, doch ich kann es nicht zurückhalten. Mühsam würge ich einen zähen schwarzen Schleim herauf und übergebe mich direkt vor die Füße des Fremden. Dann sauge ich gierig die frische Luft in meine Lunge, während Tränen über meine Wangen rinnen. Sie fühlen sich kühl an auf meiner erhitzten Haut. Eilig will ich sie wegwischen, damit die Kameras sie nicht einfangen können, doch dabei öffne ich meine Fäuste. Sofort rieselt Asche auf meine nackten Beine, mein Shirt und bedeckt den Rasen des Stadions. Plötzlich ist sie überall um mich herum: auf meiner Haut, in meinen Haaren, zwischen meinen Fingern. Überall nichts als Asche.

Mit zitternden Beinen stehe ich auf und schaue mich nach dem Menschen um, dessen Arm ich eben noch umklammert habe. Es ist ein junger Mann. Er kauert auf allen vieren vor mir, hustet, spuckt und hält sich krampfhaft den Bauch.

»Wer …?«, setze ich an, bevor ich mich räuspere. Meine Stimme kratzt wie Schmirgelpapier in meiner Kehle. »Wer bist du?«

Quälend langsam wendet der Fremde mir den Kopf zu. Als unsere Blicke sich begegnen, setzt mein Herz erneut mehrere Schläge lang aus, doch dieses Mal nicht, weil ein Feuer auf mich zukommt.

Es setzt aus, weil ich in ein Paar strahlend blauer Augen sehe, die so hellblau schillern wie Portale. Es sind die Augen aus meinem Traum, und sie ziehen mich gnadenlos fort aus dieser Welt und hinein in seine.

»Riley«, antwortet er. »Mein Name ist Riley Chase.«

Kapitel 3

Yashira, die Aschebringerin.

So nennt man mich, seit ich mit nichts als Ascheflocken in den Händen aus meinem Portal gestolpert bin. Mit nichts als Ascheflocken und einem Jungen vom Planeten Epsilon. Einem Planeten, den es nun nicht mehr gibt.

Ein Planet, von dem nicht mehr geblieben ist als ein ausgebranntes Gerippe, ein knöchernes Echo in der großen Leere des Alls. Und zwei Menschen, deren Leben durch seine Auslöschung nun wider Willen aneinandergekettet scheinen.

Frustriert vergrabe ich das Gesicht in meinen Händen und wippe ungeduldig mit den Fußgelenken auf und ab. Zumindest muss ich so den Anblick des hässlichen Flurbodens nicht länger ertragen, der mich an die Farbe von Erbrochenem erinnert. Nichtsdestotrotz gilt meine Aufmerksamkeit der weiß glänzenden, mit Milchglas verkleideten Tür vor mir. Der Tür, hinter der gerade über meine Karriere als Leistungssportlerin entschieden wird.

Mir schräg gegenüber sitzt Riley, der Junge, den ich vor gerade einmal vier Tagen gerettet habe. Für die Gerichtsverhandlung wurde er frühzeitig aus der Quarantäne entlassen, in die er direkt nach dem Lauf gesteckt worden war. Offenbar traut die Security ihm nicht über den Weg, denn seine Hände stecken in Handschellen. Er selbst jedoch scheint sich nicht im Geringsten an dieser Situation zu stören. Mit einer geradezu gleichgültigen Lässigkeit sitzt er auf seiner Holzbank, als wäre sie das bequemste Sofa, das er sich vorstellen kann. Angestrengt meide ich seinen Blick, was gar nicht so leicht ist, denn die ganze Zeit über lässt er mich nicht aus den Augen.

»Was?!«, fahre ich ihn schließlich gereizt an, nur um mir sofort auf die Zunge zu beißen.

»Was?«, ahmt er mich mit einem belustigten Lächeln nach, als sei ich ein kleines, ungeduldiges Mädchen.

Ich verdrehe die Augen und schmecke Blut in meinem Mund.

Vor lauter Resignation bekomme ich kaum mit, wie sich die weiße Tür öffnet und eine hochgewachsene Frau mit straff zurückgebundenen Haaren heraustritt. »Yashira Willow! Anwesend?«

Sofort springe ich auf. »Ja!«

»Folgen Sie mir bitte in den Saal zur Urteilsverkündung.«

Sie dreht sich um und tippelt mit ihrem knielangen Bleistiftrock und ihren dünnen Absätzen wie eine Ente vor mir her. Genau wie vorhin ist der Saal leer bis auf drei weiße Tische, deren auf Hochglanz polierte Oberflächen das Deckenlicht in einem unangenehmen Winkel in meine Augen reflektieren. Die Frau nimmt an einem kleineren Tisch an der Seite des Raumes Platz und vergräbt sich hinter einem Berg aus Papieren, verschiedenen Tablets und einer Tastatur. Mit zitternden Händen steuere ich auf den Tisch in der Mitte zu und lasse mich auf dem kalten Holzstuhl davor nieder. Ich hole tief Luft, bevor ich meinen Blick auf die drei streng dreinblickenden Richter auf dem Podest vor mir richte. Der Raum ist bewusst so aufgebaut, dass der Angeklagte tiefer sitzt und hinaufblicken muss, während von oben auf ihn herabgesehen wird. Einer der Männer muss ein hochrangiges Mitglied des sechsundzwanzigköpfigen Senats sein, der gemeinsam mit Präsident Céus die Geschicke Alphas lenkt und für das Portallaufen zuständig ist. Ein Wort von ihm, und meine Karriere ist beendet.

Ich schlucke nervös. Die Richter mustern mich, als sei ich ein Stück Dreck auf ihren glänzenden Schuhspitzen. Unbehaglich rutsche ich auf dem Stuhl hin und her.

Der hagere Mann in der Mitte mustert mich mit starrem Blick. Er ist auffallend blass und trägt seine langen dunklen Haare aalglatt hinter die Ohren gegelt.

»Miss Willow, wie ich Ihnen vorhin bereits erklärt habe, sind Sie dazu verpflichtet, die Wahrheit zu sagen. Sollten wir den Verdacht hegen, dass Sie gegen Ihren Eid verstoßen, müssen wir Sie einer entsprechenden Überprüfung mit einem Lügendetektor unterziehen. Sind Sie damit einverstanden?« Genüsslich legt er die Kuppen seiner knotigen Spinnenbeinfinger aneinander und hebt erwartungsvoll die Brauen.

»Ja«, antworte ich, doch statt meiner Stimme kommt nur ein heiseres Flüstern heraus. Ich räuspere mich und wiederhole lauter: »Ja.«

Der Mann verzieht sein Gesicht zu einer süffisanten Grimasse und lehnt sich zurück, als genieße er die Show. »Sie sagten, Sie hätten bei den *Portal-Running*-Championships vorschriftsmäßig und in vermeintlich bester Absicht das Portal im Stadion nach Epsilon passiert. Laut Ihren Angaben, die sich mit den Videoaufnahmen decken, lief der Wettkampf zunächst ohne Zwischenfälle und den Regularitäten entsprechend ab. Anschließend beschrieben Sie eine Feuersbrunst, die den ganzen Mond überzog, was die Aufzeichnungen ebenfalls bestätigen. Sie liefen zurück zum Portal, wo Sie Ihren Angaben nach auf Mister Riley Chase trafen, ihn im Eifer des Gefechts packten und nach Alpha brachten. Sie betonten, in diesem Moment nicht vorsätzlich, sondern ohne Nachdenken gehandelt zu haben. Ist das korrekt?«

»Ja«, murmele ich und schlucke bemüht leise. Ich habe das Gefühl, dass gleich irgendetwas gewaltig schiefgehen wird.

»Sind Sie sich dennoch im Klaren darüber, dass sie damit gegen die wichtigste Auflage für die allgemeine Sicherheit der *Portal-Running*-Championships verstoßen haben, keine fremden Gegenstände von den Monden nach Alpha einzuführen?«

»Schon, aber streng genommen war es ja kein Gegenstand und …«

»Möchten Sie Ihre Aussage noch einmal revidieren?«, fällt mir der Richter ungerührt ins Wort.

Ich beiße mir auf die Zunge. »Nein.«

»Sind Sie dazu bereit, die Konsequenzen Ihrer Handlung in vollem Umfang zu tragen und sich dem rechtmäßig gefällten Urteil im Namen der Regierung Alphas zu beugen?«

Nein, das bin ich nicht. Laut sage ich: »Ja, das bin ich.« Was bleibt mir auch anderes übrig?

»Dann erheben Sie sich bitte zur Urteilsverkündung.«

Ich tue wie geheißen und erhebe mich zeitgleich mit der Entensekretärin und den drei Richtern. Im Stehen ist der Höhenunterschied noch weitaus einschüchternder als im Sitzen, sodass mir noch mulmiger zumute wird. Die Richter bräuchten sich nur ein klein wenig vorzubeugen, schon könnten sie mir auf den Kopf und gehörig in mein Leben spucken. Ich erschauere unwillkürlich.

»Nach eingängiger Beratung und unter Einbeziehung der Ansichten aller Parteien – das heißt die des Interplanetaren Bunds für *Portal-Running*, der Athletin selbst sowie der Vertreter des juristischen Ministeriums – sind wir zu folgendem Urteil gekommen.« Der Richter macht eine dramatische Kunstpause, bevor er fortfährt. »Die Angeklagte hat gegen das oberste Gesetz des Regelwerks für *Portal-Running* verstoßen, indem sie ein Objekt von Epsilon durch das Portal nach Alpha brachte. Da allerdings keine besondere Schwere der Tat vorliegt und wir der Angeklagten großzügig Glauben schenken wollen, dass sie in einer lebensbedrohlichen Situation ohne Nachdenken oder böswillige Absicht gehandelt hat, lassen wir Milde walten. Die Angeklagte wird zu sechseinhalb Monaten auf Bewährung verurteilt und auf Anraten des Bunds für *Portal-Running* bis auf Weiteres für die Nutzung jeglicher Portale gesperrt. Die Verhandlung ist hiermit geschlossen.«

Ich stehe da, als hätte der Richter mir einen Stromschlag verpasst. Meine Beine beginnen zu zittern, als der Hammerschlag in meinen Ohren dröhnt. Nein, das kann nicht sein. Sie dürfen mich nicht sperren. Ich habe doch nichts Unrechtes getan! Seit wann ist es falsch, einem Menschen das Leben zu retten? Meine Unterlippe bebt, und ich muss mich zusammenreißen, um nicht auf der Stelle in Tränen auszubrechen. Von der spiegelnden Oberfläche des Tisches blickt mir mein Gesicht entgegen, die Wangen gerötet und die Augen vor Schreck weit aufgerissen. Verzweifelt bedecke ich die Reflexion mit den Händen, als könnte ich dadurch leugnen, was geschehen ist.

Ich wünschte, es wäre so einfach.

Mit einem Klackern ihrer Absätze tritt die Sekretärin neben mich und umfasst meinen Ellenbogen, um mich aus dem Raum zu geleiten. Zurück bleibt nur ein schmieriger Handabdruck, eine fettige Spur von mir auf der Hochglanzoberfläche, die wahrscheinlich in nur wenigen Minuten von der Sekretärin entsetzt weggewischt wird.

Aber bis dahin prangt er unverkennbar auf dem Tisch.

Kapitel 4

»Verdammter Mist! Das kann doch nicht wahr sein!«, fluche ich und trete wütend gegen die zu schweren Kettlebells im Ständer. Der stechende Schmerz, der daraufhin durch meinen großen Zeh schießt, trägt nicht gerade dazu bei, meine Laune zu bessern. »Scheiße!«

Aus dem Augenwinkel nehme ich wahr, dass mich die anderen Athleten im Kraftraum des Trainingscenters argwöhnisch beobachten. Nur Liam, der etwas abseits steht und uns bei den Übungen beobachtet, würdigt mich keines Blickes. Ich vermute, er hat letzte Woche eine hohe Summe verloren und gibt mir die Schuld daran.

Um meine ohnehin schon angekratzte Fassade nicht vollends einbrechen zu lassen, zwinge ich mich, trotz meines lädierten Zehs über den gesamten Fuß abzurollen. Möglichst beiläufig schlendere ich zu meiner Sporttasche auf der Holzbank am anderen Ende des Raumes und genehmige mir einen Schluck aus der neongrünen Flasche mit meinen Initialen. Der billige Sportdrink, den ich mir wegen der Kündigung meines Sponsors im Laden hatte kaufen müssen, schmeckt widerlich süß nach künstlicher Erdbeere. Am liebsten würde ich ihn in hohem Bogen ausspucken, meinen tuschelnden Beobachtern mitten in die Gesichter, doch diese Blöße will ich mir dann doch nicht geben. Stattdessen zwinge ich mich dazu, das Gebräu herunterzuwürgen – es sollte verboten werden! – und mit pappigen Lippen auf ein anderes Trainingsgerät zuzusteuern. Grimmig schleppe ich einige Gewichtsscheiben zu der Langhantelstange, belade sie und krieche darunter, bis sie bequem auf meinen Schultern liegt. Ich drücke meine Hände von hinten gegen das kühle Metall, schiebe meine Füße weiter auseinander und sammele mich.

Aus, aus, ein. Ein, aus, aus.

Mit einem Ruck nehme ich die Hantel aus ihrer Halterung und mache zwei kleine Schritte zurück. Normalerweise bin ich es gewohnt, mehr als mein eigenes Körpergewicht zu stemmen, doch dieses Mal zittern meine Beine bereits bei deutlich weniger Kilogramm. Ich zwinge mich trotzdem dazu, in eine tiefe Kniebeuge zu gehen und mich wieder hochzudrücken. Schon nach der ersten Durchführung beginnen meine Oberschenkel zu schmerzen. Ich gehe wieder tief und drücke mich hinauf. Zwei. Und noch einmal. Feine Schweißperlen bilden sich auf meiner Stirn. Runter, rauf. Vier, fünf. Ich ächze. Tief, hoch. Sechs. Schweiß perlt meine Wirbelsäule hinab. Ich spüre die Blicke der anderen auf mir und umklammere die Stange fester. Vor lauter Anstrengung beiße ich die Zähne so fest aufeinander, dass sie knirschen. Acht. Ich keuche, dann zwinge ich meine Beine zu einer weiteren Wiederholung. Einmal noch, komm schon! Zehn.

Schnaufend schiebe ich meine Füße vorwärts, bis die Langhantel mit einem klingenden Geräusch gegen den Metallständer stößt, und lasse die Stange dann in die dafür vorgesehene Halterung fallen. Meine Muskeln brennen, als würde sich das Feuer, das vor ein paar Tagen auf Epsilon gewütet hat, nun in ihnen breitmachen. Am liebsten würde ich laut aufstöhnen und mich keuchend auf den Boden fallen lassen, bis mich ein Trainingskamerad oder Liam aufsammeln. Stattdessen straffe ich die Schultern und schleppe mich auf unsicheren Beinen zur Bank. Es muss komisch aussehen, wie staksig ich mich dabei bewege, doch lieber sehe ich lächerlich aus als schwach.

Widerwillig greife ich nach meiner Flasche und genehmige mir einige kleine Schlucke, während ich ein angewidertes Schaudern unterdrücke.

»Yashira«, höre ich da eine Stimme hinter mir und drehe mich um.

Liam steht vor mir, die Arme abwehrend vor der Brust verschränkt, meidet dabei jedoch meinen Blick. Ich wundere mich, dass er sich überhaupt zu mir traut.

»Hallo, Liam«, antworte ich betont höflich, fast schon provokant.

Liam ignoriert meinen Tonfall. »Was machst du hier?«

»Trainieren, wonach sieht es denn sonst aus?«

»Du bist gesperrt.«

»Na und? Das heißt doch nicht, dass ich nicht trainieren kann. Nächstes Jahr bin ich wieder voll dabei, du wirst sehen.«

»Yashira ...«, setzt Liam an, überlegt es sich dann aber anders.

Irgendetwas an der Situation gefällt mir nicht. In meinem Magen macht sich ein dumpfes Gefühl breit, das mit Sicherheit nicht von meinem Flüssigkleber-Drink herrührt. Auf einmal möchte ich hier weg, bloß weg von den Worten, von denen ich befürchte, dass er sie mir jeden Moment an den Kopf schleudern wird. »Ich muss weitermachen, Liam. Meine Pause ist um. Lässt du mich bitte vorbei?«

Aber Liam steht vor mir wie ein Fels. »Warum nimmst du dir nicht erst mal eine Auszeit? Du wirkst noch ziemlich angeschlagen von den Anstrengungen der letzten Tage. Du führst deine Übungen nicht sauber aus.«

»Jeder hat mal einen schlechten Tag«, nuschele ich.

»Trotzdem. Nimm dir eine Pause und – ich weiß nicht, in ein paar Wochen oder Monaten kannst du dann wieder einsteigen.«

»Mir geht es gut, Liam!«, rufe ich. Meine Stimme überschlägt sich beinahe.

Ohne seine Antwort abzuwarten, mache ich einen Schritt nach vorn, doch er stellt sich mir in den Weg. Ungeduldig bläht er die Nasenflügel, und noch während er ausatmet, graust es mir vor dem, was jetzt folgen wird. »Yashira. Ich sagte: Geh nach Hause! Nimm dir eine Auszeit. Das ist keine Bitte.«

Seine Worte treffen mich ohne Vorwarnung und schneiden wie ein Messer durch meine Brust. Fassungslos starre ich ihn an. Mein Magen krampft sich so heftig zusammen, dass meine Knie drohen nachzugeben. Sogar mein Herz protestiert mit einem schmerzhaften Ziehen. Ich öffne die Lippen, doch es kommt kein Ton heraus. Die Stille zwischen Liam und mir greift um sich und breitet sich aus, doch nicht wie ein Feuer, sondern mehr wie ein wirbelnder Schneesturm, der droht, die letzte Brücke zwischen uns einzureißen.

»Liam«, wispere ich tonlos, bittend.

»Wir sehen uns.«

Schon dreht er sich um, als wäre ich bereits eine Geschichte, die es hinter sich zu lassen gilt. Meine Sinne fühlen sich an wie betäubt, verweigern mir den Dienst und wollen nicht begreifen, was gerade geschieht. *Ich* will es nicht begreifen.

»Liam«, höre ich mich selbst rufen, »bitte warte! Das meinst du doch nicht ernst. Du musst an mich glauben. Du bist doch mein Trainer! Bitte, Liam, tu mir das nicht an!«

Er dreht sich nicht einmal um.

Ein paar Sekunden lang stehe ich einfach nur da, während sich der Raum plötzlich um mich zu drehen scheint. Nichts ist oben, nichts ist unten, die Welt steht Kopf. Es gibt keinen Boden mehr, keine Decke und nichts dazwischen, es gibt nur noch das Kreiseln meiner Gedanken, so wirr, dass ich es nicht einmal selbst hören kann. Vor meinen Augen verschwimmt alles: Liams Rücken, der sich unweigerlich immer weiter von mir entfernt, die Sportgeräte, die Gesichter der Athleten. Sie alle verwischen zu einem großen geisterhaften Schleier, der wie Nebel vor mir hängt. Ich kann nichts mehr greifen außer einem einzigen quälenden Gedanken: *warum?*

Ich weiß es nicht.

Ich muss hier weg.

Mühsam löse ich den versteinerten Griff um meine Trinkflasche und werfe sie in meine Tasche. Zum Glück hatte ich beim Betreten des Trainingscenters nicht viel bei mir, sodass ich nur meinen Pullover und meine lange Hose hinterherstopfen muss. Ich mache mir nicht die Mühe, den Reißverschluss der Tasche zu schließen oder meine Schnürsenkel noch mal festzuziehen, wie ich es sonst tue. Ohne mich noch einmal umzublicken, stolpere ich aus dem Kraftraum, wobei ich fast über den Fuß eines Hantelscheibenständers falle, quetsche mich durch die automatischen Schiebetüren und humpele die dahinterliegenden Stufen hinab. Ich habe es so eilig, dass ich beinahe gegen die Schiebetür im Foyer pralle, die sich quälend langsam öffnet. Schließlich entlässt sie mich ins Freie, direkt in die drückende Nachmittagshitze.

»Hallo, Yash… uff!«, macht Diana, als ich unsanft mit ihr zusammenstoße. »War das Training so schlimm?«

»Sorry, ich hab dich nicht gesehen. Bist du okay?«, frage ich eilig.

Aber Diana wäre nicht Diana, wenn sie nicht merken würde, dass mit mir etwas nicht stimmt. Ihr Lächeln erstirbt jäh, als sie mir ins Gesicht blickt. Sie legt den Kopf schief und blinzelt mich unter ihrem pinken Cap hervor aufmerksam an. »Was ist los?«

»Nichts.«

Ich mache Anstalten, an ihr vorbeizugehen, doch sie hält mich an der Schulter zurück. »Was ist passiert?«

Einige Atemzüge lang starre ich sie nur an und suche nach einem Zeichen, dass auch sie mich verraten wird, doch in ihren braunen Augen liegt nichts als ehrliche Sorge um mich. »Ich will dich da nicht mit reinziehen«, antworte ich ausweichend.

»Wo du drinsteckst, stecke ich mit drin!«, beharrt sie. »Außerdem erfahre ich es so oder so von den anderen.«

Das nimmt mir den Wind aus den Segeln. Ich hole tief Luft und bringe nur ein einziges schmerzerfülltes Wort hervor: »Liam.«

»Was ist mit Liam? Hattet ihr Stress?«

Wenn es nur das wäre. »So in etwa«, weiche ich aus.

Diana runzelt die Stirn. »Soll ich dich nach Hause bringen? Du siehst nicht gut aus.«

»Nein, schon okay«, winke ich ab. »Geh lieber rein. Ich komme schon klar.«

»Sicher? Aber ich komme nach der Physio sofort vorbei!«

»Na gut. Bis nachher dann«, murmele ich, in Gedanken längst woanders, und lasse sie einfach stehen. Zu groß ist der Drang, diesen Ort zu verlassen.

So schnell ich kann, laufe ich über den asphaltierten Bürgersteig. Immer wieder rutschen die Henkel der Sporttasche von meiner Schulter, bis ich sie entnervt unter den Arm klemme. Ich will weg, nur weg von hier, in meine kleine Wohnung und mich weinend unter meiner Bettdecke zusammenrollen, ohne dass jemand mich dabei sieht. Aber noch muss ich die Tränen zurückhalten, die in meinen Augen brennen.

Kurz bevor ich die Haustür zu dem mehrstöckigen Gebäude mit meiner Wohnung erreiche, höre ich, wie jemand meinen Namen ruft.

»Yashira! He, warte! Du hast etwas verloren!«

Ich wirbele herum und sehe Riley Chase schnellen Schrittes mit meinem mintgrünen Lieblingspulli in der Hand auf mich zustürmen. Das hat mir gerade noch gefehlt! Innerhalb von Sekundenbruchteilen entscheide ich mich dafür, dass nicht einmal mein Lieblingspulli es wert ist, ausgerechnet jetzt dem Epsilianer in die Arme zu laufen, drehe mich wieder um und verdoppele mein Tempo.

Nur noch zehn Meter bis zur Tür. Hektisch wühle ich in der winzigen Tasche auf der Rückseite meiner Shorts nach meinen Schlüsseln und erstarre. Mit einem Laut irgendwo zwischen einem resignierten Seufzen und einem verzweifelten Wimmern lehne ich meine Stirn gegen das überraschend kalte Milchglas der Haustür und kapituliere. Die Schlüssel befinden sich in der Bauchtasche des Kapuzenpullis.

In aller Seelenruhe schlendert Riley Chase jetzt zu mir herüber. »Hier, dein Pulli«, sagt er schließlich und hält ihn mir unter die Nase.

»Danke«, knurre ich und schnappe nach dem Sweatshirt, doch er zieht es weg, bevor ich es zu fassen bekomme.

»Was soll das?!«

»Nur, wenn ich noch mit reinkommen darf.«

Spinnt er? Wegen ihm stecke ich überhaupt erst in diesem ganzen Schlamassel. Wahrscheinlich ist es nicht fair, dass mein Zorn ausgerechnet ihn trifft, der auch nur zur falschen Zeit am falschen Ort war. Doch im Augenblick ist mir das egal.

»Nein!«, fauche ich und wende mich ihm zu. Angestrengt starre ich auf seine rechte Schulter, überallhin, nur nicht in seine portalblauen Augen. »Gib mir meinen Pulli zurück!«

»Wie ich schon sagte: Kein Problem, solange ich kurz mit reinkommen kann.«

Ohne Vorwarnung tritt er einen Schritt auf mich zu, sodass ich den Duft nach Menthol und Apfel wahrnehme, der von ihm ausgeht.

»Ich muss mit dir reden. Es ist dringend«, flüstert er dicht an meinem Ohr, so dicht, dass sein warmer Atem die feinen Härchen daran kitzelt. Ich unterdrücke ein Schaudern und versuche noch einmal, mir den Pulli zu schnappen, doch er hält ihn einfach außer Reichweite.

Womöglich sollte ich seinem Drängen nachgeben. Immerhin hatten wir noch keine Gelegenheit, unter vier Augen miteinander zu sprechen. Ich wüsste zu gern, was er auf Epsilon zu suchen hatte – und vor allem, wie er dort hingekommen ist. Schließlich sollte es außerhalb Alphas kein menschliches Leben geben. Vielleicht kann er mir ja die Antworten geben, nach denen ich suche.

Ich gebe mir einen Ruck. »Na gut.«

Endlich wirft Riley mir mein Kapuzensweatshirt zu. Es klimpert leise, als ich es aus der Luft fische, um in der Bauchtasche nach den Schlüsseln zu kramen. Gemächlich sperre ich die Haustür auf und bemühe mich nach Kräften, mir auf den Treppenstufen den sich bereits ankündigen Muskelkater nicht anmerken zu lassen. Oben angekommen schlüpfe ich durch die Tür und will sie gerade zuschlagen, da schiebt er seinen grauen Sneaker dazwischen.

»Schade. Einen Versuch war es wert«, seufze ich, öffne die Tür und lasse ihn herein.

»So viel also zu deiner Einladung«, knurrt er.

»Erpressung zählt wohl kaum als Einladung!« Wütend funkele ich ihn an, bevor ich die Schultern sinken lasse. »Ich hatte einen harten Tag. Ehrlich gesagt möchte ich gerade einfach nur allein sein.«

Er schweigt einen Augenblick und mustert mich. Dann verlagert er lässig das Gewicht auf ein Bein. »Sie haben dich rausgeworfen, nicht wahr?«

Es ist keine Frage, sondern eine Feststellung. Trotz seines versöhnlichen Tonfalls trifft mich die Schwere der Worte tief ins Mark. »Nein, sie … Ich nehme mir nur eine Auszeit, weiter nichts«, entgegne ich, als könnte ich mich damit selbst belügen. Nicht dass es irgendetwas ändern würde.

Ermattet tapse ich ins Wohnzimmer und lasse mich auf das Sofa mit der zerwühlten Decke fallen. Schlagartig holt mich alles ein – die panische Angst um mein Leben auf Epsilon, das folgenschwere Gerichtsurteil, der Rauswurf von Liam. Alles das bohrt sich mit der Wucht eines Vorschlaghammers in meinen Schädel und ruft ein unangenehmes Pochen hinter meinen Augen hervor, untermalt vom schalen Nachgeschmack des Billig-Sportdrinks in meinem Mund. Vermutlich ist es bloß eine Frage der Zeit, bis auch mein Magen rebelliert.

»Gemütlich hast du es hier. Ein bisschen unordentlich vielleicht«, bemerkt Riley, als er ebenfalls ins Wohnzimmer tritt und sich umsieht.

Gemütlich trifft es nicht so ganz. Eher klein, gedrängt, das Beste aus dem winzigen Raum gemacht. Neben dem schmalen Zweisitzer befindet sich nur noch ein abgenutzter Korbstuhl vor der Nische mit dem winzigen Fernseher, den ich seit dem Brand auf Epsilon nicht mehr eingeschaltet habe. Zu sehr graut mir vor den Bildern und Schlagzeilen über mich, die Aschebringerin, welche mit Sicherheit in Dauerschleife wiederholt werden. Auf dem Tisch vor mir stehen noch die Reste eines schnellen Mittagessens – Vollkornnudeln mit Eiern und Tomaten –, dazu ein halb leeres Glas Wasser. In der anderen Ecke des Raumes, wo andere Menschen vermutlich ihre Bücherregale oder schicke Vitrinen hinstellen, habe ich mit Gewalt ein Ergometer gequetscht. Ansonsten sind die Wände kahl, mit Ausnahme einiger eingerahmter Zeitungsartikel über mich, die kreuz und quer ohne erkennbares System festgenagelt sind. Meine Mutter sammelt und schickt sie mir mehrmals im Jahr, und ich hänge sie stets so auf, dass sie sie bei unseren Videotelefonaten sehen kann. Normalerweise blende ich die Bilderrahmen aus, doch jetzt ist mir meine eigene Hall of Fame plötzlich peinlich. Riley hat sie inzwischen bemerkt und kann ein Schmunzeln nicht unterdrücken.

»Schrecklich, hm?«, frage ich und versuche, meine Verlegenheit zu überspielen.

Statt einer Antwort lacht er leise in sich hinein. Mir fällt auf, dass seine Haare feucht und zerzaust sind, als käme er frisch aus der Dusche. Wie selbstverständlich lässt er sich in den Korbstuhl neben mir fallen und sieht mich an, aber ich meide seinen Blick. Angestrengt starre ich auf die verkrampften Finger in meinem Schoß.

»Ich glaube«, bricht Riley schließlich das Schweigen, »zuerst sollte ich mich wohl mal für die Rettung bedanken.«

»Du brauchst dich nicht zu bedanken. Das hätte jeder gemacht«, winke ich ab.

Riley schnaubt leise und senkt den Blick auf seine Hände. Es dauert eine Weile, bis er wieder hochsieht. »Na ja«, murmelt er leise.

Ich runzele die Stirn. »Was hattest du da überhaupt zu suchen?«

»Ganz einfach. Ich bin ein Ausgestoßener.«

»Quatsch«, stammele ich, »du bist auf einem anderen Planeten verloren gegangen und lebendig zurückgekehrt. Ein Überlebender.«

Riley schnaubt verächtlich. »Verloren gegangen. So, wie du es sagst, klingt es nach einem Unfall. Das war es aber nicht.«

»Nicht?«

»Nein. Was glaubst du denn, wie ich auf Epsilon gekommen bin?«

Darüber habe ich ehrlich gesagt noch gar nicht nachgedacht. »Keine Ahnung.«

»Ich war auch ein Portalläufer, genau wie du. Aber vor drei Jahren konnte ich während eines Wettkampfes plötzlich nicht mehr durch das Portal nach Alpha zurück.«

Plötzlich fällt es mir wieder ein. »Das warst du?«

Vor ein paar Jahren, als ich kurz vor meinem ersten Wettkampf stand, ist ein Läufer im Finale der alljährlichen *Portal-Running*-Championships auf unerklärliche Weise verschwunden. Diana und ich waren als Zuschauerinnen im Stadion, als sein Portal in der Arena versiegte. Nur wenige Tage später wurde er als verloren gemeldet, der Fall als tragisches Unglück abgestempelt und in den Medien zerrissen, bis schließlich das Interesse abebbte und das Ministerium für *Portal-Running* als Konsequenz lediglich die Regeln verschärfte. Damals hatte ich schreckliches Mitleid mit dem mir unbekannten Läufer, doch mein Training hatte mich schnell wieder so sehr gefordert, dass ich ihm nicht länger Beachtung schenkte.

Und jetzt, drei Jahre später, sitzt der verschwundene Portalläufer plötzlich vor mir, nachdem ausgerechnet ich ihn zurück nach Alpha gebracht habe.

Riley lächelt verdrossen. »Ja, das war ich. Mein Portal brachte mich wie geplant vom Stadion auf den Mond Epsilon. Dort bin ich mein bisher bestes Rennen gelaufen. Ich war schnell, die Generatoren voll und dicht geballt in meiner Nähe. Ich bin schon vor Ablauf der Zeit zurück zum Portal gerannt, um auf Nummer sicher zu gehen – ich war ein sehr vorsichtiger Läufer. Als ich aber darauf zugelaufen bin und meine Hand danach ausgestreckt habe, hat mich ein heftiger Stromstoß erwischt. Die Luft blieb mir weg, meine Muskeln haben sich total verkrampft. Der Schmerz …« Er schüttelt den Kopf, als wolle er die Erinnerung daran aus seinen Gedanken vertreiben. »Es hat lange gedauert, bis ich wieder zu mir gekommen bin. Das Portal war verschwunden, und ich stand mutterseelenallein im Wald. Nicht einmal die Begleitdrohne war noch da.«

»Aber …«, flüstere ich heiser und stocke, während ich eins und eins zusammenzähle. »Die Drohne ist damals unbeschadet durch das Portal zurückgekehrt. Die Stadionsprecher haben gesagt, sie hätte dich unterwegs verloren und du seist wahrscheinlich verunglückt. Aber keine Drohne der Welt hätte ein überladenes Portal unbeschadet passieren können, es sei denn …«

Riley nickt und ballt die Hände auf seinen Knien zu Fäusten. »Ja. Mein Portal ist manipuliert worden.«

Geschockt lehne ich mich auf dem Sofa zurück. Warum sollte jemand ein Portal manipulieren? Die einzigen Personen, die Zugriff auf die streng bewachten Portale haben, sind Beamte des *Portal-Running*-Verbands. Ich kann mir kaum vorstellen, dass sie einen entsprechenden Auftrag von der Regierung bekommen haben, geschweige denn, dass sie sich ohne Befehl daran zu schaffen gemacht hätten.

»Warum?«, frage ich. »Wer sollte denn so etwas tun?«

Riley sieht mir in die Augen, bis mir schwindelig wird, und beugt sich vor. Erneut weht mir der fruchtig-kühle Geruch seines Shampoos entgegen und benebelt meine Sinne. »Der Senat wollte mich loswerden, weil ich etwas weiß, das er um jeden Preis verheimlichen will. Eines Abends nach dem Training habe ich ein Übungsportal passiert, das wohl nur aus Versehen aktiviert war. Aber im Gegensatz zu den normalen Übungsportalen, die nur von einem Raum des Trainingscenters in einen anderen führen, hat es mich auf Epsilon gebracht. Ich wusste gar nicht, wie mir geschieht, als ich plötzlich dort auftauchte. Dabei habe ich ein Dorf voller Menschen gefunden, die dort lebten.«

Ich runzele die Stirn, starre ihn an und warte darauf, dass er weiterspricht. Ich kann nicht glauben, was er sagt. Es gibt keine anderen Menschen außerhalb Alphas, das wird schon Kleinkindern in der Schule beigebracht. Als vor zweihundert Jahren die Erde durch einen Asteroidenschauer zerstört wurde, flohen die Menschen in ein anderes Sonnensystem. Als künstlich erschaffener Planet war Alpha der einzige Lebensraum, der für sie infrage kam. Die dreiundzwanzig Monde um ihn herum verfügen zwar über Atmosphären, doch diese sind dünn und beinhalten teilweise giftige Gase. Dadurch eignen sich die Monde bestenfalls für kurze Ausflüge durch ein Portal, um das einzige Defizit auszugleichen, das Alpha besitzt: Die Aufrechterhaltung der Atmosphäre kostet immense Mengen an Energie. Energie, die wir Portalläufer von den vom IBPR installierten Generatoren auf den Monden einsammeln.

Bei keinem meiner Läufe habe ich jemals Anzeichen dafür entdeckt, dass die Monde bewohnt sein könnten. Wie auch, wenn das Überleben nur unter Alphas sicherer Atmosphäre möglich ist?

Ich schüttele den Kopf. »Das kann nicht sein. Es gibt kein Leben außerhalb Alphas.«

»Das ist das, was der Senat uns glauben lässt, ja. Ich habe das auch gedacht, bis ich es mit eigenen Augen gesehen habe.«

»Du lügst doch!«

Riley verzieht das Gesicht. »Wie hätte ich sonst so lange überleben sollen? Nach dem Verschwinden meines Portals war ich auf Epsilon gefangen. Zwei Tage habe ich mich allein im Wald durchgeschlagen. Ich konnte anfangs in der dünnen Luft kaum atmen und schleppte mich völlig desorientiert durch den Wald. Irgendwann habe ich dann das Dorf erreicht, in das ich zuvor durch das Übungsportal gelangt war, und bin halb verhungert und verdurstet mitten auf dem Marktplatz zusammengebrochen. Ich hatte mehr Glück als Verstand, dass die Menschen mich versorgt und bei sich aufgenommen haben. Als ich dann vor ein paar Tagen versucht habe, etwas Wild zu jagen, bin ich auf dich gestoßen. Ich bin dir eine ganze Weile gefolgt, bis ich herausgefunden habe, wo das Portal zurück nach Alpha liegen musste. Und plötzlich brannte der Wald.«

»Du lügst«, fauche ich. Hinter meinen Schläfen pocht es.

»Wie schon gesagt: Wie hätte ich sonst drei Jahre dort überleben sollen?«

Erneut schüttele ich den Kopf. Das ergibt alles keinen Sinn. Ich kann mir nicht vorstellen, wie das alles zusammenpassen soll. »Auf den Monden ist kein menschliches Leben möglich. Die Atmosphären …«

»… werden nach und nach zerstört! Die Generatoren zapfen so viel der planetaren Energie ab, dass Epsilons Atmosphäre sich einfach aufgelöst hat. All die Menschen dort … alle, die ich gekannt habe … sie sind einfach verbrannt.«

Ich kneife die Lippen zusammen und suche in seinem Gesicht nach einem Zeichen, dass er lügt. Aber so sehr ich auch suche, ich finde keins. »Selbst wenn das stimmen sollte …«

»Glaub mir, es stimmt. Ich sitze doch genau vor dir. Reicht dir das nicht als Beweis?«

»Nein. Ich kann das einfach nicht glauben.«

Um mich abzulenken, greife ich nach dem halb leeren Wasserglas auf dem Tisch. Meine Finger zittern so sehr, dass das Wasser beinahe herausschwappt, als ich es an meinen Mund hebe. Es schmeckt abgestanden und schal.

Riley schweigt eine Weile und lässt mich meinen Gedanken nachhängen, die so wirr sind, dass ich sie nicht zu fassen bekomme. Schließlich beugt er sich vor, direkt in das durchs Fenster einfallende Sonnenlicht. Dabei kommt er mir so nah, dass ich die einzelnen Details seines Gesichts erkennen kann. Die feinen goldbraunen Haare, die verwegen in seine Stirn fallen, seine hohen Wangenknochen, das markante Kinn. Sogar die vereinzelten Sommersprossen über der schmalen Oberlippe, die nicht recht zu seiner vollen Unterlippe zu passen scheint, und die vergessenen Bartstoppeln an seinem Kinn. Wäre Riley nicht der Grund für mein Dilemma, würde ich ihn beinahe hübsch finden. Aber nur beinahe.

»Verrätst du es mir?«, flüstert er.

»Was?«

»Wie du das gemacht hast.«

Ich hebe die Augenbrauen. »Wie ich was gemacht habe?«

»Na, wie du das Portal erschaffen hast, durch das du mich gezogen hast.«

Ich rücke ein Stück von ihm ab. »Was für ein Portal? Wir sind durch das vom Wettkampf entkommen.«

»Du weißt es also wirklich nicht, oder?«, sagt er leise lachend. »Erinnerst du dich denn nicht an das grüne Leuchten?«

»Doch, natürlich. Aber ich dachte, das hätte ich mir bloß eingebildet zwischen all den Flammen.«

»Nein, hast du nicht. Das Portal von Alpha konnte dem immensen Druck, der durch den Brand entstand, nicht standhalten. Die technische Konstruktion ist hochsensibel und nicht auf derartige Naturkatastrophen ausgelegt.«

Allmählich ordnen sich die wirren Bilder in meinem Kopf zu einem Ganzen. Hände, die sich verzweifelt nach dem rettenden Blau ausstrecken. Wie sie ins Leere greifen, wie ich uns verloren glaube – und wie ein grünes Licht uns für Sekundenbruchteile umhüllt.

»Und dann hast du aus dem Nichts plötzlich ein eigenes Portal erschaffen, so grün wie deine Augen. So etwas habe ich noch nie gesehen.«

»Unmöglich. Kein Mensch kann das tun. Die Portale sind nur durch die spezielle Technik der Regierung herstellbar und …«

Ohne mich ausreden zu lassen, streckt Riley die Hand nach mir aus. Ich zucke zurück, doch er hat es gar nicht darauf abgesehen, mich zu berühren. Stattdessen reibt er seine Fingerspitzen aneinander, bis ihnen ein zarter bläulicher Funke entspringt und auf seinen Fingerkuppen tanzt. Meine Augen werden groß.

»Ebenso wenig, wie das möglich ist? Hör zu, deshalb bin ich hier. Etwas in meiner DNS muss sich verändert haben, als ich auf Epsilon diesen Stromschlag abbekommen habe. Seitdem kann ich das.«

»W-was ist das?« Meine Stimme zittert.

»Keine Ahnung. Irgendwie kann ich den Strom in den Nervenbahnen meines Körpers lenken. Ich kann ihn verstärken und als Blitze in meinen Fingerspitzen manifestieren. Es ist ab und an ganz nützlich zur Selbstverteidigung oder um etwas kurzzuschließen, aber viel mehr weiß ich auch nicht darüber.«

Skeptisch beäuge ich seine Hand. »Komm mir damit bloß nicht zu nahe!«

»Keine Sorge«, antwortet er belustigt und lässt die Funken verschwinden. Dann wird er urplötzlich wieder ernst. »Was auch immer das ist, ich kann es seit meinem ›Unfall‹.« Mit den Händen malt er Anführungsstriche in die Luft. »Und du kannst Portale erschaffen.«

»So ein Quatsch! Ich habe noch nie einen Stromschlag bekommen, der irgendetwas in meinem Körper verändern könnte. Und ein Feuer kann ja wohl kaum die Ursache für eine Genmutation sein.«

»Und was, wenn deine DNS schon von Anfang an anders war? Wahrscheinlich kannst du das schon immer und wusstest nur nichts davon.«

Es gefällt mir ganz und gar nicht, in welche Richtung sich dieses Gespräch entwickelt. Was bildet er sich überhaupt ein, hier einfach so aufzutauchen und mir diese Geschichte aufzutischen? Vielleicht hat er sich bei unserem Sprung zwischen den Welten den Kopf angestoßen und redet deshalb wirr. Doch das Schlimmste ist, dass ein winziger Teil von mir tatsächlich befürchtet, dass er die Wahrheit sagt – und dass das grüne Leuchten tatsächlich meinen eigenen Händen entsprungen ist.

»Nein«, sage ich trotzig.

Jetzt springt Riley auf und packt mich an den Schultern. »Yashira, hör mir zu. Verstehst du es nicht? Wir sind nicht wie die anderen! Deshalb haben sie mich damals verstoßen und deshalb haben sie dich heute rausgeworfen!«

»Das ergibt doch gar keinen Sinn!«, rufe ich. »Weshalb sollten sie dich dann einfach frei auf Alpha herumlaufen lassen?«

»Weil momentan viel zu viel Trubel um uns herrscht«, antwortet er. »Überleg doch mal! Wir sind mitten in einer überfüllten Arena gelandet, zwischen Tausenden Leuten, die alles mit angesehen haben. Täglich berichten die Medien über uns. Da können sie uns nicht einfach verschwinden lassen. Nein, sie warten nur darauf, bis Gras über die Sache gewachsen ist, und dann kommen sie und holen uns.«

»Blödsinn! In ein paar Tagen kann ich zurück ins Trainingscenter, und du wirst dir reichlich blöd vorkommen mit deinen Verschwörungstheorien. Du wirst schon sehen«, entgegne ich ruhig.

»Du verstehst es nicht. Es gibt kein Zurück.«

»Du spinnst doch«, murmele ich.

»Yashira, hör doch, wir müssen zusammenhalten und herausfinden, was hier los ist!«

»Du bist doch nicht ganz dicht!«, schreie ich ihn jetzt an und springe ebenfalls auf. Wütend starre ich ihm ins Gesicht, wobei ich den Kopf zu meinem Verdruss leicht in den Nacken legen muss. »Ich bin kein Stück wie du, du Möchtegern-Epsilianer!«

Von Zorn gepackt stürme ich aus dem Zimmer. Ohne nachzudenken, schlüpfe ich in meine Schuhe. Ich greife so hastig nach den Schlüsseln, dass der ohnehin schon wackelige Flurtisch umkippt und die Vase mit den Kunstblumen darin zerbricht. Wutschnaubend betrachte ich die Scherben zu meinen Füßen, wie sie vor meinen Augen verschwimmen und umeinanderwirbeln, bis sie sich erst zu Portalen und dann zu brennenden Monden formen.

Ich muss hier weg.

»Yashira! Wo willst du denn hin? Warte!«, ruft Riley mir hinterher, doch die Tür knallt bereits hinter mir ins Schloss.

Ich bemerke kaum, wie ich die Treppen hinuntereile, durch die Haustür in den beginnenden Regen schlüpfe und die Straßenseite wechsle. Meine Gedanken strudeln haltlos umher, ohne Form, ohne Farbe, ohne Sinn. Ich eile durch die Straßen, schlängele mich durch die Leute und starre dabei auf meine Füße in den neongrünen Turnschuhen, die auf dem nassen Asphalt plötzlich noch mehr wie ein Fremdkörper wirken als im Dunkelwald. Über das Trommeln meiner Füße auf dem Boden hinweg dringen Gesprächsfetzen von Passanten an mein Ohr und lassen mich erschauern.

»Da ist sie!«

»Da ist die Aschebringerin!«

»Die Aschebringerin!«

Schnell weg von hier. Ich taumele und stolpere vorwärts durch die Menschen, die eilig zur Seite springen aus Angst, mit der Aschebringerin in Berührung zu kommen. Statt mir wie sonst begeistert die Hände entgegenzustrecken und um Fotos und Autogramme zu bitten, ziehen sie den Kopf ein und meiden meinen Blick. Ich spüre kaum, wie ich allmählich in einen Laufschritt falle und immer schneller werde, durch den immer stärker werdenden Regen hindurch, bis ich schließlich sprinte und meine Lunge zu bersten droht. Die Worte hallen in meinem Kopf nach, bilden ein endloses Echo aus Zorn und Zweifeln. Mein Körper krümmt sich, mein Magen krampft und das Herz trommelt verzweifelt gegen meine Rippen, als wolle es seinen knöchernen Käfig sprengen, um diesen Schmerz nicht länger ertragen zu müssen. Ich renne, bis ich nicht mehr kann. Egal wohin, bloß weg.

Irgendwann biege ich in eine schmale Seitengasse und lehne mich an eine Hauswand. Unaufhörlich laufen Regentropfen über mein Gesicht, vermischen sich mit den Tränen auf meinen Wangen und tropfen von meinem Kinn auf meine nackten Arme hinab.

Yashira, die Aschebringerin.

Dieser Name klingt in meinem Kopf nach, als wäre alles andere fort. Meine Knie knicken ein, ich gehe zu Boden und lande mitten in der dreckigen Pfütze unter mir.

Und endlich, endlich kann ich den Tränen freien Lauf lassen, die ich all die Zeit über zurückgehalten habe.

Kapitel 5

Drei Tage.

Ganze drei Tage dauerte es, bis ich aus meinem Schockzustand erwachte.

Den ersten Tag über kauerte ich apathisch auf dem Sofa, stierte ins Leere und aß und trank fast nichts. Am zweiten Tag zertrümmerte ich meinen Badezimmerspiegel, schlug so lange darauf ein, bis mein Gesicht in ihm ebenso zerrissen aussah, wie ich mich fühlte. Dann stürzte ich ins Wohnzimmer, riss die Artikel über mich von den Wänden und zertrat ihre Rahmen in tausend Stücke. Anschließend tanzte ich auf bloßen Füßen über ihre Scherben. Am dritten Tag hockte ich dann mit verbundenen Füßen auf dem Boden und starrte auf die blutigen Überreste der gläsernen Rahmen, während ich das Gespräch mit Riley wieder und wieder in Gedanken durchspielte.

Am vierten Tag hingegen packte mich eine Art sturer Trotz, und ich beschloss, Liam eines Besseren zu belehren. Sobald er sehen würde, dass ich mich fit hielt und weitertrainierte, würde er mich sicher wieder in die Gruppe aufnehmen. Schließlich ist es der Job eines Trainers, seine Schützlinge in jeder Lage zu unterstützen, oder nicht? Ich musste ihn nur wieder daran erinnern.

Also quälte ich mich seitdem regelmäßig hinaus und joggte, sprintete und machte Kraft- und Koordinationsübungen im Freien, bis ich fast umfiel. Und jedes Mal lief ich wie durch einen gut geplanten Zufall Riley Chase in die Arme.

Zu jeder erdenklichen Uhrzeit lauerte er mir auf und schloss sich, ohne zu fragen, meinem Sportprogramm an. Es störte ihn nicht, wenn ich Kopfhörer trug und die Musik so laut aus ihnen schallte, dass es mir beinahe das Trommelfell wegblies. Er ließ sich auch nicht davon beirren, wenn ich versuchte, ihn abzuschütteln, oder ihn jedes Mal wütend anfauchte, dass er mich endlich in Ruhe lassen sollte. Nein, stattdessen versuchte er, mich jeden Tag von abstrusen Dingen zu überzeugen. Mit ernstem Blick redete er von Genexperimenten, Mutationen und Menschen auf anderen Planeten, eine Theorie wilder als die andere. Und nie war ich gewillt, ihm Glauben zu schenken, egal, wie sehr er sich bemühte. Stattdessen hoffte ich jeden Morgen, dass endlich der Tag gekommen war, an dem er mich in Ruhe ließ, damit ich mich auf mein Training konzentrieren konnte.

Heute ist bereits der zwölfte Tag nach Liams Zurückweisung. Ich binde meine Haare am Hinterkopf zusammen, schlüpfe in leichte Trainingskleidung und ziehe mein grünes Kapuzen-Sweatshirt über. Dann blicke ich in den Spiegel und suche in meinem Gesicht nach irgendeinem Anzeichen meiner alten Stärke. Doch alles, was ich sehe, ist ein winziges trotziges Glitzern hinter matten Augen. Tief in mir spüre ich, dass etwas zerbrochen ist und nie wieder so sein wird wie vorher. Energisch schüttele ich den Kopf und wische dieses Gefühl beiseite. Solange ich kann, werde ich darum kämpfen, Liams Vertrauen zurückzugewinnen. Also wende ich mich ab, schnüre die Laufschuhe und verlasse meine Wohnung, obwohl sich alles in mir dagegen sträubt.

Als die Haustür hinter mir zuschlägt, löst sich links von mir eine Gestalt von der Wand. Entnervt ziehe ich die Kopfhörer meines Musikgeräts aus der Bauchtasche meines Sweatshirts und fluche innerlich. Ausgerechnet jetzt müssen sie verknotet sein! Hektisch versuche ich, sie zu entwirren und dabei Rileys Anwesenheit auszublenden.

»Och, komm schon, wie lange willst du mich noch ignorieren?«

So lange, bis du schwarz wirst, würde ich ihn am liebsten anfahren, denn du bist schuld an meinem Elend! Hätte ich dich doch bloß nie getroffen! Aber ich beiße mir bloß auf die Lippe und kämpfe mit den Kabeln, um ihm so wenig Aufmerksamkeit wie möglich zu schenken.

»Ich sehe, dass du dir auf die Lippe beißt, und ich weiß auch, dass du mich ganz genau hörst. Warum hältst du so verzweifelt an deiner Illusion von einem Comeback fest? Du benimmst dich wie ein Hamster im Rad. Sieh es ein, es wird kein …«

Da halte ich es nicht mehr aus. Wütend stopfe ich das Gerät mitsamt dem Kabelwirrwarr zurück in meine Bauchtasche, laufe los und lasse ihn stehen. Ich will nicht hören, was er zu sagen hat. Er kennt mich nicht. Er weiß nicht, wie viel mir das Laufen bedeutet, dass es für mich wie Atmen ist und ich ein Nein von Liam nicht akzeptieren werde. Also renne ich davon, so schnell ich nur kann, um alles hinter mir zu lassen. Ich fliehe vor meinen Zweifeln und Ängsten, aber auch vor meinen Hoffnungen. All das will ich im wohltuenden Muskelschmerz des Trainings ertränken, bis ich nicht mehr darüber nachgrübeln kann.

Trotzdem kommt jedes Mal der Moment, in dem mein Körper zu langsam wird, um meinen Gedanken davonzulaufen. Irgendwann bleibt er stehen, einfach so, lehnt sich keuchend an eine Hauswand und lässt Tränen über mein Gesicht laufen. Er nimmt wahr, wie mein immer wieder von leeren Gesichtern geflüsterter neuer Name, Aschebringerin, meine Ohren erreicht und mich bis ins Mark der Knochen erschüttert. So auch jetzt. Aber heute lasse ich zu, dass meine Finger zu zittern beginnen und die Tränen nicht wegwischen. Ein Tropfen für jeden Gedanken, eine nasse Spur auf meinem Pullover. Eine warme Hand auf meiner Schulter.

Erschrocken reiße ich die Augen auf und blicke auf den Gehweg der kleinen Seitengasse zu meiner Rechten. Alles in mir erstarrt zu Eis. Meine Glieder werden taub, und sämtliche Sinne scheinen sich nur noch auf den warmen Punkt auf meiner Schulter zu konzentrieren.

»Sie sind es, die dich rausgeworfen haben, nicht ich. Ich kann nichts dafür. Aber sie sind deine Tränen nicht wert«, sagt Riley überraschend sanft.

»Hör auf, so nett zu mir zu sein«, knurre ich, reiße mich los und wirbele zu ihm herum. »Ich weine um meinetwillen. Und du bist daran schuld!«

»Wieso ich?«

»Wenn du damals nicht durch dieses dämliche Übungsportal gegangen wärst, wäre all das nicht passiert!«

»Ach so, und ich bin dann wohl auch schuld an den Verbrechen, die Alphas Forschungsministerium begeht?«, schnaubt er.

»Kommst du mir jetzt wieder mit diesen Geschichten von den Genexperimenten? Von Leuten mit weißer Haut und gelben Augen? Das glaubst du doch wohl selbst nicht«, stöhne ich.

»Doch, und wie! Schließlich habe ich drei Jahre unter ihnen gelebt«, entgegnet er, bevor er einmal tief durchatmet. »Reicht es dir nicht, dass ein ganzer Planet mitsamt seinen Bewohnern einfach so niederbrennt, weil seine Atmosphäre zerstört wurde?«

»Ach, hör auf. Es gibt keine Menschen auf den Monden!«

Jetzt packt Riley erneut meine Schultern, schiebt mich in die Seitengasse hinein und drückt mich gegen eine Hauswand. Sein Gesicht ist jetzt ganz nah an meinem, sodass ich seinen warmen Atem spüren kann. »Jetzt hör mir mal zu! Ich habe dir die Wahrheit erzählt. Ich habe dir gezeigt, was ich kann. Was brauchst du denn noch für Beweise, bis du endlich damit aufhörst, deine Augen vor allem zu verschließen?«

»Ich verschließe meine Augen nicht!«, fauche ich und reiße mich los. »Es ist kein Verbrechen, dass ich weitertrainieren möchte und meinen Sport liebe! Liam wird schon sehen, dass ich ihn nicht enttäusche. Dann lässt er mich auch wieder zurück in die Gruppe, und alles ist wieder in Ordnung!«

Riley schnaubt. »Du liebst deinen Sport? So sehr, dass du dich selbst aufgibst und dich immer weiter an diesen Liam klammerst? Nein, du liebst nicht das Portallaufen, du liebst die Idee von dir, die der Sport dir gibt!«

Ich öffne den Mund, um etwas zu erwidern, doch ich fühle mich entwaffnet. Was, wenn er recht hat?

Diese Chance lässt Riley sich natürlich nicht entgehen. Mit grimmigem Blick entfacht er einen winzigen Funken auf seinen

Fingerspitzen. »Du bist in die Ideale eines Sports verliebt, der nichts anderes ist als ein Vorwand für die Ausbeutung anderer Menschen. Du und ich, wir sind der lebende Beweis dafür, dass die Regierung Dreck am Stecken hat.«

»Ach, Blödsinn«, antworte ich und wende mich zum Gehen.

Doch so schnell gibt Riley nicht auf. Blitzschnell macht er einen Schritt nach vorn, stützt sich mit ausgestrecktem Arm so gegen die Hauswand, dass ich nicht an ihm vorbeikomme, und hält meinen Blick fest. Das Blau um seine Pupillen scheint zu tanzen, als bräche sich Licht auf der Oberfläche des Ozeans. »Du weißt genau, dass ich die Wahrheit sage«, stößt er hervor. Seine Kiefermuskeln zucken. »Du musst beginnen, die Dinge infrage zu stellen. Wach endlich auf!«

»Du kennst mich doch gar nicht! Hau ab und lass mich endlich in Ruhe! Was willst du überhaupt von mir?«

»Ich will, dass du mir zuhörst!«, fährt er ungerührt fort. »Du bist die Einzige, die es auch gesehen hat. All die Menschen auf den Monden sind in Gefahr. Der Brand auf Epsilon war erst der Anfang! Du warst dabei, du weißt, wie schrecklich es war.«

»Ach, sei still«, murmele ich und presse meine Handballen gegen die Schläfen. Allmählich bekomme ich Kopfschmerzen.

»Da sind Menschen auf den Monden. Menschen, die in Lebensgefahr schweben, weil ihre Lebensgrundlage zerstört wird. Und wir sind die Einzigen, die davon wissen. Wir müssen etwas dagegen tun!«

»Das glaubst du doch wohl selbst nicht«, erwidere ich.

»Doch, ich meine das absolut ernst. Denk doch mal nach. Bald wird ein Mond nach dem anderen verschwinden, und dann? Dann sterben nicht nur unzählige Menschen, sondern auch Alpha gerät in Gefahr. Jetzt ist es noch nicht zu spät, die Bevölkerung darauf aufmerksam zu machen. Noch können wir etwas ändern!«

Ich schüttele nur den Kopf.

»Irgendjemand muss der Regierung Einhalt gebieten, sonst wird es übel enden. Auch für dich«, sagt Riley.

»Als ob«, fauche ich.

»Doch, wird es«, beharrt er. »Was denkst du denn, wieso sie dich so glimpflich haben davonkommen lassen, nachdem du mit mir zusammen im Stadion gelandet bist? Normalerweise hättest du verhaftet werden müssen.«

»Sie … Sie haben eben Milde walten lassen. Weil du ein Alphanier bist und weil ich nicht nachgedacht habe, als ich dich gerettet habe«, murmele ich.

»Blödsinn. Sie warten nur auf eine günstige Gelegenheit, um uns von der Bildfläche verschwinden zu lassen. Es wird nicht mehr lange dauern. Sie beobachten uns und warten, bis Gras über die Sache gewachsen ist. Dann holen sie uns und stecken uns in Labore, um unsere DNS auseinanderzunehmen.«

»Du hast echt 'nen Knall«, krächze ich. Mir ist speiübel, als würde mir jemand den Boden unter den Füßen wegziehen.

»Wach endlich auf, Yashira! Du bist nicht mehr ihr Star, sondern ihre *Aschebringerin*! Reicht dir das nicht? Asche! Oder hörst du nur noch auf diesen Namen? Ist es das, was du willst? Soll ich dich jetzt Ash nennen, hm, Ash?«

»Hör auf«, sage ich. Seine Worte klingeln in meinen Ohren und wecken etwas Dunkles, Lauerndes tief in meiner Brust. Alles dreht sich, scheint mit hoher Geschwindigkeit auf mich zuzurasen, nur um dann wieder vor meinen Augen zu verschwimmen. Kalter Schweiß sammelt sich auf meinem Gesicht, obwohl sich meine Haut fiebrig heiß anfühlt, und vermischt sich mit meinen Tränen.

»Es tut mir leid«, murmelt Riley. »Ich weiß, dass das alles viel auf einmal ist. Aber in dem Moment, in dem sie dich zur Aschebringerin gemacht haben, bist du aus ihrem System geworfen worden. Nicht mehr lange, und du wirst eine Ausgestoßene sein. Genau wie ich.«

»Ich sagte, hör auf!«, brülle ich jetzt aus Leibeskräften, während ich aushole und mit der Faust gegen die Wand schlage. Die Wut durchfährt mich so roh, so unvorbereitet, dass ich sie nicht zurückhalten kann. Sie bricht aus meinem Brustkorb hervor und wandert meinen Arm entlang bis in meine Fingerspitzen, von wo aus sie sich ausbreitet wie Feuer.

Plötzlich geht alles ganz schnell. Dort, wo meine Faust die Wand berührt, leuchtet ein helles grünes Licht auf. Innerhalb weniger Augenblicke wächst es zu einer großen runden Scheibe heran, bis es uns beide überragt. Dann kippt die Welt zur Seite und wir mit ihr, mit dem Kopf voran in das leuchtende Grün. In einem tosenden Sog werden wir durcheinandergewirbelt, bis ich nicht mehr weiß, wessen Hände sich in meine Arme krallen oder wessen Schrei in meinen Ohren zerschellt. Immer schneller kreisen wir umeinander, eine Endlosspirale zwischen Raum und Zeit, bis wir auf einmal ebenso schnell wieder von dem Licht ausgespuckt werden, wie es uns eingesogen hat.

Mit einem Ächzen lande ich auf etwas Weichem und Heißem. Etwas sehr, sehr Heißem.

»Aua!«, stöhne ich. Eilig springe ich auf, um meine Handflächen von der Hitze unter ihnen zu erlösen. Von der abrupten Bewegung dreht sich mir der Magen um, und ich muss mich übergeben, genau vor Rileys Füße.

»Oh, bäh! Nicht schon wieder!«, ruft er und rappelt sich auf. Hektisch dreht er sich um die eigene Achse, wobei er fieberhaft nach etwas Ausschau hält. Ich folge seiner Blickrichtung zu einem verblassenden grünen Flackern in der Luft vor mir. Riley stürzt darauf zu, doch genau in dem Moment, in dem er es erreicht, erlischt es. Keuchend steht er vor der jetzt leeren Luft, breitet die Arme aus und beginnt, lautstark zu fluchen: »Verdammte Scheiße!«

Währenddessen stütze ich mich mit den Händen auf den Knien ab und sehe mich um. Wir befinden uns offenbar mitten im Nirgendwo, umgeben von nichts als heißen, flirrenden Sanddünen. Doch dann stutze ich. Die Umgebung sieht aus wie die in dem Traum am Morgen meines Wettkampfes … beinahe wie … eine Wüste? Wie sind wir hierhergekommen?

»Na toll!«, schimpft Riley und stapft auf mich zu. »Dein blödes Portal hätte uns ja auch in einen Vergnügungspark bringen können, aber ausgerechnet in eine Wüste? Ist das dein Ernst?«

»I-ich … Das war ich? D-das kann nicht sein!«, stammele ich. Meine Knie beben.

»Ja, das warst du! Glaubst du mir jetzt?«

Mit einem mulmigen Gefühl hebe ich meine Hände ans Gesicht und betrachte sie. Sie zittern, und die Fingerspitzen sehen verdächtig verbrannt aus, als wären sie einer hohen Energiemenge ausgesetzt worden. Tief in meinem Inneren rastet etwas ein, das ich bisher sorgsam vor mir selbst verschlossen habe, und plötzlich verstehe ich.

Und ich glaube ihm.

Kapitel 6

Ich habe solchen Durst.

Dieser Gedanke drängt sich seit einer gefühlten Ewigkeit immer stärker in den Vordergrund meines Bewusstseins. Ich weiß nicht, wie lange wir schon so umherirren, denn die eintönige Landschaft raubt mir jedes Zeitgefühl. Nichts als rostbraune Dünen und die glutrote Sonne über unseren Köpfen, so sengend heiß, dass ich mich frage, warum der Sand zu unseren Füßen sich nicht in gigantische Haufen glühender Glassplitter verwandelt wie die Bilderrahmen in meinem Wohnzimmer. Dann hätte ich zumindest auf ihnen tanzen können.

»Wir müssen dringend Wasser finden«, sage ich und bereue es sofort, als die Bewegung meine rissigen Lippen noch weiter aufplatzen lässt.

»Wir müssten gar nichts, wenn du uns einfach in einem hübschen, kleinen Café abgesetzt hättest, Ash!«

»Du sollst mich nicht so nennen!«, brause ich auf, doch die wabernde Hitze um uns herum lässt meine Wut sofort wieder verdampfen. Es würde mich nicht wundern, wenn sie sich als rauchige Dunstwolke über meinem Kopf kringeln würde.

Riley scheint es ähnlich zu gehen, denn er macht sich nicht einmal die Mühe, mir zu antworten. Stattdessen kämpft er sich ein Stück vor mir so frustriert durch den Sand, das dieser nach allen Seiten davonfliegt. Mir bleibt nur der Blick auf seine muskulösen Schultern, den das nass geschwitzte, inzwischen dunkelgraue T-Shirt kaum einschränken kann. Zornig versuche ich, ihm ein Loch in seinen Rücken zu starren, während ich mir gleichzeitig meinen Kapuzenpulli um den Kopf wickele, um mich vor der Sonne zu schützen. Wenn bloß dieses dämliche Gebirge, auf das wir die ganze Zeit zusteuern, endlich näher kommen würde! Oder wenn wenigstens ein paar Pflanzen die kochende Einöde durchbrechen würden.

»Wir sollten versuchen, schneller voranzukommen. Es wird bald dämmern, und dann hocken wir nachts schutzlos in der Wüste«, bemerkt Riley nüchtern.

»Schön, du Überlebenskünstler, dann sorg doch einfach für ein bisschen Schatten, und ich renne sofort los!«, antworte ich schnippisch, schneide seinem Rücken eine Grimasse und streiche über die schmerzende Haut auf meinen Armen und Beinen.

Zuerst habe ich mich gefreut, nur mit einem leichten T-Shirt und Shorts bekleidet zu sein. Doch schneller, als mir lieb war, hat es sich als heimtückischer Nachteil herausgestellt, da meine Haut der Sonne schutzlos ausgeliefert war. Zwar habe ich überlegt, mir mein Sweatshirt einfach überzuziehen und die Kapuze zu benutzen, aber in dem dicken, flauschigen Stoff wäre ich wohl schneller gar gegrillt worden als ein Hühnchen im Ofen. Allerdings scheint meine Haut mittlerweile förmlich zu brennen und hat eine hässliche rote Farbe angenommen. Noch schlimmer sind nur die Schmerzen in meiner trockenen Kehle, die sich anfühlt, als hätte ich eine der riesigen Sanddünen verschluckt.

Um mich abzulenken, betrachte ich meine Hände. Sie sind schwielig und rissig, frei von jeder Spur des merkwürdig grünen Leuchtens, als wäre jegliche Kraft aus ihnen herausgesaugt worden. So schnell wird es auch bestimmt nicht zurückkommen. Ich weiß jetzt, dass Riley mir die Wahrheit gesagt hat und ich tatsächlich aus irgendeinem Grund über die Fähigkeit verfüge, eigenständig Portale zu eröffnen. Schließlich kann ich nicht leugnen, dass wir mitten auf einem mir völlig unbekannten Wüstenplaneten gelandet sind. Aber sooft ich es auch versuche, ich finde einfach keine rationale Erklärung dafür. Selbst wenn Rileys Behauptung stimmt, dass Alphas Regierung Dreck am Stecken hat – was hat das alles mit mir zu tun? Der Senat würde doch niemals etwas Schlimmes mit der eigenen Bevölkerung anstellen. Oder doch?

Rileys vor meinem Gesicht schnipsende Finger katapultieren mich jäh in die Wirklichkeit zurück. »Hey, jemand zu Hause? Ich rede mit dir!«

Blinzelnd weiche ich seiner Hand aus und funkele ihn an. »Was soll das?«

Statt einer Antwort deutet er mit der Hand auf eine Gruppe graubrauner Felsen direkt vor uns. Zwischen all den losen Sandbergen sehen sie so deplatziert aus, als hätte sich jemand vor Urzeiten mitten in diese Landschaft hinein erbrochen und sich nicht die Mühe gemacht, anschließend die Überreste zu beseitigen. Doch für uns wirken diese Brocken wie eine willkommene Gelegenheit, eine Pause machen und vielleicht sogar die Nacht einigermaßen geschützt verbringen zu können.

»Ich würde sagen, wir übernachten hier. Wenn wir jetzt losgehen, werden wir bestimmt von der Dunkelheit überrascht«, schlägt Riley vor, als wir uns in den Schatten der Findlinge fallen lassen. Aus der Nähe betrachtet sieht ihre kränklich anmutende Färbung nicht viel einladender aus, aber sie werden uns vor Wind und Wetter schützen. Und das ist im Augenblick genug.

Mit einem leisen Seufzen nehme ich meinen Pullover vom Kopf und schüttele meine verklebten Locken auf. Allmählich beginne ich zu frösteln, denn die Sonne geht bereits unter.

Kurzerhand streife ich den Pullover über und blicke zu Riley hinauf, der gerade versucht, an den Steinen hochzuklettern. »Siehst du irgendwo Wasser?«, rufe ich.

»Nein! Nichts als Sand überall!«

»Scheiße«, murmele ich und fasse mir an den Kopf.

»Wir müssen jetzt geduldig sein und uns ausruhen. Es bringt nichts, wenn wir unsere letzten Kräfte dafür verschwenden. Am besten brechen wir morgen früh auf, um Wasser zu suchen.«

»Wie lange überleben Menschen denn ohne Wasser?«, frage ich und kann die leise Panik in meiner Stimme nicht verbergen.

Vorsichtig klettert Riley die Felsen wieder hinunter, darauf bedacht, sie nicht zu lange mit den Händen zu berühren. Unten angekommen stemmt er die Hände in den Rücken und streckt sich. »Sagen wir einfach, wir sollten zusehen, dass wir bald welches finden«, sagt er schlicht.

Ich schlucke. Es klingt beunruhigend laut und trocken.

»Hey«, macht Riley. »Mach dir keinen Kopf. Wir schaffen das schon.«

Er sieht mich dabei nicht an, aber etwas in seiner Stimme bewegt mich dazu, meinen Blick auf ihn zu richten. Das rötliche Licht der untergehenden Sonne bricht sich an seiner Silhouette und verschärft die Konturen seiner feinen Gesichtszüge. Komisch, erst jetzt fällt mir auf, dass sich ein winziger Buckel oben auf seinem Nasenrücken befindet. Etwas an diesem kleinen Makel lässt mich lächeln. Sofort schüttele ich den Kopf, um das Grinsen aus meinem Gesicht zu vertreiben, und starre stattdessen auf den Sand vor mir. Ich darf mich nicht ablenken lassen.

Im Moment ist es jedoch alles andere als leicht, ruhig und konzentriert zu bleiben. Mein Kopf schmerzt, als wären die Sonnenstrahlen in Wahrheit Nadelstiche gewesen, die erst jetzt ihre Wirkung zeigen. Und inmitten dieser Stiche dreht sich unaufhörlich mein Gedankenkreisel, kippt, fällt um und wird wie von selbst wieder neu angestoßen. Jedes Aufkommen der Spitze auf dem Grund ein dumpfes Echo zwischen den anderen. Ich frage mich, ob sie irgendwann ein Loch hineinbohrt, in dem dieser Kreisel einfach versinkt und nie wieder zum Vorschein kommt.

Ich überlege, was passiert, sobald unser Verschwinden entdeckt wird. Wenn Riley wirklich recht hat und der Senat nur auf einen derartigen Ausbruch von uns gewartet hätte, wird uns dann nicht jemand holen kommen? Ich wage allerdings zu bezweifeln, dass sie mir dann noch vertrauenswürdig genug erscheinen, um mich von ihnen nach Alpha zurückbringen zu lassen. Ich bin hin- und hergerissen zwischen meiner Angst, als Forschungsobjekt in einem Labor zu landen, und der Befürchtung, dorthin zu gehören. Ich frage mich auch, was meine Eltern und Diana wohl gerade tun. Bestimmt machen sie sich große Sorgen. Ich wünschte, es gäbe keine Möglichkeit, sie zu benachrichtigen. Ob Liam sie wohl kontaktiert hat?

Der Gedanke an meinen Trainer versetzt mir einen jähen Hieb ins Herz. Ich kann noch immer nicht glauben, was passiert ist. Natürlich war er schon immer wankelmütig, und man musste stets um seine Gunst kämpfen, trotzdem hätte ich niemals damit gerechnet, dass er mich so schnell verstoßen würde. Ob ihm durch den Bund für *Portal-Running* vielleicht die Hände gebunden waren? Nein. Eigentlich hätte er auch dann zu mir halten müssen, zumindest intern. Ich wünsche mir, ich könnte die Zeit zurückdrehen, damit ich … Was? Was würde ich denn ändern?

Frustriert hebe ich einen kleinen Kieselstein auf und werfe ihn mit aller Kraft von mir. Mit einem unbefriedigend leisen Klacken prallt er von den Felsen ab, was mich bloß noch mehr ernüchtert.

»Ja, gut so, lass deine ganze Wut an den Steinen aus, tu ihnen richtig weh«, schnaubt Riley sarkastisch.

Ich funkele ihn an. »Halt doch einfach die Klappe!«

»Oh, jetzt bin ich also dein Ziel? Nur zu, wirf ruhig, schmerzen wird es nicht!« Er hebt eine Augenbraue und sieht mich provozierend an.

Ich hätte nicht übel Lust, noch einen Kieselstein zu nehmen und ihn mit voller Wucht in seine höhnisch grinsende Visage zu schleudern. Stattdessen begnüge ich mich damit, trotzig das Kinn vorzuschieben, und stampfe mit dem Fuß auf. »Du bist unmöglich!«, rufe ich und springe auf.

»Oh, autsch!«, erwidert er augenrollend.

Wütend trete ich in den Sand, wirbele auf dem Absatz herum und klettere nun selbst ein Stück die Felsen hinauf. Die letzte Restwärme des Tages, die sie abgeben, fühlt sich in der eintretenden Kühle der Nacht angenehm an. Außerdem möchte ich gerade dringend etwas Abstand zwischen mich und Riley bringen.

An einer flachen Stelle lasse ich mich nieder, schlinge die Arme um meine Beine und vergrabe den Kopf zwischen den Knien. Bittere Tränen stehlen sich mir in die Augen und verfangen sich in meinen Wimpern, wo sie mit den dort hängenden Sandkörnern einen klebrigen Film bilden, bevor sie von ihnen bröckeln. Ich stelle mir vor, wie auch mein Gesicht bröckelt, Stück für Stück, bis nichts mehr davon übrig bleibt. Mit einem unterdrückten Schluchzen grabe ich die Fingernägel so fest in meine Haut, dass es wehtut. Wenn ich doch nur alles ungeschehen machen könnte.

Ich weiß nicht, wie lange ich schon so dasitze und wie viele Tränen seitdem über meine Wangen gelaufen sind, als ich plötzlich ein Scharren und kurz darauf Rileys Stimme neben mir höre. »Darf ich mich zu dir setzen?«

»Du sitzt doch schon«, schniefe ich in meine Knie.

Er gibt ein leises Glucksen von sich. Eine Weile lang sitzen wir einfach nur da, bis er stockend das Schweigen bricht.

»Weißt du«, beginnt er, »als mein Portal auf Epsilon verschwunden war und ich verstanden habe, dass ich nicht zurückkann, ging für mich die Welt unter. Es war, als würde mir der Boden unter den Füßen weggezogen. Ich hatte keine Ahnung, wo ich hinkonnte und was ich tun sollte. Und verdammt, ich hatte Todesangst. Aber weißt du, was? Das damals war viel schlimmer als jetzt. Dieses Mal bin ich nicht allein.« Er stupst mich sanft mit der Schulter an. »Und du kannst uns immerhin zurückbringen.«

»Ich weiß aber nicht, wie«, jammere ich.

»Mmh. Das habe ich befürchtet.«

Ich grabe meine Finger noch tiefer in die Haut meiner inzwischen fast tauben Beine.

»Dann ist die Lage wohl aussichtslos«, setzt Riley hinterher. In seinen Worten liegt kein Vorwurf, nur Resignation.

»Hast du eigentlich nichts Besseres zu tun, als mir das Leben schwerzumachen?! Macht es dir Spaß, noch mal nachzutreten, wenn ich am Boden liege?!«, fahre ich ihn halbherzig an, ohne meinen Blick zu heben. Aber ich meine es nicht so.

Riley hat recht. Auch wenn es nur ein Versehen war, bin ich diejenige, die uns in diese missliche Lage gebracht hat. Ich, nicht er. Aber andererseits – trifft ihn nicht ebenso die Schuld wie mich? Als ich ihn auf Epsilon gerettet habe, habe ich nicht darüber nachgedacht, was ich tat und welche Konsequenzen das mit sich bringen würde. Ich hatte in ihm nichts anderes gesehen als einen Menschen, der in derselben Gefahr schwebte wie ich. Und niemals hätte ich mir träumen lassen, dass dieser Moment mich meine Karriere kosten würde.

Doch ich würde es immer wieder tun.

»Na, da ist sie ja wieder, die toughe Aschebringerin«, sagt Riley grinsend.

»Sag mal, hast du sie noch alle?«, brause ich auf und funkele ihn an. Es ist mittlerweile so dunkel, dass ich nur noch mit Mühe sein Gesicht erkennen kann. Er bringt es doch tatsächlich fertig, mich mit einem schiefen Grinsen provozierend anzulächeln. Gerade als ich überlege, wie ich es ihm am besten aus dem Gesicht wischen kann, wird es noch breiter.

»Ja, durchaus, danke der Nachfrage.« Dann wird er urplötzlich ernst, verschränkt seine Finger ineinander und weicht meinem Blick aus. »Ich komme mit Wut einfach besser klar als mit Tränen.«

Ich öffne den Mund, um etwas zu erwidern, aber mir fällt nichts ein. Seine überraschend ehrlichen Worte nehmen mir den Wind aus den Segeln.

»Sieh mal hoch!«, fährt Riley fort, als wäre nichts gewesen.

Mit gerunzelter Stirn folge ich seiner Aufforderung und lege den Kopf in den Nacken. Was ich da sehe, lässt meinen Mund offen stehen. Anders als auf Alpha ist der Nachthimmel hier nicht dunkelrot, sondern von einem satten, beinahe schwarzen Blauton. Wie ein Teppich aus Samt schmiegt er sich an die im Wind säuselnden Dünen. Zahlreiche kleine und große helle Flecken befinden sich darauf und funkeln um die Wette. Doch keiner von ihnen kann mit den grünweißen Lichtern mithalten, die sich sanft zwischen ihnen hindurchschlängeln. Sie fließen in anmutigen Wellen über den Himmel, bis sie sich irgendwann in der Ferne verlieren und mit dem Horizont verschmelzen. Es ist, als hätte der gesamte Planet für einen Moment den Atem angehalten, um die Bilder zu betrachten, die sie an den Himmel malen. In diesem Augenblick gibt es keinen kargen Wüstensand, keine Einöde, keine schmerzenden Füße und ausgedörrten Kehlen. Es gibt nur den magischen Tanz der Lichter am Himmel und zwei unbedeutend winzige Menschen, die verloren auf ein paar erkaltenden Felsen inmitten dieses atemberaubenden Schauspiels sitzen.

»Es ist wunderschön«, wispere ich.

»Und ich dachte schon, die Sterne auf Epsilon seien schön. Das ist nichts im Vergleich hierzu.«

Ich verstehe, was Riley damit sagen will. Es ist ein Friedensangebot. Ein leises Lächeln stiehlt sich auf meine Lippen, und zum ersten Mal, seit ich mit den Händen voller Asche in der Arena gelandet bin, erscheint mir meine Misere weniger schlimm.

»Übrigens, hübscher Hut vorhin. So ein Pullover-Turban ist sicher der letzte Schrei auf Alpha«, neckt er mich gekonnt beiläufig.

»Idiot!«, rufe ich aus und wende mich von ihm ab, damit er mein Schmunzeln nicht sieht.

Kapitel 7

Als ich das nächste Mal in den Himmel schaue, ist er von einem satten Orangegelb. Ich muss blinzeln, um meine Augen vom Sand zu befreien. Ein paar Sekunden lang weiß ich nicht, wo ich bin, doch die aufsteigende Wärme und der unangenehm harte Stein in meinem Rücken lassen die Erinnerungen an den gestrigen Tag rasch zurückkehren. Langsam setze ich mich auf und verziehe sofort das Gesicht, als ich versuche, trotz meines trockenen Munds zu schlucken. Wie als Antwort darauf beginnt es, hinter meinen Augen zu pulsieren, sodass ich nach unten auf den Felsen blicke, um die grellen Strahlen der aufgehenden Sonne auszublenden. Zu meiner Verwunderung entdecke ich dort zwei gerötete Hände, eine kleinere und eine größere, deren Finger sich an den Spitzen berühren. Es ist ein sanftes Bild, idyllisch und ruhig.

Ich brauche eine Weile, um zu realisieren, dass es sich dabei um meine eigene Hand handelt, die auf diese Weise mit Rileys verbunden ist. Merkwürdigerweise fühlen sich seine langen, schlanken Finger wie eine allzu natürliche Verlängerung von meinen an. Irgendwie … schön. Ich spüre, wie eine Woge von Schüchternheit jäh in meine Wangen steigt und sie zum Glühen bringt. Ich ziehe meine Hand fort, als hätte ich mich verbrannt, doch das merkwürdige Gefühl der Leere, das ich daraufhin empfinde, stimmt mich traurig. Als würde mir etwas fehlen.

Auch Rileys Finger zucken jetzt. Er murmelt etwas Unverständliches, zieht grunzend die Nase hoch und verschluckt sich. Hustend setzt er sich auf und ringt nach Luft wie ein Fisch auf dem Trockenen. Na klasse!

»Sehr elegant«, kommentiere ich sein Japsen, um meine Verlegenheit wegen der Berührung zu überspielen.

Statt einer Antwort schneidet Riley mir bloß eine Grimasse.

»Die Sonne geht schon auf«, bemerke ich und deute auf den errötenden Horizont. »Es wird sicher gleich wieder furchtbar heiß.«

»Mist«, stöhnt Riley und bedeckt das Gesicht mit den Händen. »Wir sollten machen, dass wir loskommen!«

Entschlossen rappele ich mich auf und lockere meine Glieder. Das von gestern durchgeschwitzte T-Shirt steht steif von meinem Körper ab wie ein Stück Pappe und fühlt sich widerlich hart an, von dem unangenehmen Geruch ganz zu schweigen. Als ich die Arme jetzt über den Kopf hebe und meinen Rücken durchstrecke, scheuert es auf meiner wunden Haut. Die Bewegung fühlt sich an, als würde jeder einzelne Wirbel mühselig wieder in seine Position gerückt werden, ohne dass der Schmerz nachlässt. Missmutig lasse ich die Arme wieder sinken. Nicht einmal der malerische Anblick der Sonne, die mit ihren orangeroten Strahlen ein flirrendes Schattenspiel auf die Dünen unter uns malt, muntert mich auf. Gerade als ich mich davon abwenden will, trifft mich mein verdreckter Pulli mitten an den Kopf. »Uff!«

»Ups«, macht Riley gedehnt.

Ich presse meine Zähne zusammen und unterdrücke eine patzige Erwiderung. Vermutlich ist das seine Art, die Stimmung aufzulockern. Um meine Reaktion zu überspielen, bücke ich mich und erneuere akribisch den Doppelknoten meiner Laufschuhe. Ihr ursprünglich leuchtendes Neongrün ist inzwischen matt und stumpf, als hätte der Wüstensand der Farbe die Kraft ausgesaugt.

Einer von Rileys ausgetretenen Sneakern schiebt sich in mein Blickfeld. »Lass uns aufbrechen. Bis zu den Bergen scheint es nicht mehr weit zu sein. Vielleicht gibt es dort Wasser.«

Ungläubig sehe ich in Richtung des Gebirges, das gestern noch in schier unerreichbarer Ferne am Horizont prangte. Zu meinem Erstaunen wirkt es heute zum Greifen nah. Anklagend zeigen die rauen Bergspitzen in den Himmel und jagen mir einen unbehaglichen Schauer über den Rücken.

»Komm«, fordert Riley mich auf und klettert bereits die Felsen hinab, ohne sich nach mir umzusehen.

Mit einem beklommenen Gefühl im Bauch folge ich seinem Beispiel. Meine Gelenke knacken, und meine Muskeln zittern vor Anstrengung, als sei ich eine betagte Greisin und keine durchtrainierte Leistungssportlerin. Dieses Gefühl ist deprimierend, aber ich versuche, es auf die Dehydrierung und die Strapazen des gestrigen Tages zu schieben. Auch Riley sieht nicht wirklich glücklich aus, doch irgendwie schaffen wir es nach unten, wo uns die aufsteigende Wärme der Wüste entgegenschlägt. Frustriert starre ich den Sand zu meinen Füßen an, als könnte ich ihn dadurch dazu bringen, sich in die asphaltierten Wege von Alpha zu verwandeln, auf denen ich so oft gelaufen bin. Aber das hier ist nicht Alpha, und mein Weg wird wohl nie wieder so eben sein wie vorher.

Lustlos trotte ich neben Riley her. Auf dem nachgebenden Sandboden fühlt sich das Gehen schwer an, doch nicht, weil ich wegrutsche. Ich habe vielmehr den Eindruck, dass die Schwerkraft größer ist als auf Alpha. Mit jedem Schritt versinke ich tiefer im endlosen Dünenozean. Womöglich ist es bloß eine Frage der Zeit, bis er mich für immer verschluckt. In Anbetracht von Liams Worten, die sich noch immer durch meine Adern ätzen wie Säure, erscheint mir das beinahe wie eine angenehme Alternative.

»Ich frage mich, wann wir Gesellschaft bekommen«, nuschelt Riley plötzlich vor sich hin.

»Wie meinst du das?«

»Na ja, irgendwann wird uns jemand vermissen und suchen.«

»Das wäre doch nett«, erwidere ich. »Vielleicht sollten wir ein Signal aufstellen, damit sie uns leichter finden.«

»Jaaa«, macht Riley gedehnt und verdreht die Augen. »Das wäre dann wohl quasi Selbstmord.«

Ich habe Mühe, meine Stimme zu beherrschen, als ich frage: »Wie ist das nun wieder gemeint?«

»Ich habe es dir doch erklärt. Es ist nicht normal, dass ich Funken sprühen kann oder du Portale eröffnest. *Du* bist nicht normal.

Und ich auch nicht. Was also, glaubst du, werden die Leute von Alpha mit uns tun, wenn sie uns hier finden, mitten auf einem gottverdammten Wüstenplaneten, auf dem wir niemals hätten landen dürfen?«

Seine Worte verunsichern mich mehr, als ich mir selbst eingestehen will. *Du bist nicht normal.* Das klingt, als wäre ich ein abstoßender Fremdkörper, den es zu eliminieren gilt. Sieht er mich so? Ich kneife die Augen zusammen und massiere meine pochenden Schläfen.

»Kein Grund, gleich so schnippisch zu werden«, murmele ich und ziehe einen Schmollmund. »Aber es spielt sowieso keine Rolle. Niemand wird hierherkommen. Wie denn auch? Es gibt keine Raumschiffe mehr, und dieser Mond ist, soweit ich weiß, auch nicht für Portalläufe freigegeben. Zumindest war ich hier noch nie. Und das wiederum heißt, dass er unerreichbar ist.« Was jedoch nicht erklärt, wie wir dann hier landen konnten.

Riley gibt ein verächtliches Schnauben von sich. »Bist du wirklich so naiv? Denkst du ernsthaft, Präsident Céus und der Senat könnten nicht einfach irgendwo intakte Raumschiffe horten und hierherfliegen? Das würde niemand mitbekommen.«

»Ich …«, setze ich an und stocke.

Ehrlich gesagt fällt mir nichts ein, um ihm zu widersprechen. Vermutlich wäre es für Alphas Präsidenten tatsächlich ein Leichtes, alte Raumschiffe heimlich zu bergen und reparieren zu lassen. Ob es wohl irgendwo auf Alpha oder einem der Monde einen Geheimbunker gibt?

»Wenn du mich fragst, ist Präsident Céus ein skrupelloser Mistkerl, dass er den Senat das einfach so machen lässt«, brummt Riley in meine Gedanken und kämpft sich ein Stück vor mir eine Düne hinauf.

»Weil er zugelassen hat, dass dein Portal manipuliert wurde?«

»Auch. Aber vor allem, weil er wegschaut. Er lässt zu, was der Senat den Menschen antut, ohne dass er von seinem Vetorecht Gebrauch macht. Er hilft dabei, geheim zu halten, dass Menschen auf den Monden leben. Menschen, die unter Alphas Einfluss leiden und deren Leben leichtfertig aufs Spiel gesetzt werden, nur um Alphas Atmosphäre aufrechtzuerhalten. Epsilon war bloß der erste Planet, der brannte, das erste Volk, das ausgelöscht wurde. Wer weiß, wer als Nächstes dran glauben muss.«

»Auf Alpha leben viele Menschen, deren Leben von der Atmosphäre abhängt«, entgegne ich halbherzig. Ich weiß, dass das keine Rechtfertigung ist. Doch mir brennt eine andere Frage auf der Zunge. »Wie kommen die Menschen überhaupt auf die Monde?«

»Die Epsilianer haben mir erzählt, dass bei der Flucht von der Erde ungeplant einige Raumschiffe auf die Monde umgeleitet wurden. Angeblich gab es organisatorische Schwierigkeiten, und die Leute sollten so schnell wie möglich nachgeholt werden. Es kam aber nie jemand.«

»Puh«, mache ich. »Das ist … heftig.«

Riley nickt. Schweiß perlt von seinem erhitzten Gesicht und durchnässt sein pappsteifes Shirt von Neuem. »Ich habe lange unter ihnen gelebt. Es sind furchtbare Umstände. Wusstest du, dass Epsilons Atmosphäre gerade einmal siebzehn Prozent Sauerstoff enthält? Damit ist sie sogar noch eine der sauerstoffreichsten Atmosphären unter den Monden, wie du auf den Läufen sicher bemerkt hast. Die Haut der Menschen ist gelblich und von dicken blauen Adern durchzogen, weil sie mutierte rote Blutkörperchen haben, um den Sauerstoffverlust zu kompensieren. Ich will gar nicht wissen, wie die Menschen auf den anderen Monden aussehen.« Er wischt sich mit dem Handrücken über die Augen. »Mal ganz abgesehen davon, wie ärmlich diese Menschen gelebt haben. Trotzdem haben sie mich aufgenommen, als Alpha mich verstoßen hat. Und Präsident Céus und seine Berater haben sie alle auf dem Gewissen! Sie wussten, dass der Mond bald abbrennen würde!«

Als ich ihn so dastehen sehe, die Hände in einem stummen Kampf an die Schläfen gepresst, die Augen zusammengekniffen und den Rücken von Kummer gebeugt, verspüre ich plötzlich das unbändige Bedürfnis, ihn zu trösten. Unbeholfen mache ich einen Schritt auf ihn zu, um ihm meine Hand auf die Schulter zu legen. Unter dem feuchten Stoff seines T-Shirts fühlt sie sich fiebrig heiß und stark an, obwohl sie gerade von Schmerz geschüttelt wird. Ohne Vorwarnung hebt Riley jetzt seinen Blick und sieht mir unverwandt in die Augen – offen, verletzlich und nackt. Im selben Moment verzerren seine Iriden meine Wirklichkeit in ein Kaleidoskop aus blauen Portalen, bis sie in kristallinen Scherben im glühenden Sand zu unseren Füßen liegt. Meine Zunge fühlt sich spröde an. Ich habe Mühe zu schlucken, während er mich auf diese Weise ansieht. Zwischen uns ist die Luft wie elektrisiert. Es würde mich nicht wundern, wenn jeden Moment ein Funke aus Rileys Augen die ohnehin überhitzte Umgebung zu einem lodernden Inferno entzünden würde. Unbewusst öffne ich die Lippen und halte den Atem an.

»Wir sollten weiter«, flüstert Riley heiser, senkt den Kopf und unterbricht damit unsere Verbindung.

»Ja. Weiter, ja. Es wird immer heißer«, murmele ich, während ich eilig seine Schulter loslasse. Um meine Verlegenheit zu überspielen, knote ich die Ärmel des Pullovers fester um meinen Kopf und kralle die Hände in den Saum meiner Shorts. Meine Handfläche kribbelt, als stünde sie noch immer mit ihm in Verbindung. Als gehöre sie dorthin.

Sofort schüttele ich energisch den Kopf. Das Gefühl aber bleibt. Verstohlen linse ich zu Riley hinüber, doch dieser hat seinen Blick fest auf den Wüstensand unter sich gerichtet. Seine Kiefermuskeln zucken vor Anspannung und immer wieder ballt er die Hände zu Fäusten. Sogar seine Lippen sind zu einer schmalen Linie zusammengepresst. Der Verlust seiner Freunde tut mir unendlich leid.

Eine Weile gehen wir schweigend nebeneinander her. Irgendwann drehe ich mich um, um zu sehen, wie weit wir gekommen sind, aber unsere Fußspuren wurden verweht und unter neuem Sand begraben. Wenn wir es nicht schaffen, rechtzeitig Wasser und Nahrung oder wenigstens zurück zu unserem Schlafplatz zu finden, wird es so sein, als hätte es uns nie gegeben. Eine eiserne Faust schließt sich um mein Herz.

»He, sieh mal«, ächzt Riley, als wir eine weitere Düne erklommen haben.

Er deutet auf eine weite Fläche vor uns. Sie ist überraschend flach bis auf einige Hügel, die sich in der Ferne verdichten, und von trockenen grünen Büscheln und Steinen übersät. Erleichtert erkenne ich, dass keine weiteren Sandberge mehr vor uns liegen und wir dem kleinen Gebirge mittlerweile deutlich näher gekommen sind. Doch obwohl unser Ziel so nah ist, würde ich am liebsten weinen. Denn mein Hunger und vor allem der Durst sind mittlerweile so schlimm, dass jeder Schritt eine einzige Qual ist.

»Ich kann nicht mehr«, entfährt es mir, bevor ich die Worte zurückhalten kann.

»Tu so, als wäre es ein Lauf«, schlägt Riley vor und setzt sich in Bewegung. Ich stolpere ihm hinterher. »Stell dir vor, du bist in der Steppe auf Theta, und der Sauerstoff in deiner Maske wird allmählich knapp. Die Zeit läuft dir davon, und dein gesamter Körper schmerzt und zittert vor Anstrengung. Der Rucksack mit den Batterien auf deinen Schultern ist so schwer, dass du das Gefühl hast, er engt deine Lunge noch weiter ein. Aber du weißt, du musst noch durchhalten, du musst es unbedingt zum Portal zurück in die Arena schaffen. So erfolgreich wie dieses Mal warst du noch nie, und diese Chance willst du dir nicht entgehen lassen.«

Meine Augen weiten sich, als mir klar wird, dass ich diesen Lauf auf einem der riesigen Bildschirme im Stadion live mitverfolgt habe. Damals war es der Durchbruch eines sehr jungen Portalläufers zu Beginn seiner Karriere – Riley Chase. Bei seinem Lauf auf dem Steppenplaneten Theta hat er sein Leben riskiert, weil er das Volumen seiner Sauerstoffflasche überschätzt hatte. Auf den Monitoren wirkte er fast wahnsinnig vor Atemnot, die Lippen blau, der Blick wild wie der eines halb verhungerten Tieres. Ganz Alpha hielt den Atem an. In der Arena war nichts mehr zu hören außer dem stetigen Summen der Portale und Rileys verzweifeltem Schrei auf den Bildschirmen, als er wieder Tempo aufnahm, um das Portal noch rechtzeitig vor seinem Verschwinden zu erreichen.

»Also kämpfst du gegen deine Müdigkeit an, während dein Verstand immer trüber und dein Körper immer schwerer wird.

Der Boden der Steppe unter deinen Schuhen ist bröckelig und lose, aber du kannst dich gut davon abdrücken«, fährt Riley fort und tatsächlich erscheint mir der Boden, auf dem wir uns gerade bewegen, plötzlich so federnd wie der auf Theta in Rileys Erinnerung. »Das wenige Gestrüpp, das auf deinem Weg wächst, bricht wie sprödes Holz unter deinen Füßen. Deine Augen sind fest auf das Portal und die Hoffnung gerichtet, dahinter Sauerstoff und Wasser vorzufinden und den Jubel einer Menschenmenge, von dem du seit Jahren träumst. Alles, was du dafür tun musst, ist weiterzulaufen. Und etwas anderes kommt für dich gar nicht infrage, denn zum Laufen wurdest du geboren.«

Diese Worte berühren etwas tief in mir. Bevor ich weiß, wie mir geschieht, laufen Tränen über meine Wangen und hinterlassen feuchte Spuren auf meiner staubigen Haut. *Zum Laufen wurdest du geboren.* Aber ich war nicht gut genug dafür. Liam hat mich fallen lassen. Er hat mich verraten, hat meinen Traum verraten.

Ich will es besser machen. Ich will mich zurückkämpfen, zurück in mein altes Leben, zurück in die Arena. *Zum Laufen wurdest du geboren.* Ich kann nicht laufen, wenn ich hier in dieser Wüste aufgebe und zugrunde gehe. Dieser Gedanke gibt mir neue Kraft. Ich werde das Gebirge erreichen, koste es, was es wolle.

Riley ballt die Hand zur Faust und holt tief Luft. Er ist zu sehr in seine Erinnerungen vertieft, um meine Reaktion zu bemerken. »Also kämpfst du, obwohl du nicht mehr kannst, und dein Körper setzt auf einmal ungeahnte Kräfte frei. Du bist stärker, als du es dir in deinen schlimmsten Albträumen ausgemalt hast, und irgendwie schaffst du es, das Portal zu erreichen. Du stürzt darauf zu, stolperst und fällst hindurch, mitten hinein in die Arena, doch alles ist still. Du reißt deine Maske vom Kopf und saugst die Luft so gierig in deine Lunge, dass dir schwindelig wird. Von irgendwoher ertönt die Schlusssirene, dann folgt der Jubel. Menschen stehen auf, schreien, lachen, weinen, applaudieren, alles gleichzeitig, und mittendrin liegst du, bis auf den letzten Muskel paralysiert.«

Auf einmal wird mir bewusst, dass meine Lunge wirklich zu

protestieren beginnt, weil ich unwillkürlich die Luft angehalten habe. Ich versuche, gleichmäßig zu atmen, während sich Rileys Erzählung mit meinen Eindrücken vermischt, bis sie mir fast vorkommen wie meine eigenen. Ein merkwürdiges Gefühl der Verbundenheit macht sich in meiner Brust breit und lindert den hohlen Schmerz von Hunger und Durst.

»Ich habe mich später immer wieder gefragt, wie ich das geschafft habe«, murmelt Riley. »Immer und immer wieder. Und ich konnte es nie beantworten. Aber sieh mal – wir haben es jetzt auch fast geschafft.«

Ich blinzele benommen, um den Schleier aus Sand und Tränen über meinen Augen loszuwerden, und wische mir hektisch über die Wangen. Die Berührung kratzt fürchterlich. Anschließend sehe ich mich um und hätte beinahe laut aufgelacht, denn wir haben tatsächlich die ersten Ausläufer des Gebirges erreicht. In nur wenigen Metern Entfernung ragt die zerklüftete Felswand vor uns auf und lockt uns mit kühlendem Schatten und der Hoffnung auf Wasser. Die letzten Schritte bis dorthin kommen mir auf einmal deutlich leichter vor.

»So, und jetzt?«, fragt Riley und blickt ratlos an den rotbraunen Steinen empor.

»Gute Frage«, antworte ich und beschirme meine Augen mit der Hand. Ich bin schwer beeindruckt, denn so etwas Gewaltiges habe ich noch nie gesehen. Auf Alpha gibt es zwar viele imposante Hochhäuser, deren Spitzen sich fast in den künstlich erzeugten Wolken am rosa Himmel verlieren. Aber dieses Gebirge hier ist ein Produkt der Natur und keines von Menschenhänden. Diesen Gedanken finde ich schlichtweg überwältigend. »Wow«, flüstere ich. Da fällt mir ein unscheinbarer Schatten zwischen den Steinen auf. Ich kneife die Augen fester zusammen, um ihn klarer sehen zu können, und zeige darauf. »Ist das da oben vielleicht eine Felsspalte oder eine Höhle?«

Riley folgt meinem Blick. »Du hast recht. Dort geht es bestimmt ins Berginnere. Und vielleicht gibt es dort irgendwo Wasser!«

»Und wenn nicht?«

Riley zuckt die Achseln und sieht mich vielsagend an. »Wir müssen es versuchen.«

Kapitel 8

Also beginnen wir, mühsam an den Felsen hinaufzuklettern. Zu meiner Erleichterung befinden sich überraschend viele Einkerbungen im Gestein, in denen meine Füße problemlos Halt finden. Trotzdem muss ich mich konzentrieren, denn einige Stellen sind so porös und bröckelig, dass ich Angst habe abzustürzen. Ich bin das Klettern nicht gewohnt und im Gegensatz zu Riley, der leichtfüßig den Berg erklimmt und sich nur ab und zu nach mir umdreht, komme ich nur langsam voran. Die Sonne knallt mit voller Kraft auf meinen Kopf und meine Schultern und raubt mir zusätzlich Energie. Ich bin gerade mal ein paar Meter weit gekommen, als meine dünnen Arme mit ihren kümmerlichen Muskeln schon anfangen zu brennen. Sobald ich wieder auf Alpha bin, werde ich definitiv etwas gegen diese Spaghetti-Ärmchen tun müssen.

In dem Moment, in dem wir den schmalen Felsvorsprung mit dem dunklen Schatten erreichen, würde ich mich am liebsten direkt bäuchlings auf den heißen Stein werfen und nie wieder aufstehen. Vielleicht würde Riley mich netterweise in ein paar Stunden mit einem gigantischen Pfannenwender einmal umdrehen, damit die Sonne mich nicht verbrennt.

Entschlossen, mir diese Blöße nicht zu geben, stütze ich jedoch bloß keuchend meine Hände auf die Oberschenkel und spüre, wie feine Schweißtropfen von meiner Stirn tropfen. Auf meiner überhitzten Haut fühlen sie sich erstaunlich kühl an, und es wundert mich, dass sie nicht auf der Stelle mit einem brutzelnden Geräusch verdampfen.

»Ash! Es ist wirklich eine Höhle!«, ruft Riley mir zu und verschwindet bereits halb darin.

»Nenn … mich … nicht so«, keuche ich und versuche, meiner Wut mit einem Schlenker meiner Hand Ausdruck zu verleihen. Ich glaube, ich hatte noch nie in meinem Leben solche Seitenstiche.

»Komm her und sieh dir das an!«

»Komme … gleich … sofort …«

Riley sieht zu mir herüber, verschränkt die Arme vor der Brust und hebt spöttisch eine Augenbraue. »Und du nennst dich Leistungssportlerin?«

Ich schneide ihm eine Grimasse, aber er hat sich bereits wieder umgedreht und inspiziert den schmalen Eingang. »Ich würde vorschlagen, wir klettern hinein und versuchen herauszufinden, wo sie hinführt.«

»In dieses stockdunkle Loch?«, presse ich hervor. Das kann doch nicht sein Ernst sein! Darin ist es finster und beunruhigend eng, und es gibt nur wenige Dinge, die ich mehr hasse als Enge und Dunkelheit in einem. Falls es überhaupt welche gibt. »Das können wir nicht machen. Was, wenn wir in die Tiefe stürzen? Oder wenn der Felsen porös ist und über uns einstürzt?«

»Hast du etwa Angst?«, fragt Riley und grinst mich provozierend an.

»Nein, ich bin nur vernünftig«, verteidige ich mich.

Riley schnaubt und schüttelt den Kopf, während er in die Hocke geht. »Ich werde jetzt jedenfalls herausfinden, was in der Höhle ist. Du kannst gern hier draußen warten und dich weiter grillen lassen.« Mit diesen Worten krabbelt er auf allen vieren in die Felsspalte hinein und verschwindet aus meinem Sichtfeld.

Einige Sekunden lang sehe ich ihm nach und fühle mich plötzlich sehr allein gelassen.

»Warte!«, rufe ich dann doch. »Ich komme mit!«

Bevor ich es mir anders überlegen kann, kneife ich die Augen zusammen und krieche Riley hinterher. Sofort weichen die Hungerkrämpfe meines leeren Magens einer Welle der Übelkeit, als ich spüre, wie mich die Dunkelheit umhüllt und wie nah die Wände sind. Ich reiße meine Augen so weit wie möglich auf, aber trotzdem erkenne ich kaum etwas. Schon bald habe ich das Gefühl, dass es um eine kleine Biegung geht, und dann ist auch das letzte von außen einfallende Licht verschwunden. Meine Ellenbogen scheuern an den viel zu nahen Felskanten entlang. Als ich meinen Kopf heben will, prallt er mit einem dumpfen Geräusch gegen die Decke.

Autsch!

Mit jedem Zentimeter, den ich mich weiter durch die Höhle kämpfe, wird die Öffnung schmaler. Mit einem Mal erscheint mir die Luft so heiß und stickig, dass ich kaum atmen kann. Panik ergreift von mir Besitz. Ich blinzele in die Finsternis, und obwohl ich nicht einmal die Hand vor Augen sehen kann, kommt es mir so vor, als kämen die Wände immer näher.

»Hey, beruhige dich! Hyperventilieren hilft dir auch nicht weiter. Wir haben es gleich geschafft. Ich kann dort vorn schon einen Lichtschimmer sehen!«, höre ich Riley wie aus der Ferne sagen.

Hyperventiliere ich wirklich? Ich weiß es nicht. Alles ist so nah und so eng, dass ich an nichts anderes mehr denken kann als daran, dass die Höhlendecke uns jeden Moment niederdrücken und wie winzige Insekten unter sich zerquetschen wird. Egal, wie hartnäckig Riley auch versucht, beruhigend auf mich einzureden, es nützt nichts. Die Wände wird das nicht kümmern. Ein panisches Wimmern entringt sich meiner Kehle, und ich würde mich am liebsten an Ort und Stelle weinend zu einer Kugel zusammenrollen, aber dann wäre ich für immer hier drin gefangen. Es ist zum Verrücktwerden! Hätte ich doch bloß auf mich gehört und wäre niemals hier hineingegangen!

»Schau mal, die Decke wird höher!«

Doch mein Magen verkrampft sich immer weiter und Galle brennt in meiner Kehle. Ich nehme kaum wahr, wie es um mich herum allmählich heller wird und der Gang breiter. Bald fällt mir auch das Atmen leichter, sodass ich unbewusst schneller krabbele, bis ich unsanft mit Rileys Hinterteil zusammenstoße. Erschrocken mache ich einen Satz zurück, stoße mir erneut den Kopf an der Decke und stöhne. Ich fasse mir an die schmerzende Stelle, wobei meine Arme links und rechts die Wände berühren. Panik überkommt mich, und ich beginne zu zittern. Da spüre ich plötzlich eine warme, raue Hand auf meinem erhobenen Unterarm.

»Beruhige dich! Schhhh!«, macht Riley. »Setz dich auf, wirklich, du kannst dich aufrichten, es ist alles gut!«

Ich weiß nicht, ob es die Dringlichkeit in seiner Stimme ist, die mich dazu bewegt, auf ihn zu hören, oder seine Hand auf meinem Unterarm, die mich zu erden scheint. Tatsächlich – ich kann meinen Oberkörper nun völlig aufrichten.

»Besser?«, fragt Riley.

»Ja«, antworte ich heiser und ein wenig peinlich berührt.

»Gut. Dann lass uns weitergehen.«

»Okay.«

Dann krabbelt er weiter auf den schwachen Lichtschimmer zu. Es fühlt sich an, als hätten seine Finger einen tröstlichen Abdruck auf meinem Arm hinterlassen. Und irgendwie gibt mir das die nötige Kraft, mich zusammenzureißen und ihm zu folgen.

Zum Glück brauche ich das auch nicht lange tun. Nach nur wenigen Metern beginnt der Boden erst seicht, dann immer stärker abzufallen, bis ich beinahe gegen ein Gefühl des Rutschens ankämpfen muss. Meine Handgelenke ächzen unter dem Druck, und gerade, als ich den Halt zu verlieren drohe, wird es schlagartig eben. Das dunkle Loch mündet in eine weite, helle Höhle. Vor Staunen bleibt mir der Mund offen stehen. Aus einem großen Durchbruch weit über unseren Köpfen fällt helles Sonnenlicht herein, das den Raum in ein sanftes Halbdunkel taucht. Hier und da liegen herabgestürzte Felsbrocken herum. Längliche Steine ragen wie Säulen in die Höhe. Ich kann sogar karge Gestrüppe ausmachen, die tapfer in einigen Rissen im Gestein wachsen. Erleichtert seufzend versuche ich, die letzten klaustrophobischen Gedanken aus meinem Kopf zu verbannen, während die angenehm kühle, feuchte Luft meine Lunge füllt.

Moment. Feuchte Luft?

»Hier muss Wasser sein!«, rufe ich, werfe alle Vorsicht über Bord und stürme tiefer in die Höhle hinein.

Kurz bevor ich die Mitte des Raums erreiche, bleibe ich stehen und lausche angestrengt. Tatsächlich, ich kann ein leises Plätschern hören! Eilig folge ich dem Geräusch tiefer in den Berg hinein. Ich jubele, als meine von der Generatorensuche geübten Augen einen schwachen Schimmer im hinteren Teil der Höhle ausmachen. Wasser. In Rekordgeschwindigkeit habe ich die letzten Meter überwunden und falle dankbar auf die Knie, als ich das dünne Rinnsal erblicke, das sich aus einem Spalt in der Felswand ergießt. Gierig lege ich den Kopf in den Nacken und lasse die Flüssigkeit in meinen Mund laufen. Ich glaube, in diesem Moment würde selbst Toilettenwasser für mich großartig schmecken. Trotzdem bin ich der festen Überzeugung, dass ich nie wieder so köstliches Wasser trinken werde. Es schmeckt unglaublich frisch – und vor allem ist es herrlich kühl in meinem Mund.

Nur äußerst widerwillig mache ich nach einigen Schlucken Platz für Riley, der nicht weniger gierig unter dem Wasserstrahl hängt als ich. Ohne uns abzusprechen, wechseln wir uns ab, bis Riley plötzlich sagt: »Wir sollten erst einmal abwarten, ob wir das Wasser vertragen. Wenn wir Pech haben, ist es verunreinigt.«

Ich ziehe einen Flunsch, aber ich weiß, dass er recht hat.

Trotzdem werden wir allmählich mutiger, sobald wir realisieren, dass die kostbare Quelle nicht ebenso schnell wieder versiegt, wie wir sie gefunden haben. Riley hält seine hohlen Hände darunter und wäscht sich das Gesicht. Ich strecke meine Arme aus und genieße die kühle Flüssigkeit auf meiner sonnenverbrannten Haut, wickele den Pullover von meinem Kopf und halte ihn hinein. Quälend langsam saugt er sich voll, bis ich ihn mir wie einen übergroßen Kühlakku auf den Rücken werfen kann. Auch Riley zieht kurzerhand sein Shirt über den Kopf, wobei er seinen durchtrainierten Oberkörper entblößt, hält es ins Wasser und wirft es sich über die Schultern. Und immer wieder trinken wir aus unseren hohlen Händen, obwohl uns schon längst schlecht ist.

Schließlich sitzen wir auf dem sandigen Höhlenboden neben der Quelle, Schulter an Schulter, und starren sie einfach an. Viele

Atemzüge lang ist nichts anderes zu hören als das stetige Plätschern des Wassers, bis Riley sich irgendwann mühsam aufrafft.

»Was hast du vor?«, frage ich.

»Das Wasser aus dem Berg muss irgendwo hinfließen«, entgegnet er und macht einige Schritte in die Höhle hinein.

Nur widerwillig rappele ich mich auf und folge ihm. Mein Körper fühlt sich jetzt, nachdem sein primäres Bedürfnis gestillt ist, überraschend schwer und schläfrig an. Bei jeder Bewegung gluckert es lautstark in meinem Bauch.

»Hier hinten ist ein kleiner See!«, ruft Riley mir zu.

Sofort lasse ich meinen Pullover fallen, eile zu ihm hinüber und kann meinen Augen kaum glauben, als ich den etwa vier Meter breiten See erblicke. Ein Grinsen breitet sich auf meinem Gesicht aus. Ohne nachzudenken, streife ich meine Turnschuhe und die versandeten Socken von den Füßen, setze mich ans Ufer und tauche die Beine hinein.

Gerade, als ich mich komplett in das Wasser gleiten lassen will, ruft Riley: »Stopp!«

»Was ist denn?!«, stöhne ich.

»Du kennst diesen See doch gar nicht! Was ist, wenn in der Mitte ein Strudel ist oder irgendwelche gefährlichen Tiere darin leben?«

Ich hebe die Augenbrauen und betrachte die spiegelglatte Oberfläche des Wassers. Nur dort, wo meine Fußgelenke aus dem Wasser ragen und an der Stelle, wo die schmale Quelle in den See mündet, kräuselt es sich in zarten Kreisen. Idyllischer könnte ein Gewässer wohl kaum aussehen.

»Sei nicht so ein Angsthase«, spotte ich und hüpfe mitsamt meinen Klamotten hinein. Das Wasser reicht mir gerade einmal bis zum Bauchnabel, sodass ich sogar noch ein Stück tiefer hineinwate. Der Grund unter meinen Füßen fühlt sich überraschend fest und glatt an.

»Sag nicht, ich hätte dich nicht gewarnt!«

»Jaja«, wische ich seine Einwände beiseite.

Das Wasser ist so, wie ich es erwartet habe – kalt, klar, erfrischend und völlig ungefährlich. Es tut gut, wie es meinen verschwitzten Körper von Sand und Schweiß befreit.

»Es ist herrlich!«, rufe ich Riley zu und drehe mich übermütig einmal um mich selbst.

»Sei trotzdem vorsichtig. Ich sehe mich solange ein bisschen in der Höhle um, okay? Vielleicht finde ich ja noch was.«

»Mach das!«, antworte ich laut und murmele noch hinterher: »Feigling.«

»Wie bitte?«

»Nichts«, sage ich schnell und tauche unter.

Als ich nach einiger Zeit tropfnass wieder aus dem Wasserloch krabbele und meine Haare auswringe, habe ich Mühe, in der Höhle noch etwas zu erkennen. Anscheinend geht draußen bereits die Sonne unter. Das heißt dann wohl, dass wir heute nicht mehr nach etwas Essbarem suchen können. Mist.

»Riley? Wo bist du?«, frage ich.

»Ash? Bist du fertig? Hier ist ein Felsvorsprung. Komm raus!«

»Wenn du mich noch einmal so nennst, lernst du mich kennen!«, fauche ich und stapfe wütend in die Richtung, aus der seine Stimme gekommen ist. Was bildet er sich eigentlich ein? Ich hoffe für ihn, dass er diesen doofen Spitznamen nie wieder verwendet, denn sonst … Na ja, bis dahin fällt mir sicher etwas Gemeines ein.

Vorsichtig taste ich mich durch die Höhle, bis sie wieder ein Stück enger wird und schließlich eine Art Durchgang bildet, durch den die letzten Lichtstrahlen des endenden Tages fallen. Dunkel hebt sich Rileys schlanke Silhouette gegen den rötlichen Schimmer ab und wirft einen Schatten auf mich, aus dem ich jetzt hervortrete. Meine Wut auf ihn verraucht, sobald ich die atemberaubenden Feuerfarben des Sonnenuntergangs am Himmel sehe. Es sieht aus, als stünde er in Flammen.

»Wenigstens ist die Aussicht hier schön«, bemerkt Riley, setzt sich und klopft auf den freien Platz neben sich. »Komm her und sieh dir das an.«

Für einen winzigen Moment taucht das Bild unserer Finger von heute Morgen in meinen Gedanken auf und lässt mich zögern.

Meine Haut prickelt bei der Erinnerung an die Berührung. Ob wir morgen früh wieder so aufwachen, wenn ich mich jetzt zu ihm setze? Ich kann nicht einmal sagen, ob ich die Vorstellung schön finde oder ob sie mir Angst macht.

»Klar«, sage ich betont lässig und wische meine schwitzigen Hände an den feuchten Shorts ab, die in der Restwärme der Höhle bereits zu trocknen beginnen. Mit klopfendem Herzen überwinde ich die letzte Distanz und setze mich im Schneidersitz neben Riley auf den Felsvorsprung.

Die Dämmerung ist schon weit vorangeschritten, sodass es nicht lange dauert, bis der Anblick von fünf Monden am Horizont das Rot der Sonne ablöst. Sie wirken winzig, als wären sie bloß Murmeln auf einem schwarzen Tuch. Plötzlich frage ich mich, ob die Lichter heute wieder für uns tanzen werden, und linse aus dem Augenwinkel zu Riley hinüber. Unbekümmert lässt er die Beine in den etwa zehn Meter tiefen Abgrund unter dem Vorsprung baumeln, die Finger entspannt in den goldbraunen Locken in seinem Nacken verschränkt. Gerade als ich das Gefühl habe, dass man gut mit ihm zusammen schweigen kann, zeigt er auf einen Punkt in der Ferne und durchbricht die Stille. »Sieh mal, dort leuchtet etwas. Sieht fast so aus, als käme es von ein paar Häusern.«

Ich recke den Kopf, um besser sehen zu können. Es stimmt, in der Ferne befindet sich ein Kollektiv heller Punkte, das die umliegenden Dünen erhellt.

»Stimmt, das könnte ein Dorf sein!«, sage ich. »Aber einfach so, mitten in der Wüste?«

»Na ja, es liegt vor Sandstürmen geschützt in einer Krümmung des Gebirges. Und wenn es hier oben Wasser gibt, dann bestimmt auch dort unten. Ich bin nur erstaunt, dass es hier überhaupt Leben gibt.«

Auch ich finde die Vorstellung befremdlich, dass ein Dorf inmitten der unbarmherzigen Einöde dieses Wüstenplaneten existieren kann. Ich frage mich, welche armen Seelen dazu verdammt sind, in dieser Gegend zu wohnen, und warum. Es ist kein Ort, den ich Zuhause nennen würde. Riley und ich sind seit gerade einmal zwei Tagen hier, und ich bin mit meinen Kräften bereits am Ende.

»Dann ist doch aber alles gut, oder nicht?«, frage ich. »Wir gehen morgen einfach hin, bitten um Essen und Hilfe und kommen dann hoffentlich irgendwie wieder nach Hause.«

Riley seufzt, löst die Hände aus seinem Nacken und streicht sich frustriert mit Daumen und Zeigefinger über die Augenbrauen. »Das geht leider nicht. Wir müssen unbedingt versteckt bleiben. Wer weiß, wo wir sind und wie weit Alphas Einfluss reicht. Wir können da nicht einfach so reinmarschieren und die Leute anquatschen. Mal ganz abgesehen davon, dass wir Fremde für sie sind. Bestimmt haben sie Waffen.«

»Meine Güte, das ist doch bescheuert! Die Zeit auf Epsilon hat dich echt paranoid werden lassen«, stöhne ich und zeige ihm einen Vogel.

»Und was, wenn ich recht habe? Dann stecken wir bis zum Hals in Schwierigkeiten.«

Ich verdrehe die Augen. »Was schlägst du dann vor?«

»Ganz einfach«, erwidert er, stützt sich nach hinten ab und schwingt seine Beine in der Luft vor und zurück. »Wir schleichen uns morgen bei Sonnenaufgang hin und sehen uns erst mal um. Dann verstecken wir uns und finden heraus, wie wir an Lebensmittel kommen. Vielleicht sehen wir auch, auf welchem Planeten wir gelandet sind.«

Ich widerstehe dem Drang, ihn noch mal darauf hinzuweisen, dass wir die Leute auch einfach ansprechen könnten. Weil mir aber klar ist, dass wir überhaupt keine Ahnung haben, mit wem wir es hier zu tun bekommen, schweige ich. Womöglich hat Riley ja recht. Schließlich nicke ich. »Okay.«

Dann stütze auch ich mich nach hinten ab, lege den Kopf in den Nacken und warte auf die tanzenden Lichter am Nachthimmel.

Kapitel 9

»Wenn du noch länger so auffällig in der Gegend rumstarrst, können wir dir auch gleich ein Neonschild mit der Aufschrift ›Aschebringerin‹ in die Hand drücken!«, zischt Riley.

»Halt doch die Klappe!«, fauche ich beleidigt zurück.

Schon seit wir heute Morgen zu dem kleinen Dorf aufgebrochen sind, das wir gestern von unserem Felsvorsprung aus entdeckt haben, ist Riley unausstehlich. Ständig schimpft und meckert er an mir herum, treibt mich an und versucht unaufhörlich, mich herumzukommandieren. Und ich kann es nicht ausstehen, herumkommandiert zu werden.

Gerade drücken wir uns in den Schatten eines kargen Sandsteinhauses. Riley wirft mir einen bösen Seitenblick zu, den ich jedoch kaum ernst nehmen kann. In dem übergroßen braunen Gewand und mit dem dunklen Tuch, das er sich mehrfach um den Kopf und die untere Hälfte seines Gesichts gewickelt hat, sieht er einfach zu komisch aus. Die Gewänder haben wir in aller Frühe von einer einsamen Wäscheleine am Rand der Siedlung stibitzt, damit wir uns möglichst unauffällig durch das Dorf bewegen können. Trotzdem legt Riley anscheinend Wert auf ein dramatisches Versteckspiel, so, wie er sich benimmt.

Wir haben kein bestimmtes Ziel. Alles, was uns auf dem Weg durch die Siedlung essbar oder in irgendeiner anderen Form nützlich erscheint, stopfen wir in unsere improvisierten Tuchtaschen.

Mit jedem Gegenstand, der in meinem Beutel verschwindet, legt sich auch das schlechte Gewissen wie ein Gewicht auf meine Brust. Ich versuche, nur Sachen zu nehmen, die ich für weggeworfen halte, und schiebe das Gefühl, so gut es geht, beiseite.

Schließlich haben wir keine andere Wahl, wenn wir überleben wollen.

Inzwischen steht die Sonne hoch am Himmel, und die sengende Hitze bringt mich zusammen mit dem Gewicht meiner Tasche gehörig ins Schwitzen. Trotzdem möchte Riley noch unbedingt auf den Marktplatz, um etwas über diesen Ort in Erfahrung zu bringen.

Nur noch wenige Behausungen trennen uns vom Zentrum, was unsere Anspannung, entdeckt zu werden, immer weiter steigert. Alle paar Meter blickt Riley sich um und ermahnt mich, ja in seiner Nähe zu bleiben.

Das Dorf ist kreisförmig aufgebaut und voller kleiner Seitengassen und Nischen. Zwischen zahlreiche Fenster wurden Bretter gelegt, auf denen man in ein anderes Haus hinüberklettern kann, und manche Dächer liegen so dicht beieinander, dass es bestimmt nur einen winzigen Schritt bräuchte, um den Spalt zwischen ihnen zu überwinden. Jede Sandsteinhütte sieht anders aus, die meisten eckig und mit schrägen Winkeln und Dächern, einige eher rundlich und unförmig. Sie sind allesamt schief und krumm, aber die Menschen haben versucht, ihnen mithilfe von kleinen Verzierungen, Torbögen und bunten Stoffen als Vorhängen in den Eingängen Leben einzuhauchen. Auf mich üben diese ungleichen Häuschen einen ganz eigenen Charme aus, mit dem die penibel konstruierten Stahlbauten auf Alpha nicht mithalten können.

Als wir jetzt aus dem Durcheinander aus ausgeblichenen Sandsteinmauern hervortreten, empfängt uns ein überraschend reges Treiben. Rings um den Platz befinden sich zahlreiche Marktstände aus sprödem Holz, auf denen allerlei bunte Stoffe, Lebensmittel und Gewürze feilgeboten werden. Die Menschen schnattern laut und aufgeregt durcheinander und scheren sich nicht darum, dass ihre Gespräche fast die Marktschreier übertönen. Das Herzstück des Platzes bildet ein schmaler Brunnen, auf dessen Rand einige Leute sitzen, dumpf ins Leere starren oder etwas essen.

»Bleib dicht bei mir«, flüstert Riley mir zu.

Erst als ich zum zweiten Mal hinsehe, verstehe ich, warum seine

Stimme dabei so angespannt klingt. Einige der Unterhaltungen sehen eher wie ernsthafte Auseinandersetzungen aus statt wie ein Plausch unter Freunden. Am Stand rechts von uns werden Messer, Dolche und Krummsäbel aller Art verkauft und von zwielichtigen Gestalten getestet. Das Metall ist mit etwas Dunklem und Mattem verklebt, das verdächtig nach Blut aussieht. Einer der Verkäufer wirft uns argwöhnische Blicke zu, spuckt in hohem Bogen in ein flaches Tongefäß und rammt mit solcher Wucht eine Klinge in einen fetten Käfer auf seinem Verkaufsbrett, dass sie im Holz erzittert.

Ich schlucke. Ein Schauer geht über meinen Rücken, und ich drücke mich instinktiv dichter an Riley, bis ich förmlich an ihm klebe. Mit gesenktem Kopf bahnt er uns einen Weg durch die Menschen. Die meisten kümmern sich nicht um uns, doch je weiter wir in das Zentrum des Platzes vordringen, desto mehr misstrauische Blicke ziehen wir auf uns.

Noch dazu sehen die Menschen hier ganz anders aus. Ihre Haut ist wesentlich dunkler als die Brauntöne, die ich von einigen Menschen auf Alpha kenne. Sie ist nahezu pechschwarz, ohne den kleinsten hellen Fleck. Lediglich feine, blassrosa Adern zeichnen sich davon ab und überziehen die Körper wie zarte Spinnennetze. Die Leute mustern uns aus großen, schlangenhaften Iriden von einem intensiven Gelb und mit senkrechten Schlitzen als Pupillen. Von Zeit zu Zeit meine ich zu erkennen, wie sich ein zweites transparentes Paar Lider über ihnen schließt, nur einen Sekundenbruchteil vor dem normalen Blinzeln. Voller Unbehagen reibe ich mit der Hand über meinen Unterarm. Stimmt es etwa wirklich? Sind diese Menschen vielleicht das Opfer von Genexperimenten?

Mit einem flauen Gefühl im Magen erreichen wir schließlich einen Stand voller exotischer Lebensmittel. Fremd aussehende Früchte und Gemüse in allen erdenklichen Zuständen stapeln sich neben Bergen aus frischem rotem und schon leicht gräulichem, von einigen Insekten besetztem Fleisch und Gewürzen. Von dem Durcheinander aus beißenden Gerüchen wird mir speiübel.

»Was hast du jetzt vor?«, raune ich Riley zu.

»Improvisieren.«

Was soll das nun wieder bedeuten?

Möglichst unauffällig lehnt sich Riley an eine Hauswand neben dem Stand und hebt einen losen Brocken Sandstein auf. Er wird doch wohl nicht … Doch, er wird. Aus dem Handgelenk heraus schnippt er den Stein in die Menge, der daraufhin einen grimmig dreinschauenden Mann in schwarzen Gewändern am Arm trifft. Sofort sieht dieser sich nach dem Übeltäter um. Ich beeile mich, möglichst unauffällig in eine andere Richtung zu schauen, während ich nur aus dem Augenwinkel heraus versuche, das Geschehen weiterzuverfolgen. Der Mann brüllt etwas Unverständliches über die Menge hinweg. Mit gezücktem Dolch stapft er in Richtung des Lebensmittelstands. Augenblicklich hüpft mein Herz meine Kehle hinauf, hämmert dabei panisch von innen dagegen, als wären ihm plötzlich Fäuste gewachsen. Doch der Mann hat anderes im Sinn, als uns beiden die Haut über die Ohren zu ziehen. Nur wenige Schritte von uns entfernt packt er einen stämmigen Mann am Kragen seines Gewands, drückt ihm den Kopf in den Nacken und hält ihm seinen Säbel an die Kehle. Bedrohlich leise zischt er ihm einige hart klingende, fremde Laute ins Gesicht, woraufhin der andere hektisch den Kopf schüttelt. Er erwidert etwas in derselben unbekannten Sprache. Naserümpfend lässt der Mann in der schwarzen Kleidung ihn los, dreht sich um und schiebt den Dolch zurück in sein Gewand. Ich will schon erleichtert ausatmen, als er ohne Vorwarnung jedoch plötzlich wieder herumwirbelt. In einer einzigen fließenden Bewegung rammt er dem anderen mit einer solchen Wucht die Faust ins Gesicht, dass dieser mit einem lauten Krachen in den Gemüsestand fällt. Nun ist auch der Händler nicht länger untätig, sondern prescht lautstark brüllend nach vorn. Innerhalb weniger Sekunden entsteht eine handfeste Schlägerei mitten auf dem Marktplatz der Wüstensiedlung, in die sich immer mehr Männer mischen, egal, wie sehr einige Frauen sie auch zurückzudrängen versuchen.

Was hat Riley da bloß angerichtet?

»Schnell jetzt«, kommandiert er, löst sich von der Hauswand

und hastet von hinten an den Lebensmittelstand. So schnell, wie er kann, stopft er seine Tasche mit Obst und Gemüse voll. Mit einem ungeduldigen Rucken seines Kopfes gibt er mir zu verstehen, dass ich es ihm gleichtun soll.

Zögernd sammele ich einige zu Boden gefallene Lebensmittel auf. Als meine Finger eine runde orangefarbene Frucht umschließen, rutscht mir das Herz jäh von meiner Kehle in den Bauchraum hinab. Sie erinnert mich entfernt an eine Obstsorte in den Gewächshäusern meiner Eltern. Und auch daran, dass ich weiß, wie bitter es sein kann, um jeden noch so kleinen Ernteertrag kämpfen zu müssen, besonders unter solch harten Bedingungen. Trotz unserer eigenen Notlage komme ich mir auf einmal sehr schäbig vor.

»Los, beeil dich«, flüstert Riley mir zu. Er gibt mir keine Zeit zu reagieren, sondern packt mich am Handgelenk und zieht mich fort vom Stand, bevor ich einen weiteren schuldbewussten Gedanken fassen kann.

»Riley«, zische ich, »das können wir doch nicht tun!«

»Wir müssen. Und jetzt komm! Nichts wie weg von hier!«

Nur widerstrebend lasse ich mich von dem von uns verursachten Aufruhr wegziehen. Zum Glück scheint die Menge sich allmählich zu beruhigen. Die Menschentraube löst sich auf. Gut für die Dorfgemeinschaft, aber schlecht für uns, denn wir müssen jetzt umso vorsichtiger sein, nicht aufzufallen.

Eine Welle der Erleichterung durchflutet mich daher erst, als wir wieder in den Schatten der Sandsteinhäuser und in den Schutz der verwinkelten Gassen gelangen.

In diesem Moment ertönt das wütende Gebrüll des Händlers vom Markt.

»Scheiße!«, flucht Riley. Seine Finger graben sich so fest in meinen Arm, dass es wehtut. »Lauf!«

Innerhalb weniger Wimpernschläge passiert es. Ich lasse zu, dass mein Körper mich in den altbekannten Tunnel zieht, in den ich für Wettkämpfe immer falle. Mein Sichtfeld verengt sich, und ich fokussiere den Boden zu meinen Füßen. Ich spüre, wie meine Muskeln und Sehnen einen Bogen spannen, um mich jederzeit mit kräftigen Schritten nach vorn katapultieren zu können. Mein Herz pocht schnell, aber gleichmäßig gegen meine Rippen. Ich spüre, wie es mit jedem Schlag Blut und Adrenalin durch meinen Körper jagt und jede Zelle damit wachkitzelt. Die Luft in meinen Lungenflügeln schmeckt heiß und staubig und legt sich wie ein Pelz auf meine wunde Zunge, doch ich nehme trotzdem einen tiefen Atemzug. Wie in Zeitlupe sehe ich einen Schweißtropfen von meiner Stirn herabfallen und auf dem Sandboden zerlaufen.

Das ist mein Startschuss.

Als hätten wir uns abgesprochen, setzen Riley und ich uns gleichzeitig in Bewegung. Eine meiner Hände umklammert den Tuchbeutel, krallt sich in den rauen Stoff und hält ihn oben zusammen, die andere schwingt angespannt und flach im Takt meiner Schritte neben mir her, um der Luft möglichst wenig Widerstand zu bieten. Das fremdartige Gewand flattert im Wind und behindert meine Bewegungen, aber ich habe keine Zeit, mir darüber Gedanken zu machen. Wir müssen so schnell wie möglich hier weg, bevor wir erwischt werden. Also beschleunige ich mein Tempo, jeder Schritt zielsicherer als der vorige. Ein Teil von mir genießt es, wieder zu laufen und meinen Körper auf diese Weise zu spüren. Ich fühle mich wie eine Gepardin auf der Flucht, gefangen zwischen dem berauschenden Gefühl fließender Bewegungen mit nackter Muskelkraft und der Angst davor stehen zu bleiben.

Vielleicht spielt es keine Rolle, ob ich vor etwas wegrenne oder auf ein Portal zulaufe, solange meine Beine mich tragen. Vielleicht braucht es einfach nicht mehr als dieses Gefühl, um mein Innerstes nach außen zu kehren. Egal, aus welchem Grund ich laufe, nie sind meine Sinne geschärfter und mein Verstand klarer als in diesen kostbaren Momenten voller Adrenalin, dem Gefühl von Freiheit und Geschwindigkeit. Es ist wie ein Rausch, der mich in seinen Strudel zieht und mir Raum zum Atmen gibt. Und so absurd es auch klingt, in genau diesem Augenblick rastet etwas in mir unwiderruflich ein.

Zum Laufen wurdest du geboren.

Nie zuvor habe ich diesen Satz besser verstanden als jetzt, während Riley und ich nebeneinander fliehen, hinter uns die nahenden Schritte der wütenden Dorfbewohner. Hier sind wir die Gejagten, aber ich fühle mich lebendiger als je zuvor.

Wir werfen uns einen schnellen Blick zu, Riley nickt und unsere Beine fliegen förmlich über den Boden. Meine Muskeln und Sehnen spielen geschmeidig mit meiner durch den Hunger ausgezehrten Kraft, und mein Atem klingt unglaublich laut in meinen Ohren. Doch meine Lippen verziehen sich zu dem siegessicheren Grinsen einer Raubkatze kurz vor dem Erlegen ihrer Beute. Ein letztes Mal beschleunige ich meine Schritte und genieße das brennende Gefühl beanspruchter Muskeln. Meine Lunge krampft, als würde sie am liebsten aus meinem Brustkorb springen und sich auf den heißen Boden zu meinen Füßen werfen. Aber ich renne weiter und lächele, denn ich weiß, sie kriegen uns nicht.

Wie eine Ziellinie ragt die Mauer der Siedlung vor uns auf. Irgendetwas an dem porösen Sandstein irritiert mich, doch ich kann nicht sagen, woran es liegt. Mir ist, als sähe ich für einen kurzen Augenblick mein eigenes Gesicht an mir vorbeifliegen, aber das kann nicht sein. Im Laufen schüttele ich den Kopf, sodass sich einige Strähnen meiner Locken aus dem Kopftuch lösen und mir in die Augen fallen. Ich werfe noch einen Blick zurück, sehe ein paar Menschen in der Ferne aus ihren Häusern stürzen und etwas rufen, dann sind wir auf und davon.

Als wir außer Sichtweite sind, reduzieren wir unser halsbrecherisches Tempo, denn die steilen Dünen und der weiche Sandboden fordern ihren Tribut. Trotz oder vielleicht gerade wegen dieser Herausforderung kommt mir der Rückweg zu unserer Höhle viel schneller vor als der Hinweg. Schon bald klettern wir die Felsen zu unserem Versteck hinauf, wobei wir uns grob an die Kletterroute halten, die Riley am Morgen festgelegt hat. Keuchend erreichen wir den Felsvorsprung und blicken auf das Tal hinab. Niemand scheint uns zu verfolgen, und der Wind verweht bereits unsere Spuren.

Riley nimmt seine Tasche ab, lacht und hält mir die flache Hand vors Gesicht. »Das war der Wahnsinn!«, presst er keuchend hervor, noch immer vollgepumpt mit Adrenalin. »Schlag ein!«

Übermütig strahle ich ihn an und haue meine Handfläche gegen seine. Dann knie ich mich hin, um mit Riley die Taschen nach den erbeuteten Schätzen zu durchwühlen. Gerade als ich eine dunkelrote Frucht hervorziehe, fällt mir auf, was mich im Dorf so irritiert hat. Das Bild meines vorbeifliegenden Gesichts brennt sich jetzt mit voller Wucht zurück in mein Bewusstsein. Mit einem dumpfen Geräusch fällt die Frucht in meiner Hand zu Boden und kullert in die Höhle.

»Riley«, stoße ich alarmiert hervor.

»Macht nichts, die holen wir nachher wieder! Kein Grund zur Sorge«, lacht er. »Es sei denn, sie fällt in den See, dann musst du danach tauchen.«

»Nein, ich meine es ernst, Riley! Hör mir zu!«

Er hält inne und runzelt die Stirn.

»Wir haben ein Problem. Ich habe etwas gesehen, als wir aus dem Dorf gerannt sind.«

Sofort weicht jede Spur der Freude aus seinem Gesicht. »Was denn? Was ist los?«

»An der Mauer. Da hingen Fahndungsplakate. Mit unseren Gesichtern drauf.«

Kapitel 10

Klebriger Saft tropft von meinen Fingern, als ich das Fleisch einer orangeroten Frucht zerreiße und es mir gierig in den Mund stopfe. Es schmeckt himmlisch, kann jedoch den bitteren Beigeschmack meiner Entdeckung nicht mildern. Immer wieder habe ich die Plakate vor Augen, und jedes Mal zieht mein Magen sich schmerzhaft zusammen. Das Papier noch druckfrisch, in großen Buchstaben mit dem Wort »WANTED« verunstaltet. In der Mitte ein Pressefoto von mir, unverkennbar mit den roten Locken. Darunter eine Geldsumme mit absurd vielen Nullen, die meine Familie für sehr lange Zeit ernähren könnte. Dass irgendjemand so schnell ein Kopfgeld auf uns ausgesetzt hat und Jagd auf uns machen lässt, ängstigt mich. Zum ersten Mal wird mir klar, dass ich in ernsten Schwierigkeiten stecke, obwohl ich nichts verbrochen habe.

Was meine Eltern wohl von mir denken? Wenn die Plakate es hierher ins Nirgendwo geschafft haben, sind sie sicher auch auf Alpha zu finden. Ob sie wohl wissen, dass ich gejagt werde wie eine Kriminelle? Oder gelte ich bei ihnen nur als verschollen wie Riley früher? Auf Alpha sind die Familienbande nicht so eng verknüpft, wie sie es früher auf der Erde einmal gewesen sein sollen. Trotzdem bin ich mir sicher, dass meine Eltern besorgt und enttäuscht von mir wären, und diese Gewissheit liegt mir wie ein Felsen auf der Brust. Ich will sie nicht beschämen.

Auch Riley blickt drein, als wäre jeder Bissen Obst in seinem Mund pure Säure. Zwischen seinen Augenbrauen zeichnet sich eine sorgenvolle Furche ab. Seine Kiefermuskeln arbeiten intensiver, als es notwendig wäre, um die Früchte zu zerkauen. Ihn so zu sehen, verunsichert mich. Ich lege meine nur halb gegessene Frucht zur Seite. Mit einem leisen Seufzen wische ich die verschmierten Finger an meinen Shorts ab. Missmutig starre ich auf mein rechtes Handgelenk und zupfe an den bunten Stoff- und Lederarmbändern.

»Diese Menschen«, unterbricht Riley plötzlich die Stille, »hast du sie gesehen? Die Adern auf ihrer Haut, ihre Augen? Ihre Blicke?«

Ich nicke und denke an die transparenten Lider über den schlangenartigen Augen. Ein Schauer läuft mir über den Rücken. Wie grausam können Menschen sein, anderen so etwas anzutun?

»Hör zu, wir müssen ab jetzt sehr vorsichtig sein. Ich habe das Gefühl, dass sie sich nicht gerade darüber freuen würden, uns zu finden.«

»Ach, ich denke schon«, entgegne ich bemüht lässig, doch meine Stimme klingt angespannt. »Immerhin ist eine ziemlich hohe Summe auf uns ausgesetzt.«

Ein müdes Lächeln umspielt Rileys Lippen. »Wie viel ist es denn?«

»100.000 Nomis. Für jeden von uns. Wenn ich in der Eile richtig gelesen habe.«

Riley lässt ein anerkennendes Pfeifen hören. »Davon kann man ja gut drei Jahre leben! Und hier bestimmt noch länger.«

Mir sinkt der Mut.

Um mich abzulenken, lasse ich die Fingerspitzen über meine Oberschenkel wandern, sehe zu, wie sie erst ziellose Schnörkel und schließlich Kreise auf ihnen malen, die sich in meinem Kopf zu Portalen formen. Ich frage mich, wie es jetzt weitergehen soll. Dabei kommt mir ein Gedanke.

»Riley«, sage ich unvermittelt und schaue zu ihm. »Diese Funken aus deinen Fingern – du hast gelernt, sie zu kontrollieren, richtig? Denkst du, mit meinen Portalen funktioniert es ähnlich?«

Er blinzelt perplex. »Möglich wäre es, ja.«

»Kannst du es mir beibringen?«

»Ich denke schon.«

Entschlossen stehe ich auf und klopfe mir den Sandstaub vom

Hintern. »Gut. Denn wenn ich all das hier verstehen will, muss ich zuerst wissen, was mit mir passiert. Und uns vielleicht an einen Ort bringen, an dem wir sicherer sind.«

Ich erzähle ihm nicht, dass ich Angst davor habe, diesen neuen Teil von mir zuzulassen. Und ich sage ihm auch nicht, dass ich mich davor fürchte, dass es dann kein Zurück mehr gibt. Aber Riley sieht mich bloß mit seinen blauen Portalaugen an, elektrisiert mit einem Blinzeln Tausende Neuronen in meinem Körper und fegt meine Ängste einfach hinweg.

»Gut, dann versuchen wir es. Erinnerst du dich an das Gefühl, das du hattest, als du die Portale geöffnet hast?«, fragt er.

Darüber muss ich kurz nachdenken. »Auf Epsilon habe ich nichts gefühlt außer Angst. Und letztes Mal ... Das ist schwer zu erklären.«

Mit nachdenklicher Miene stützt sich Riley nach hinten ab, legt den Kopf in den Nacken und seufzt. »Versuch es einfach.«

»Ich weiß noch, dass ich wütend war. Ungeheuer wütend. Auf dich«, erzähle ich und werfe ihm einen giftigen Blick zu, den er mit einem provozierenden Grinsen quittiert. »Dann hatte ich extreme Kopfschmerzen, mir wurde übel und gleichzeitig schwindelig, als würde mir jemand den Boden unter den Füßen wegziehen. Meine Finger haben wie verrückt gekribbelt. Und dann ging es ganz schnell, alles wurde grün um mich herum, und wir standen plötzlich hier in dieser blöden Wüste. Ich weiß nur noch, dass meine Hände sich verbrannt angefühlt haben.«

»Verstehe«, nickt Riley. »Anscheinend konzentrierst du die Energie aus deinem Körper auf deine Hände, wo sie sich dann in Form des Portals manifestiert. Und woran hast du gedacht, als du das Portal hierher erschaffen hast?«

»Ehrlich gesagt an gar nichts. Ich wollte einfach nur so weit weg wie möglich.«

»Na, das hast du ja wohl geschafft«, schnaubt er verbittert und gleichzeitig belustigt.

Einen Moment lang herrscht Schweigen zwischen uns. Ich spüre Rileys Blick unangenehm auf mir. Dann seufze ich. Er hat natürlich nicht unrecht, aber muss er mir das so unterschwellig vorwerfen?

»Falls du eine Entschuldigung willst«, knurre ich, »bitte schön: Es tut mir leid! Aber wenn du nicht aufgetaucht wärst, wäre all das auch nicht passiert.«

Langsam und irgendwie bedrohlich steht Riley auf und macht ein paar schwere Schritte auf mich zu. »Glaubst du das ernsthaft?! Epsilon wäre so oder so verbrannt, ob ich dir nun in die Arme gelaufen wäre oder nicht! Und nichts und niemand hätte das verhindern können!«

Rileys Brustkorb hebt und senkt sich schwer, während er mich anstarrt. Immer wieder öffnet er die Hände und ballt sie wieder zu Fäusten. Es dauert einige Sekunden, bis er zögernd eine einzige leise Frage herausbringt. »Bereust du, dass du mich gerettet hast?«

Zwischen uns befinden sich nur noch wenige Zentimeter, und in seinem Blick liegt ein verzweifelter Hunger, den ich nicht einordnen kann. Ein dunkler Gewittersturm tobt in seinen Augen, lässt ihr Blau unruhig und beinahe grau erscheinen. Ich kann seine Angst vor meiner Antwort beinahe körperlich spüren. Es kommt mir vor, als läge trotz der Nähe ein Abgrund zwischen uns, während ich kurz über die Frage nachdenke.

Ich entscheide mich dazu, eine schmale Brücke über die Kluft zu bauen, und antworte sanft: »Nein. Natürlich nicht.«

Einen Moment lang verharren wir in dieser Position und sehen uns an. Seine Iriden versprengen das spärlich einfallende Licht der Höhle und lassen es tanzen. Wie sehr ich mir wünsche, in sie eintauchen und die Welt dahinter ergründen zu können. Kurz überlege ich, die Hand nach ihm auszustrecken und ihm die lose Locke aus der Stirn zu streichen, die gerade wieder hineingefallen ist. Einfach nur, um zu testen, ob seine Haut ebenso elektrisch knistert wie seine Augen. Doch dann ist dieser Augenblick ebenso schnell vorbei, wie er gekommen ist.

»Gut«, wispert er heiser und tritt einen Schritt zurück. »Dann können wir ja anfangen.«

Kapitel 11

»Konzentrier dich«, fordert mich Riley zum gefühlt hundertsten Mal auf.

»Tu ich doch! Was kann ich dafür, wenn es nicht funktionieren will?«

»Du gibst dir einfach nicht genug Mühe. Sieh her.« Er hebt eine kleine Frucht mit dünnen orangebraunen Blättern vom Boden auf, legt sie auf seine ausgestreckte Handfläche und spreizt die Finger voneinander ab. »Lass das Kribbeln aus deinem Bauch in die Finger steigen. Schiebe es in sie hinein, konzentrier all deine Energie auf das Ziel, und lass sie los. Wie ein Gummiband.«

Wie auf Kommando beginnen blaue Funken auf seinen Fingerkuppen zu flimmern. Plötzlich schließt er mit einer blitzschnellen, kraftvollen Bewegung seine Hand um die Frucht, sodass sie von einem bläulichen Schimmern umhüllt wird. Ich kann jede noch so feine Ader der trockenen Blätter erkennen, die die winzige, runde Frucht im Inneren umhüllen. Einen Moment lang sieht es aus, als würde sie von innen heraus leuchten, bis die Blätter Feuer fangen und der zarte Kern im Inneren explodiert. Wie sanfte Ascheflocken rieseln die glühenden Fetzen zu Boden.

Yashira, die Aschebringerin.

Ohne Vorwarnung verwandeln sich die fallenden Blätter vor meinem inneren Auge in Asche, die von Epsilons Himmel regnet, und legen sich bleischwer auf meine Haut, bis meine Knie nachgeben. Flocke um Flocke drückt mich nieder, bahnt sich den Weg in meine Kehle und lähmt meine Atmung.

»Was ist los? Was ist mit dir?«, höre ich Rileys Stimme, aber sie klingt dumpf und weit weg. »Ash! Ash, was ist mit dir?«, ruft er jetzt lauter und kniet sich neben mich.

Der Name ärgert mich, aber dieses Gefühl nehme ich nur am Rande wahr. Benommen blicke ich auf und sehe zwei blaue Portale durch all die Asche scheinen. Da berührt mich etwas an der Schulter – kühl, federleicht und geradezu summend vor Elektrizität.

Rileys Hand.

»Was ist los?«

»Nichts«, antworte ich ausweichend. »Nur ein … kurzer Kreislaufzusammenbruch, schätze ich. Durch die Hitze.«

»Das glaube ich dir nicht.«

»Es ist aber so.«

Stur starren wir uns an. Keiner will nachgeben.

»Schön«, stößt Riley schließlich hervor, ohne die Augen von meinen abzuwenden. »Dann kannst du ja weiterüben.«

»Ja«, knurre ich und halte seinem Blick weiterhin stand.

Mehrere Atemzüge lang stehen wir einfach nur da und tragen dieses stumme Kräftemessen aus. Ich wüsste zu gern, was gerade in Rileys Kopf vorgeht. Ob er wütend ist? Vielleicht gehe ich ihm auch bloß auf die Nerven, weil ich die Übungen nicht richtig hinbekomme. Oder er macht sich tatsächlich Sorgen um mich. Bei diesem Gedanken fängt mein Herz an, ganz zart in meiner Brust zu flattern wie ein Vogelküken, das zum ersten Mal seine winzigen Flügel ausprobiert.

»Ich weiß, warum du es nicht schaffst«, sagt Riley.

»Ach ja?«

»Du bist nicht frei im Kopf.«

Ich denke kurz über seine Worte nach, doch nach nur wenigen Sekunden wird mir klar, dass er recht hat. Aber was erwartet er auch nach allem, was in den letzten Tagen passiert ist? »Überrascht dich das etwa?«, entgegne ich, patziger als gewollt. »Mein Leben steht Kopf, wir sind auf einem fremden Planeten gestrandet, ein anderer Planet ist verbrannt. Plötzlich gibt es Genexperimente und Schlangenmenschen, seit heute bin ich wohl auch eine gesuchte Verbrecherin, und zu allem Überfluss …«

Ich unterbreche mich selbst, bevor ich mich noch mehr in Rage rede. Warum mir von all den Problemen, die ich habe, vor allem meine gestoppte Karriere als Läuferin so zusetzt, ist mir ein Rätsel. Doch ich kann nicht verhindern, dass mein Herz sich schmerzhaft zusammenzieht, als meine Gedanken zu Liam zurückwandern.

Gespannt legt Riley den Kopf schief. »Zu allem Überfluss …?«

»Nichts«, weiche ich aus. Das mit dem Training will ich ihm nicht auch noch auf die Nase binden. »Bist du jetzt zufrieden?«

»Allerdings«, antwortet er und springt auf. »Komm mit. Ich weiß, wie ich dir helfen kann.«

Ich schnaube ungläubig. »Und wie?«

»Du wirst schon sehen.«

Ohne sich noch einmal umzudrehen, verschwindet er im hinteren Teil der Höhle und verschmilzt mit den Schatten. Überrascht stelle ich fest, dass das durch das Loch in der Höhlendecke einfallende Licht bereits schwächer wird. Wir müssen den ganzen Nachmittag lang geübt haben. Merkwürdig, ich habe kaum mitbekommen, wie schnell die Zeit vergangen ist.

Nur widerwillig stehe ich auf. Noch immer dreht sich alles, und ich brauche einen Moment, um mich zu sammeln. Eine eigenartige Müdigkeit ergreift von meinen Gliedern Besitz, und ich fahre mir mit den Fingern durch meine zerzausten Locken, bevor ich Riley folge. Er wartet am Wasserloch auf mich.

»Ich dachte schon, du hättest dort Wurzeln geschlagen«, brummt er. »Lass uns anfangen.«

Ich ziehe eine Augenbraue hoch, nicke aber.

»Was genau geht in dir vor?«

»Wie meinst du das?«

Sogar im Halbdunkel kann ich erkennen, wie er die Augen verdreht. »Was fühlst du?«

»Nichts?«, erwidere ich, doch zu meiner eigenen Verwunderung klingt es eher wie eine Frage.

»Offenbar doch, sonst wäre deine Fähigkeit nicht derart blockiert.«

»Und wer hat dich zum Experten für so was ernannt?«, gebe ich zurück.

»Immerhin beherrsche ich meine Gabe, was man von dir nicht gerade behaupten kann.«

Jetzt ist es an mir, die Augen zu verdrehen. »Willst du schon wieder darauf herumreiten?«

Riley antwortet mir nicht. Stattdessen tritt er plötzlich einen Schritt auf mich zu, sodass ich seinen Atem auf meiner Stirn spüre. Er fühlt sich heiß und kalt zugleich an und jagt mir einen leisen Schauer über den Rücken.

»Wer ist es?«, flüstert er. »Wer oder was macht dich so wütend? Sind es deine Eltern? Sie müssen verdammt enttäuscht von dir sein. Was sie wohl denken, wenn sie die Fahndungsplakate sehen – ihr kleiner Star ist auf einmal eine Kriminelle.«

»Hör auf!«, zische ich, als mir klar wird, was er vorhat. »Ich dachte, du wolltest mir helfen und nicht noch weiter auf mir herumhacken!«

»Nein.« Ein gemeines Lächeln huscht über seine Lippen, das mir eine Gänsehaut bereitet. »Es wird Zeit, dass du den ganzen Ballast endlich loswirst. Also, sind es deine Eltern? Deine Freunde? Oder vielleicht einfach die Leute, die sich das Maul über dich zerreißen?« Seine Stimme wird eindringlicher, provozierender. Er weiß genau, welche Knöpfe er drücken muss. Ein Zittern geht durch meinen Körper. »*Die Aschebringerin.* Ist doch ein schöner Spitzname, Ash, findest du nicht?«

»Bitte sei still!«, presse ich mühsam hervor und hebe abwehrend die Hände. Ich will das nicht. Ich will nicht, dass er es wieder tut, dass er mich so lange reizt, bis alles ohne Vorwarnung aus mir herausbricht und mich nackt und verwundbar zurücklässt.

»Ist es Céus, auf den du sauer bist? Weil der Senat an dir ebenso herumexperimentiert hat wie an den Menschen hier? Oder sind es doch die Richter, die dich gesperrt haben?«

»Halt endlich die Klappe!«, rufe ich. Meine Stimme bricht. Bunte Farben explodieren vor meinen Augen und laufen als Tränen über meine Wangen.

Aber Riley denkt gar nicht daran. Stattdessen geht er leicht in die Knie, sodass er mir unumwunden in die Augen sehen kann. »Oder … ist es vielleicht *Liam*?«

Für ein paar Sekunden schwirrt dieser Name durch den Raum und hängt bleischwer über mir. Ich öffne den Mund, um etwas zu erwidern, doch meine Unterlippe bebt, und ich bringe keinen Ton heraus.

Rileys Mundwinkel zucken, und er verengt die Augen zu Schlitzen. »Das ist es, nicht wahr? Das tut dir am meisten weh, oder? Liam. Dein Trainer. Er hat dich fallen lassen.«

»Hat … hat er nicht«, höre ich mich wie ferngesteuert stammeln. Meine Kehle fühlt sich an, als sei sie zugeschnürt. »Ich soll mich schonen. Pause machen.«

»Unsinn. Bei der erstbesten Gelegenheit hat er dich rausgeworfen. Er glaubt nicht an dich.«

»Du hast doch gar keine Ahnung!«, fahre ich ihn an.

Ich weiß nicht, was in ihn gefahren ist. Mir ist klar, dass er das nur tut, um mich an meine Grenzen zu bringen, aber im Moment wünsche ich mir einfach nur, dass er aufhört. Es ist zu viel.

Ungerührt fährt Riley fort: »Du dachtest, ihr hättet eine besondere Bindung. Aber du bist ihm nicht gut genug. Das muss wirklich hart für dich sein.«

Das reißt meine Barrieren ein. »Ich habe gesagt, du sollst aufhören!«, schreie ich und stoße ihn von mir.

Es ist kein besonders starker Stoß, doch er verfehlt seine Wirkung nicht. Riley bekommt, was er wollte. Und ich fühle mich schwächer und hilfloser denn je, es ihm gegeben zu haben.

Er gibt mir einen Augenblick Zeit, während weitere Tränen über mein Gesicht laufen und sich mit dem darauf haftenden Sandstaub vermischen. Schließlich legt er mir einen Finger unters Kinn und hebt es an, damit ich ihm in die Augen sehe. Sein Blick ist weich und voller Mitgefühl.

»Jetzt hör mir gut zu«, flüstert er überraschend sanft. »Liam ist Geschichte. Er hat nicht das Recht, dir wehzutun, und er kann es nur, wenn du es zulässt.«

Ich kann mich nicht rühren. Tief in meinem Inneren weiß ich, dass er recht hat. Dass ich mein Leben nicht von jemandem bestimmen lassen sollte, der mich derart in die Knie zwingt. Es aber zuzugeben, ist eine ganz andere Sache.

Meine Hände zittern, als ich seinen Blick suche.

»Komm«, sagt Riley plötzlich und führt mich ans Wasser.

»Was hast du vor?«, frage ich heiser.

»Vertrau mir einfach.«

Ich bin zu müde, um zu streiten. »Na schön.«

»Geh ins Wasser.«

Seine ruhige Stimme wirkt wie hypnotisierend auf mein aufgewühltes Gemüt. Ohne Widerworte folge ich seiner Anweisung, streife mir Schuhe und Socken von den Füßen, setze mich und lasse mich ins Wasser gleiten.

»Und jetzt gehst du in die Mitte, tauchst unter und schreist, so laut du kannst.«

Ich runzele die Stirn. »Aber was …?«

»Tu's einfach.«

Ergeben zucke ich die Achseln und wate tiefer ins Wasser hinein, bis es meine Schulterblätter bedeckt. Beinahe zärtlich zupft das Wasser an meiner Kleidung und hinterlässt ein angenehm kühles Prickeln. Auf seiner Oberfläche wirft es sanfte Kreise um meinen Körper herum. Mein eigenes verzerrtes Spiegelbild blickt mir aus der Tiefe entgegen. Zögernd hole ich Luft, schließe die Augen und tauche unter.

Die Ruhe, die mir entgegenschlägt, ist wohltuend und erdrückend zugleich. Erneut klopft mein Herz gegen meine Rippen, doch dieses Mal ist es eher eine zaghafte Frage. Langsam breite ich meine Arme aus und spanne jeden einzelnen Muskel an, als stünde ich kurz vor einem Lauf im Stadion. Jede Faser ist zum Zerreißen gespannt, bis ich es nicht mehr aushalte.

Instinktiv öffne ich den Mund, lasse alles los und schreie, so laut ich nur kann. Trotz des Wassers tobt meine Stimme um mich herum wie ein Orkan, viel lauter, als ich es eigentlich will. In diesen Schrei lege ich all meine Angst, all meine Wut und all meine

Verzweiflung. In Tausenden von Blasen tosen diese Gefühle um mich herum, steigen an mir empor und zerplatzen weit über mir an der Oberfläche. Sie alle brechen ohne Vorwarnung aus mir heraus, während sich meine Lungenflügel schmerzhaft zusammenziehen, um auch noch das letzte Bisschen aus sich herauszupressen. Ich schreie und schreie, bis meine Lunge endgültig leer ist und mein Herz befreit.

Einen endlosen Moment lang lasse ich mich einfach nur durch die schwerelose Tiefe des Wassers treiben, das sich wie ein Mantel um meinen wunden Körper schmiegt.

Dann öffne ich die Augen und heiße die neue Stille in meinem Kopf willkommen.

Kapitel 12

Am nächsten Morgen sehen wir sie.

Ein Konvoi aus fünf mattbraunen Fahrzeugen kämpft sich seinen Weg durch die Dünen. Die Motoren ächzen vor Anstrengung, sodass ihr lautes Brummen anklagend durch das kleine Tal unterhalb unserer Höhle hallt. Zu beiden Seiten der gewaltigen, von Ketten eingefassten Räder spritzt der rotbraune Wüstensand empor und überzieht das Metall der Wagen mit einem Staubfilm. Männer in wehenden Gewändern und Turbanen stehen auf den Fahrzeugflächen, während sie nach etwas Ausschau zu halten scheinen. Gelegentlich blitzt etwas in der Sonne auf, vielleicht ein Messer oder der Lauf einer Schusswaffe. Nachdem sie eine Weile geradeaus gefahren sind, schwärmen die Fahrzeuge plötzlich in unterschiedliche Richtungen aus.

Selbst als sie das Tal verlassen haben, ist das Rumoren der Motoren noch lange zu hören.

»Scheiße«, murmelt Riley nach einer Weile.

Ich nicke wortlos und verschränke die Arme vor der Brust. Wo haben diese Menschen nur so viele Fahrzeuge her? Sicher, sie wirken abgenutzt und rostig, aber wie kommen die Wüstenbewohner an etwas, das selbst auf Alpha ein Luxusgut ist? Hinter meinen Schläfen beginnt es zu pochen. Ich seufze und kehre der Wüste den Rücken. »Ich gehe rein. Mir wird es zu warm.« Ganz zu schweigen von dem unangenehmen Sonnenbrand, der mich plagt.

»Mach nur, ich halte hier weiter Ausschau.«

»Sei vorsichtig«, erwidere ich und runzele die Stirn über meine Worte, auf die Riley nicht einmal reagiert.

Nachdenklich tauche ich in den wohltuenden Schatten unseres

Verstecks ein und sehe mich um. In einer Ecke liegen die Häufchen unserer beiden Schlaflager, die wir aus der gestohlenen Kleidung und meinem Pullover improvisiert haben. Kurz überlege ich, die Tücher ordentlich zusammenzufalten, entscheide mich jedoch dagegen. Stattdessen überkommt mich das Bedürfnis, die Zeit für mich zu nutzen und ungestört ein Bad zu nehmen.

Nach der unbequemen Nacht auf dem staubigen Höhlenboden und dem anstrengenden Abend belebt das Wasser meine Sinne, bis meine Haut vor Kälte prickelt. Erst als meine Zähne zu klappern beginnen, klettere ich aus dem Loch hinaus, schlüpfe in meine Unterwäsche und trete an den Lichtkegel der Höhlendecke heran.

»Oh … ähm … tut mir leid, ich wusste nicht, dass du baden warst«, stammelt Riley.

Er steht nur wenige Schritte entfernt von mir im Eingang, sodass sich seine schlanke Silhouette gegen die einfallenden Sonnenstrahlen abzeichnet. Die linke Hand ist in den Haaren an seinem Nacken vergraben, die andere krallt er in den Stoff seines Hosenbeins. Sein Blick ruht einen Moment zu lange auf meinen Bauchmuskeln, bevor er wieder hinauf zu meinem Gesicht huscht. Sogar aus der Ferne kann ich erkennen, dass seine Wangen sich dunkler färben. Riley Chase ist verlegen. Wegen mir.

Diese Erkenntnis treibt auch mir die Röte in die Wangen, und ich greife hastig nach meinem verdreckten T-Shirt. Gegen meinen Willen muss ich grinsen.

»Immerhin wasche ich mich ab und an mal«, necke ich ihn und rümpfe mit einer übertriebenen Geste die Nase, während ich umständlich in meine Shorts steige.

Dankbar springt er darauf an. »Irgendwer muss sich ja schließlich um die wichtigen Dinge kümmern.«

»Die da wären?«

»Na ja, die Lage draußen überwachen, das Essen zusammenräumen und unsere Flaschen auffüllen«, zählt er auf und hebt eine der ausgebeulten Feldflaschen hoch, die wir aus dem Dorf mitgenommen haben. »Und wenn ich mir die Unordnung hier so ansehe, wohl auch das Lager aufräumen.«

Schuldbewusst hebe ich die Hände. »Was soll ich sagen?«

Riley lässt so etwas wie ein amüsiertes Schnauben hören, während er näher kommt. »Oh, Riley«, sagt er mit hoher Stimme, »ich helfe dir beim Aufräumen! Gar kein Problem!«

Gespielt beleidigt verschränke ich die Arme und hebe eine Augenbraue. »So klinge ich doch gar nicht.«

»Das denkst du vielleicht«, antwortet er feixend und geht, ohne mich eines weiteren Blickes zu würdigen, tiefer in die Höhle hinein, um die Flasche an der frischen Quelle aufzufüllen.

Ich nutze die Zeit, um die Laufschuhe von meinem Schlafplatz zu holen. Als ich die unter den Laschen zusammengeknüllten Socken entdecke, runzele ich die Stirn. Von ihrem ursprünglich hellen Türkis ist nicht mehr viel übrig, und unser Gewaltmarsch durch die Wüste hat an mehreren Stellen große Löcher in den dünnen Stoff gescheuert. Mit einem frustrierten Seufzen schlüpfe ich hinein.

»Chic«, bemerkt Riley hinter mir.

Ich zucke zusammen. Beinahe lasse ich den Schuh fallen, nach dem ich gegriffen habe. »Erschreck mich doch nicht so!«

Er verzieht die Lippen zu einem schiefen Grinsen. »Wie geht es dir?«

Er braucht nicht zu erklären, worauf er anspielt. Schlagartig taucht die Erinnerung an den gestrigen Abend in meinen Gedanken auf und lässt mein Herz klopfen. Verlegen senke ich den Blick. Am liebsten würde ich an Ort und Stelle im Boden versinken, statt darüber zu sprechen. Aber ich muss es einfach wissen.

»Warum hast du mir gestern geholfen?«, frage ich, meine Stimme kaum lauter als das leise Plätschern des Wassers.

Es dauert eine Weile, bis Riley reagiert. Als ich gerade zu zweifeln beginne, dass er meine Frage überhaupt gehört hat, stellt er auf einmal die Wasserflasche ab und hockt sich neben mich. Der Schuh in meiner Hand zittert.

»Sagen wir einfach, ich weiß, wie es sich anfühlt, wenn man plötzlich ganz allein auf der Welt ist«, sagt er sanft.

Überrascht wende ich ihm den Kopf zu, aber er betrachtet versonnen einen Punkt auf der Höhlenwand. Erst jetzt fällt mir auf, wie unglaublich lang seine Wimpern sind. Der winzige Buckel auf seiner Nase verleiht seinem sonst so ebenmäßigen Profil etwas Verwegenes. Unwillkürlich frage ich mich, ob er das Überbleibsel einer Schlägerei ist.

»Mein Trainer hat mich damals auch nicht beschützt«, seufzt er. »Er hätte mit Sicherheit verhindern können, dass man mich auf Epsilon aussetzt, wenn er gewollt hätte. Als ich dann verstanden habe, was geschehen ist, hat mir das den Boden unter den Füßen weggerissen. Ich hatte damals niemanden, der für mich da war. Und ich schätze, ich wollte nicht, dass es dir auch so geht.«

Dieses Geständnis rührt mich. Ich kann den Schmerz so klar in seinem Gesicht sehen, als wäre es mein eigener. Es ist, als wäre es ein Spiegelbild meiner eigenen Gefühle, verirrt und verloren, gestrandet in einer Welt, die sich selbst zerfrisst und bei uns beginnt.

»Danke«, ist deshalb alles, was ich sage, obwohl sich so viele andere Worte in meiner Kehle drängen.

Riley nickt knapp. Dann rappelt er sich auf und streckt mir die Hand entgegen. »Na los, du Faulpelz. Zeit zum Üben. Vielleicht bekommst du deine Portale ja heute besser hin.«

Froh über einen Vorwand, seinem Blick ausweichen zu können, schlüpfe ich in meine schmuddeligen Laufschuhe und lasse mir von ihm aufhelfen. Als unsere Hände sich berühren, fühlt es sich an wie ein Stromschlag, der über meine Haut tanzt und sie zum Prickeln bringt. Nur widerstrebend lasse ich ihn wieder los, um mir die Haare aus dem Gesicht zu binden. Es fühlt sich gut an, etwas tun zu können, egal, wie wenig es auch sein mag. Alles ist besser, als frustriert in dieser schummrigen Höhle zu hocken und tatenlos darauf zu warten, dass wir entdeckt werden.

Da rollt eine ovale, mit grünlichen Schuppen besetzte Frucht über den Boden und kommt an meiner Schuhsohle zum Stillstand. Ich bücke mich und hebe sie auf. Sie fühlt sich kompakt und schwer an.

»Fang an!«, ruft Riley mir munter zu und postiert sich etwa zehn Meter von mir entfernt.

»Okay, und womit?«
»Teleportier sie weg.«
»Einfach so? Wie stellst du dir das vor?«, frage ich ungläubig.
»Na, einfach so.«
Misstrauisch starre ich die Frucht an, als könne ich sie dadurch dazu bringen, sich freundlicherweise von selbst in ein Portal zu verwandeln. Dann schließe ich die Augen und konzentriere mich. Ich versuche, meine Gefühle in Energie umzuwandeln, sie von innen heraus durch meinen Körper nach außen zu transportieren. Meine Fingerspitzen kribbeln leicht, doch sonst passiert rein gar nichts.
»Hm, das war wohl nichts«, bemerke ich trocken und ziehe einen Schmollmund.
»Doch«, entgegnet Riley und verlagert das Gewicht auf ein Bein. »An deinen Fingern war ein leichtes grünes Flackern zu sehen.«
Das überrascht mich, schließlich habe ich kaum etwas gespürt. »Echt? Und jetzt?«
Riley überlegt kurz. »Versuch es noch mal. Aber ohne das Obst. Ich habe da eine Idee.«
Behutsam lege ich die Frucht mit der dicken Schale hinter mir auf dem Höhlenboden ab und drehe mich wieder zu ihm herum. »Was hast du jetzt v…?«
Eine matschige Obstschale trifft mich mitten ins Gesicht, bleibt kurz an meiner Nase hängen und rutscht langsam an mir zu Boden.
»Ist das dein Ernst?«, pflaume ich Riley an.
Statt einer Antwort segelt eine weitere Obstschale auf mich zu, der ich nur knapp ausweichen kann.
»Hör auf damit!«
»Nö«, meint er grinsend und bombardiert mich weiter mit Fruchtabfällen.
Mit einem dumpfen Platschen landet eine halb verdorrte Schale neben mir, eine weitere trifft mich am Knöchel. Sie alle verströmen einen unangenehmen, süß-gammeligen Geruch, der immer

intensiver wird, je mehr von ihnen auf oder neben mir landen. Ich versuche, ein paar zu fangen und zurückzuwerfen, aber Riley lässt mir keine Chance und feuert sie immer schneller auf mich ab. Als mich plötzlich etwas Hartes an der Hüfte trifft, schreie ich kurz auf. Anscheinend sind ihm die Schalen ausgegangen, denn jetzt wirft er ganze Früchte nach mir.

»Hör auf, unser Essen zu verschwenden!«, rufe ich, nur um gleich darauf zu schimpfen: »Aua, du Blödmann!«

»Dann tu doch was dagegen!«, lacht er.

Allmählich werde ich wütend. Zwar wirft er das Obst nicht besonders fest nach mir, aber es tut trotzdem weh, und er wird immer treffsicherer. Als schließlich eine große Honigmelone direkt auf mein Gesicht zufliegt, passiert es. Reflexartig reiße ich die Hände nach oben, um mich zu schützen. Ein Ziehen fährt durch meinen gesamten Körper, eine berauschende Energie prickelt auf meiner Haut und hüllt meine Hände in ein hellgrünes Leuchten. Nur einen Wimpernschlag lang dehnt es sich aus und erfüllt die Höhle, dann ist es ebenso plötzlich wieder verschwunden, und ein hohles Gefühl macht sich in meinem Magen breit. Ich blinzele kurz und greife in die Luft, aber die Frucht ist nicht mehr da.

Riley lässt die Arme sinken.

Keuchend stehe ich da und starre auf meine zitternden Finger. Trotz der Tatsache, dass wir hier sind, wusste ich bis jetzt nicht sicher, dass ich das kann. Ich habe es geahnt, ja. Aber so wirklich überzeugt davon war ich bis eben nicht. Ich schlucke.

Das ändert wohl wirklich … alles.

»Das … war eindrucksvoll«, bemerkt Riley lahm.

Ich antworte ihm nicht.

»Wo ist die Melone hin?«, fragt er.

»Keine Ahnung. Ist das wichtig?«

»Na ja, stell dir mal vor, sie fällt jetzt irgendeinem arglosen Menschen einfach so aus dem Nichts auf den Kopf«, gluckst Riley. »Das wäre doch lustig.«

Über diese Vorstellung muss ich lachen und habe vor Augen, wie die schwere Melone mitten auf Victorias Kopf fällt und ihr das Dauergrinsen aus dem Gesicht wischt. Doch dann werde ich ernst. Was, wenn Riley recht hat und die Frucht jemandem wehtut, obwohl ich das gar nicht will? Diana zum Beispiel? Schlagartig bekomme ich Angst, weil ich keine Kontrolle über meine Fähigkeit habe. Mit diesem Gedanken blicke ich auf. »O nein! Das will ich nicht!«

Sofort verschwindet das Lächeln aus Rileys Gesicht. »Nein, bestimmt landet sie einfach nur irgendwo im All«, lenkt er ein, aber ich weiß, dass er das nur für mich sagt.

Ich balle meine Hände zu Fäusten, um gegen meine Gedanken anzukämpfen, doch sie pressen sich trotzdem zwischen meinen Lippen hervor. »Ich möchte niemandem damit wehtun! Es macht mir Angst, dass ich Sachen einfach so verschwinden lassen kann. Wer weiß, welchen Schaden ich damit anrichte.«

»Ich weiß, wie du dich fühlst«, entgegnet Riley ruhig.

»Ach ja?«

»Natürlich. Was glaubst du, wie es mir ging, als ich diese komischen Funken das erste Mal bei mir entdeckt habe? Erst dachte ich, ich sei bloß verwirrt und würde mir das einbilden, dann dachte ich, ich sei todkrank. Irgendwann habe ich dann gemerkt, dass es nichts Schlimmes ist, und gelernt, damit umzugehen.«

Ich weiß nicht, was ich sagen soll. Er muss sich furchtbar gefühlt haben während seiner Zeit auf Epsilon, so einsam und verlassen.

»Das Schwierigste ist zu akzeptieren, dass es jetzt zu dir gehört«, murmelt Riley mehr zu sich selbst als zu mir.

Sein Blick verliert sich, und er scheint durch mich hindurchzusehen, verloren in seiner Vergangenheit. Kurzerhand bücke ich mich, hebe eine Obstschale vom Boden auf und werfe sie nach ihm. Volltreffer.

»Hey!«, protestiert er und fischt sie aus seinen Haaren.

Ich zucke die Achseln und bemühe mich vergeblich, ein Grinsen zu unterdrücken. »Uuups.«

Den Rest des Tages verbringen wir damit zu üben. Ich gebe mir die größte Mühe, das grüne Portalleuchten bewusst heraufzubeschwören, doch es will mir nicht recht gelingen. Am Ende des Tages kann ich lediglich ein paar Blätter von einer Frucht verschwinden lassen. Als es draußen dämmert und die Motorengeräusche zurückkehren, beschließen wir resigniert, es dabei zu belassen, und essen ein paar der Früchte.

»Wir müssen besser damit haushalten«, bemerkt Riley, legt eine leere Schale auf den Abfallhaufen und wischt die Hände an seiner Hose ab.

Mein Blick fällt auf den deutlich geschrumpften Obstberg. Nur noch eine Handvoll Früchte befinden sich auf ihm, nachdem wir anfangs durch den Hunger so viele in uns hineingestopft haben, wie wir nur essen konnten.

»Wie denn«, frage ich, »wenn sie nicht mal wirklich satt machen?«

Riley schiebt die verbliebenen Früchte hin und her und versucht, sie in mehrere kleine Stapel zu unterteilen. »Es spielt sowieso keine Rolle. So, wie es aussieht, reichen sie nur noch bis morgen.«

»Und dann? Wir können doch nicht einfach wieder ins Dorf gehen.«

»Doch, müssen wir.«

»Hast du sie noch alle?« Ungläubig starre ich ihn an. »Dann können wir uns auch gleich ausliefern. So arm, wie das Dorf hier wirkt, werden sie sich vermutlich um das Kopfgeld reißen.«

»Entweder wir versuchen es oder wir verhungern«, entgegnet er trocken.

Ich beiße mir auf die Lippe. »Ich will nicht wieder dahin. Vielleicht finden wir ja auch etwas in der näheren Umgebung?«

Riley schweigt, aber wir beide wissen, dass wir keine Wahl haben.

»Was denkst du, werden sie mit uns machen, falls sie uns erwischen?«, frage ich schließlich.

Er zuckt die Achseln. »Bestenfalls transportieren sie uns zurück nach Alpha. Im schlimmsten Fall nehmen sie uns als Geiseln, und wer weiß, was sie dann mit uns machen.«

»Was wäre so schlimm daran, nach Alpha zurückzukehren? Ich weiß, was sie dir angetan haben, aber das können sie jetzt nicht noch einmal tun. Dazu gibt es viel zu viel Aufmerksamkeit. Die schützt uns.«

Jetzt lässt Riley ein verächtliches Schnauben hören. »Süß. Du denkst also nicht, sie würden unsere Ankunft auf Alpha verheimlichen und uns in irgendwelche Labore sperren? Aber genau das werden sie tun. Ich meine, sieh uns an! Wir sind anders. Wir sind wahrscheinlich das Ergebnis ihrer Genexperimente, das sie bis zum Gehtnichtmehr ausschlachten wollen. Und das wissen sie. Genau deshalb jagen sie uns. Es gibt kein Zurück mehr.«

Ich schlucke laut, während die Gesichter von meinen Eltern, Diana und meinen Trainingspartner nacheinander vor mir auftauchen und mir einen jähen Stich ins Herz versetzen. Ob sie mich wohl vermissen? Ich wünsche es mir so sehr, dass es wehtut. Ich habe Heimweh, und der Gedanke daran, nie wieder nach Hause zurückzukehren, erfüllt mich mit Furcht.

Es dauert eine Weile, bis ich meiner Stimme wieder genug vertraue, um zu sprechen. »Wie sollten sie uns denn nach Alpha bringen?«

Riley seufzt und hockt sich hin. »Das hatten wir doch schon. Céus hat mit Sicherheit einige Schiffe der alten Apokalypsenflotte reparieren lassen. Was meinst du, wie die Plakate hierherkommen?« Er hält einen Moment inne und überlegt. Dann weiten sich seine Augen urplötzlich, werden groß und rund wie ein frisch aufgehendes Portal. »Natürlich! Es ist nicht nur die Energie, die die Läufer holen. Es sind auch all die Luxusgüter, die exotischen Lebensmittel … Der Senat muss fließenden Kontakt zu den Menschen auf den Monden haben.«

Erschrocken erkenne ich, dass ich nie einen Gedanken daran verschwendet habe, wo all diese Sachen überhaupt herkommen – Schmuck, exotische Lebensmittel, Glas, Metall. Ich habe auch nie infrage gestellt, dass Alphas Bevölkerung sich mithilfe der zahlreichen Pflanzenzuchthäuser selbst ernähren kann. Doch wenn ich genauer darüber nachdenke, wie bescheiden der Ertrag in den Gewächshäusern meiner Eltern manchmal ausfiel, komme ich mir dumm vor.

»Die Sache ist viel größer, als ich bisher angenommen habe«, fährt Riley fort. »Und wenn …« Ohne Vorwarnung springt er auf und beginnt, unruhig auf- und abzulaufen. »Ich habe schon davon gehört, aber ich dachte immer, das seien nur Gerüchte. Aber wenn nicht, dann …«, murmelt er vor sich hin.

»Riley, was ist los? Würdest du mich bitte mal einweihen?«

Er bleibt stehen und sieht mich an, als hätte er meine Anwesenheit völlig vergessen. Dann blinzelt er und erklärt: »In meinem zweiten Jahr auf Epsilon habe ich jemanden kennengelernt, der behauptet hat, einer Gruppe von Rebellen anzugehören. Menschen verschiedener Monde, zusammen vereint gegen Alpha. Er wollte, dass wir … meine Freunde und ich … uns ihnen anschließen. Wir dachten alle, er spinnt, denn wie sollte jemand ohne Raumschiffe auf andere Planeten reisen können? Er war alt und senil. Immer wieder hat er gesagt, dass das Ende kommen würde, wenn wir stark blieben. Er starb wenige Tage später. Niemand hatte ihn ernst genommen.«

Ich starre ihn nur an und warte darauf, dass er weiterspricht.

»Ash, verstehst du denn nicht, was das heißt? Wenn das stimmt, dann …«

»Nenn mich nicht so!«, fauche ich dazwischen, aber er ignoriert meinen Protest, als sei es inzwischen ein altes Spiel zwischen uns.

»Versteh doch. Es besteht ein fließender Kontakt zwischen Alpha und den Monden. Was, wenn sich Menschen in den Raumschiffen verstecken würden? Dann könnten sie ohne Portale zwischen den Planeten reisen.« Seine Finger zucken erregt, und ich kann förmlich sehen, wie ein Element nach dem anderen in seinem Kopf einrastet. »O Mann, wenn es diese Gruppe wirklich gibt, dann müssen sie ein riesiges Netzwerk haben! Und ich wette, ihnen würde es gewaltig gegen den Strich gehen, wenn wir der

Regierung in die Hände fallen. Vielleicht können sie uns ja helfen.«

Ich fahre mir mit der Hand durch die Haare und runzele die Stirn. »Falls es sie überhaupt gibt.«

»Es gibt sie! Ganz bestimmt.«

»Mal angenommen, es gäbe sie«, erwidere ich nüchtern, »was willst du dann tun? Ihnen ein riesiges SOS-Zeichen aus alten Obstschalen legen? Dann können wir uns auch gleich mitten auf den Dorfplatz stellen und brüllen: ›Hier sind wir!‹«

Er legt den Kopf schief und kneift die Augen zusammen, während er zu mir herabblickt. »Mach dich nicht lächerlich. Das wäre einfach nur dumm.«

Frustriert blase ich die Wangen auf und lasse die Luft langsam hinausströmen. Gut, dann werde ich eben so tun, als würde ich seiner Vermutung Glauben schenken. Das Ganze kommt mir so absurd, so weit hergeholt vor, dass ich mir am liebsten einmal kräftig mit der flachen Hand gegen die Stirn schlagen würde. Aber wer bin ich schon, seine Hoffnung zu zerschlagen? Schließlich habe ich bis vor wenigen Tagen keinen Gedanken daran verschwendet, was außerhalb meines Tellerrandes vor sich geht, nur um dann ein Desaster vorzufinden, dessen Ausmaß ich noch nicht einmal jetzt erahnen kann. Also frage ich matt: »Und was hast du nun vor?«

»Wir müssen unbedingt herausfinden, auf welchem Planeten wir sind.«

Ich lege den Kopf in den Nacken. »Mit anderen Worten: Wir gehen morgen auf jeden Fall ins Dorf?«

»Erfasst.«

Seine Augen funkeln von einer wilden Energie, die nur schwer einzuordnen ist. Es macht mich wahnsinnig, dass ich ihn nicht durchschauen kann. Immer wenn ich denke, ihn endlich besser zu kennen, konfrontiert er mich mit einer völlig neuen Facette von sich. Es ist zum Verrücktwerden.

»Lass uns versuchen zu schlafen«, sagt Riley. »Morgen wird ein langer Tag.«

Ohne meine Antwort abzuwarten, verschwindet er im hinteren

Teil der Höhle und streift sich im Gehen das Shirt über den Kopf. Ich höre, wie er seine Schuhe achtlos in die Ecke wirft und kurz darauf mit einem leisen Plätschern in den See taucht. Seufzend sammele ich die Obstschalen vom Boden auf und werfe sie zu den anderen in die Ecke, in der wir unsere Notdurft verrichten. Anschließend lehne ich mich an den Durchgang zu dem schmalen Felsplateau und halte nach dem mittlerweile lieb gewonnenen Tanz der Nachtlichter Ausschau. Ich fröstele in dem kalten Wind, der im Tal aufzieht, doch davon lasse ich mich nicht abhalten.

Noch immer erstaunt es mich, wie auf einem völlig fremden Planeten etwas existieren kann, das so viel schöner ist als alles, was ich auf Alpha je gesehen habe. Es gefällt mir, wie sanft die grünen und blauen Schwaden ineinanderfließen und eins mit dem Horizont werden. Wie Portale. Vielleicht ist mein eigenes grünes Portal ja gar nicht so viel anders als die blauen, die ich kenne. Vielleicht muss ich mich nicht davor fürchten, solange ich es für etwas Gutes einsetze.

Das Geräusch von Stoff, der lautstark aufgeschüttelt wird, lenkt mich von diesen Gedanken ab. Nur widerwillig reiße ich mich von dem Anblick der Lichter los und taste mich durch die beinahe dunkle Höhle zu unseren Schlafplätzen vor.

»Ich habe deine Decke schon hingelegt«, bemerkt Riley und macht sich an seinem eigenen Lager zu schaffen.

»Danke«, erwidere ich und krieche unter den hauchdünnen Stoff des gestohlenen Gewands, der mir als Decke dient. Ich schiebe mir meinen Pullover unter den Kopf und seufze.

Eine Weile ist es still zwischen uns. Der Wind weht immer stärker und pfeift durch die kleine Höhle, bis sie unter seinen starken Böen zu erzittern scheint. Die Härchen an meinen Armen und Beinen stellen sich auf, und ich bibbere am ganzen Leib. Kurz entschlossen setze ich mich auf und ziehe meinen Pullover über, doch es hilft nicht viel. Die restliche Wärme des sandigen Steinbodens verliert sich rasend schnell, und die luftigen Tücher haben der Kälte und dem Wind nicht viel entgegenzusetzen.

»Frierst du?«, fragt Riley.

»Ja.«

»Ich auch. Dieser dämliche Wind.«

Wieder ist es ruhig. Ich ziehe meine Knie an die Brust und umschlinge sie mit meinen Armen, um meine nackten Beine zu wärmen. Nach der flirrenden Hitze des Tages kommt mir der Sturm wahrscheinlich kälter vor, als er eigentlich ist. Zitternd wickele ich das Tuch enger um mich, während ich meinen Kopf zu Riley drehe. Selbst im spärlichen Schimmer, der von den tanzenden Lichtern durch das Loch in der Höhlendecke scheint, kann ich seine Augen kristallklar erkennen. Er blinzelt, öffnet seine Lippen und schließt sie wieder, als hätte er es sich anders überlegt.

»Riley …«, setze ich an und beiße mir sogleich auf die Zunge.

»Was denn?«, fragt er.

»Ach, nichts. Mir ist bloß kalt.« Und flau im Magen. Und irgendwie auch ein bisschen schwindelig. Ich weiß selbst nicht genau, was ich ihm sagen wollte. Aber wenn ich auch nur darüber nachdenke, spüre ich, wie mir das Blut in die Wangen schießt.

Als ich beim nächsten Windstoß erneut zu bibbern beginne, setzt Riley sich abrupt auf, kniet sich hin und ist mit einer einzigen fließenden Bewegung plötzlich neben mir. Er legt einen warmen, muskulösen Arm um mich und zieht mich an sich, ohne zu fragen. Ich bringe kein Wort über die Lippen. Er ist so warm, und sein Duft raubt mir den Atem. Er riecht nicht nach seinem Apfel-Menthol-Duschgel wie damals. Eher nach Sonne auf der Haut und frischem Bergwasser. Es gefällt mir.

»Heb deinen Kopf ein bisschen an«, flüstert er.

Dort, wo sein Atem mein Ohr kitzelt, stellen sich die feinen Härchen auf und ich erschaudere. Glücklicherweise deutet er es falsch und schlingt seinen warmen Arm fester um meine Taille. Dann schiebt er seinen anderen Arm wie ein Kissen unter meinen Kopf und zieht mich dichter an sich heran. Wie fremdgesteuert schmiegt sich mein Rücken in die Kuhle an seinem Bauch, und meine Beine drücken sich an seine, sodass er mich nahezu überall berührt.

Ich habe mich noch nie so geborgen gefühlt wie in diesem

Moment, obwohl mein Herz rast, als wolle es mir gleich aus der Brust springen. An meinem Rücken spüre ich, dass auch Rileys Herz schneller schlägt. Es kommt mir vor wie eine Antwort auf meins. Selbst durch den Pullover hindurch kribbelt meine Haut dort, wo seine Hände mich berühren, obwohl kein Funke auf seinen Fingern tanzt.

Eine Weile lang liegen wir einfach nur da und lauschen dem ruhiger werdenden Atem des anderen, während der kalte Wind durch die Höhle fegt und uns nichts mehr anhaben kann. Ein leises Lächeln breitet sich auf meinem Gesicht aus, bis ich irgendwann in einen tiefen, sanften Schlaf hinübergleite.

Kapitel 13

Als ich am nächsten Morgen erwache, spüre ich Rileys Atem in meinem Nacken. Sanft und regelmäßig streift er meine Haut und jagt mir leise Schauer über die Wirbelsäule. Sein Arm ist noch immer um meine Taille geschlungen, aber jetzt ist mir schon beinahe zu warm. Vorsichtig versuche ich, mich von ihm zu lösen und mich auf den Rücken zu rollen, ohne ihn zu wecken, aber es gelingt mir nicht. Seine Lider flattern, dann öffnen sich seine irisierenden Portalaugen und sehen mich unverwandt an. Würde ich nicht bereits liegen, hätte mir dieser Anblick vermutlich den Boden unter den Füßen weggerissen.

»Guten Morgen«, murmele ich heiser.

Riley öffnet die Lippen, doch statt einer Antwort pustet und hustet er vor sich hin. »Deine Haare«, stößt er schließlich hervor und versucht, sich von den losen Strähnen zu befreien, die fast sein gesamtes Gesicht bedecken.

Das Ganze sieht so komisch aus, dass ich nicht anders kann, als laut loszulachen.

»Schön, dass du lachst«, knurrt er, »aber könntest du mich bitte von diesem Gewirr hier befreien?«

»Tut mir leid«, kichere ich und ziehe meine Haare von seinem Gesicht.

Ich kichere? Ein so alberner Laut ist mir noch nie herausgerutscht. Das treibt mir die Röte in die Wangen, und schnell setze ich mich auf, um sie zu verbergen.

Jetzt ist es an Riley zu lachen. »Du siehst aus wie eine wilde, zerzauste kleine Hexe.«

»Du siehst auch nicht gerade aus wie frisch geduscht«, gebe ich zurück.

»Der Punkt geht wohl an dich.«

Er setzt sich auf, streckt sich und fährt mit den Fingern durch seine leicht gewellten Haare. So verwuschelt lassen sie sein Gesicht jünger und verwegen wirken, als er jetzt in Richtung des Durchgangs blickt.

»Die Sonne geht bestimmt gleich auf. Am Himmel wird es schon heller«, stelle ich fest.

»Wir sollten machen, dass wir loskommen, bevor sie wieder mit ihren Fahrzeugen nach uns suchen.«

Ich beiße mir auf die Unterlippe. »Findest du immer noch, dass es eine gute Idee ist, ins Dorf zu gehen?«

Riley seufzt nur. »Hast du eine bessere?«

»Nein.«

»Da hast du deine Antwort.«

»Dann mal los«, murmelt Riley und zieht seinen Turban straff.

Auch ich ziehe mein Tuch fester über Mund und Nase und versuche, so gut es geht, in meinem weiten Gewand zu verschwinden. Es flattert in der leichten Brise und drückt sich dabei so eng an meine Haut, dass es mir nicht recht gelingt.

Das ist doch verrückt. Es wäre ein Wunder, wenn sie uns nicht entdecken würden.

»Los«, drängt Riley jetzt und schiebt mich vorwärts, als wüsste er nur zu gut, dass ich es mir sonst anders überlege.

Vorsichtig und in gebückter Haltung, um uns den Dünen so weit wie nur möglich anzupassen, eilen wir die letzten Meter auf das Dorf zu. Wir haben Glück. Das große hölzerne Tor steht offen, und weit und breit ist niemand zu sehen.

»Gibt es keine Wachposten?«, wispere ich.

Verunsichert blicke ich zu Riley hinüber, der mir mit gerunzelter Stirn zu verstehen gibt, vorsichtig zu sein. Sein Entschluss ist also nicht ins Wanken geraten. Innerlich seufze ich, während ich mich neben einem stinkenden Müllbehälter tiefer in den Schatten der Mauer drücke.

Riley hingegen schlüpft leichtfüßig an dem massiven Holzgitter vorbei und bedeutet mir mit einer unwirschen Bewegung seiner Hand, ihm zu folgen. Mit pochendem Herzen schleiche ich ihm hinterher.

»Sieh mal«, raunt er mir zu und zeigt auf die Innenseite der Mauer hinter uns. Seine Stimme klingt dunkel vor Beklemmung.

Ich folge seinem Finger und sehe Fahndungsplakate an den ausgeblichenen Steinen kleben. An manchen Stellen sind sogar neue Plakate über die alten geklebt worden. Unverkennbar blicken uns unsere Pressefotos aus ihren starren Papieraugen entgegen und jagen mir einen Schauer über den Rücken. Doch das Schlimmste ist die neue Summe, die jetzt unter unseren Gesichtern prangt: 500.000 Nomis für jeden von uns. An den Stellen, an denen die Plakate noch nicht erneuert wurden, ist die alte Summe durchgestrichen und die neue, beängstigend hohe Zahl hastig darüber gekritzelt worden.

Stumm starre ich die Mauer an und weiß nicht, was ich sagen soll. Meine Gedanken überschlagen sich zu schnell, als dass ich ein geeignetes Wort aus ihrem Strudel hätte herauspicken können.

»Lass uns schnell die Vorräte holen und von hier verschwinden«, murmelt Riley verbittert.

»Als wären wir Schwerverbrecher«, flüstere ich.

Riley umfasst meinen Ellenbogen und drückt ihn leicht, bevor er mich von diesem beängstigenden Anblick fort und weiter ins Dorf hineinzieht.

Dieses Mal schlängeln wir uns zwischen den Gassen hindurch. Mit jedem noch so leisen Knirschen des Sandes unter meinen Sohlen stehen mir die Nackenhaare mehr zu Berge. Als wir schließlich vor einer Hütte mit baufälligem Sandstein haltmachen, wische ich die klammen Hände am Stoff meines Gewands ab und schlucke.

»Komm!«, zischt Riley durch zusammengepresste Zähne.

Was hat er vor? Will er etwa einfach in das Haus hineinmarschieren?

Tatsächlich zieht er die zerschlissenen Webtücher am Fensterloch einen Spaltbreit auseinander und riskiert einen Blick ins Innere der Hütte.

»Sie scheint leer zu sein«, wispert er. »Sei trotzdem vorsichtig. Falls jemand kommt, müssen wir so schnell wie möglich von hier verschwinden.«

Ich nicke nur und frage mich, ob er völlig den Verstand verloren hat. Nur widerstrebend folge ich ihm ins Innere der Behausung.

Es dauert eine Weile, bis sich meine Augen an das spärliche Licht gewöhnt haben. Von innen ist das kleine Haus noch ärmlicher, als es von außen den Anschein hatte. In einer Ecke des einzigen Raumes liegen mehrere Haufen bunter Tücher und ausgestopfte Strohsäcke, die den Bewohnern der Hütte wahrscheinlich als Kopfkissen dienen. Im Zentrum ist ein Kreis aus faustgroßen Steinbrocken aufgeschichtet, in dessen Mitte sich noch Asche und die verkohlten Reste einer Mahlzeit befinden. Ansonsten ist der Raum leer bis auf einige Bündel getrockneter Kräuter und Fleisch, die an Schnüren von der Decke hängen, und sorgfältig sortierten Haufen aus Obst, Gemüse und Getreide.

Es zerbricht mir das Herz, den Menschen etwas von ihren wenigen Vorräten zu stehlen, doch uns bleibt keine Wahl. Riley kniet sich hin und lässt einige Früchte und Gemüse in seine Tuchtasche gleiten, während ich hier und da ein paar Bindfäden mit Trockenfleisch von der Decke reiße. Ich versuche, nur die kleinsten Bündel an mich zu nehmen. Wenigstens werden sie uns satt machen.

Ein rasch näher kommendes Geräusch lässt uns innehalten. Weibliche Stimmen schnattern laut und aufgeregt in einer Sprache, die wir nicht verstehen. Sie klingen beinahe, als würden sie über etwas streiten.

»Sofort raus hier!«, stoße ich hervor.

Ich packe den Riemen meiner Tasche und stürme aus dem Haus, Riley mir dicht auf den Fersen. In meiner Panik will ich auf das Tor zum Dorf zurennen, aber Riley packt mich an der Schulter und zieht mich hinter die Hütte. Ängstlich drücken wir uns an die Rückwand und lauschen angestrengt. Es dauert nicht lange, bis die Stimmen die Hütte erreichen, in der wir eben noch waren, und ahnungslos in ihr verschwinden.

Nichts wie weg hier!

Riley muss dasselbe gedacht haben, denn wir setzen uns zeitgleich in Bewegung und sprinten durch die schmalen Gassen zurück zum Tor. Gerade als wir es erreichen, hallt der anklagende Aufschrei der Frauen durch das Dorf und treibt uns zur Eile an. So schnell wie möglich rennen wir hindurch, zurück zum Fuß des Gebirges.

Wir hasten daran entlang in der Hoffnung, dass die Felsen uns Deckung bieten. Laute Stimmen schallen durch das Tal, aber meine Beine tragen mich stark und sicher über den losen Sand. Mein weites Gewand bietet der leichten Brise einen ungewohnt großen Widerstand, sodass es schnell mühsam wird, dagegen anzukämpfen. Frustriert blicke ich hinter mich, um nach Verfolgern Ausschau zu halten, doch noch sind keine in Sicht.

Da ertönt ganz in der Nähe das Geräusch großer Motoren.

»Schneller!«, rufe ich Riley zu und schließe mit drei großen Laufschritten zu ihm auf.

Er beißt die Zähne zusammen und bemüht sich, mit mir Schritt zu halten. Schon bald erreichen wir die Stelle, an der sich unsere Höhle befindet, und klettern hastig nebeneinander an den porösen Felsen empor.

Etwa auf halber Höhe löst sich der Brocken in meiner rechten Hand plötzlich aus der Felswand, und ich rutsche ab. Ich greife ins Leere, meine Füße finden keinen Halt, und ich drohe zu fallen. Jähe Panik durchflutet mich, und ich greife wild um mich auf der Suche nach irgendetwas, an dem ich mich festhalten kann.

Doch da ist nichts.

»Ash!«, schreit Riley.

Blitzschnell packt er mein anderes Handgelenk und hält mich fest. Er führt meine Hand zurück an die Felskante, sodass ich meine Füße abstützen und mit der Hand nach neuen Kerben im Gestein greifen kann. Dabei fallen ein paar Stücke Trockenfleisch aus meiner Tasche und purzeln in die Tiefe hinab. Mit einem Schaudern blicke ich wieder hinauf und finde mich Auge in Auge mit Riley wieder. In ihnen liegen Erleichterung, Sorge und Angst.

Angst um mich?

Einen Wimpernschlag lang scheint die Zeit um uns herum stillzustehen, während unsere Blicke sich ineinander verhaken. Dann sagt Riley: »Kletter rauf! Ich hole das Fleisch!«, und verschwindet aus meinem Sichtfeld.

Scham kocht in mir hoch. Ich will nicht, dass er sich wegen meiner Tollpatschigkeit in Gefahr bringt, doch im Augenblick bleibt mir nichts anderes übrig, als die letzten Höhenmeter zum rettenden Felsvorsprung zurückzulegen und auf Rileys Geschick zu vertrauen. Mit einem Ächzen erreiche ich ihn schließlich und ziehe mich hinauf. Sofort sehe ich mich nach Riley um. Er ist nicht weit unter mir, seine Finger umschließen schon die Felskante. Eilig packe ich seine Hand, um ihm zu helfen. Kaum dass er oben ist, wirft er das verlorene Fleisch in die Ecke, und wir lassen uns gemeinsam an Ort und Stelle auf den Boden fallen.

Keuchend starren wir auf die schon fast vollständig aufgegangene Sonne am Horizont. Würden sich die monströsen Kettenfahrzeuge nicht bereits mit ihren röhrenden Motoren durch den Sand kämpfen, hätte man unser Japsen bestimmt über das gesamte Tal hinweg gehört.

»Danke«, stoße ich irgendwann hervor.

»Wofür?«

Noch immer ringe ich nach Luft. »Für die Rettung. Ohne dich … wäre ich abgestürzt.«

Er dreht mir den Kopf zu und lächelt matt. Das verschwitzte Haar klebt ihm in Strähnen an den Schläfen, aber seine Augen funkeln lebhaft. »Dann sind wir jetzt wohl quitt.«

Ich schnaube und drehe meinen Kopf weg. »Träum weiter!«

Immerhin habe ich ihn von einem brennenden Planeten gerettet und dabei meinen eigenen Kopf riskiert. Da kann er sich ruhig noch ein bisschen mehr anstrengen.

Kapitel 14

»Bist du bereit?«, flüstert Riley mir zu und presst sich dichter an die Mauer.

Es ist bereits der dritte Versuch, Nahrung zu beschaffen, seit uns vor zwei Tagen die Vorräte ausgegangen sind. Seit unserem letzten Streifzug haben die Wüstenbewohner damit begonnen, rund um die Uhr Wache zu halten, und lassen das Dorf keine Minute aus ihren gelben Augen. Sie machen es uns unmöglich, an ihre Vorräte zu kommen, um uns aus der Reserve zu locken. Aber heute müssen wir etwas finden, koste es, was es wolle.

Langsam haben wir ohnehin nichts mehr zu verlieren.

»So bereit, wie ich nur sein kann«, wispere ich zurück.

Tatsächlich bin ich erstaunlich ruhig. Mein Herz schlägt gleichmäßig, und sogar meine Atmung geht langsam, obwohl mein Nacken vor Anspannung prickelt. Vorsichtig verlagere ich mein Gewicht auf die Zehenballen, um schnell und leichtfüßig auf alles reagieren zu können.

Unser Ziel ist der kleine Abfallhaufen mit Nahrungsmittelresten, den wir an der Rückseite der Dorfmauer entdeckt haben. In regelmäßigen Abständen nähert sich eine der drei Patrouillen, die auf der mehrere Fuß breiten Mauer balancieren, und überprüft mit grimmigem Gesichtsausdruck die immer gleiche Umgebung.

Ich schnaube leise. Es muss furchtbar langweilig sein, die ganze Zeit nichts als sandige Dünen zu betrachten. Vielleicht sind die Männer mittlerweile müde und unaufmerksam von der Nachtwache und warten schon sehnsüchtig auf ihre Ablösung. Genau darauf beruht unser – zugegeben nicht besonders ausgereifter – Plan. Uns bleibt nicht viel Zeit.

Gerade bleibt eine der Wachen genau über unseren Köpfen stehen und starrt in die Weite der Wüste hinaus. Ihre schweren Stiefel scharren lautstark auf dem sandigen Stein, und der Dolch an ihrer Hüfte klirrt bei jedem Schritt. Ich halte den Atem an, um ja kein Geräusch zu verursachen. Im Kopf zähle ich die Sekunden, die der Mann über uns steht. Er grummelt etwas Unverständliches in seinen dichten Bart hinein. Doch sobald sich die Wache wieder von uns entfernt, nicht ohne sich vorher noch ausgiebig zu strecken und zu gähnen, wird Rileys Gesicht schlagartig ernst. Ich warte, bis ich die Schritte des ungehobelten Mannes nicht mehr hören kann, dann atme ich hörbar aus, wobei ich meinen Oberkörper leicht nach vorn beuge. Ich gehe in die Knie, presse meine Lippen zusammen, damit mir nicht aus Versehen ein Laut entfährt, und sehe erneut zu Riley hinüber. Er nickt mir kaum merklich zu und gibt mir Rückendeckung, als ich mich jetzt in Bewegung setze, um schleichend die wenigen Meter zurückzulegen, die uns vom Müllhaufen trennen. Dort angekommen gehe ich in die Hocke, nur um mir sofort den Arm vor Mund und Nase zu halten, als mir die Hitze des Sandes und der bestialische Gestank des feuchten Müllhaufens entgegenschlagen. Nur widerwillig wickele ich mir den Saum meines Gewands um die andere Hand, strecke sie nach dem Abfall aus und zwinge mich, sie nicht sofort wieder zurückzuziehen, während ich ihn durchwühle. Ich gebe mir die größte Mühe, das Bild des sich erleichternden Mannes aus meinem Kopf zu vertreiben, aber mir wird bloß noch flauer im Magen. Alles ist matschig, feucht und gammelig bis auf ein paar intakte Obst- und Gemüsehälften, die ich versuche, mit spitzen Fingern herauszufischen.

Plötzlich höre ich ein Geräusch. Etwas klappert, als würde ein metallener Gegenstand erst fallen gelassen und dann hastig wieder aufgehoben werden. Lose Steine knirschen lautstark unter hämmernden Schritten, die beängstigend schnell näher kommen.

»Verdammt!«, zischt Riley. Hastig reißt er mich an der Schulter nach oben.

Ich zögere keine Sekunde. Blitzschnell ziehe ich meinen Arm

aus dem Abfall, während meine Füße meinen Körper bereits wie von selbst nach vorn in einen Laufschritt drücken. Es bleibt keine Zeit, mich umzusehen. Verfolgt uns jemand? Wie viele sind es? Sind sie schneller? Ich weiß es nicht. Ich spüre nur meine eigene Angst, die pures Adrenalin durch meine Adern schießt, und Rileys hektischen Atem neben mir, der im Einklang mit meinem in meinen Ohren widerhallt. Meine Schritte strecken sich, werden schneller und schneller, bis jede vom Hunger ausgezehrte Muskelfaser mich um Erlösung anfleht. Trotzig beiße ich die Zähne zusammen, zwinge mich, das Tempo aufrechtzuerhalten. Doch mit jedem Tritt gibt der weiche Sand unter meinen Füßen mehr nach und droht, mich zu Fall zu bringen. In mir macht sich die verzweifelte Erkenntnis breit, dass ich das nicht mehr lange durchhalten kann, und füllt meine Glieder mit Blei.

»Weiter!«, keucht Riley mir zu. Er muss gespürt haben, was in mir vorgeht, oder es geht ihm genauso. »Lauf. Wir schaffen das!«

Seine Worte treiben mir Tränen in die Augen und lassen meine Beine leichter werden, doch das Gefühl währt nicht lange. Hinter uns ertönt das Aufheulen eines überforderten Motors, anschließend ein lautes Sirren, wie ich es noch nie vorher gehört habe. Es kommt rasend schnell näher. Harsche Rufe werden laut.

Sie kommen. Und sie werden uns holen.

Panisch schaue ich zu Riley und erschrecke. Sein sonst so feines Gesicht ist zu einer schmerzerfüllten Grimasse verzerrt. In seinen Augen liegt die nackte Angst eines Tiers, das die Rückkehr in seinen Käfig fürchtet. Ich versuche, ihm etwas zuzurufen, doch er reagiert nicht. Sein Blick ist auf etwas gerichtet, das ich nicht sehen kann, und immer wieder gerät er ins Straucheln. Mit jedem Mal fällt es ihm sichtlich schwerer, sich aufzurichten. Als er vollends das Gleichgewicht zu verlieren droht, greife ich instinktiv nach seiner Hand und ziehe ihn hoch, bevor er zu Boden geht. Sobald meine Finger seine umschließen, reißt er die Augen auf, als hätte ich ihm einen Stromschlag verpasst. Für den Bruchteil einer Sekunde teilen wir eine innige Verbindung, die uns neue Kraft verleiht. Riley erwidert den Druck meiner Finger, während wir gemeinsam durch die Wüste stolpern und uns gegenseitig am Fallen hindern.

Aber wir sind zu langsam.

Das surrende Motorengeräusch ist mittlerweile so nah, dass ich eine Veränderung in der Luft bemerke. Sie gerät in Schwingungen, die den schweren Geruch heißen Metalls mit sich bringen und in unsere Kehlen treiben. Er beißt so sehr in meinen Lungenflügeln, dass ich husten muss. Ängstlich drehe ich den Kopf nach hinten und sehe, wie drei vermummte Gestalten von einem schwebenden Gefährt springen, um mit frischen Kräften unsere Verfolgung aufzunehmen. Feiner Sandstaub wirbelt in beängstigend schneller Frequenz unter ihren Stiefeln auf, während sie rasend schnell näher kommen.

Wir werden es nicht schaffen. Weder in unsere Höhle noch an irgendeinen anderen sicheren Ort. Wir sind verloren.

»Lauf!«, stößt Riley neben mir hervor. »Ich lenke sie ab.«

»Nein!«, rufe ich, aber da hat er bereits meine Hand losgelassen und stolpert in eine andere Richtung davon.

Ein Teil von mir will ihn zurückhalten, ihm hinterlaufen, ihn bei mir haben, aber ich weiß, dass unsere Chancen größer sind, wenn wir uns aufteilen. Ein schmerzhafter Stich durchfährt mein Herz, als mir bewusst wird, dass wir es unmöglich beide schaffen können.

Ich blicke mich nach ihm um. Was ich da sehe, lässt das Blut in meinen Adern gefrieren. Rileys Plan ist aufgegangen. Die drei Gestalten haben es auf jetzt auf ihn allein abgesehen und sind ihm beängstigend dicht auf den Fersen. Rileys zerrissenes Shirt flattert um seinen Körper herum, was ihn mit einem Mal erschreckend schmal und zerbrechlich wirken lässt. Ich stolpere, falle auf die Knie und rappele mich hektisch wieder auf, doch ich kann nicht mehr weiterlaufen. Ich spucke Sand und wische mir über die verklebten Wimpern, doch das furchtbare Bild bleibt bestehen. Die Verfolger werfen ein großes Netz über Riley, der erbittert versucht, sich freizukämpfen. Es zerreißt mir das Herz zu sehen, wie er in seinem geschwächten Zustand keine Chance gegen die daran befestigten Gewichte hat, sodass er zu Boden geht. Verzweifelt versucht er, sich zu befreien, doch er verheddert sich nur noch mehr in den Maschen.

Mit blankem Entsetzen starre ich auf die Szenerie, die sich vor meinen Augen abspielt. Eine Szenerie, die mir entsetzlich bekannt vorkommt. Es ist die Verfolgungsjagd, von der ich in der Nacht vor meinem letzten Lauf geträumt habe. Nur dass der fremde Junge Riley ist. Riley Chase, der Läufer mit den Portalaugen. Der Epsilianer, der alles verloren hat und sich trotzdem für mich opfert.

Mein Körper bewegt sich, noch bevor ich den Entschluss dazu gefasst habe. Ich sehe, wie die Jäger sich nach ihrem Fahrzeug umsehen und wild in dessen Richtung gestikulieren. Sie sind abgelenkt, sehen nicht, wie ich nur knapp hundert Meter neben ihnen durch den Sand stolpere. Vielleicht wollen sie mich nicht bemerken, vielleicht ist es auch von vornherein ihr Plan gewesen, uns mit dem jeweils anderen zu ködern, doch das ist mir egal. Für mich zählen nur Riley und meine Panik, die sich in seinem Gesicht widerspiegelt. Gequält sieht er mich an, versucht, mir zu bedeuten, dass ich weglaufen soll, aber ich kann nicht. Ich muss verhindern, dass sie ihn in die Finger bekommen. Riley darf nicht noch mehr verlieren.

Endlich erreiche ich das Netz, doch anders als in meinem Traum habe ich kein Messer dabei, um die Stränge zu durchtrennen. Wie in Zeitlupe versuche ich, sie mit bloßen Händen zu zerreißen, um ein Schlupfloch für ihn zu schaffen. Ich zerre an den verknoteten Seilen, bis mir die Hände bluten, versuche mit aller Kraft, irgendetwas zu bewirken.

Aber leider ist dies hier nicht mein Traum.

Schneller, als ich es überhaupt richtig wahrnehmen kann, wirbeln unsere Verfolger herum und umzingeln mich. Sie treten mir in die Kniekehlen, bis meine Beine einknicken, drehen mir brutal die Hände auf den Rücken und stülpen mir einen dunklen Sack über den Kopf, bevor ich auch nur schreien kann.

Das Letzte, was ich sehe, sind Rileys irisierend blaue Augen, die mich in einem Strudel aus Fragen und Verzweiflung mit sich fortziehen.

Kapitel 15

Als mir der Sack mit einem groben Ruck wieder vom Kopf gezogen wird, ist es stockfinster um mich herum. Die Umgebung ist feucht, die Luft schmeckt schal und abgestanden und ein bisschen nach Schwefel. Auf meiner Haut scheuert schmerzhaft der grobe Strick, mit dem meine Handgelenke gefesselt worden sind. Grob werde ich daran emporgerissen. Das Einzige, was mich daran hindert durchzudrehen, ist der neben mir kniende Riley, dessen Anwesenheit und Wärme ich selbst durch die Dunkelheit hindurch spüre. Stimmen werden laut, reden durcheinander und schwellen an, nur um als gewaltiges Echo zurückgeworfen zu werden. Wie viele Menschen sich tatsächlich in diesem Raum befinden, kann ich unmöglich sagen – es könnten Hunderte sein, Tausende oder lediglich zehn.

»Nehmt ihnen die Fesseln ab«, befiehlt eine weibliche Stimme mit starkem Akzent.

Dicht hinter mir antwortet ein Mann in einer mir fremden Sprache, nur um in derselben Sprache von der Frau harsch unterbrochen zu werden. Ein frustriertes Schnauben ist zu hören, bevor ich eine Berührung an meinen Handgelenken bemerke. Ich kann beinahe fühlen, mit welchem Widerwillen mir die Fesseln abgenommen werden.

»Keine falsche Bewegung, sonst schneid ich dir die Finger ab, kleine Aschebringerin!«, zischt der Mann mir zu. Er riecht nach Rauch, saurem Schweiß und Sand.

Instinktiv spanne ich meine Muskeln an, blecke die Zähne und atme zischend aus, während sich meine Hände wie von selbst zu Fäusten ballen.

»Keine Sorge«, sagt die Frauenstimme jetzt. Ihre Worte klingen schwerfällig, als müsse sich ihre Zunge erst an sie gewöhnen. »Wir wollen uns nur ein wenig mit euch unterhalten.«

»Und unterhalten heißt was?«, knurrt Riley.

»Sagen wir einfach, wir wollen euch kennenlernen. Herausfinden, ob die Gerüchte über euch stimmen. Und was ihr hier auf Omega zu suchen habt.«

Ich stoße hörbar die Luft aus. Also sind wir auf dem Mond Omega gelandet, der wegen seiner Distanz zu Alpha nicht für Portalläufe zugelassen ist. Kein Wunder, dass ich nicht die leiseste Ahnung hatte, wo wir uns befinden.

Ich höre, wie Rileys Turnschuhe über den Steinboden scharren. Er sieht genauso überrascht aus wie ich, aber er versucht, das mit einer Gegenfrage zu überspielen: »Aha, und wer seid ihr?«

Jemand klatscht in die Hände. Ich höre Fußgetrappel und ein leises Klimpern, bevor neben uns plötzlich einige Lampen mit einem grünlich-weißen Flimmern aufleuchten. In ihren flackernden Lichtkegel tritt die drahtige Gestalt einer jungen Frau, deren lange Haare auf der rechten Seite kurz geschoren sind, während sie auf der anderen Seite leuchtend pink gefärbt bis auf ihre Hüfte fallen. Sie trägt ein löchriges T-Shirt und ein dunkles Tuch um ihren Hals. Ihre Augen, deren Blick sie jetzt abschätzig über unsere Körper wandern lässt, sind von einem durchdringenden Gelb und schlangenhaft wie die der Dorfmenschen. Ich schlucke schwer.

»Ihr seht weit weniger beeindruckend aus, als ich gehofft habe«, bemerkt sie, wobei sie die Arme vor der Brust verschränkt.

Unsicher starre ich sie an. Ob wir gerade in Gefahr schweben? Im Moment bleibt mir wohl nichts anderes übrig, als abzuwarten und ihr zuzuhören.

»Ich bin Neonarah«, fährt die junge Frau fort und legt die Hand auf den Dolch an ihrer Hüfte. »Aber Neon reicht.«

Verstohlen linse ich zu Riley hinüber, der kaum merklich die Achseln zuckt. Was er wohl von ihr hält?

»So, und jetzt entspannt euch endlich!«, stöhnt Neon, als wir noch immer nicht auf ihre Worte reagieren. »Wenn wir euch etwas antun wollten, hätten wir das längst getan.«

»Wir? Wer ist wir?«, frage ich endlich.

Die junge Frau verzieht die Lippen zu einem hyänenhaften Grinsen. »Wir sind *Zerberus*, die Kämpfer für die Neue Vereinte Planetennation. Was sonst?«

»Das glaube ich nicht«, keucht Riley neben mir auf. »Es gibt euch wirklich! Der alte Mann hatte recht!«

Moment mal, schießt es mir durch den Kopf, wir sind hier also wirklich bei Rebellen gelandet? Dann war das also gar kein Ammenmärchen? Aber … wenn diese Gruppe etwas gegen Alpha im Schilde führt, wie Riley behauptet hat, dann stehen wir wahrscheinlich ganz oben auf ihrer Abschussliste. Womöglich wollen sie uns als Geiseln halten und Alpha erpressen. Wenn das ihr Plan ist, dann wären wir zumindest vorläufig außer Lebensgefahr, denn tote Geiseln würden ihnen nichts nützen. Doch was, wenn nicht? Daran wage ich gar nicht zu denken.

»Du hast also von uns gehört, kleiner Portalläufer«, stellt Neon fest und geht mit großen Schritten auf Riley zu.

»Ja. Ein alter Mann auf Epsilon hat uns erzählt, dass er einer Gruppe Rebellen angehörte.«

»Und was hat er noch gesagt?«

»Nicht viel. Niemand hat ihm geglaubt.«

Neon lässt ein verächtliches Schnauben hören. »Natürlich nicht. Wir haben uns viel zu lange versteckt.«

Sie mustert Riley unumwunden und zieht den linken Mundwinkel nach oben, als gefiele ihr, was sie sieht. Anschließend wendet sie sich von ihm ab, baut sich vor mir auf und kommt mit ihrem Gesicht ganz nah an meins heran. Ihre Kleidung verströmt den Geruch von altem Sandstaub und Motoröl. Aus dieser Nähe kann ich erkennen, dass unter ihrem linken Auge ein umgekehrtes Dreieck eintätowiert ist, das sich nahtlos in das helle Muster einfügt, das die Adern auf ihre Haut malen. Ich gebe mir Mühe, unter dem durchdringenden Blick ihrer gelben Augen nicht den Kopf einzuziehen und ängstlich zu wimmern. Eine so einschüchternde Frau ist mir noch nie begegnet. Auf Alpha hätte sie mit Sicherheit eine steile Karriere als Security hingelegt. Bei ihr hätte ich mich bestimmt nicht getraut, vor den Sicherheitsschleusen meine Stecker im Ohr zu lassen.

»Nun zu dir, kleine Aschebringerin«, flüstert sie jetzt.

»So heiße ich nicht!«, rutscht es mir heraus, nachdrücklicher als beabsichtigt.

Spöttisch hebt Neon eine Augenbraue, wirft mit einem Kopfrucken ihr Haar in den Nacken und grinst mich herausfordernd an. »Und wie willst du dann genannt werden, Alphanierin?«

»Mein Name ist Yashira Willow«, entgegne ich kühl und muss meine ganze Selbstbeherrschung aufbieten, um ihrem stechenden Blick standzuhalten.

»O ja, ich weiß«, murmelt Neon und wendet sich von mir ab. Dann wendet sie sich an die Männer, die noch immer mit Fesseln in den Händen hinter uns stehen. »Bringt sie in die Zellen. Und gebt ihnen Wasser und etwas zu essen.«

»Aber was …?«, setze ich an, doch ein unsanfter Stoß in meinen Rücken unterbricht mich.

»Klappe halten«, knurrt der Mann und schiebt mich voran, an den Lampen vorbei und in einen dunkleren Teil der Höhle hinein.

Langsam bekomme ich es mit der Angst zu tun. Fieberhaft überlege ich, was sie mit uns vorhaben könnten. Sollen wir fliehen? Uns umdrehen, das Überraschungsmoment nutzen, um die Männer zu überrumpeln, und weglaufen? Vielleicht sind unsere Beine dieses Mal schnell genug. Ich bin mir sicher, dass niemand uns so leicht einholen würde. Unsicher linse ich zu Riley hinüber. Er folgt uns mit einem anderen Mann hinter sich, doch er macht keine Anstalten, sich zur Wehr zu setzen. Also beschließe ich abzuwarten und auf ihn zu vertrauen. Trotzdem will ich mich nicht einfach so schweigend irgendwohin verfrachten lassen.

»Wo bringt ihr uns hin?«, will ich wissen, doch ich erhalte keine Antwort.

Wir biegen nach links, dann nach rechts, dann wieder nach links, bis ich komplett die Orientierung verloren habe. Ich wünschte, ich hätte meinen Locator ums Handgelenk getragen, als ich aus Versehen das blöde Portal auf diesen Planeten geöffnet habe. Vielleicht würde er hier funktionieren und mir Aufschluss darüber geben, wo wir uns befinden, auch wenn ich das stark bezweifle.

Irgendwann reißt der Mann grob an meiner Schulter und stößt mich in ein dunkles Loch im Felsen hinein. Ich höre ein Scheppern und ein metallisches Klicken hinter mir, dann entfernen sich seine Schritte und lassen mich im Dunkeln zurück.

Einige Augenblicke lang stehe ich wie angewurzelt im Raum und versuche, mich zu orientieren. Vorsichtig strecke ich die Arme erst zur Seite aus, dann hebe ich sie über meinen Kopf und spüre, wie sich mein Herzschlag beschleunigt, als meine Fingerspitzen die Wände berühren. Nicht schon wieder ein enger Raum! So schnell wie möglich taste ich mich zum Ausgang, aber meine Hände stoßen gegen einen Widerstand. Es fühlt sich an wie massive Holzstäbe, die überkreuz zusammengenagelt sind.

Ein Gitter.

Sie haben uns eingesperrt.

»Riley?«, rufe ich in den Gang hinein. Meine Stimme klingt ungewöhnlich schrill.

»Ja«, antwortet er. Es klingt, als sei er mir gegenüber untergebracht worden. »Ich bin hier. Mach dir keine Sorgen!«

»Was haben sie vor?«

»Ich weiß es nicht. Wir müssen abwarten.«

Ich umklammere einen Gitterstab und presse die Lippen aufeinander. »Es ist so eng hier«, stoße ich schließlich hervor.

»Es wird alles gut. Vertrau mir!«

Mehr sagen wir nicht. Vielleicht gibt es einfach nichts zu sagen, vielleicht liegt es aber auch an der physischen Distanz, die nach all den Tagen der Nähe plötzlich zwischen uns liegt. Mit einem Mal fühle ich mich merkwürdig leer und müde, als wäre all meine Kraft plötzlich fort und einem hohlen Gefühl der Resignation gewichen. Ich lasse mich zu Boden sinken, stütze den Kopf in die Hände und schließe die Augen.

Irgendwann höre ich, wie die Schritte zurückkehren. Schlüssel klimpern, das Holzgitter klappert, und etwas wird mit einem lauten Scharren über den Boden geschoben.

»Hier«, knurrt eine männliche Stimme. »Essen, Wasser und was gegen eure verbrannte Haut. Das kann ja keiner mit ansehen.«

Anschließend fällt das Tor mit einem Ächzen zurück an Ort und Stelle, das Schloss schnappt zu, und die Schritte entfernen sich ein weiteres Mal.

Ich atme tief durch, um mich zu sammeln, bevor ich den Kopf aus meinen Händen hebe. Der Mann hat je eine der grünlichen Lampen vor Rileys und meinem Zellengitter postiert, sodass wir nicht länger im Dunkeln sitzen müssen. Erleichtert stelle ich fest, dass meine Zelle in ihrem flackernden Schein weit weniger beengt aussieht. Im Eingang steht ein abgegriffenes steinernes Tablett mit einem flachen Laib Brot, ein paar getrockneten Wurzeln und einer Schale mit einer dicklichen Flüssigkeit. Auch ein winziger geöffneter Tiegel mit einer merkwürdig riechenden Paste findet sich darauf. Neugierig stecke ich einen Finger hinein. Sie fühlt sich angenehm kühl und geleeartig an. Kurz überlege ich, ob ich sie benutzen soll oder ob es sich um eine Falle handelt, doch dann beschließe ich, dass von der Salbe keine Gefahr ausgeht. Vorsichtig streiche ich sie auf meinen Unterarm und seufze auf, als ihre lindernde Wirkung einsetzt.

»Riley«, flüstere ich leise und bestreiche meine Haut weiter mit dem Gelee. »Probier mal die Salbe.«

»Ist sie okay?«, fragt er skeptisch.

»Bisher bin ich noch nicht in Flammen aufgegangen. Ich denke, das ist ein gutes Zeichen«, antworte ich.

Riley schnaubt nur, aber ich kann hören, dass er seinen Tiegel vom Tablett nimmt. Während er sich eincremt, greife ich nach der Schale vor mir und hebe sie an mein Gesicht. Ihr lauwarmer Inhalt riecht herb und erdig, aber auch ein bisschen süßlich. Ich werde nicht recht schlau daraus, greife aber mutig nach dem Löffel auf dem Tablett und hebe eine kleine Menge aus der Schale heraus. Langsam drehe ich ihn herum, sodass ein Teil des Breis zähflüssig zurück in die Schüssel platscht. *Uäh.* Obwohl ich durch die letzten Tage ohne Essen sehr ausgehungert bin, schiebe ich mir nur widerwillig etwas von der klebrigen Pampe in den Mund. Doch entgegen meinen Erwartungen schmeckt es gar nicht so schlecht.

Nachdem ich die ganze Schüssel geleert habe, lehne ich mich mit prall gefülltem Bauch zurück an die Höhlenwand.

»Ash?«, flüstert Riley.

»Du sollst mich nicht so nennen«, antworte ich matt.

»Ist alles okay mit dir?«, fragt er. »Du klingst so komisch.«

»Ja. Mir ist bloß schlecht.«

Ich höre ein leises Glucksen aus seiner Richtung. »Hast du etwa alles auf einmal gegessen?«

»Ja«, stöhne ich leise.

»Typisch.«

Leider bin ich mit einem Mal viel zu erschöpft, um ihm eine bissige Erwiderung entgegenzuschleudern, und brumme nur halbherzig. Es ist, als hätte ich plötzlich keine Kontrolle mehr über meinen Körper. Kurz bevor mir die Augen zufallen, drängt sich eine einzige, schreckliche Frage in mein Bewusstsein.

Was war in dem Essen?

Kapitel 16

»Hey! Wach endlich auf!«, blafft eine tiefe Stimme in mein Ohr.

»Ist ganz schön weggetreten, oder?«, fragt eine andere in einem schnarrenden Tonfall.

»War vielleicht etwas viel für sie«, antwortet die Erste.

Kurz darauf dringt wiederholtes aufdringliches Schnipsen an mein Ohr, und ich werde unsanft geschüttelt. Jemand schlägt leicht, aber bestimmt im Wechsel gegen meine Wangen. Ich versuche zu blinzeln, aber meine Lider reagieren nicht.

»Wach auf, Mädchen!«, ruft es wieder, und das nervtötende Schnipsen kehrt zurück.

Allmählich werde ich sauer. Angestrengt kämpfe ich gegen den Nebel an, der meinen Verstand trübt, bis ich meine Sinne wieder unter Kontrolle habe.

»Das würde ich gern«, flüstere ich heiser, »wenn diese elende Schnipserei endlich aufhört. Das ist kein wirklich überzeugendes Argument.«

»An deiner Stelle wäre ich nicht so vorlaut«, zischt die zweite Stimme verärgert, aber die Hand verschwindet aus meinem Sichtfeld.

»Ach ja?«, frage ich.

Mühsam setze ich mich auf. Zu meiner Überraschung befinde ich mich nicht mehr in der Zelle mit dem Holzgitter, sondern in einer weitaus größeren Höhle. Die Decke erstreckt sich so hoch über mir, dass ich sie nicht erkennen kann. An den Wänden ringsum sind Lampen aufgestellt und tauchen den Raum in ein schummriges Licht.

Als ich meinen Kopf in die Höhe recken will, um in den hinteren Teil zu sehen, durchfährt mich ein stechender Schmerz, und ich unterdrücke ein Stöhnen. Alles dreht sich. Mein Schädel fühlt sich an, als wäre er während meiner Bewusstlosigkeit mit einem Messer gespalten und anschließend nur notdürftig wieder zusammengeflickt worden. Ich reibe mir über den Hinterkopf in der Erwartung, dort eine Beule oder Platzwunde zu ertasten, doch da sind nur meine verfilzten Locken. Dann ist es wohl wirklich nur eine merkwürdige Substanz im Essen gewesen, die mich so ausgeknockt hat.

Das Essen! Siedend heiß fällt es mir wieder ein.

»Was habt ihr mir ins Essen gemischt?«, fahre ich die Männer an.

»Ach, nur ein leichtes Schlafmittel«, flötet eine Stimme hinter mir.

Ein derber, von Sandstaub und Schlamm bedeckter Stiefel schiebt sich in mein Sichtfeld. Ich blicke an ihm hinauf und erkenne Neon, die mit einem amüsierten Grinsen ihre leuchtend pinken Haare zurückwirft. Ihre gelben Augen funkeln boshaft.

»Und warum?«, knurre ich.

Sie zuckt die Achseln. »Mir war danach.«

Diese Antwort verschlägt mir die Sprache. Was stimmt nicht mit dieser Frau? Und was verheimlicht sie uns? Ich kann mir nicht vorstellen, dass jemand Menschen einfach nur zum Spaß betäubt. Bestimmt wollte sie nicht, dass wir mitbekommen, wie wir in diesen Teil des Verstecks gebracht werden. Das würde heißen, dass sie irgendetwas in dieser Höhle zu verbergen hat. Und das wiederum bedeutet, dass es einen Ausweg gibt.

»Wo ist Riley?«, frage ich deshalb.

»Keine Sorge, deinem Freund geht es gut. Du wirst ihn nachher wiedersehen, wenn wir mit dir fertig sind. Wenn du dann noch kannst.«

»Was meinst du? Was habt ihr mit mir vor?«

Neon legt den Kopf in den Nacken und lacht lauthals. Es ist ein Laut irgendwo zwischen dem Klingeln einer Glocke und dem Aneinanderschaben von Felsen. »Ach, es ist wirklich lustig mit dir!

Du solltest mal dein Gesicht sehen.« Sie wendet sich an die beiden Männer. »Bringt sie in den Ring!«

Bevor ich weiß, wie mir geschieht, packen mich ihre Gefolgsleute unter den Achseln, hieven mich auf die Füße und schleifen mich durch die Höhle, als würde ich nichts wiegen. Ich versuche, mich zur Wehr zu setzen, trete um mich und will ihnen meine Arme entziehen, aber das scheint die Männer nicht im Geringsten zu stören. Sie zerren mich zu einer unregelmäßigen Vertiefung im Steinboden, die entfernt an einen Kreis erinnert, und stoßen mich hinein. Es sieht aus, als sei die Mulde natürlichen Ursprungs gewesen und durch übermäßige Benutzung noch tiefer in den Stein getreten worden. Hier und da kann ich dunkle Schmauchspuren und klaffende Risse im Gestein erkennen, stumme Zeugen vergangener Kämpfe, die hier ausgetragen wurden. Rings auf der Begrenzung sind Lampen fest in den Felsen gehauen worden, sodass der Ring überraschend hell erleuchtet ist.

»Willkommen auf unserem Spielplatz, Schätzchen«, sagt der Mann mit dem schnarrenden Akzent zu meiner linken.

»Habt viel Spaß miteinander«, flüstert der andere mir ins Ohr und lässt mich los.

Nun stehe ich allein inmitten der Mulde auf meinen noch immer von der Betäubung schwankenden Beinen und sehe mit bangem Blick zu dem anderen Mann hinüber, der sich mir gegenüber postiert. Seine Haut schimmert im trüben Licht. Es sieht aus, als wäre sie mit großen Hautschuppen besetzt, und als er jetzt seine Hand hebt, wirkt sie großflächiger als normal. *Was hat er jetzt vor?*

»Zeig, was du kannst, kleines Mädchen!«, fordert der Mann mich jetzt auf.

Es macht mich wütend, dass er mich so nennt, doch ich schlucke meinen Zorn hinunter, um ihn nicht zu provozieren. Solange ich nicht weiß, wie er tickt und was er vorhat, sollte ich lieber nichts riskieren. Also zwinge ich mich, ruhig zu bleiben. »Was willst du von mir?«

»Siehst du die Zielscheibe neben mir? Mach ein Portal und lass sie verschwinden.«

Rasend schnell schießt eine jähe Furcht mein Rückgrat hinauf, sodass sich jedes einzelne meiner Nackenhaare aufstellt. »Ein Portal? Ich … ich weiß nicht, was du meinst«, versuche ich, mit zitternder Stimme zu lügen. Wie viel weiß er über mich?

Der bullige Mann verschränkt die Arme und grunzt. »Du bist nicht gut im Lügen. Wir wissen, was du kannst. Also zeig es.«

Doch ich stehe einfach nur da und rühre mich nicht. Er macht nicht den Eindruck, als würde er auch nur eine Sekunde lang daran zweifeln, dass ich Portale öffnen kann. Zu gern wüsste ich, wie viele darüber Bescheid wissen und vor allem, woher. Ich kneife die Augen zusammen und betrachte sein Gesicht in der Hoffnung, dass ein Zucken mir verrät, dass er blufft. Doch da ist nichts.

»Bist du taub? Leg los, Mädchen«, wiederholt der Mann jetzt eindringlich. Als ich noch immer nicht reagiere, seufzt er, lässt die Arme sinken und zieht seine buschigen Augenbrauen zusammen. »Jetzt hör mir mal zu. Du kannst jetzt einfach tun, was ich sage, und die Zielscheibe in einem Portal verschwinden lassen. Oder du weigerst dich weiter, ich werde wütend, und dann wird es ungemütlich. Willst du das?«

Die plötzliche Rohheit in seiner Stimme erschreckt mich. Noch nie zuvor habe ich jemanden so reden hören. Auf Alpha sind alle stets darum bemüht, höflich und distanziert zu bleiben. So wird versucht, Konflikte zu vermeiden, die auf dem dicht besiedelten Planeten schnell hochkochen können. Ich schlucke schwer und räuspere mich, um Zeit zu gewinnen.

»Ich weiß nicht, wie«, gestehe ich schließlich und zucke die Achseln.

»Mädchen, lüg mich nicht an!«

»Ich habe einen Namen!«, knurre ich und würde mir am liebsten sofort auf die Zunge beißen. *Klasse, Yashira, reiz ihn noch mehr!*

»Ich weiß, Aschebringerin!«, blafft er. »Ich weiß alles über dich und deinen Planeten. Aber du bist hier nicht auf Alpha, und an deiner Stelle wäre ich vorsichtig.«

Ich kann die Schärfe seiner Worte beinahe körperlich spüren. Meine Finger beginnen zu zittern, als der bullige Mann plötzlich einen drohenden Schritt auf mich zumacht und mit der rechten Faust ausholt. Er wird doch wohl nicht …

»Das reicht, Cole«, befiehlt plötzlich eine weibliche Stimme aus dem Dunkeln. »Du jagst ihr Angst ein. Hör auf damit.«

»'tschuldigung«, nuschelt Cole kleinlaut und lässt den Arm augenblicklich sinken.

Eine zierliche Hand legt sich von hinten auf meine Schulter. Die Berührung ist leicht und angenehm kühl. Ich drehe mich etwas und finde mich Auge in Auge mit einer jungen Frau wieder, die den Kopf schieflegt und sanft lächelt. Ihre Iriden sind von einem unnatürlich hellen Türkisgrün. Immer wieder wechselt die Farbe zwischen unterschiedlichen Nuancen hin und her, beinahe so, als wogten Wellen über ihre Pupillen hinweg.

»Du musst es ihm nachsehen«, bittet sie mich jetzt freundlich. »Cole meint es nicht böse. Er ist bloß ein bisschen ungeduldig.« Sie nimmt die Hand von meiner Schulter, tritt neben mich und streckt sie mir entgegen. »Ich bin Nilanhi.«

»Yashira«, entgegne ich, verwirrt von ihrer Gutmütigkeit, und ergreife ihre zarten Finger.

»Freut mich! Ich habe schon viel von dir gehört.«

»Ach ja?«, frage ich unsicher.

»Ja, total!«, erwidert Nilanhi munter und lässt ihre perlweißen Zähne aufblitzen, bevor sie urplötzlich ernst wird. »Sieh mal, wir würden gern sehen, wie du das mit den Portalen machst.«

»Ähm … warum?«

»Wir sind bloß neugierig«, brummt Cole missmutig.

Ein schrecklicher Verdacht beschleicht mich, und ich entziehe Nilanhi meine Hand. »Arbeitet ihr etwa für Alpha? Habt ihr uns deshalb gefangen genommen und betäubt?«

Nilanhi verzieht das Gesicht. »Es tut mir leid, dass ihr solche Unannehmlichkeiten hattet. Neon dachte, es sei das Beste so. Sie ist manchmal ein wenig exzentrisch, wenn es um unsere Sicherheit geht.« Verlegen streicht sie sich eine dunkle Haarsträhne aus der Stirn. »Und nein. *Zerberus* arbeitet nicht für Alpha.«

»Was dann?«, will ich wissen. Obwohl ich zugeben muss, dass

Nilanhi einen vertrauenerweckenden Eindruck auf mich macht, bin ich skeptisch.

»Das geht dich nichts an!«, faucht Cole und ballt seine Hände zu riesigen Fäusten.

»Was er damit sagen will«, entgegnet Nilanhi und wirft dem Mann einen strengen Blick zu, »ist, *noch* nicht. Wir werden euch das später erklären. Nachdem du uns gezeigt hast, wie du deine Portale machst. Wir wollen einfach wissen, welche Kraft sie haben. In Ordnung?«

Verunsichert beiße ich mir auf die Unterlippe. Ich weiß nicht, was ich von all dem halten soll. Es fällt mir schwer zu glauben, dass wir tatsächlich auf eine Rebellengruppe gestoßen sind, die sich gegen mein Zuhause auflehnt. Ich habe Angst davor, dass es sich um eine Finte handelt und sie im Geheimen für Alpha arbeiten. Dann wird niemals jemand erfahren, was aus Riley und mir geworden ist – während wir in irgendeinem geheimen unterirdischen Wüstenlabor mitten im Nirgendwo verschollen bleiben. Zugleich fürchte ich mich davor, dass es sich bei *Zerberus* wirklich um eine reine Widerstandsgruppe handelt. Ich bin mir sicher, dass sie meine Fähigkeiten überprüfen wollen, um sie sich irgendwie zunutze zu machen, aber ich kann mir nicht vorstellen, auf welche Weise. Mir graut es vor dem, was sie mit mir und Riley vorhaben könnten. Und was würden sie Alpha antun, wenn ich mitspielen würde?

Riley! Mit Schrecken fällt er mir wieder ein, und meine Kehle schnürt sich zu.

»Wo ist Riley?«, presse ich hervor.

»Keine Sorge, es geht ihm gut«, erwidert Nilanhi freundlich.

»Kann ich ihn sehen?«

Ein drohender Unterton schleicht sich in ihre Stimme, als sie antwortet: »Aber natürlich. Sobald wir gesehen haben, was du kannst.«

Ich sehe Nilanhi in die Augen und versuche, irgendein Zeichen von Lüge oder Wahrheit in ihnen zu finden. Doch da sind nur Wellen, die in ihnen wogen und nichts durchblicken lassen.

Mir bleibt also nichts anderes übrig, als zu tun, was sie von mir verlangt.

»Ich kann es versuchen«, murmele ich, »aber ich weiß wirklich nicht, wie ich es kontrollieren kann.«

»Probier es einfach!«, ermutigt mich Nilanhi.

Mir entfährt ein leises Seufzen. Ich kann nur hoffen, dass ich damit keinen Fehler mache, doch im Moment bleibt mir keine Wahl. Wer weiß, was sie Riley sonst antun, nur damit ich mache, was sie verlangen. Also stelle ich mich breitbeinig hin und starre die Zielscheibe vor mir so missmutig an, als sei sie persönlich für all das verantwortlich, was seit meinem Lauf auf Epsilon geschehen ist. Mit zusammengebissenen Zähnen straffe ich jeden Muskel meines Körpers, lasse die Spannung meinen rechten Arm hinabkriechen und spreize die Finger voneinander ab. In Gedanken taste ich nach der Energie in meinem Bauch und versuche, sie wie ein Gummiband in die Länge zu ziehen und in meine Glieder zu lenken. Dann richte ich meine Handfläche auf das Ziel, lege all meine Kraft in diese Bewegung und atme dramatisch laut aus.

Nichts passiert.

Nilanhi räuspert sich hinter mir, und Cole versucht vergeblich, sein amüsiertes Schnauben als Hüsteln zu tarnen.

Unbeirrt wiederhole ich das Ganze. Wieder tut sich nichts, was mir die Hitze in die Wangen treibt. Ich spüre die Blicke der beiden Rebellen auf mir, als sei ich ein Zootier. Erst als ich es ein drittes Mal versuche, zucken winzige grüne Energieblitze über meinen Arm, so kurz und schwach, dass sie sofort wieder verfliegen, bevor sie sich zu einem Portal formieren können. Kalter Schweiß perlt mir den Rücken hinab. Erschöpft wische ich mir über die Stirn.

»Ich glaube, dir fehlt die nötige Motivation«, überlegt Nilanhi laut und stemmt die Hände in die Hüften.

»Was meinst du damit?«, frage ich alarmiert.

Nilanhi macht eine wegwerfende Handbewegung. »Nichts, was dir jetzt Sorgen bereiten müsste. Du wirkst erschöpft. Cole, begleite sie doch bitte zurück in ihre Zelle.« Sie zögert, kurz bevor sie ergänzt: »Es dürfte wohl reichen, ihr die Augen zu verbinden.«

Mit diesen Worten dreht sie sich um und geht davon.

»Warte!«, rufe ich ihr nach. »Was geschieht denn jetzt mit uns?«

Nilanhi bleibt kurz stehen und wirft mir über ihre Schulter hinweg ein geheimnisvolles Lächeln zu, wobei zwei goldene Kreolen an ihren Ohrläppchen zum Vorschein kommen. »Wir werden sehen. Mach dir keine Sorgen!«

Noch bevor sie den Satz beendet hat, senkt sich ein dunkles Tuch über meine Augen und verbirgt Nilanhi vor meinen Blicken. Meine Haut ziept, als Cole das Tuch an meinem Hinterkopf verknotet und mir dabei einige Haare ausreißt. Anschließend packt er mich mit seinen riesigen Händen, wirft mich wie einen Sack über seine Schulter und setzt sich mit schwerfälligen Schritten in Bewegung, von denen jeder in meinem Kopf nachhallt wie ein kleines Erdbeben. Seine Schulterknochen drücken sich dabei so schmerzhaft in meinen Magen, dass mir übel wird und ich mich sehr zusammenreißen muss, um mich nicht zu übergeben.

Ich wünsche mir, ich hätte den Mut, es zu tun, einfach um ihn zu ärgern.

Kapitel 17

Die Nacht in meiner kleinen Zelle ist stickig, kurz und unbequem. Als ich am nächsten Morgen erwache, tun mir sämtliche Glieder weh, als hätte jemand sie zuvor auseinandergezogen, kräftig durcheinandergeschüttelt und anschließend neu zusammengepuzzelt. Jemand hat ein Tablett mit einem Becher Wasser und einer Schale mit einer geschmacklosen grauen Pampe durch das Gitter geschoben, die ich mühsam hinunterwürge.

Kurz darauf höre ich ein leises Scharren.

»Riley?«, frage ich in den dunklen Gang hinein, doch ich erhalte keine Antwort.

»Riley?«, wiederhole ich etwas lauter.

»Nein«, brummt Coles tiefe Stimme.

Ich erstarre. Was hat das nun wieder zu bedeuten?

»Wo ist Riley?«, will ich wissen. Meine Stimme zittert in der dünnen Luft.

Aber Cole macht sich bloß am Schloss der Zellentür zu schaffen und schweigt. Reflexartig spanne ich die Muskeln an, als er angestrengt zu schnaufen beginnt. Fieberhaft überlege ich, ob ich einen Fluchtversuch starten soll, doch irgendwie widerstrebt es mir, Riley in den Händen dieser Fremden zurückzulassen.

Nicht dass Cole mir überhaupt eine Gelegenheit dazu gegeben hätte. Als er das Gitter öffnet, blockiert seine massige Gestalt den schmalen Durchgang, und er schließt seine Finger ohne Vorwarnung so fest um mein Handgelenk, dass ich einen Aufschrei unterdrücken muss.

»Was soll das? Wohin bringst du mich?«, protestiere ich und versuche vergeblich, mich zur Wehr zu setzen.

Cole zuckt nicht einmal mit der Wimper, als meine Fäuste und Füße ihn treffen. Er zerrt mich durch das Gitter, als sei ich bloß eine zappelnde Stoffpuppe, stülpt mir einen Sack über den Kopf und wirft mich kurzerhand über seine Schulter. Mir bleibt nichts anderes übrig, als mich schmollend von ihm durch die Höhle tragen zu lassen.

Ich versuche, mich auf Coles unregelmäßige Schritte zu konzentrieren und herauszufinden, wo er mich hinbringt. Schon bald beschleicht mich das Gefühl, dass er extra im Kreis geht, um mich zu verwirren und mir so einen Strich durch die Rechnung zu machen. Frustration macht sich in mir breit, und ich muss gegen den Drang ankämpfen, ihm mit beiden Fäusten auf den Rücken zu trommeln. Vermutlich würde er es nicht einmal bemerken, aber ich möchte seine Aufmerksamkeit nicht mehr auf mich lenken als unbedingt nötig.

Gerade als ich der Versuchung nicht länger widerstehen kann, packt Cole mich an der Taille, stellt mich auf die Füße und reißt mir mit einem Ruck den Stoff vom Kopf. Ich muss blinzeln, als mir die jähe Helligkeit entgegenschlägt, die in der geräumigen Höhle herrscht. Das Licht stammt jedoch nicht wie im Rest der Höhle von grünlichen Lampen, sondern scheint gleißend hell durch ein Loch in der hohen Decke hinein. Erstaunlicherweise ist es trotz der bereits hoch am Himmel stehenden Sonne angenehm kühl im Raum.

»Reflektorglas«, sagt jemand hinter mir, und ich drehe mich um.

»Wie bitte?«

Es ist Neon, die jetzt so entspannt auf mich zukommt, als hätte sie alle Zeit der Welt. An ihrem frei liegenden Ohr blitzen mehrere Ringe auf, als sie ihr pinkes Haar in den Nacken wirft.

»In die Decke ist Reflektorglas eingelassen«, erklärt sie. »Es hält die meiste Wärme draußen und lässt das Licht durch. Eine wirklich praktische Erfindung, wenn du mich fragst.«

»Morgen«, ertönt eine mir nur allzu bekannte Stimme rechts von mir.

»Ah, Riley«, entgegne ich erleichtert. »Dir auch einen guten Morgen.«

»Du siehst ganz schön fertig aus«, sagt er leichthin, während ein anderer Mann mit breitem Gesicht und gigantischen Muskelbergen ihn vorwärts in den Raum drängt.

Aber in Rileys Stimme liegt noch etwas anderes. Eine vorsichtige, versteckte Frage, ob es mir gut geht.

Ich mustere ihn aus zusammengekniffenen Augen. Das Haar klebt ihm an den Schläfen, ein Auge ist etwas zugeschwollen, und seine Körperhaltung wirkt schlapp und kraftlos. »Danke, gleichfalls«, antworte ich beiläufig und hebe eine Braue. *Mir geht es gut. Dir auch?*

Riley nickt kaum merklich und fixiert meinen Blick. Seine Augen sind unruhig, und seine Finger zucken, als wolle er mich jeden Moment schnappen und mit mir davonrennen. Doch dieses Mal würden wir nicht so leicht entkommen, und das weiß auch er.

»Mir scheint, euch mangelt es an Motivation«, fährt Neon in einem scharfen Tonfall fort und unterbricht damit unseren Austausch. Sie kneift die Augen zusammen und mustert uns abschätzig. »Deshalb möchte ich euch etwas zeigen.«

Sie geht einige Schritte in den Raum hinein und macht sich an einem riesigen Metallblock mit unzähligen Tasten in allen Farben, Formen und Größen zu schaffen. In irrsinniger Geschwindigkeit lässt sie ihre schlanken Finger darüber sausen, während sie konzentriert in die Luft starrt. Ich folge ihrem Blick und entdecke drei mannshohe quadratische Monitore, die über unseren Köpfen an der Wand hängen. Meine Augen weiten sich vor Staunen.

»Das Equipment haben wir von Raumschiffen gestohlen, die wir den Dorfbewohnern abgenommen haben«, beantwortet Neon meine Frage, noch bevor ich sie stellen kann. »Die Crew … Sagen wir, sie hatte keine Verwendung mehr dafür.«

Es gibt also wirklich noch Raumschiffe! Und all die Jahre haben der Senat und Präsident Céus das verheimlicht. Sie müssen sie im Verborgenen restauriert haben, wie Riley es mir erzählt hat. Das Blut gefriert mir beinahe in den Adern, als mir klar wird, dass all die Sachen in diesem Raum von Alpha stammen – und was mit der Mannschaft des Schiffes passiert sein muss. Ich schlucke leise. Neon macht wohl keine halben Sachen.

»Jetzt hab dich nicht so, Kleine. Hier draußen geht es eben härter zu als auf Alpha. Hier kann man es sich nicht leisten, zimperlich zu sein. Wer zuerst frisst, frisst am längsten. Das ist das Gesetz der Wüste«, blafft Neon. Ihre Miene verhärtet sich. »Im Gegensatz zu euch bekommen wir nichts geschenkt und müssen um unser Recht zu leben kämpfen. Jeden Tag aufs Neue. Und auf irgendwelche Schnösel, die wegen ihrer Glas- und Goldarbeiten von Alpha bevorzugt behandelt werden, können wir gut verzichten. Irgendein Problem damit?« Ich öffne den Mund, um etwas zu erwidern, doch Neon kommt mir zuvor. »Wie auch immer. Seht her.«

Beklommen folge ich ihrem Blick zum mittleren und größten Monitor. Das Bild darauf flackert für einen Moment, bevor es schließlich klarer wird. Es zeigt es ein ovales Bauwerk mit hohen Tribünen, roten Laufbahnen und einer großen Rasenfläche in der Mitte. Sofort erkenne ich das Stadion, in dem ich immer trainiert habe, und ein jäher Stich durchfährt mich. Die Kamera – geführt von einer Drohne, wie ich vermute – zoomt näher heran und sinkt allmählich tiefer, bis ich die einzelnen Köpfe der Menschen auf den Zuschauerrängen erkennen kann. Einige von ihnen tragen alberne Hüte und halten Banner aus Pappe oder Stoff empor. Ich kann sogar ihre Arme und Hände sehen, die sie euphorisch in den Himmel recken. Die Menge scheint zu jubeln, doch das Bild bleibt stumm, was der mir sonst so wohlbekannten Szenerie eine befremdliche Note verleiht. Auf der Rasenfläche glänzen metallene Rahmen in der Sonne, in deren Zentren kreisrunde Portale flackern. Hin und wieder zucken bläuliche Blitze über das Titan. Mir ist, als würde ich ihr Knistern durch den Flatscreen hindurch auf meiner Haut spüren, so sehr sehne ich mich nach ihnen.

»Was sind das für Aufnahmen?«, fragt Riley mit scharfer Stimme. »Woher habt ihr sie?«

Neon lacht leise in sich hinein. »Wir haben da so unsere Möglichkeiten«, antwortet sie vage.

Auf dem Monitor erscheinen jetzt nacheinander fünf Läufer, die in einer Reihe aus den Aufwärmschleusen hinaus- und ins Stadion hineinmarschieren. Sie winken der Menge zu und stellen sich jeweils vor einen Portalrahmen. Jetzt wechselt die Kameraperspektive, und die Gesichter der Läufer werden nacheinander fokussiert. Drei von ihnen kenne ich flüchtig von meinem Training im Stützpunkt. Ryan, der sonst immer herumalbert und vor sich hin grinst, blickt vor lauter Nervosität ernst in die Kamera. Neben ihm steht Tone, nagt an seiner Unterlippe und tritt aufgeregt von einem Fuß auf den anderen. Nur Linos grinst breit in die Linse, wendet sich dem Publikum zu und winkt stolz in alle Richtungen. Falls er Lampenfieber verspürt, so lässt er sich das nicht anmerken. Die anderen beiden Jungen kenne ich nicht, sie müssen aus anderen Bezirken Alphas stammen als ich. Beide blicken stumpf in die Kamera, ohne sie wirklich wahrzunehmen.

»Seht ihr das? Das war die erste Runde des diesjährigen Männer-Halbfinales der *Portal-Running*-Championships.«

»Was hat das zu bedeuten?«, fragt Riley.

»Das werdet ihr gleich sehen«, erwidert Neon, beugt sich vor und drückt eine Taste. Die Bilder beschleunigen sich, werden schneller und schneller, bis sie fast zu einem verschwimmen. Innerhalb eines Wimpernschlags starten die Läufer ihren Lauf und verschwinden in ihren Portalen, während die Kameradrohne abwechselnd die Zuschauer und den großen Flatscreen mit der Liveübertragung einblendet. Übertragungsfetzen der Läufer auf den verschiedenen Planeten werden rasend schnell nacheinander sichtbar: Einer der fremden Läufer strauchelt und rollt einen Abhang hinab, Ryan kämpft sich durch knietiefes Sumpfwasser, Linos zieht Batterien aus einem Generator. Neon spult beharrlich weiter vor, bis die Läufer den Rückweg antreten. Auf dem Stadionbildschirm sehe ich Tone, der in Führung geht und als Erster sein Portal erreicht. In genau der Sekunde, in welcher die Drohne sich vom Flatscreen abwendet und Tones Portal fokussiert, pausiert Neon das Bild.

»Was seht ihr?«, fragt sie mit verschränkten Armen und verlagert das Gewicht auf ein Bein.

Ich komme mir vor, als säße ich unfreiwillig wieder in der Schule, und runzele unwillig die Stirn. Neben mir atmet Riley tief durch und reibt sich den Nacken.

»Na, *nichts*?«, hakt Neon nach und hebt spöttisch eine Augenbraue.

Als wir immer noch nichts sagen, macht sie sich wieder an der Tastatur zu schaffen und zoomt an Tones Portal heran. »Und wie ist es jetzt?«

Erst verstehe ich nicht, was sie meint. Doch dann stutze ich und trete einen Schritt näher an den Monitor heran. Das Blau des Portals ist von orangefarbenen Störblitzen durchsetzt, und in seiner Mitte befindet sich ein dunkeloranger Punkt, der an den Rändern gezackt ist wie Reißzähne im Mund eines Raubtieres.

»Was ist das Orange?«, frage ich.

»Das«, sagt Neon triumphierend, »ist genau das, worauf ich hinauswill.«

Ich kann nicht verhindern, dass meine Stimme einen nervösen Unterton bekommt, als ich noch einmal wiederhole: »Aha, und was ist *das*?«

»Das, kleine Aschebringerin, ist das, was Alpha viel zu lange ignoriert hat. Das sind Störungen im Portal, hervorgerufen durch ein Ungleichgewicht der Energie des Mondes.«

»Ungleichgewicht der Energie?«, stutze ich und bemühe mich krampfhaft, nicht auf meinen verhassten Spitznamen zu reagieren.

Neon verzieht das Gesicht und schnaubt. »Du hast noch nie über das nachgedacht, was du tust, oder? Was sammelt ihr Portalläufer denn?«

Mir entgeht nicht, wie verächtlich sie das Wort *Portalläufer* in die Luft spuckt und wie ihre Mundwinkel sich dabei nach unten ziehen. Mein Verstand weigert sich zu begreifen, was Neon uns zeigen möchte und warum sie so wütend ist, obwohl mein Herz es längst ahnt. Ich habe Angst vor der Wahrheit, die sie uns vor Augen führen will.

»Batterien«, springt Riley ein. Seine Stimme klingt eigenartig belegt.

»Und womit sind die gefüllt?«

Riley zieht scharf die Luft zwischen die Zähne. »Mit planetarer Energie.«

»Ding, ding, ding, der Kandidat hat hundert Punkte!«, ruft Neon aus, doch in ihrer Stimme schwingt Bitterkeit mit. »Diese Energie wird den Atmosphären der Monde entzogen. Und was glaubt ihr, passiert dann mit diesen Monden?«

Ohne eine Antwort abzuwarten, wendet sie sich wieder den Monitoren zu und spult weiter vor. Irgendwann hält sie das Bild wieder an, drückt auf Play und lehnt sich wortlos zurück.

Auf dem Flatscreen ist wieder das mit Zuschauern gefüllte Stadion zu sehen, doch die Szenerie ist eine andere. Zwar jubelt das Publikum und Athleten betreten die rote Laufbahn, doch dieses Mal sind es fünf Läuferinnen und fünf Läufer, die mit ernsten Gesichtern hintereinander die Grasfläche betreten. Meine Handflächen beginnen zu schwitzen, als ich meinen roten Pferdeschwanz unter den Läuferinnen ausmache. Eine schlimme Vorahnung breitet sich in meiner Brust aus wie ein Loch, das mich zu verschlingen droht. Mein Ich im Monitor blickt sich kurz nach seinen Konkurrenten um, streckt sich und hüpft mit kreisenden Armen auf der Stelle. Die roten Haare leuchten bei jeder Bewegung wie ein Waldbrand.

»So siehst du also aus, bevor du loslaufen willst?«, stichelt Riley, wohl in dem erfolglosen Versuch, die Stimmung aufzulockern.

»Pst!«, zischt Neon verärgert.

Ich werfe Riley einen giftigen Blick zu und richte meine Aufmerksamkeit wieder auf die Aufnahme. Es ist der Finallauf der Championships, an dem ich erst vor wenigen Wochen teilgenommen habe. Es kommt mir vor, als seien bereits Monate vergangen und die Szenerie auf dem Monitor sei bloß eine Aufzeichnung aus einem vergangenen Leben.

Was denke ich denn da bloß? So ein Blödsinn! Das dort *ist* mein Leben. Also zwinge ich mich zur Konzentration, wische die schweißnassen Handflächen an meinem Bein ab und bemerke gerade noch, wie der Fokus auf meine Konkurrentin Victoria gelenkt wird. Sie wirft ihr aufgesetztes Grübchen-Lächeln in die Kamera und eine Kusshand hinterher. Automatisch verdrehe ich die Augen.

Neon quittiert dies mit einem Schnauben und spult einige Minuten vor. »Furchtbar, das Püppchen, nicht wahr? Aber das ist es nicht, was ich euch zeigen will.«

Sie ruckt mit dem Kinn in Richtung des Monitors, auf welchem sich mein Flatscreen-Ich gerade mit zitternden Fingern eine Locke aus der Stirn streicht und an seiner Unterlippe nagt. Nach einem Blick in die Kamera nickt es knapp, hebt kurz die Hand mit den bunten Armbändern und zieht dabei den rechten Mundwinkel nach oben. In den Augen ist nicht der kleinste Funke Angst zu erkennen, obwohl ich mich deutlich daran erinnere, wie sie mir an dem Tag die Kehle zuschnürte.

»Schicke Vorstellung«, flüstert mir Riley belustigt ins Ohr. »Unnahbar, aber trotzdem für die Fans da. Ganz die professionelle Sportlerin.«

»Du bist ja bloß neidisch«, gebe ich zurück.

»Genug jetzt«, geht Neon dazwischen und zeigt mit dem Finger auf das Portal vor meinem Bildschirm-Ich. »Seht ihr die Störblitze?«

Ich kneife die Augen zusammen, doch so sehr ich mich auch bemühe, ich kann nichts Besonderes erkennen. »Nein«, antworte ich ehrlich.

Neon drückt wiederholt auf einen pfeilförmigen Knopf, sodass die Bilder der Kamera nun einzeln nacheinander eingeblendet werden. Nach etwa zwanzig hält sie inne und vergrößert die Aufnahme. »Und wie ist es jetzt?«

Tatsächlich. Mit einiger Mühe kann ich mehrere feine orangefarbene Linien ausmachen, die sich wie Risse durch das blaue Portal ziehen. Und plötzlich fällt es mir wieder ein – kurz vor meinem Lauf hatte ich ein ähnliches Flackern im Portal bemerkt. Anscheinend war es doch keine Einbildung gewesen.

»Sieht so ähnlich aus wie bei dem Lauf zuvor«, bemerkt Riley und beugt sich vor.

»Ganz genau«, bestätigt Neon. »Und wohin ging das Portal, Yashira?«

»Nach Epsilon«, erwidere ich zögernd.

Neon nickt. »Genau wie der Lauf des anderen Athleten.«

»Das kann doch gar nicht sein«, schaltet sich Riley ein. »Es ist verboten, zweimal hintereinander einen Lauf auf dem gleichen Mond durchzuführen. Die Generatoren müssen erst neue Energie sammeln. Außerdem wäre das elektrische Feld des Portals so kurz hintereinander zu instabil.«

Mit einem spöttischen Schnauben wirft Neon ihr Haar in den Nacken. »Ja, eigentlich ist das eine eurer ach so rücksichtsvollen Vorschriften. Aber nicht wegen der Generatoren oder der Portale, sondern weil der Mond sonst stirbt.«

»Was meinst du damit?«, frage ich mit klopfendem Herzen.

Sie hebt beide Augenbrauen und beugt sich vor, bis ihr Gesicht ganz nah an meinem ist. Ich kann den Geruch nach Sand und Schwefel wahrnehmen, der von ihr ausgeht. Der stechende Blick ihrer gelben Augen jagt mir einen Schauer über den Rücken, als sie die Lippen zu einem grimmigen Lächeln verzieht.

»Ich meine«, sagt sie beängstigend ruhig, »dass euer Senat ganz genau weiß, was der Energieentzug mit den Monden macht. Und mit Epsilon ist ihnen ein fataler Fehler unterlaufen.«

Rileys Atem beschleunigt sich hörbar neben mir. Für mich ist es nur ein Mond von vielen, für ihn war er drei Jahre lang seine Heimat. Ich schiele aus dem Augenwinkel zu ihm hinüber und spüre sogleich die Woge der Anspannung, die von ihm ausgeht. Seine Kiefermuskeln zucken, und immer wieder zieht er seine Oberlippe zwischen die Zähne. Bei diesem Anblick verspüre ich das Bedürfnis, ihn zu trösten, doch ich bringe nicht mehr zustande als ein kurzes, unbemerktes Zucken meiner Fingerspitzen. Meine eigene Angst vor Neons Worten sitzt mir wie Eis im Nacken und verhindert jede weitere Bewegung.

Währenddessen macht sich die Anführerin der Rebellen erneut an den Tasten zu schaffen, bis die Kameraaufnahmen an meiner Gestalt hängen bleiben. Das rußgeschwärzte Gesicht glänzt schweißnass, und blankes Entsetzen zeichnet sich darauf ab. Hinter mir erkenne ich eine Wand aus Flammen und eine riesige dunkle Wolke, die rasend schnell näher kommen. Epsilons brennender Wald. Instinktiv japse ich nach Luft, als sich meine Lungenflügel an das Gefühl des Erstickens erinnern. Der unebene Höhlenboden unter meinen Füßen beginnt zu schwanken, und ich habe Mühe, aufrecht stehen zu bleiben.

»Alpha nimmt die Zerstörung der Monde und den Tod der Menschen auf ihnen bereitwillig in Kauf«, fährt Neon mit harter Stimme fort, jedes Wort ein Fausthieb in meinen Magen. »Erst verringert sich die lebensnotwendige Vegetation durch den Energieentzug, dann wird die Atmosphäre immer dünner und der Sauerstoff weniger. Irgendwann reißt die Atmosphäre schließlich ein, und alles brennt bis auf das letzte Atom nieder. Und das nur, um sich wie ein Parasit selbst am Leben zu erhalten, koste es, was es wolle.«

»Ich glaube, mir wird schlecht«, murmele ich gedämpft, aber Neon ist noch lange nicht mit uns fertig.

»Also sitzen wir Mondvölker nicht nur als abgeschobene Laborratten hier fest, sondern uns geht wortwörtlich die Luft aus. Etwas, das du als privilegiertes Alpha-Prinzesschen natürlich nicht nachempfinden kannst.«

»Hey«, geht Riley dazwischen. »Dafür kann sie nichts. Man kann sich nicht aussuchen, wo man geboren wird.«

Neon gibt so etwas wie ein Knurren von sich. »Aber man kann sich entscheiden, ob man die Dinge hinterfragt oder einfach wegschaut. Und wenn du mich fragst, sind die, die wegschauen, nicht besser als die, die dafür verantwortlich sind. Das solltest du wohl am besten wissen, *Möchtegern-Epsilianer*.« Das letzte Wort spuckt sie aus wie Gift.

Riley verstummt.

Plötzlich brodelt Zorn in meiner Brust hoch, und ich suche Neons Blick. »Wie hätte ich denn hinsehen sollen, wenn alles geheim gehalten wurde? Niemand dort weiß, dass ein Leben außerhalb von Alpha überhaupt möglich ist. Wie denn auch? Wir leben völlig abgeschottet. Hätte es irgendwelche Anzeichen gegeben, dann …«

Ich lasse den Satz unbeendet in der Luft hängen. Ehrlich gesagt weiß ich nicht, was ich dann getan hätte. Und dafür schäme ich mich.

Neon jedoch nutzt mein Schweigen schamlos aus. »Und wie kommst ausgerechnet du als Portalläuferin dazu, das Ganze nicht infrage zu stellen? Ständig rennst du auf allen Monden herum und wunderst dich nicht einmal, warum angeblich keine Menschen auf ihnen leben, wenn *du* dich ohne Probleme dort aufhalten kannst?«

Meine Wangen brennen. Beschämt schlage ich die Augen nieder. Sie hat recht mit ihrem Vorwurf, und diese Erkenntnis schnürt mir die Kehle zu. Warum kam mir dieser Gedanke in all den Jahren nicht ein einziges Mal? Da fällt mir etwas ein. »Wieso habe ich dann nie Menschen an der Strecke stehen sehen?«

Riley schluckt hörbar, nur um sich danach mit der flachen Hand gegen die Stirn zu schlagen. »Natürlich!«, murmelt er. »Es sind die Drohnen!«

Zu gern hätte ich darauf etwas Intelligentes erwidert, aber ich kann seinem Gedankengang nicht folgen. Also mache ich nur: »Hä?«

»Als ich auf Epsilon war, habe ich mich die ganze Zeit gefragt, warum ich keinen einzigen Läufer sehen konnte. Ich habe jeden Tag nach ihnen Ausschau gehalten, aber ich habe sie nie zu Gesicht bekommen. Erst dachte ich, sie hätten den Planeten nach dem Vorfall mit mir gesperrt, aber daran lag es nicht. Es müssen die Begleitdrohnen sein. Sie machen die Läufer unsichtbar für andere. Dich habe ich auch erst gefunden, als deine Drohne verschwunden war«, überlegt er und mustert mich mit zusammengezogenen Brauen.

»Das spielt keine Rolle«, schaltet sich Neon ein. Ihre Stimme ist so scharf, dass sie mühelos Glas zerschneiden könnte. »Epsilon gibt es nicht mehr. Und wenn es so weitergeht, gibt es die anderen Monde auch bald nicht mehr. Beta, Gamma, Delta und alle anderen, es dauert nicht mehr lange, bis sie alle in Flammen aufgehen werden, einer nach dem anderen. Und die Menschen mit ihnen!«

Der Raum beginnt, sich stärker vor meinen Augen zu drehen. Neons direkte Worte verschwimmen mit den Videoaufnahmen und bilden eine Wahrheit, die zu akzeptieren mein Verstand sich weigert. Ich presse die Hände gegen die Schläfen, um meinen Kopf am Explodieren zu hindern. Schuldgefühle bohren sich wie Dolche in meinen Schädel, einer schärfer und giftiger als der andere. Ohne es zu ahnen, habe ich dazu beigetragen, dass ein Mond zerstört wurde und Hunderte Menschen dabei ihr Leben lassen mussten. Übelkeit steigt in mir hoch. Im Gegensatz zu mir wussten die Epsilianer wahrscheinlich, was ihnen bevorstand, und lebten in ständiger Angst. Ich konnte es zwar nicht wissen, aber die Schuld, die auf meinen Schultern lastet, bleibt die gleiche. Ich habe das Gefühl, irgendetwas tun zu müssen, die Katastrophe wiedergutzumachen, doch ich weiß nicht, was. Mit einem Mal komme ich mir unglaublich dumm und naiv vor. Als auch meine Knie zu zittern beginnen, drückt sich Rileys warme Hand fest zwischen meine Schulterblätter, zieht mich wie ein Anker zurück in die Wirklichkeit. Zurück in den Raum mit den Monitoren, Neon, Cole und ihm, der mit angespannten Muskeln neben mir steht und Neon anfunkelt.

»Und was willst du nun von uns?«, fragt er sie harsch.

Neons Augen verengen sich zu Schlitzen. Sie verzieht den Mund zu einem hyänenhaften Grinsen, während sie sich vorbeugt. »Alpha wird nachlässig. Sie haben den Fehler gemacht, zwei Mal hintereinander das gleiche Portal zu benutzen. Und sie haben Epsilon verloren, einen ihrer ertragsreichsten Monde. Die Bevölkerung wird unruhig nach den Geschehnissen. Die Leute fordern Antworten. Das kann der Senat nicht ignorieren, und früher oder später … nun ja, passiert, was passieren muss.«

Ihr Tonfall lässt das Blut in meinen Adern gefrieren. »Du meinst, dass die Regierung gestürzt wird?«, stoße ich hervor.

»Schlaues Mädchen. Ja, das ist der natürliche Lauf der Dinge, wenn Menschen bemerken, dass sie belogen werden.«

»Woher willst du wissen, dass sie es nicht einfach hinnehmen?«

Spöttisch sieht Neon mir in die Augen. »Das glaubst du doch wohl selbst nicht.«

»Und ihr wollt die Unruhe ausnutzen, um den Senat in die Enge zu treiben«, stellt Riley fest.

»Ganz genau. Und wer wäre wohl besser dafür geeignet als die zwei verschollenen Alphanier, die sie ›so sehr vermissen‹?« Neon betätigt eine weitere Reihe von Knöpfen, und die Szenerie auf dem Monitor wechselt. »Ich sag's euch, wie es ist: Ich kann euch nicht dazu zwingen, euch uns anzuschließen. Aber ich kann euch zeigen, was mit euch passiert, wenn ihr es nicht tut. Denn dann liefern wir euch aus.« Sie grinst schief. »Das ist nichts Persönliches, aber wir könnten ein paar zusätzliche Nomis gut gebrauchen.«

»Hör zu, ich lasse mich von dir nicht erpress…«, setze ich wütend an, doch die Aufnahmen lassen mich verstummen.

Ich sehe sechs Männer und Frauen in weißen Kitteln, die sich über junge Menschen in OP-Hemden beugen. Das Hellgrün des Stoffes lässt die kahl geschorenen Köpfe noch kränklicher wirken als ohnehin schon. Einer der Patienten sagt etwas zu einer Frau mit straff zurückgebundenen Haaren, die daraufhin kaum merklich den Kopf schüttelt, die Lippen zusammenkneift und eilig etwas auf einem Klemmbrett notiert. Der Patient brüllt, bäumt sich auf und versucht, aus Leibeskräften aufzustehen. Mit Schrecken erkenne ich breite Gurte an seinen Hand- und Fußgelenken sowie um die Hüfte, die ihn an seine Pritsche fesseln und kaum Bewegung zulassen. Nach nur wenigen Sekunden gibt er den Kampf gegen sie auf und bleibt schlaff liegen. Sein Kopf sackt zur Seite, ein feuchter Fleck breitet sich zwischen seinen Beinen aus, und seine Wangen röten sich kaum merklich.

Mir wird schlecht.

Das Bild flackert, verschwimmt und wechselt zu einer neuen Szene. Es zeigt denselben Patienten, nur dass er dieses Mal allein im Raum ist. Das Zimmer ist steril gekachelt und völlig leer bis auf das Bett, ein paar Monitore sowie einige medizinische Geräte und Bestecke. Der Junge starrt geradezu apathisch an die Decke des Raumes und blinzelt nur ab und an träge. Nach knapp einer Minute öffnen sich die Türen hinter ihm, und die Frau mit dem Pferdeschwanz betritt gemeinsam mit einem Mann den Raum. Das Weiß ihrer Kittel wirkt selbst durch den Monitor unnatürlich grell. Gemeinsam beugen sie sich über den Patienten, fassen an seine Handgelenke, an seinen Kopf und an den Bauch. Zahllose Schläuche werden mit Nadeln in seiner Armbeuge befestigt. Anschließend wird ihm eine merkwürdige Apparatur auf den Kopf gesetzt, die mit allen möglichen Lichtern gespickt ist. Noch immer rührt sich der Junge nicht, sondern lässt all das stumm über sich ergehen. Die Frau nimmt eine Spritze von einem Tablett, um sie mit einer grünlichen Flüssigkeit aus einem Glasfläschchen zu füllen. Danach blickt sie zu dem Mann hinüber, bis dieser ihr feierlich zunickt und ein Klemmbrett und einen Stift zückt. Die Frau tritt auf den Patienten zu, wobei sie ihn prüfend mustert. Dann injiziert sie mit einem geübten Ruck den Inhalt der Spritze in seinen freien Arm.

Gebannt halte ich den Atem an und trete dabei unbewusst näher an den Bildschirm heran. Ich kann meinen eigenen Herzschlag hören, der sich gemeinsam mit der angezeigten Herzfrequenz des Jungen beschleunigt. Seine Haut beginnt zu glänzen, bis das dünne Hemd an seinem schwitzenden Körper klebt und nichts mehr vor den Blicken der beiden Mediziner verbirgt. Der Mann lässt hektisch den Stift über das Klemmbrett rasen, während der Fuß des Jungen anfängt zu krampfen. Als Nächstes zuckt sein Bein, danach ein Arm, dann nacheinander die anderen Gliedmaßen, bis der gesamte Körper des Jungen unkontrolliert zittert. Er schreit und wirft sich mit aller Kraft gegen die Fesseln an seinen Gelenken, während sich Schaum vor seinem Mund bildet. Die Pupillen rotieren in den weit aufgerissenen Augen, bis sie sich schließlich nach hinten verdrehen. Ein letztes Mal bäumt sich sein Körper auf, jeden Muskel zum Zerreißen gespannt – und liegt schließlich still und leblos auf der Pritsche, das Gesicht für immer zu einem stummen Schrei verzerrt.

Ich presse mir die Hand vor den Mund und würge das dürftige Frühstück von heute Morgen hervor.

»Nichts für schwache Nerven, hm? Cole, hol doch bitte mal ein Glas Wasser und etwas zum Aufwischen für unser Alpha-Prinzesschen«, befiehlt Neon.

»W-was ist das?«, bringt Riley mühsam hervor. Selbst er sieht ungewöhnlich blass aus.

»Na, was wohl. Das ist eins der Genforschungslabore der alphanischen Organisation *EDG*.«

Riley zieht die Augenbrauen zusammen. *»EDG?«*

»Ja«, entgegnet Neon genervt. »Projekt *EDG*. Evolution der Götter. Eine Erfindung eures größenwahnsinnigen Forschungsministeriums.«

»Wo… woher habt ihr die Aufnahmen?«, keuche ich und nehme das braune Leinentuch entgegen, das Cole mir mit einem spöttischen Grinsen in die Hand drückt. Der dünne Stoff kratzt auf meiner Haut wie Sand.

»Wir beobachten die Vorgänge auf Alpha schon sehr lange«, erklärt Neon ausweichend. »Leider kommen wir nicht an alle Informationen heran, aber wir haben herausgefunden, dass sie Tote wieder zum Leben erwecken.«

»Sie tun *was*?«, entfährt es mir.

»Na ja, natürlich nicht wirklich. Aber soweit wir wissen, suchen sie sich ihre Forschungsobjekte immer nach dem gleichen Schema aus. Bei einer Untersuchung wird ein Patient mit bestimmten genetischen Merkmalen als krank bezeichnet, muss in die Klinik und verstirbt dann recht schnell unter mysteriösen Umständen. Zumindest auf dem Papier, denn kurze Zeit später tauchen genau diese Menschen wieder quicklebendig im Labor auf. Sofern man sie dann noch als lebendig bezeichnen kann. Und niemand bemerkt etwas davon, denn offiziell sind sie ja tot.«

Ich fühle mich wie gelähmt, doch meine Zunge ist schneller, als mein Verstand begreifen kann. Bevor ich die Worte zurückhalten kann, platze ich mit meiner gesamten verzweifelten Naivität heraus: »Aber das dürfen sie nicht tun. Das ist gegen das Gesetz.« Kaum dass die Worte ausgesprochen sind, schäme ich mich dafür.

Neon legt Daumen und Zeigefinger an ihr Nasenbein und

beginnt seufzend, die Stelle zu massieren, um ihre Ungeduld zu unterstreichen. »Mädchen, wann verstehst du es endlich? Das Gesetz interessiert euren Senat nicht und schon gar nicht euren geschmierten Präsidenten. Sie treten alles und jeden mit Füßen, wenn sie dadurch ihr Ziel erreichen können.«

»Und was ist deiner Meinung nach ihr Ziel?«, will Riley wissen. In seiner Stimme schwingt etwas Düsteres mit, das ich nicht richtig deuten kann, aber seine Miene ist ausdruckslos.

Neon wirft ihm ein provozierendes Grinsen zu. »Das weißt du.«

Riley zieht erneut die Oberlippe zwischen die Zähne und holt tief Luft. Am liebsten würde ich seinen Arm berühren und ihn spüren lassen, dass ich hier bin, so, wie er es vorhin für mich getan hat. Doch als ich gerade die Hand nach ihm ausstrecken will, beginnt er zu sprechen.

»Ich schätze, sie sind hinter Menschen mit Genmutationen her. Menschen wie uns.«

»Und dafür ist ihnen jedes Mittel recht.«

Betroffen denke ich an den gewaltigen Energieversorgungsturm des Regierungsgebäudes und an die vielen Nächte, in denen ich versonnen am Fenster stand und ihn betrachtet habe. Wann immer ich nicht einschlafen konnte, zählte ich die violetten Energieblitze, die an ihm hinaufzuckten und den dunklen Nachthimmel zerrissen. Ich konnte mich nie entscheiden, ob mir bei dem Anblick mulmig zumute wurde oder ob ich mich geborgen fühlte. Vielleicht war dieser Zwiespalt der Grund dafür, dass ich in diesen Nächten keine Ruhe fand.

Ich suche Neons Blick und halte ihn fest wie das Bild der Blitze in meinem Kopf. »Schön und gut. Aber was kümmert dich das?«

Ihre Mundwinkel zucken und bringen das Tattoo auf ihrer Wange zum Tanzen. Sie gibt eine Reihe merkwürdiger Geräusche von sich, und ich brauche eine Weile, um zu begreifen, dass sie gluckst. Ich hätte nicht gedacht, dass sie so was tut. Schließlich verschränkt sie die Hände im Nacken und antwortet: »Ganz einfach: Ich habe noch eine Rechnung mit eurem Präsidenten offen.« Sie lässt die Arme wieder sinken und mustert uns einen Augenblick lang. Plötzlich wirbelt sie auf dem Absatz herum und schlägt mit ihrer Faust so kräftig auf die Konsole, dass die Tasten klirren. »Nicht dass ich überhaupt einen Grund bräuchte. Ich meine, mit Epsilon zusammen umgaben Alpha dreiundzwanzig Monde. Dreiundzwanzig Monde, die um einen künstlich erschaffenen Planeten kreisen. Und als wäre das nicht schon egozentrisch genug, werden die Bewohner dieser Monde wie zweitklassige Laborratten ihrem Schicksal überlassen. Das macht mich so wütend!«

Wie um ihren Groll zu unterstreichen, donnert Neon beim letzten Wort beide Fäuste auf die Tastatur. Die drei Monitore flackern unruhig. Das Pink ihrer Haare leuchtet im Halbdunkel des Raums wie Feuer, und in ihren gelben Augen sprühen Funken, die jeden Moment zu einem Inferno zu verschmelzen drohen.

Trotz dieses einschüchternden Anblicks drängt sich eine Frage in mein Bewusstsein. Ich denke an all die Dinge, die Riley erzählt hat, und an das, was Neon uns eben gezeigt hat. Allmählich beginnen die Bilder, sich an den Rändern zu einem Ganzen zusammenzufügen, aber um alles zu begreifen, fehlt mir noch die letzte Gewissheit. Also fasse ich mir ein Herz, um die vor Wut kochende Neon mit leiser Stimme zu fragen: »Kannst du mir zeigen, was auf den Monden passiert?«

Das scheint ihr schlagartig den Wind aus den Segeln zu nehmen. Sie blinzelt perplex und runzelt die Stirn, als wisse sie nicht recht, was sie davon halten solle. Dann nickt sie und lässt ihre Finger in atemberaubender Geschwindigkeit über die Tasten gleiten. Anschließend tritt sie zurück, bis sie hinter Riley und mir steht, und atmet leise aus.

Auf dem Flatscreen erscheint ein Sammelsurium aus fragmentarischen Bildaufnahmen unterschiedlicher Landschaften und Menschen. Unten rechts stehen die Namen der jeweiligen Monde, oben links das Datum der Aufnahme.

»Wir haben keinen Zugang zu den Kameradrohnen auf den Monden«, erklärt Neon. »Alles, was wir haben, ist altes Bildmaterial, das wir in einem verlassenen Bunker vor Ort gefunden haben.«

Ich öffne den Mund, um zu fragen, wie die Rebellen ohne Portale auf andere Monde gelangen können und ob sie wirklich alte Raumschiffe besitzen, doch kein Wort kommt heraus. Das Bild auf dem Monitor verschlägt mir den Atem. Darauf ist ein kleines Mädchen mit grünlicher Haut zu sehen, das so abgemagert ist, dass ich seine Rippen zählen kann. Das Gesicht ist schief und verquollen, und der gesamte Körper wirkt unnatürlich verzerrt und angeschwollen. Sein linkes Hosenbein ist aufgerissen und das Bein darin viel zu dick, das andere hingegen dünn wie mit Papier bespannter Knochen. Aus den zerschlissenen Socken lugen am rechten Fuß acht Zehen hervor. Mit milchigen Augen sieht das Mädchen in die Kamera, die sie vermutlich nicht einmal sehen kann. Mit einem Blick auf die Datumsanzeige stelle ich fest, dass das Bild vor knapp zweihundert Jahren, gerade einmal fünfzig Jahre nach der Besiedelung Alphas, entstanden ist.

»Das ist nur eins der Tausenden Opfer«, sagt Neon düster. Ihre Stimme kommt mir angesichts des so tragisch entstellten Mädchens unangemessen laut vor. »Während einer Mission auf Iota haben wir einen verlassenen Bunker mit mehreren solchen Bildern gefunden. Soweit wir wissen, stammen sie noch aus der Anfangszeit von Alphas Forschungen.«

Riley stößt hörbar die Luft aus. »Ich wusste ja von Epsilon, dass der Senat Experimente am Laufen hat. Die Epsilianer haben mir einiges erzählt. Aber das … das übersteigt einfach alles.«

»Was haben sie getan?«, flüstere ich entsetzt. Bei solchen Bildern wundert es mich nicht, dass der Mond Iota nicht für Portalläufe freigegeben ist.

»Sie haben alle möglichen Seren ins Grundwasser gekippt, um Genmutationen bei den Menschen hervorzurufen. Das und die kosmische Strahlung, der die Monde wegen der dünnen Atmosphären fast schutzlos ausgeliefert sind, haben die Mutationen rapide beschleunigt. Der Senat wollte herausfinden, wie schnell und auf welche Weise sich die Menschen auf die verschiedenen Umweltbedingungen der Monde anpassen können. Laut den Aufzeichnungen suchen die Forscher nach einem genetischen Code, der sich nach Belieben an- und ausschalten lässt, um Menschen möglichst schnell an verschiedenste Umstände anzupassen. Quasi eine Art Superkraft, die sie generieren wollen.« Neon schnaubt. »Wenn ihr mich fragt, geht denen einfach langsam die Luft aus.«

»Sie haben die Menschen vergiftet?«, entfährt es mir.

Neon nickt knapp. Sie vergräbt die Hände in den Taschen ihrer Hose, aber ich kann sehen, wie sie sie darin zu Fäusten ballt. »Nicht jeden Mond hat es so hart getroffen wie Iota. Auf Epsilon zum Beispiel waren die Bedingungen nicht viel anders als auf Alpha, außer dass es weniger Sonnenlicht und weniger Sauerstoff in der Atmosphäre, dafür aber mehr Stickstoff gab.«

»Deshalb hatten die Menschen dort vergrößerte Lungen. Auch ihre Pupillen waren größer als normal, um mehr Licht zu absorbieren«, erklärt Riley an mich gewandt.

»Normal«, faucht Neon und bleckt die Zähne. »Du bezeichnest dich selbst also als normal, nur weil an deiner DNS nicht herumgepfuscht wurde? Typisch Alphanier! Bin ich etwa nicht normal, nur weil ich anders aussehe als du?«

»N… nein! Das wollte ich damit nicht sagen!«, wehrt Riley mit erhobenen Händen ab. Neons Wut scheint selbst ihn einzuschüchtern. Von seiner sonst üblichen Coolness ist in diesem Moment nicht mehr viel geblieben.

Eine Weile steht Neon nur da, rauchend vor Zorn und mit in den Hosentaschen zuckenden Fingern, bis sie irgendwann einen kleinen Schritt zurückweicht, tief durchatmet und uns anfunkelt. »Hört mir gut zu, denn ich warne euch nur ein einziges Mal: Redet nie wieder auf diese Weise mit mir oder irgendjemandem hier. Wir können nichts dafür, dass wir in euren Augen genmanipulierte Monster sind, nur weil unsere Vorfahren auf der Erde weniger privilegiert waren und ihre Raumschiffe auf die Monde umgeleitet wurden. Und ich garantiere für nichts, wenn ihr uns wie Aussätzige behandelt. Habe ich mich klar ausgedrückt?«

Riley presst die Lippen aufeinander. Er ist zu stolz, um sich kleinlaut zu geben. Also fasse ich mir widerstrebend ein Herz und versuche, Neon zu beschwichtigen. »Ja. Und es tut mir leid, wenn wir dir damit ein schlechtes Gefühl gegeben haben.« Ich halte kurz inne, aber dann beschließe ich, noch einen draufzusetzen. »Aber wir können auch nichts für das, was vor zweihundert Jahren geschehen ist.«

»Nein«, erwidert Neon entschieden. »Aber an euren Händen klebt der Dreck eurer Vorfahren.«

»Ich will mit Alpha nichts mehr zu tun haben«, antwortet Riley mit einer unwirschen Handbewegung. Über das leuchtende Blau seiner Augen hat sich ein dunkler Schatten gelegt, der sich auch in seiner Stimme widerspiegelt. »Sie haben mich verstoßen. Und jetzt mache ich das Gleiche mit ihnen.«

Mit einem leisen Lachen wirft die Anführerin der Rebellen das Haar in den Nacken, baut sich breitbeinig vor uns auf und verschränkt die Arme vor der Brust. »Das heißt, ihr schließt euch uns an?«

Ich suche nach einem Zeichen in ihrem Gesicht, nach irgendeiner Lüge, die ich nicht durchschaue. Doch alles, was ich finde, sind ihre animalischen Augen, die mich mit der Kampfeslust und dem Trotz eines unfair behandelten Menschen anblicken. Und verborgen unter dieser Maske aus Wut und Stolz erkenne ich einen Schmerz in ihr, so tief und blutend, dass er all meine Zweifel hinwegfegt.

»Ja«, sage ich mit fester Stimme und balle die Hand zur Faust. Ich weiß, dass ich in diesem Moment für uns beide spreche. »Ja, wir schließen uns euch an. Wir haben lange genug weggesehen.«

Und zum ersten Mal seit langer Zeit habe ich das Gefühl, das Richtige zu tun.

Kapitel 18

Die Nachricht, dass die zwei gefangen genommenen Alphanier sich der *Zerberus*-Gruppe angeschlossen haben, verbreitete sich wie ein Lauffeuer durch das gesamte Höhlensystem. Als Neon uns nur wenig später durch den Untergrund und an ihren Anhängern vorbeiführt, verfolgen uns die vielen Augenpaare auf Schritt und Tritt. Das Getuschel über Riley und mich zischt durch die Räume und hallt von den hohen Wänden wider, bis ich die einzelnen Laute nicht mehr auseinanderhalten kann. Je tiefer wir in den Berg hineingehen, desto mehr beschleicht mich das Gefühl, dass selbst die Schatten hier Augen und Ohren haben. Unbehaglich reibe ich mit der Hand über die aufgestellten Haare an meinem Unterarm und frage mich, ob Neon uns nicht auch weniger lautstark erklären könnte, an welchen Räumen wir vorbeigehen. Allmählich dämmert mir, dass sie in einer Art Triumph oder Machtdemonstration absichtlich die Aufmerksamkeit ihrer Kameraden provoziert. Sie präsentiert uns als ihre neuesten Errungenschaften und genießt die Aufmerksamkeit, die wir ihr einbringen.

Plötzlich bleibt Neon am Eingang einer hohen Halle stehen und tritt zur Seite, um uns die Sicht nicht zu versperren. Die Wände sind so weit voneinander entfernt, dass es mehr wie eine offene Fläche denn wie ein Raum wirkt, und laufen weit über unseren Köpfen kuppelförmig zusammen. Feuchtwarme Luft wabert mir entgegen und treibt mir den Schweiß auf die Stirn. Die jähe Helligkeit in dieser Höhle blendet mich nach der schummriggrünen Laternenbeleuchtung der Gänge, sodass ich heftig dagegen anblinzeln muss. Aber sobald sich meine Augen an das Licht gewöhnt haben, weiten sie sich vor Überraschung.

Vor uns erstrecken sich mehrere Streifen frisch bestellter und erntereifer Felder, jedes einzelne von ihnen gut fünfzig Meter lang und zehn Meter breit. Darauf wachsen Getreide, Salatköpfe, verschiedene Früchte, Nusssträucher und Schoten. Sie sehen bei Weitem nicht so groß und prall aus wie in den Gewächshäusern meiner Eltern, sind dafür dennoch so zahlreich, dass sie sicher einen ordentlichen Ertrag einbringen, um die Rebellen zu ernähren.

»Seht ihr euch unsere Felder an? Wir sind sehr stolz darauf«, erklärt eine fröhliche Stimme rechts von uns und reißt mich damit aus meinen Gedanken. »Es hat Jahre gedauert, bis wir genügend Samen beisammen und den Dreh raushatten. Aber es hat sich gelohnt, wie ihr seht.«

Ich drehe den Kopf und entdecke einen breitschultrigen jungen Mann, der mich mit dem breitesten Grinsen anstrahlt, das ich in meinem Leben je gesehen habe. Seine Schneidezähne stehen ein wenig schief, was seinem von Sommersprossen übersäten Gesicht etwas Spitzbübisches verleiht. Das ist es jedoch nicht, weshalb ich nicht aufhören kann, ihn anzustarren. Der Grund dafür ist seine Haut, die dort, wo sie aus dem ausgeblichenen T-Shirt hervorlugt, in allen möglichen Farben zu schillern scheint und zugleich nicht wirklich greifbar wirkt. Beinahe als wäre sie durchsichtig.

»Oh, das hab ich ja fast vergessen! Sorry, ich bin Kenneth. Ich bin der Leiter unserer Farm«, sagt der junge Mann jetzt in das peinliche Schweigen hinein und streckt die Hand aus.

»Äh … Yashira«, erwidere ich perplex und ergreife seine Hand. Sie fühlt sich rau und kräftig an. Als er überschwänglich meinen gesamten Arm schüttelt, passt sich sein Unterarm kurz meinem Hautton an, bevor er wieder durchscheinend wird. Das Ganze geschieht so schnell, dass ich mich frage, ob meine Augen mir nicht bloß einen Streich gespielt haben.

»Freut mich!«, strahlt Kenneth. »Soll ich dich herumführen?«

»Danke, aber das macht Neon gerade schon«, knurrt Riley unwirsch und verschränkt die Arme vor der Brust.

Ich runzele die Stirn. Wieso hat er auf einmal so schlechte Laune?

»Ehrlich gesagt wäre ich dir sehr dankbar, wenn du das übernimmst, Kenneth. Ich werde woanders gebraucht«, entgegnet Neon und wendet sich zum Gehen. »Bring sie bitte heil zum Mittagessen! Sie werden ihre Kräfte danach noch brauchen.«

»Was meinst du damit?«, will ich wissen, doch ich sehe nur noch, wie Neons pinke Haare im dunklen Höhlengang hinter uns verschwinden. Ratlos wende ich mich stattdessen an Kenneth: »Was meint sie denn damit?«

»Wahrscheinlich sollt ihr nachher in den Ring zum Initialcheck. Ein bisschen kämpfen und ein paar Fitnesstests, nichts Wildes. Da müssen alle Neuen durch«, flötet Kenneth fröhlich.

»Super. Nichts lieber als das«, grummelt Riley.

»Und wer bist du, Griesgram?«, fragt Kenneth.

Ich kichere, was Riley mit einem genervten Seitenblick quittiert. »Ich bin Riley Chase.«

»Ah, der Epsilianer!«, ruft Kenneth aus, ohne sich um die neugierigen Blicke der Umstehenden zu kümmern. »Aber du siehst gar nicht wie einer aus.«

»Ich bin auch kein …«, braust Riley auf, doch Kenneth unterbricht ihn mit einem Schlenker seiner Hand.

»Weiß ich doch. Entspann dich, ich mache nur Spaß. Himmel, Yashira, ist der etwa immer so ein Miesepeter?«

Mit diesen Worten hakt sich Kenneth bei mir unter und zieht mich in Richtung der Felder, was ihm ein Augenrollen von Riley einbringt. Missmutig trottet er hinter uns her. Kenneth hingegen hört gar nicht mehr auf zu plappern, und ehrlich gesagt bin ich froh darüber. Seine fröhliche, aufgeschlossene Art tut mir gut nach all den Strapazen, und ich bin erleichtert, dass er mir den größten Teil der Unterhaltung abnimmt.

»Seht ihr die Höhlendecke? Wir setzen eine ganz besondere Art von Reflektorglas ein, damit genug Sonnenlicht für die Pflanzen hereinkommt, es hier drin aber nicht zu warm wird. Zu viel Hitze ist nicht gut. Weder für uns Menschen noch für die Pflanzen«, erzählt er munter.

»Ah, verstehe!«, erwidere ich und lege den Kopf in den Nacken, um an der gut dreißig Meter hohen Decke nach dem besagten Glas zu suchen. »So erschafft ihr quasi ein Wüstentreibhaus. Clever!«

Dieses Lob scheint Kenneth aufrichtig zu freuen. Er drückt meinen Unterarm und lächelt. »Genau! Und wir wässern und beschneiden die Pflanzen jeden Morgen und Abend, damit sie möglichst schnell wachsen und die vielen hungrigen Mäuler stopfen können. Hier, seht mal! Diese kleinen Dattelpalmen sind mein ganzer Stolz.«

Er deutet auf eine Reihe von hüfthohen Palmen, deren Stämme diffus in alle möglichen Richtungen wachsen. Wie prall gefüllte Netze hängen die Früchte an trockenen Blättern herab. Mit einer geübten Bewegung bückt sich Kenneth, rupft eine Handvoll gelblich-brauner Kugeln in Bodenhöhe ab und wirft die Blätter achtlos auf das Feld. Dann hält er Riley und mir die Datteln hin. »Probiert mal!«

Zögerlich nehme ich eine der winzigen Früchte entgegen, nage vorsichtig an der Schale und schiebe mir schließlich einen kleinen Bissen in den Mund. Sofort werfe ich all meine Skepsis über Bord, denn die Dattel schmeckt himmlisch süß und fruchtig. »Wow, sind die lecker!«, entfährt es mir.

Selbst Riley kann nicht verhindern, dass sich ein Lächeln auf seinem mürrischen Gesicht ausbreitet. »Stimmt. Die sind wirklich gut.«

»Sag ich doch!«, strahlt Kenneth, wischt die Hände an seiner Hose ab und richtet sich wieder auf, nicht ohne sich vorher noch drei Datteln auf einmal in den Mund zu schieben. »Sagt aber keinem, dass wir welche probiert haben. Die Rationen hier sind streng abgezählt.«

»Versprochen«, murmele ich und knabbere eilig das restliche Fruchtfleisch vom Kern.

»Ihr habt ja unglaublich viel angebaut. Wie viele Rebellen leben denn hier?«, fragt Riley betont beiläufig. Ich werfe ihm einen finsteren Blick zu, weil er Kenneths gutmütige Art so schamlos ausnutzen will, um an Informationen zu kommen.

»Im Moment zählen wir hier gut einundfünfzig Leute. Das wechselt manchmal, je nachdem.«

»Je nach was?«

»Das darf ich euch nicht sagen«, antwortet Kenneth, und ich glaube, für einen Sekundenbruchteil so etwas wie Bedauern in seinem Gesicht erkennen zu können. Dieser Ausdruck verschwindet jedoch ebenso schnell, wie er gekommen ist, und weicht einem Lächeln. »Habt ihr eigentlich Hunger? Es ist längst Mittagessenszeit.«

»Also ich könnte definitiv etwas vertragen«, sagt Riley und macht eine übertriebene Streckbewegung.

Eigentlich habe ich gar keinen Hunger. Die Bilder und Neons Erklärungen hängen mir noch zu sehr im Magen. Trotzdem zwinge ich mich zu einem Nicken, und sei es nur, um Kenneth einen Gefallen zu tun, damit er weiterlächelt. Als hätte er nur darauf gewartet, bedeutet er Riley und mir, ihm zu folgen.

Kenneth führt uns wieder zurück in den Gang, aus dem wir mit Neon gekommen sind. Dann biegt er nach rechts ab und leitet uns an der Höhlenwand entlang, bis ein weiterer Tunnel links in den Berg hineinführt. Er lotst uns hindurch, bis wir endlich in einem von mehreren Laternen erhellten Raum ankommen. Das Zentrum dieses Zimmers bildet ein imposanter Tresen aus verblichenem Holz, auf dem sich Berge von Töpfen und Geschirr stapeln. Die blanken Wände wirken schroff und künstlich, obwohl offensichtlich versucht wurde, sie möglichst naturnah dem ursprünglichen Felsen anzupassen.

»Los, nehmt euch etwas zu essen!«, drängt Kenneth und schiebt uns vorwärts auf den Tresen zu.

Erst jetzt fällt mir auf, wie still es mit unserem Eintreten geworden ist. Etwa zwanzig hungrige Menschen haben mitten in ihrer Mahlzeit innegehalten, die Köpfe über dampfende Schüsseln gebeugt und Brotscheiben auf dem Weg zu ihren Mündern. Zwei kleine Kinder haben aufgehört, um eine halb leere Schüssel zu zanken, und lassen sie klappernd zu Boden fallen. Ihre Mutter rutscht unauffällig ein wenig vor die beiden, und einer älteren Frau mit Pferdeschwanz steht der Mund so weit offen, dass ihr etwas Essen aus dem Mund läuft und über ihr Kinn tropft. Die Anwesenden tauschen vielsagende Blicke, tuscheln hinter vorgehaltener Hand und beobachten argwöhnisch jede unserer Bewegungen. Meine Wangen brennen, und meine Handflächen beginnen zu schwitzen, als sich ihre Augen förmlich in meinen Nacken bohren. Ich kann es nicht ausstehen, so unverhohlen beobachtet zu werden.

»Hier, nehmt euch etwas Suppe und Brot!«, bestimmt Kenneth und füllt drei Schalen mit einer dampfenden Flüssigkeit. Er drückt sie uns in die Hände, nimmt drei flache Fladenbrote von einem Stapel auf dem Tresen und setzt sich in eine dunkle Ecke neben dem Tisch. Er wartet, bis wir uns zu ihm gesellen, dann reicht er die Brote herum.

»Probiert mal, es schmeckt gut!«, ermuntert er uns. Da die Leute noch immer nicht aufhören wollen, uns anzustarren, seufzt er und sagt laut in den Raum hinein: »Ja, das sind Yashira und Riley, die Alphanier. Ja, sie sind jetzt bei uns, und ja, sie waren Portalläufer. Jetzt wisst ihr's. Also esst weiter und lasst sie in Ruhe, bevor euch noch die Augen in die Suppe fallen.«

Ich bin mir sicher, dass man das Geräusch, das meine Nackenhaare beim Aufstellen verursachen, bis ans andere Ende des Raumes hören kann. Doch kurz darauf gehorchen die Leute, klappern mit ihrem Geschirr und nehmen ihre Unterhaltungen wieder auf. Leise forme ich mit den Lippen ein »Danke!« in Kenneths Richtung und starre in meine Suppe. Heute riecht sie angenehm würzig und sieht wesentlich appetitlicher aus. Aus dem Augenwinkel beobachte ich Kenneth, wie er ein Stück von seinem Fladen abreißt und es mit den Fingerspitzen so biegt, dass es eine kleine Schale bildet. Diese tunkt er wie einen Löffel in die Brühe, schiebt sich einen großen Bissen in den Mund und grinst.

Ein wenig skeptisch tue ich es ihm gleich.

Sofort rinnt die scharfe Suppe meine Kehle hinab wie flüssiges Feuer und treibt mir die Tränen in die Augen. Ich huste und stopfe mir die Wangen mit Brot voll, doch es hilft nichts. Auch

Rileys Gesicht färbt sich allmählich dunkel, obwohl er bemüht ist, sich nichts anmerken zu lassen.

»Lektion eins«, lacht Kenneth, während er mir ein Stück von seinem eigenen Fladenbrot reicht, »seid vorsichtig mit Tante Allies Feuertopf!«

Kapitel 19

Nach dem Essen warten wir, bis sich die Menge aufgelöst hat. Erst als außer uns nur noch drei in dunkle Tücher gehüllte Männer um den Tresen herumstehen, bedeutet Kenneth uns, ihm zu folgen. Er führt uns zurück in Richtung der Felder, doch statt geradeaus zu gehen, biegt er scharf nach rechts in einen beängstigend engen Seitengang ab. Zum Glück sind es jedoch nur wenige Meter, bis wir in einen weitaus geräumigeren Durchgang gelangen. Mit langen Schritten durchquert Kenneth die Höhle, die eine Art Vorraum bildet, wie ich jetzt erkenne. Dahinter liegt eine noch größere Höhle, in deren Mitte sich die Mulde befindet, in der ich vor wenigen Stunden noch ein Portal erschaffen sollte. Im Gegensatz zu gestern ist sie nun in fast taghelles Licht getaucht, das durch einen Spalt in der gegenüberliegenden Felswand hereinfällt. Obwohl ich nicht weiß, was mir bevorsteht, ist mir durch die natürliche Beleuchtung sehr viel wohler hier drin als beim letzten Mal, als ich Mühe hatte, etwas zu erkennen.

Eine hochgewachsene, schlanke Silhouette erwartet uns in der Mitte des Rings. Sie hat die Hände in die Hüften gestützt und ein langer, von mehreren Bändern zusammengehaltener Zopf fällt über ihre linke Schulter. Als sie uns näherkommen sieht, lässt sie die Hände sinken. Die Reife an den Handgelenken klimpern bei jeder Bewegung, während sie uns entgegenkommt. Ihre Schritte haben etwas Anmutiges, fast wie die einer Tänzerin. Als die Gestalt schließlich vor uns steht, erkenne ich sie. Mir stockt der Atem. Erst jetzt bemerke ich, wie schön sie ist. Die Haut ihrer entblößten Arme ist ozeanblau und schillert, als wäre sie anstelle von menschlichen Hautschuppen mit winzigen Fischschuppen besetzt. Unwillkürlich frage ich mich, von welchem Mond sie wohl stammt.

»Na, da seid ihr ja endlich! Hallo, Yashira. Und natürlich Riley«, begrüßt Nilanhi uns strahlend. »Danke, dass du sie hergeführt hast, Kenneth. Ich übernehme ab jetzt.«

Gegen meinen Willen muss ich ein wenig schmunzeln. Die Herzlichkeit ihres Lächelns ist ansteckend. »Hallo, Nilanhi«, antworte ich.

»Gut, ich gehe dann mal. Wenn ihr etwas braucht, findet ihr mich irgendwo bei den Feldern!«, brummt Kenneth widerwillig, gibt mir einen Klaps auf die Schulter und verlässt den Raum.

Nilanhi legt den Kopf schief. »Ihr seht so ängstlich aus. Keine Sorge, ich tue euch nichts. Ich möchte euch nur ein wenig auf die Probe stellen, was eure Kampffertigkeiten angeht. Ihr wisst schon, falls ihr noch mal in eine brenzlige Situation geratet.«

»Du meinst, wenn wir noch mal von irgendwelchen Rebellen niedergeschlagen und gekidnappt werden?«, entgegnet Riley trocken, wobei er eine Augenbraue hebt.

»Zum Beispiel«, antwortet Nilanhi und zuckt entschuldigend die Achseln. Dann bedeutet sie uns mit einer ausladenden Geste ihres Armes, ihr zu folgen. Die kleinen Glöckchen an der pinken Schärpe, die die violette Haremshose auf ihrer Hüfte hält, klimpern dabei leise.

Ich tausche einen kurzen Blick mit Riley und weiß, dass er genauso verunsichert ist wie ich. Aber ich weiß auch, dass ich nichts Schlimmes zu befürchten habe, weil wir aufeinander aufpassen werden. Egal, was passiert. So, wie wir es schon in der Wüste getan haben.

Nilanhi steuert auf fünf Zielscheiben zu, welche am anderen Ende der etwa vierzig Meter breiten Vertiefung aufgestellt sind. Links und rechts daneben stehen zwei auf Böcke gelegte Holzbretter, die als Tische dienen. Auf der rechten Platte liegen zahlreiche Messer, Wurfsterne, dreigliedrige Holzstäbe mit Widerhaken an den Enden und allerlei andere spitze Metallgegenstände, von denen ich gar nicht wissen will, was sie darstellen sollen – und was sie alles anrichten können. Auf dem linken Tisch dagegen befindet sich ein gewaltiges Sammelsurium an Schusswaffen aller Art. Mein Mund wird staubtrocken, als ich begreife, was Nilanhi vorhat.

»Wie vertraut seid ihr im Umgang mit Schusswaffen?«, fragt sie jetzt so unbekümmert, als plaudere sie über das Wetter, und mustert uns. Von den wogenden Farbwellen in ihren Augen wird mir schwindelig.

»Gar nicht«, antworte ich entschieden. »Ich will damit nichts zu tun haben.«

»Mit Messern und kleineren Pistolen kann ich ganz gut umgehen«, sagt Riley nüchtern und wirft mir einen Seitenblick zu.

Geschockt starre ich ihn an. Sein Gesicht ist vollkommen unbewegt, als hätte er bloß einen Kommentar über das Wetter abgegeben. Unwillkürlich frage ich mich, was er auf Epsilon alles erlebt haben muss, dass er sich mit Waffen auskennt. Dies ist auf Alpha strengstens verboten. Nur ausgewählte Mitglieder des Senats und die Security dürfen Waffen besitzen.

»Ein Duster!«, lacht Nilanhi. »Das ist ja quasi ein Spielzeug. Aber gut, dass du immerhin damit Erfahrungen hast. Das macht es etwas leichter.«

Sie schnappt sich eine Handvoll Wurfmesser und eine große Pistole, die sie in ihre Schärpe klemmt. Als sie ihre Hand ausstreckt, um nach einer weiteren Schusswaffe zu greifen, bemerke ich drei waagerechte Linien auf ihrem Unterarm, die wie Narben in ihre Haut geritzt sind.

Ich muss offensichtlicher auf die Linien gestarrt haben, als es mir bewusst war, denn als Nilanhi sich wieder zu uns umdreht, folgt sie meinem Blick.

»Ah, dir sind die Narben aufgefallen«, sagt sie. »Eine alte Tradition meines Heimatmondes Iota. Wenn ein Familienmitglied von uns geht, markieren wir ihren Verlust als Zeichen unserer Trauer. Auf diese Weise erhalten wir ihr Andenken.«

»Wen …?«, setze ich an, beiße mir jedoch schnell auf die Zunge.

»Meine Eltern und meine kleine Schwester«, antwortet sie leise und senkt den Blick. »Ich habe nur noch meinen Bruder.«

Betretenes Schweigen breitet sich zwischen uns aus.

Doch bevor es zu erdrückend werden kann, fährt Nilanhi schon unbeirrt fort. »Passt auf!«, ruft sie, schultert die zweite Pistole und begibt sich in die Mitte des Rings. »Wir fangen mit Zielscheibentraining an.«

Sie schließt die Augen und atmet tief durch. Dann kauert sie sich in eine leicht geduckte Stellung, die meiner Startposition vor einem Lauf sehr ähnlich sieht. Nichts an ihr rührt sich, nicht einmal ein Muskel zuckt, obwohl ich an ihren nackten Armen sehe, dass jede Faser angespannt ist. Plötzlich öffnet Nilanhi die Lider. Mit der Geschmeidigkeit einer Katze verdreht sie ihren Oberkörper und reißt ihren Arm nach vorn. Im selben Moment vollführt sie mehrere kaum sichtbare Schlenker mit ihrer Hand, sodass nacheinander je ein Messer in die Mitte von drei Zielscheiben vor uns saust. Reflexartig weiche ich zurück, aber Nilanhi lässt mir gar keine Zeit zu reagieren, bevor sie den rechten Arm und den rechten Fuß in den Boden stemmt und eine Drehung auf ihrer Handfläche vollführt. Dabei tritt sie mit den Beinen nach einem imaginären Gegner, bevor sie sicher auf beiden Füßen landet. Dann zieht sie eine der zwei Pistolen aus ihrer Schärpe, umfasst sie sicher mit beiden Händen, zielt – und trifft das letzte der Messer mitten im Flug. Mit einem lauten Klappern fällt es zu Boden.

»So, das war das Aufwärmen«, sagt Nilanhi und streicht sich eine Strähne hinters Ohr, die sich aus ihrem Zopf gelöst hat. Mit einem schelmischen Grinsen kommt sie auf uns zu und fischt dabei die andere Schusswaffe hervor.

»Du erwartest jetzt aber nicht, dass wir das nachmachen, oder?«, frage ich ungläubig.

Statt einer Antwort lacht sie nur und drückt mir die Pistole mit dem Griff in die Hand. »Fang erst mal damit an.«

»Nein!«, rufe ich. »Ich will keine Pistole!«

»Irgendwie musst du aber lernen, dich zu verteidigen. Die

Waffe ist leicht zu bedienen und sehr effizient, wenn es drauf ankommt«, hält Nilanhi dagegen.

Ich schüttele den Kopf. »Nein. Auf keinen Fall. Dann nehme ich schon lieber ein Messer, wenn es unbedingt sein muss.«

Sie hebt die Brauen, nimmt mir aber die Schusswaffe ab und drückt mir den Griff eines Messers in die Hand. »Na, wenn du meinst. Du musst es ja wissen.«

Unschlüssig streiche ich mit den Fingerspitzen über das kühle Metall. Es widerstrebt mir zutiefst, plötzlich eine Waffe in der Hand zu halten. Warum will sie so dringend, dass ich mit ihr umgehen lerne? Was erwartet sie von mir?

Missmutig wiege ich das Messer in meiner Hand und drehe es hin und her. Ich fühle mich, als balancierte ich auf seiner Klinge und drohte, jeden Moment das Gleichgewicht zu verlieren und hinunterzufallen. Ich frage mich, gegen wen ich eines Tages eine solche Waffe richten würde. Gegen Menschen von Alpha oder gegen die Rebellen?

Vielleicht ist dieser Gedanke auch genau das, was mich beunruhigt. Ich fürchte mich davor, mich irgendwann für eine Seite entscheiden zu müssen – und falsch zu wählen. Doch für jetzt bleibt mir vermutlich keine andere Wahl, als damit zu üben, um mich für den Ernstfall vorzubereiten.

Was immer das auch heißen mag.

»So«, ruft Nilanhi und klatscht in die Hände. »Ihr habt jetzt gesehen, was man mit den Waffen alles anstellen kann, aber ihr macht jetzt erst mal Liegestütze, bis ihr umfallt.«

Kapitel 20

»Endlich«, stöhne ich und lasse mich erschöpft auf die dünne Matratze der Pritsche fallen.

Jede noch so kleine Muskelfaser meines Körpers schmerzt. All die Jahre meines harten Portallauf-Trainings haben mir für Nilanhis Programm rein gar nichts genutzt. Die erste halbe Stunde mit allgemeinen Fitness- und Beweglichkeitsübungen habe ich zwar gut überstanden, aber sobald es ans Kämpfen ging, war ich verloren. Weder beim Werfen von Messern noch beim direkten Zweikampf hatte ich auch nur den Hauch einer Chance gegen Nilanhi. Von der ersten Sekunde an hat sie mich gnadenlos fertiggemacht. Wenigstens ist es Riley nicht anders ergangen, auch wenn er sich wesentlich besser im Umgang mit den Waffen geschlagen hat und weniger oft zu Boden ging als ich. Nie im Leben hätte ich gedacht, dass eine so zierliche Frau wie Nilanhi so eine gnadenlose Kriegerin sein könnte.

Doch je länger ich jetzt hier liege und an die unebene Höhlendecke meines neuen Zimmers starre, desto mehr beginnen meine Gedanken zu kreisen, bis mir der Kopf schwirrt. Ich denke daran, wie selbstverständlich Riley mit einer Laserpistole auf die schmelzsicheren Zielscheiben geschossen und wie erbittert er sich gegen Nilanhis körperliche Attacken zur Wehr gesetzt hat. Er sah so stark aus, zornig und unbesiegbar. Wie jemand, der nichts mehr zu verlieren hat, weil ihm alles genommen wurde.

Wütend schlage ich mit der Hand auf das klumpige Kopfkissen ein und bereue es sofort, weil meine Muskeln mit einem Stechen protestieren. Ich will nicht über Riley nachdenken. Ich will überhaupt nicht mehr nachdenken. Schon gar nicht darüber, wie es jetzt weitergehen soll. Mein Leben auf Alpha kommt mir mit einem Mal so unfassbar weit weg vor, als hätte mich das Portal bei Rileys und meinem Streit nicht bloß auf den Mond Omega, sondern in eine völlig andere Dimension transportiert.

Unruhig wälze ich mich hin und her, aber ich finde einfach keine bequeme Position. Schließlich kapituliere ich, ziehe das Abdecktuch von der grünen Kristalllaterne neben mir und setze mich auf, wobei die Federn der Pritsche mit einem Quietschen protestieren. Ich beschließe, es mit den leichten Dehnungen und Atemübungen zu probieren, die sonst zu meiner täglichen Routine gehörten. Also setze ich mich im Schneidersitz auf den kalten Steinboden, schließe die Augen und konzentriere mich auf das Ein- und Ausströmen der muffigen Höhlenluft in meine Lungenflügel.

Aus, aus, ein. Ein, aus, aus.

Bumm!

Das ist ja nicht zum Aushalten! Was macht Riley bloß für einen Krach? Gereizt springe ich auf, stürme aus meinem Zimmer und hämmere an das morsche Holzbrett vor Rileys Raum nebenan, das als provisorische Tür fungiert und schief in den rostigen Angeln hängt. Das gedämpfte grüne Licht, das durch die Risse im Holz fällt, verrät mir, dass er noch wach ist. Während ich warte, klopfe ich ungeduldig mit dem Fuß auf den Boden und verschränke die Arme vor der Brust.

Ich höre das leise Tapsen nackter Füße, dann schwingt die Tür auf. Dahinter steht ein völlig zerzauster Riley mit tiefen Schlaffalten auf der Wange, der eine Hand verlegen in seinem Nacken vergraben hat. Träge blinzelt er mich an.

»Was machst du nur für einen Krach?«, frage ich mühsam beherrscht.

»'tschuldigung. Bin wohl eingepennt und aus dem Bett gefallen«, nuschelt Riley beschämt und gähnt herzhaft.

»Kannst du bitte leiser sein?«, zische ich.

»Klar doch«, murmelt er abwesend.

Damit ist die Sache erledigt, wegen der ich hergekommen bin.

Ich sollte mich jetzt umdrehen, noch einmal missbilligend den Kopf schütteln und wieder zurück in mein leeres Zimmer gehen, in dem mich meine düsteren Gedanken wieder einholen werden. Doch irgendetwas hält mich davon ab. Ich schürze die Lippen, weil ich nicht weiß, was ich sagen soll. Riley mustert mich mit betretener Miene, vermutlich aus demselben unausgesprochenen Grund, aus dem ich noch hier stehe. Aber vielleicht ist das bloß Einbildung. Langsam komme ich mir sehr albern vor.

Als ich mich gerade zum Gehen durchringen will, macht Riley einen Schritt auf mich zu. »Kannst du nicht schlafen?«

Ich schüttele den Kopf.

»Willst du … willst du vielleicht kurz reinkommen?«, fragt er und weicht meinem Blick aus. »Zum Reden, meine ich. Damit du besser schlafen kannst.«

Zögernd öffne ich den Mund, unschlüssig, was ich tun soll. Doch mein Körper reagiert schneller als mein Verstand. Ehe ich mir dessen bewusst bin, nicke ich und schlüpfe lautlos an ihm vorbei. Riley blickt noch kurz prüfend den Flur hinab, dann rückt er das provisorische Holzbrett wieder in Position.

»Setz dich«, fordert er mich mit einer übertriebenen Geste in Richtung seiner Pritsche auf. »Fühl dich wie zu Hause.«

Mit einem Seufzen lasse ich mich am Fußende nieder und streiche mir die verfilzten Locken aus dem Gesicht. »Tut mir leid. Ich wollte dich nicht wecken.«

»Hast du auch nicht. Das hat der Fußboden für dich übernommen.«

Gegen meinen Willen muss ich lachen.

»Aber um ehrlich zu sein, kann ich auch nicht wirklich schlafen«, fährt er fort und zuckt die Achseln.

»Zu viel im Kopf?«, tippe ich.

»Ja.«

Eine Weile ist es still zwischen uns, bis ich das Schweigen schließlich breche. Der Gedanke brennt zu sehr unter meiner Zunge. Ich muss ihn dringend loswerden, bevor ich daran zerbreche.

»Ich wüsste nicht, was ich tun sollte, wenn ich mich entscheiden müsste«, murmele ich.

»Was genau meinst du?«, hakt Riley nach, während er die Stirn runzelt und sich lässig an die Wand mir gegenüber lehnt. Dunkle Schatten liegen unter seinen Augen, und einige wirre Strähnen kleben an seiner Stirn.

Ich schlucke leise. »Ich meine, wenn ich mich zwischen Alpha und den Rebellen entscheiden müsste.«

Jetzt sieht Riley plötzlich nicht mehr müde, sondern irritiert aus. Seine Augenbrauen schieben sich zusammen und seine Lippen zucken, unschlüssig, ob sie sich zusammenpressen oder kräuseln sollen.

»Da musst du allen Ernstes drüber nachdenken?«, fragt er schließlich mit einem irritierten Unterton in der Stimme.

Verlegen zupfe ich an meinen Armbändern, während ich überlege, was ich sagen soll. »Ja«, antworte ich wahrheitsgemäß. »Ich meine, ich verstehe, dass wir den Genexperimenten ein Ende setzen und die Menschen befreien müssen. Nur … ich könnte nicht gegen Menschen von Alpha kämpfen. Verstehst du das?«

»Nein«, sagt er. Etwas milder fügt er hinzu: »Für mich ist das keine Frage. Woran zweifelst du?«

»Na ja … Ich habe Familie dort. Und Freunde. Nicht alle sind böse. Und Alpha ist eben immer noch meine Heimat.«

Riley seufzt leise. »Das mag sein, aber leider weigern sich einfach zu viele Menschen nachzudenken, was wirklich passiert. Und in meinen Augen tragen sie Mitschuld daran, auch wenn es vielleicht keine Absicht ist. Es ist ihre eigene Entscheidung wegzusehen und nichts infrage zu stellen.«

»Du hast leicht reden. Du hast ja auch keine Familie mehr auf Alpha, oder?«

Kaum dass ich sie ausgesprochen habe und Riley ansehe, bereue ich diese Frage. Für einen Sekundenbruchteil entgleiten ihm die Gesichtszüge und offenbaren einen Schmerz, den er tief in seinem Innersten verschlossen hat. Seine Kiefermuskeln zucken, und seine Fäuste ziehen sich noch fester zusammen, bis er sie urplötzlich löst.

»Nein«, sagt er ruhig. »Sie starben, als ich knapp vierzehn Jahre alt war. Sie waren *krank*.« Bei dem Wort krank zeichnet er mit den Fingern Anführungszeichen in die Luft.

Schlagartig erinnere ich mich daran, was Neon uns am Morgen gezeigt hat. Dass »krank« gleichbedeutend ist mit »für Forschungszwecke missbraucht«, was nichts anderes meint als »zu Tode gefoltert«, wenn man nach dem Video des Jungen in der Forschungseinrichtung geht. Kein Wunder, dass Rileys Wut auf Alpha so groß ist. Erst haben sie ihm seine Eltern genommen und ihn dann auf Epsilon verstoßen. Es muss ihm furchtbar gehen, und erst jetzt begreife ich das Ausmaß seiner Tragödie. Mir ist, als würde ich ihn plötzlich mit anderen Augen sehen. Meine Wangen brennen vor Scham.

»Tut mir leid«, murmele ich. »Das wusste ich nicht.«

Er zuckt die Achseln. »Woher auch?«

Stille legt sich über uns wie ein schweres Tuch. Ich suche nach Worten, um sie zu durchbrechen, doch ich finde keine, die seinen Schmerz lindern könnten.

»Es ist okay, wenn du Angst hast«, sagt Riley schließlich. »Das macht dich nur menschlich. Aber Alpha muss ein für alle Mal Einhalt geboten werden, koste es, was es wolle. Oder siehst du das anders?«

»Nein«, antworte ich ehrlich. »Ich hoffe nur, dass es einen Weg ohne Krieg gibt.«

»Das hoffen wir alle«, seufzt er.

Aber wir beide wissen, dass es diesen Weg niemals geben wird.

Es dauert eine ganze Weile, bis Riley sich schließlich von der Wand, an die er sich gelehnt hat, löst und sich mit einigem Abstand neben mich auf das klapprige Bett setzt. Seufzend fährt er sich mit der Hand über die Augen und durch die Haare, bevor er sich nach hinten abstützt und den Kopf kreisen lässt.

Ich nutze die Gelegenheit, um ihn unauffällig zu betrachten. Bestürzt stelle ich fest, dass er besorgniserregend blass aussieht. Über seinen sonst so funkelnden Iriden liegt ein dunkler Schleier, und seine Stirn ist von tiefen Sorgenfalten durchsetzt.

»Du siehst furchtbar aus«, rutscht es mir plötzlich heraus, bevor ich es verhindern kann.

»Danke, gleichfalls«, gibt er zurück.

Ich funkele ihn an, doch er lächelt nur müde. »Lass dich nicht so leicht ärgern, Ash.«

»Warum nennst du mich immer so?« Meine Stimme klingt schärfer als beabsichtigt. Noch immer tut es weh, diesen Spitznamen zu hören, mit der Rolle als Aschebringerin in Verbindung gebracht zu werden. Eine schmerzhafte Erinnerung an ein Leben, in das ich nicht zurückkehren kann.

Ungläubig starrt Riley mich an. »Ist das dein Ernst?«

Ich schweige.

»Es ist nur ein alberner Spitzname.«

»Nicht für mich«, entgegne ich. »Warum musst du mich ständig so nennen?«

Riley seufzt und massiert sich die Nasenwurzel, doch anders als bei Neon hat diese Geste nichts Überhebliches, sondern eher etwas Verlegenes. »Weißt du das denn wirklich nicht?«

Seine Worte irritieren mich, und ich blinzele perplex.

Ein Lächeln breitet sich auf Rileys Gesicht aus. Er legt seine warmen Hände schwer auf meine Schultern. »Ich nenne dich so, weil du so viel mehr bist als das, was andere aus dir machen. Für mich bist du einfach Ash, nicht Yashira.«

»Wie meinst du das?«

»Ich meine, dass du mehr bist als die Portalläuferin Yashira, die nach der Pfeife des Senats und ihres Trainers tanzt. Für mich bist du eben Ash, das Mädchen, das mich wortwörtlich in die Wüste geschickt hat.«

Ich schnaube und warte darauf, dass er mich auslacht, doch er sieht mich nur aufmerksam an.

»Tja«, murmele ich dann und schlage die Augen nieder. »Ich habe uns hierher teleportiert und einen Planeten zerstört. Nichts, worauf ich wirklich stolz sein kann.«

Da schiebt Riley behutsam seinen Zeigefinger unter mein Kinn und hebt es an, bis ich keine andere Wahl habe, als ihm ins

Gesicht zu sehen. In seinen Augen liegt ein Feuer, das ich nicht erklären kann, und als er zu sprechen beginnt, ist seine Stimme fest wie ein Felsen.

»Das mit Epsilon ist nicht deine Schuld. Eigentlich ist es sogar gut, dass du da warst, denn jetzt haben die Menschen vielleicht erkannt, was los ist. Sie können nicht mehr wegsehen.« Ein schiefes Grinsen zeichnet sich auf seinem Gesicht ab. »Und außerdem hast du mir den Hintern gerettet.«

»Ein bisschen bereue ich das ja«, murmele ich.

Seine Augen weiten sich vor Schreck. »Wirklich?«

Jetzt ist es an mir zu lächeln. »Nein! Natürlich nicht.«

Ohne Vorwarnung zieht er mich plötzlich an sich. Es wirkt unbeholfen, als wisse er selbst nicht genau, was er da tut, doch das macht mir nichts aus. Ein Prickeln zieht sich durch meine Eingeweide und wandert in meine Gliedmaßen, bis auch die letzte Zehen- und Fingerspitze davon erfüllt ist. Es ist ein anderes Kribbeln als das, was ich vor einem Lauf empfinde, auch wenn es sich ähnlich anfühlt. Dieses ist wärmer, weil ich durch meine Haut hindurch merke, wie es auch auf ihn übergeht. Als hätte auf einmal ich die Funkenhände und nicht er.

Ich lehne die Stirn an seine Brust und atme den Duft nach heißem Sand und Höhlenstaub ein, der von ihm ausgeht. Ich finde, dass er trotz der fehlenden Dusche nach dem Kampftraining nie besser gerochen hat.

»Vielleicht kann aus der Asche ja etwas Neues entstehen«, wispere ich und koste diesen neuen Gedanken auf meiner Zunge.

Er schmeckt nach Erleichterung, nach Freiheit und ein wenig auch nach Sehnsucht.

Kapitel 21

Die nächsten Tage vergehen in einem immer gleichen eintönigen Rhythmus aus Aufstehen, Feld- und Lagerarbeit sowie Gesprächen mit den wenigen Rebellenmitgliedern, die sich trauen, uns anzusprechen. Wenn Riley und ich nicht gerade von Nilanhi im Kämpfen unterrichtet werden oder versuchen, an unseren Fähigkeiten zu arbeiten, ist Kenneth unser ständiger Begleiter. Er wird nicht müde, uns die verschiedenen Pflanzen auf dem Feld zu zeigen und mit mir Spaziergänge durch das Höhlensystem zu unternehmen. Aber so nett Kenneth auch ist – die Tatsache, dass Neon ihn als Babysitter für uns abgeordnet hat, nervt mich. Immerhin stellt er mir seine Tante Allie vor, die für die Rebellen kocht. Bereits an meinem zweiten Tag beginnt sie damit, mir heimlich kleine Leckerbissen zuzustecken.

Doch sie ist nicht die einzige Rebellin, die uns nach und nach in ihren Reihen toleriert. Mit der Zeit tauen immer mehr von ihnen auf und fragen uns neugierig über das Leben auf Alpha und das Portallaufen aus. Da ist zum Beispiel die Omegianerin Aleesha mit ihren beiden Kindern Seth und Layla, die an unserem ersten Tag im Speiseraum um die Suppe gestritten haben. Vor allem die Kleinen fragen Riley und mir Löcher in den Bauch, wann immer ihr griesgrämiger Vater Veil nicht in der Nähe ist. Beim Geschirrspülen habe ich die Schwestern Andrina und Kiana vom Mond Gamma kennengelernt. Andrina, die Ältere der beiden, kann nicht sprechen, weil ihr bei einem Raubüberfall in ihrem Heimatdorf die Zunge herausgeschnitten wurde, als sie Kiana beschützen wollte. Sogar der bullige Cole legt Stück für Stück seinen Argwohn ab und schaut uns inzwischen immer öfter beim Kampftraining im Ring zu.

Aber gleichzeitig werden die Schatten unter meinen Augen immer größer und die Sorgenfalten auf meiner Stirn so tief wie die Furchen auf Kenneths Ackern. Nachts werde ich von Albträumen geplagt, in denen mich die Gesichter meiner Eltern und Diana sowie die von Liam, Victoria, Ryan, Tone und anderen Läufern meiner Trainingsgruppe verfolgen. Sie vermischen sich mit den Zügen des Jungen aus dem Laborvideo und denen des entstellten Mädchens von Iota, greifen mit kalten Knochenfingern nach meinen Beinen und grinsen mich aus zahnlosen Mündern an. »Wie kannst du uns nur so verraten?«, zischen sie mir nacheinander zu, bis sich ihre Stimmen überlappen und ich sie nicht mehr verstehen kann. Dann beginnen sie, mich in die Enge zu treiben. Schritt für Schritt drängen sie mich rückwärts auf ein schwarzes Portal ohne Rahmen zu, bis ich kopfüber hineinstürze und von der schwerelosen Dunkelheit dahinter erstickt werde.

Nachdem ich zum dritten Mal in Folge schreiend und schweißgebadet aufwache, klopft es plötzlich an meiner Zimmertür, und Riley steht davor. Er sieht mich nur an, bevor er mich wortlos in seine Arme zieht und an seine Brust drückt. Danach legt er sich neben mich auf die Pritsche, legt den Arm um meine Taille und bleibt bei mir, bis ich wieder eingeschlafen bin. Wenige Stunden später wachen wir Arm in Arm auf wie an dem Morgen in unserer Höhle, und erneut verschiebt sich ein winziges Puzzleteil zwischen uns.

Wir begreifen, dass wir die Nähe des anderen brauchen, um in der Fremde ruhig schlafen zu können, und schleichen seitdem jede Nacht ins Zimmer des anderen.

Doch trotz der zahlreichen Beschäftigungen am Tag und der gemeinsamen Nächte mit Riley fällt mir allmählich die Decke auf den Kopf. Viel zu lange schon habe ich nichts anderes mehr gesehen als das Innere des Berges. Das Tageslicht, welches an einigen Stellen in die Räume fällt, kann das echte Licht von draußen nicht ersetzen. Ich fühle mich entsetzlich eingesperrt und sehne mich danach, meine inzwischen löchrigen Turnschuhe zu schnüren, die Höhlen zu verlassen und einfach nur zu laufen, so schnell und soweit meine Beine mich tragen, bis es nichts mehr gibt außer dem Schmerz protestierender Muskeln und Freiheit. Nach keinem Gefühl verzehre ich mich im Augenblick mehr, und an der Art, wie Riley ständig mit den Beinen wackelt, merke ich, dass es ihm genauso geht.

Heute jedoch hat Neon uns zu sich in den Kontrollraum mit den großen Monitoren rufen lassen. Als wir mit einem mulmigen Gefühl im Bauch eintreten, beugt sie sich gerade gemeinsam mit Nilanhi, Veil und einem groß gewachsenen Mann, den ich noch nicht kenne, über einen Tisch. Hoch konzentriert studiert Neon mit einem Stechzirkel verschiedene Karten, die diffus darauf verstreut sind, und murmelt den anderen etwas Unverständliches zu. Dann tastet sie nach dem abgebrochenen Bleistift hinter ihrem rechten Ohr, um mit kraus gezogener Nase eine Markierung zu machen. Es dauert eine Weile, bis sie uns bemerkt und eilig die Karten zusammenrollt.

»Was ist das?«, frage ich neugierig, während ich versuche, einen Blick auf die Papiere zu erhaschen. Alles, was ich erkennen kann, sind mehrere große Ringe, auf denen kleine Kreise eingezeichnet sind. Es sieht aus wie eine der Planetenkarten unseres Sonnensystems, die ich aus der Schule kenne, nur mit wesentlich mehr Markierungen. Wenn ich mich nicht irre, fehlt ein Planet in der Mitte. Alpha. Meine Nackenhaare stellen sich auf. Die Rebellen werden doch wohl nicht …

»Das braucht euch im Moment nicht zu beschäftigen«, antwortet Neon kühl und schiebt sich so zwischen uns und den Tisch, dass sie uns jeden weiteren Blick darauf verwehrt. »Erst einmal habe ich einen Auftrag für euch.«

»Was denn für einen Auftrag?«, fragt Riley skeptisch. »Noch mehr Felder bestellen und Wurzeln ernten? Küchendienst? Oder dürfen wir endlich mal die Wäsche waschen?«

Ich muss mich zusammenreißen, um bei seinem gespielt enthusiastischen Tonfall ein Schmunzeln zu unterdrücken. Offenbar ist er noch genervter vom Eingesperrtsein, als ich angenommen habe.

Neons Augen verengen sich zu Schlitzen. »Wenn es dir nicht gefällt, dass du deinen Teil beiträgst, kannst du gern wieder in deine Zelle zurück und dort versauern. Vielleicht vergesse ich dann aus Versehen, wo ich den Schlüssel hingelegt habe.« Sie mustert ihn grimmig, doch er hält ihrem Blick stand, ohne eine Miene zu verziehen.

»Lass gut sein, Neon«, murmelt Nilanhi und legt ihr beschwichtigend die Hand auf die Schulter. »Er meint es bestimmt nicht so.«

Sie tauschen einen langen Blick, bis sich der Mann hinter ihnen unauffällig räuspert. Obwohl er ungefähr unser Alter zu haben scheint, leuchten seine zerzausten Haare schneeweiß in dem Licht, das durch die Reflektorglasdecke einfällt. Sogar seine Haut ist unnatürlich blass und durchscheinend wie Papier, sodass er trotz der sehnigen Muskeln darunter zerbrechlich wirkt wie eine Puppe. Er fährt sich mit seinen langen, schlanken Fingern durch die glatten Strähnen und tritt einen Schritt vor Veil, der uns anfunkelt, als sei er wütend über unsere bloße Existenz.

»Der Punkt ist«, setzt der Fremde an, »dass wir im Moment unterbesetzt sind und Hilfe bei der Patrouille brauchen. Und wir denken, ihr habt euch inzwischen gut genug gemacht, dass wir euch auf die Probe stellen können.«

»Uns auf die Probe stellen?«, hake ich nach.

So, wie ich diesen Planeten und die Rebellen bisher kennengelernt habe, könnte das alles Mögliche bedeuten, angefangen bei der simplen Beschaffung von Vorräten über die Bekämpfung aufsässiger Wüstenbewohner bis hin zu einer Wanderung durch die endlosen Dünen ohne jegliche Orientierung.

»Ja«, knurrt Veil und bleckt die Zähne, wobei ein Goldzahn aufblitzt. »Ihr könnt den Schlamassel wiedergutmachen, den ihr uns eingebrockt habt!«

»Welchen Schaden sollen wir schon angerichtet haben?«, hält Riley dagegen. »Wir waren es schließlich nicht, die euch gekidnappt haben.«

»Genug jetzt!«, bellt Neon.

Riley und Veil starren einander an, ein stummes Kräftemessen in ihren Blicken. Ich bin mir sicher, dass ich nicht die Einzige bin, der die Luft im Raum plötzlich um einige Grad kälter vorkommt.

Wahrscheinlich versucht Nilanhi aus diesem Grund, das Thema zu wechseln. »Erinnert ihr euch noch an das Dorf der Wüstenbewohner, in dem wir euch gefunden haben?«

»*Gefunden*, ja, wenn man das so nennen mag«, zische ich Riley zu. Laut füge ich hinzu: »Ja. Was ist damit?«

Neon seufzt und wühlt hektisch in den Papieren auf dem Tisch herum. Nach ein paar Minuten zieht sie zwei Blätter hervor und hält sie uns unter die Nase. Es sind die Fahndungsplakate, die wir damals an den Mauern des Wüstendorfes entdeckt haben. Unter den Bildern befindet sich jetzt ein neues Wort – *Urgent!* – und noch weiter darunter steht eine neue Kopfgeldsumme, die mich bis ins Mark erschüttert: 1.000.000 Nomis.

Mir bleibt der Mund offen stehen. Auch Riley muss hörbar schlucken.

Allerdings fängt er sich schneller wieder als ich und entreißt Neon das Plakat mit seinem Foto.

»Eine Million Nomis?«, stößt er hervor. Das Papier in seiner Hand zittert. »Eine ganze Million? Was haben sie mit uns vor, dass wir ihnen *eine verdammte Million Nomis* wert sind?!«

Der fremde Mann seufzt, macht zwei Schritte auf uns zu und schnappt sich das Plakat. »Es ist weniger das, was sie mit euch machen wollen, als vielmehr das, was ihr mit ihnen macht«, sagt er kühl.

»Hä?«, mache ich.

Veil verdreht die Augen. Grummelnd macht er sich an der Konsole hinter ihm zu schaffen, bis auf den Monitoren das Logo von *AlphaDaily* erscheint, dem Nachrichtensender von Alpha. Offenbar haben sich die Rebellen irgendwie Zugriff auf die Frequenz verschafft.

»Seht selbst!«, sagt Nilanhi und deutet überflüssigerweise auf die Flatscreens.

Dort ist die berühmte Nachrichtensprecherin Amanda Blanley zu sehen, unter der ein rotes Banner mit der Aufschrift »Eilmeldung« durchläuft. Ihr sonst so akkurat gezogener violetter Lippenstift ist verschmiert und erinnert mehr an eine Clownsmaske als an das Gesicht einer High-Society-Diva, während sie die neuesten Nachrichten verliest. Selbst die vielen Make-up-Schichten können die dunklen Schatten unter ihren Augen nicht verstecken. So erschöpft, wie sie aussieht, muss sie schon seit Stunden auf Sendung sein. Und das wiederum bedeutet, dass etwas Schreckliches passiert sein muss. Das letzte Mal, als sie so ramponiert ausgesehen hatte, war vor zehn Jahren. Damals bin ich gerade sieben Jahre alt geworden und hatte schreckliche Angst, weil ein Asteroid auf Alpha zuraste. Gerade noch rechtzeitig konnte er von einem Hochleistungslaser zerstört werden, sodass niemand zu Schaden kam. Jede Minute dieser nervenaufreibenden Prozedur wurde live übertragen, was Amanda Blanley über Nacht zur Berühmtheit werden ließ.

Irgendwie kommt es mir passend vor, dass sie so derangiert aussieht, wie ich mich fühle. Gerade moderiert sie Videos von Massenprotesten und Schlägereien an, die in vielen Städten Alphas stattgefunden haben. Darin marschieren Hunderte Menschen mit Schildern dicht an dicht auf engen Straßen, stehen vor dem Regierungsgebäude und werden mit Gewalt von der Security zurückgetrieben. Mittendrin entsteht ein Pulk, und die Menschen beginnen, aufeinander einzuschlagen. Ich kann nicht sagen, ob die Demonstranten das Handgemenge provozieren oder ob es von den Sicherheitsbeamten ausgeht, aber auf beiden Seiten gehen Menschen zu Boden. Die Beamten aktivieren ihre elektronischen Schutzschilde aus einem Metallreif an ihrem Handgelenk und versuchen, eine Mauer zu bilden und die Demonstranten zurückzudrängen. Kurz sieht es so aus, als bekämen sie die Lage in den Griff, doch dann gewinnen die Protestierenden erneut die Oberhand. Plötzlich zieht ein Beamter eine Schusswaffe und gibt mehrere Warnschüsse in den Himmel ab. Eine junge Frau stößt in der aufkommenden Panik mit ihm zusammen, sodass sich unkontrolliert ein weiterer Schuss löst und sie leblos vor dem Sicherheitsbeamten zusammensackt.

Wie gebannt starre ich auf den Monitor, unfähig, mich zu rühren.

Der Nachrichtensender schaltet zurück ins Studio zu Amanda Blanley, die – unterstützt von einem Banner am Bildschirmrand – dazu auffordert, die Proteste beizulegen und zur Tagesordnung überzugehen.

Schweigend schaltet Veil die Monitore ab.

Neben mir bläst Riley die Wangen auf und lässt ein lautes Schnaufen hören. Unauffällig linse ich zu ihm hinüber. Seine Augenbrauen sind so fest zusammengezogen, dass sie beinahe eine gerade Linie bilden. Selbst seine Körperhaltung ist angespannt.

»Seht ihr das? Das geschieht euretwegen«, erklärt der Mann mit der Papierhaut.

»Wie können wir Proteste auslösen, wenn wir gar nicht dort sind?«, fragt Riley tonlos und verlagert das Gewicht auf ein Bein.

»Na ja«, schaltet sich Nilanhi ein. »Was glaubt ihr denn, was passiert ist, nachdem Yashira mit dir aus dem Portal zurückkam? Die Alphanier haben an dir gesehen, dass ein Überleben auf Epsilon möglich war. Sie bekamen einen Portalläufer zurück, den sie für verschollen hielten. Und sogar die Alphanier sind schlau genug zu hinterfragen, was den Mond wirklich zerstört hat und was mit den anderen passieren wird. Sie haben angefangen, Antworten vom Senat zu fordern. Aber sie bekommen keine, natürlich nicht. Also beginnen sie zu protestieren.«

Ich reibe mir mit der Hand über die Stirn. »Und das ist so sehr eskaliert?«

Neon stützt die Hände auf den Tisch. »Wir beobachten diese Entwicklung schon seit einer ganzen Weile. Es hat angefangen, seit du aus dem Portal zurückgekommen bist, aber der Präsident bekam das Ganze wieder in den Griff, bevor es richtig angefangen hat. Die meisten haben davon nicht einmal etwas mitbekommen. Dann seid ihr jedoch auf einmal verschwunden, und die Regierung geriet in Erklärungsnot. Sie versuchten es mit irgendwelchen albernen Lügen, aber niemand hat ihnen das abgekauft. Und jetzt stehen sie natürlich blöd da.«

»Ist das nicht eigentlich gut für euch?«, frage ich. »Ich meine, ihr wollt doch, dass die Leute aufhören wegzusehen, oder nicht?«

Veil sieht aus, als würde er lieber Galle spucken, als mit uns zu reden, doch offenbar kann er sich nicht länger zurückhalten. »Nein! Das ist nicht gut! Dadurch werden sie auf uns aufmerksam, und wir werden zum Ziel von Angriffen. Deshalb gibt es auch so viele Fahndungsplakate von euch!«

»Dann hängen sie halt Plakate auf, na und?«, erwidert Riley. »Die Einzigen, die das interessiert, sind die Bewohner in diesem Wüstendorf.«

»Ihr seid nicht gerade die Hellsten, oder?«, schnaubt Neon. »Was glaubt ihr denn, warum das Dorf hinter euch her ist? Die Leute dort arbeiten für Alpha.«

»Aber sie sind doch gar keine Alphanier«, überlege ich laut.

»Das nicht, nein. Aber was glaubst du, woher Alpha seine Rohstoffe bezieht? Es ist ein künstlicher Planet ohne eigene Ressourcen. Glas, Steine, exotische Lebensmittel, Metalle – all das wird von unterschiedlichen Monden importiert. Deshalb hat der Senat auch heimlich Beziehungen zu verschiedenen Völkern auf den Monden aufgebaut. Diejenigen, die sie unterstützen, haben natürlich inzwischen gewaltigen Einfluss erlangt, sodass es auch Konflikte innerhalb der Völker gibt.« Neon verschränkt die Arme vor der Brust und lehnt sich mit der Hüfte gegen den Tisch, bevor sie fortfährt. »Das Dorf hier zum Beispiel gehört zu einer sehr viel größeren Gemeinschaft von Sandgoldschürfern, die eng mit Alpha zusammenarbeiten. Und was würde ihr Ansehen wohl mehr steigern, als die beiden entlaufenen Alphanier zu schnappen und dabei noch eine ansehnliche Summe an Nomis einzustreichen?«

Fassungslos sehe ich sie an und beginne, nachdenklich an meiner Unterlippe zu nagen. Das sind ziemlich viele Informationen auf einmal, doch sie sind einleuchtend. Erneut frage ich mich, warum ich mir über all das nicht schon früher Gedanken gemacht habe, schließlich muss die Zusammenarbeit von Alphas Regierung mit den Monden schon seit mehr als einem Jahrhundert bestehen. Und nie hat irgendjemand etwas davon mitbekommen – oder auch nur darüber nachgedacht. Bislang habe ich angenommen, dass der Planet von Gentechnik für Lebensmittel und Wiederverwertung von Ressourcen lebt. Wie sehr ich mich getäuscht habe.

Aber noch beängstigender ist, was ich für einen Wirbel verursacht habe. Es ist tatsächlich so, wie Riley es gesagt hat: Gegen meinen Willen habe ich etwas in Bewegung gesetzt, das viel größere Wellen schlägt, als wir angenommen haben. Ich habe keine Ahnung, was der Senat tun wird, um die Bevölkerung wieder zu beruhigen. Inzwischen fahnden sie sicher mit Hochdruck nach uns, aber was wollen sie tun, wenn sie uns erst gefasst haben? Uns für tot erklären und an uns forschen? Uns wieder in die Gesellschaft eingliedern und uns zwingen, für sie zu lügen?

Die Rebellen scheinen uns zu beschützen – zumindest fürs Erste. Aber was geschieht mit ihrer Loyalität, wenn das Kopfgeld auf den Plakaten noch höher wird oder wir ihren Anforderungen nicht gerecht werden? Würde uns Neon dann an Alpha verschachern? Bei dem Gedanken läuft es mir kalt den Rücken hinunter. Allerdings bin ich mir sicher, dass die Rebellen einen weitaus größeren Plan verfolgen, als ich mir im Moment vorstellen kann. Vielleicht hoffen sie, uns eines Tages als Geiseln benutzen zu können, wenn sie in Bedrängnis geraten. Oder sie wollen sich mit uns eine bessere Verhandlungsposition mit den Sandgoldschürfern oder Alpha erkaufen.

Ich beginne, an meiner Unterlippe zu nagen. So sehr ich es auch drehe und wende, ich weiß nicht, ob ich den Rebellen gänzlich trauen kann, obwohl ich ihr Anliegen verstehe. Es muss etwas geschehen, so viel steht fest.

Verstohlen tausche ich einen Blick mit Riley. Seine Mundwinkel zucken, und ich spüre intuitiv, dass er dasselbe denkt wie ich. Im Moment können wir nur einander trauen.

»Wie auch immer«, sagt Neon jetzt und seufzt theatralisch. »Das sind Dinge, über die ihr euch im Moment nicht den Kopf zu zerbrechen braucht. Jetzt geht ihr erst mal mit Jarek nach draußen, um das Lager zu bewachen und das Dorf im Auge zu behalten. Vor einigen Tagen haben die Sandgoldschürfer Verstärkung für die Suche nach euch angefordert, und unsere Leute haben alle Hände voll zu tun.«

Mit festen Schritten kommt sie auf uns zu und senkt die Stimme zu einem bedrohlichen Flüstern. Das helle Spinnennetz aus Adern unter ihrer Haut zittert bei jedem ihrer Worte. »Und versucht bloß nicht abzuhauen. Das ist sinnlos. Ihr würdet verhungern und verdursten, bevor ihr einen Weg zu den Raumschiffen gefunden hättet. Aber vorher – und ich warne euch nur ein einziges Mal – vorher finde *ich* euch und ziehe euch eure privilegierte Haut über die Ohren.«

Kapitel 22

Hätte ich gewusst, dass sich Jarek als ein noch schlimmerer Tyrann entpuppen würde als Neon, dann hätte ich mich vermutlich doch lieber für einen weiteren Tag auf den Feldern entschieden.

Kaum dass Neons Drohung verklungen ist, drängt sich der hellhaarige Mann nach vorn und fordert uns auf, ihm zu folgen. Wortlos verbindet er uns die Augen, packt uns an den Armen und schiebt uns blind durch das Höhlensystem. Ich bekomme den Eindruck, dass er wie Cole früher mehrfach im Kreis geht, um uns zusätzlich zu verwirren, bis ich plötzlich einen heißen, sandigen Luftzug über meine Wangen kratzen fühle und Helligkeit durch meine Augenbinde dringt. Grob zerrt der Mann uns die Kopfbedeckung herunter, wobei er einige meiner Haare mit ausreißt. Anschließend hält er uns große sandfarbene Tücher hin, die wir zur Tarnung über unsere Kleidung streifen, und knotet ungefragt einen Turban um meine rote Mähne.

»Wie kann man nur so auffällige Haare haben?«, murmelte er dabei und verstaut meine ausgerissenen Locken sorgsam in einem Beutel an seiner Hüfte, damit sie nicht vom Wind davongetragen werden. »Du solltest sie abschneiden.«

Kurze Zeit später hocke ich schmollend zwischen ihm und Kadira, einer beleibten Omegianerin mit kurz geschorenen Haaren. Riley hingegen scheint trotz der flirrenden Hitze unter dem freien Himmel endlich aufatmen zu können. Ich verstehe nicht, was er daran findet. Nach nur wenigen Minuten läuft mir der Schweiß bereits in Bächen aus jeder Pore, und meine Haare verkleben mit dem Turban zu einem schweren Klumpen. Es ist die reinste Folter, in die Weite der Landschaft zu blicken, ohne mich bewegen zu dürfen. Am liebsten würde ich einfach davonlaufen. Nicht um zu fliehen, sondern um meinem inzwischen unerträglich gewordenen Bewegungsdrang nachzugeben.

Ich weiß nicht, wie viel Zeit vergangen ist, als Jarek sein Fernglas beiseitelegt, um eine Wasserflasche aus seinem Bündel herumzureichen. Das Wasser darin ist warm und hat einen metallischen Beigeschmack, aber es lindert das raue Gefühl in meiner Kehle für einen Augenblick. Kadira übertrumpft Jarek jedoch, indem sie ein Tuch mit vier kleinen Sirupkuchen aus der Tasche ihres Gewands kramt. Sie sind dunkelbraun und klebrig, verströmen jedoch einen würzig-süßen Duft.

»Da ist jetzt aber nicht schon wieder Schlafmittel drin, oder?«, fragt Riley und beäugt den Kuchen argwöhnisch. »Ich habe keine Lust, nachher bei den Sandgoldschürfern aufzuwachen.«

Kadira verzieht die Lippen zu einem Grinsen und entblößt dabei eine große Zahnlücke an der Stelle, an der die beiden Schneidezähne im Oberkiefer sitzen sollten. »Keine Sorge. Ich habe sie selbst gemacht«, lispelt sie.

Ich kann mir auch nicht vorstellen, dass irgendein Mensch so grausam wäre, Kuchen zu vergiften. Nicht einmal ein Rebell. Also nehme ich einen großen Bissen, der warm und süß auf meiner Zunge zergeht und an den Zähnen kleben bleibt. Es schmeckt himmlisch, sodass ich schnell den Rest der Süßigkeit hinterherschiebe. Kadira, die mich beim Essen beobachtet hat, gibt ein zufriedenes Lachen von sich.

»Worauf warten wir eigentlich?«, frage ich, nachdem ich endlich aufgekaut und mir genüsslich die Sirupreste von den Fingern geleckt habe.

»Auf Patrouillen der Sandgoldschürfer«, antwortet Jarek knapp, während er mich abschätzig aus seinen violetten Augen mustert.

»Wissen sie von eurem Versteck?«, fragt Riley.

Kadira und Jarek wechseln einen Blick.

»Sie haben eure Gesichter auf den Plakaten gesehen. Und soweit wir mitbekommen haben, habt ihr euch mehrfach an den

Vorräten ihres Dorfes bedient. Dadurch wissen sie, dass ihr ganz in der Nähe seid. Und das macht sie verrückt«, flüstert Kadira.

»Das war im Übrigen ziemlich dämlich von euch«, ergänzt Jarek.

Ich funkele ihn an und fauche: »Wir wären sonst verhungert!«

Doch Jarek übergeht meinen Einwand, wie man den Trotzanfall eines Kindes ignoriert. »Sie haben eure Spuren zurückverfolgt und suchen Tag und Nacht nach euch. Seit wir euch zu uns geholt haben, kommen sie unserem Versteck immer näher. Inzwischen müssen wir rund um die Uhr auf Patrouille gehen.«

Bei diesen Worten schießt mir das Bild der Panzerreihe durch den Kopf, die Riley und ich von unserem Versteck aus beobachtet haben. Mein Herz sinkt. Ich kann mir kaum vorstellen, wie die Rebellen mit den schwer bewaffneten Dorfbewohnern mithalten sollen. Es ist unsere Schuld, dass sie in Schwierigkeiten stecken. Zu meinem Erstaunen fühle ich den Stachel eines schlechten Gewissens, der sich kalt in meine Brust bohrt.

Riley zieht seine Beine an den Körper und umschlingt sie mit den Armen. Mit einem Mal wirkt er wie der verlorene Junge in der Wüste, den er eigentlich zu verbergen versucht. Er legt die Stirn in Falten, als überlegte er, ob er wirklich aussprechen soll, was er denkt. Schließlich gibt er sich einen Ruck. »Haben sie unser Versteck gefunden?«

Seine Stimme klingt merkwürdig hohl, während er von unserer kleinen Höhle spricht. Beinahe so, als gefiele ihm die Vorstellung nicht, Eindringlinge in ihr zu wissen. Ich muss zugeben, dass mir bei dem Gedanken ebenfalls beklommen zumute wird, und spüre meine Wangen erröten. Es ist *unser* Platz. Ein Ort, der nur uns beiden gehört. Im Schutz seiner Wände haben wir so viele Geheimnisse und Sorgen geteilt, die nur uns beide etwas angehen. Und so soll es auch bleiben.

»Das wissen wir n…«, setzt Jarek an, doch ein lautes Brummen unterbricht ihn.

Das Geräusch lässt mir die schweißnassen Haare unter dem Turban zu Berge stehen. Es klingt weder nach den Panzern der

Schürfer noch nach irgendeinem anderen mir bekannten Geräusch. Am ehesten vergleichbar ist es mit dem Sirren der kleinen Kameradrohnen, die ich von meinen Läufen kenne, aber das würde ja bedeuten …

Ich blicke hinauf in den Himmel und sehe, wie ein gewaltiges metallenes Ungetüm auf uns zukommt.

»Verdammte Scheiße!«, stößt Kadira hervor. Ängstlich weicht sie zurück.

»Das ist ein Raumschiff von Alpha! Verhaltet euch bloß ruhig!«, zischt Jarek uns zu.

Mit einem groben Griff in meinen Nacken zwingt er Riley und mich dazu, uns geduckt an die Sanddüne zu pressen, hinter der wir auf der Lauer liegen. Doch ebenso schnell, wie er uns gepackt hat, lässt er uns auch wieder los. Blitzschnell zieht er eine schwarze Pistole aus seinem Gürtel, wobei er hektisch zwischen Riley, mir und dem nahenden Schiff hin- und herschaut. Sein Blick ist ebenso animalisch wie wahnsinnig. Ich frage mich, was er mit seiner kleinen Pistole gegen solch ein Metallungetüm erreichen will, das vermutlich noch bis an die Zahnräder bewaffnet ist. Kadira rechne ich mit dem winzigen Dolch, um den sie ihre zitternden Finger klammert, noch geringere Chancen zu.

Unaufhaltsam kommt der Metallriese auf uns zu. Ich kneife die Augen zusammen, um ihn besser erkennen zu können. Der Anblick verschlägt mir den Atem. Die Raumfähre ist geformt wie eine längliche Kapsel, mit scharfkantigen Flügeln an beiden Seiten. Das schwarze Metall bricht das Sonnenlicht an seiner Oberfläche und wirft es in Regenbogenfarben zurück. Am Bauch des Giganten prangt unübersehbar das altgriechische Schriftzeichen für Alpha, das in hellblauer Farbe eingraviert wurde. Mir kommt es vor, als wäre mein Mund soeben noch trockener geworden.

Gemeinsam mit dem Anblick des Raumschiffes verfliegt auch der letzte Zweifel in mir. Es über unsere Köpfe hinweggleiten zu sehen, bedeutet endgültig, dass der Großteil meines Lebens eine Lüge gewesen ist – das Resultat eines brillant abgekarteten Spiels des Senats, das vor über zweihundert Jahren begonnen hat. Ein sensibles Konstrukt aus Täuschung und Vergessen, das über Generationen hinweg so gut funktioniert hat, dass die Regierung nachlässig wurde, bis ihr ein Fehler unterlaufen ist. Ein Fehler, durch den ich auf Riley stieß, den »Epsilianer«, den es eigentlich gar nicht hätte geben dürfen. Den Jungen, der nicht nur meine Welt, sondern ganz Alpha ins Wanken gebracht hat.

Und nun kauert er neben mir im Sand und blickt mit einem Sturm in seinen Augen zu dem Schiff hinauf, der mein Herz gefrieren lässt.

In diesem Moment rastet etwas in mir unwiderruflich ein.

Es wäre ein Leichtes, jetzt hinter der Düne hervorzutreten. Weder Jarek und Kadira noch Riley könnten mich rechtzeitig aufhalten. Es wäre so einfach, der Fähre über mir ein Zeichen zu geben, zu winken oder zu rufen. Ich bin mir sicher, dass sie mich sehen und zu sich holen würden. Sie würden mich zurück nach Alpha bringen, zurück nach Hause zu meinen Eltern und Diana, vielleicht sogar zurück in mein altes Leben, nachdem sie ein paar Proben meiner DNS entnommen haben. Eines Tages hätte ich vielleicht die Möglichkeit, weiterzuleben wie bisher, zu trainieren, zu laufen, meinen Traum zu leben. Eine zweite Chance.

Es sind meine Leute. Es wäre nur richtig.

Dann schaue ich hinüber zu Riley, und unsere Blicke treffen sich. Einmal mehr zersprengen seine Iriden meine Wirklichkeit in Tausende winzige Splitter und wirbeln sie durcheinander. Die Welt schwankt und zerrt an mir, bis sie schließlich kippt und für einen Moment stillsteht.

Aus, aus, ein. Ein, aus, aus.

Vor meinen Augen setzen sich die Scherben endlich zu einem greifbaren Bild zusammen. Zum ersten Mal in meinem Leben sehe ich wirklich klar. Ich gehöre nicht mehr zu ihnen. Vielleicht habe ich es einmal getan, doch von diesem Gefühl ist plötzlich nichts mehr geblieben als ein dumpfes Echo in meiner Brust. Ich gehöre hierher, in die Sandkuhle zwischen Riley und den Rebellen, um für ihr Recht auf Freiheit zu kämpfen.

Mit einem triumphierenden Grinsen sehe ich zu Jarek und Kadira hinüber – und stocke.

Noch immer hält Jarek die Pistole fest umklammert. Wie in Zeitlupe hebt er sie jetzt über seinen Kopf, den Lauf genau auf Alphas Raumschiff gerichtet. Er hält sie so, dass das Sonnenlicht genau auf das kleine rote Symbol fällt, das an der Spitze des Laufs eingraviert ist. Ich bemerke es sofort. Nilanhi hat viel Zeit darauf verwendet, Riley und mich mit den verschiedenen Schusswaffen der Rebellen vertraut zu machen. Und obwohl ich mich bisher immer strikt geweigert habe, sie zu benutzen, kann ich sie inzwischen gut auseinanderhalten. Ich kenne die verschiedenen Symbole für Duster, Laserpistolen, Maschinengewehre und Mehrlader. Und ebenso gut erkenne ich die unverwechselbare Markierung in Form eines explodierenden Raketenkopfes für Leuchtpistolen, die auf Jareks Waffe prangt.

Er wird uns verraten!

Diese Gewissheit jagt durch meine Adern wie ein Stromstoß, viel stärker als das Adrenalin vor einem Wettkampf. Wie flüssiges Feuer brennt es durch meine Glieder und erfüllt meine Fingerspitzen mit knisternder Elektrizität. Die Wut in meinem Bauch dehnt sich aus, bis sie alles andere überlagert. Ich weiß nicht, wie mir geschieht, ich weiß nur, dass ich um jeden Preis verhindern will, dass Jarek sein Ziel erreicht.

Nur am Rande nehme ich wahr, dass die Augen der anderen sich vor Erstaunen weiten. Dann öffne ich die Arme und strecke jeden einzelnen Muskel in die Länge, bis sie mit dem Himmel zu verschmelzen scheinen. Blitze zucken erst über meine Hände, dann über meinen gesamten Körper, dehnen sich aus, werden größer und runder und bilden schließlich ein leuchtend grünes Portal, das uns einsaugt und mit sich fortreißt.

Kapitel 23

»Was … was war denn das?«, stößt Jarek hervor, presst sich die Hände auf den Bauch und lehnt sich an die Höhlenwand in seinem Rücken. Seine Waffe fällt klappernd zu Boden und rutscht über den sandigen Steinboden. Er sieht aus, als würde er sich jeden Moment übergeben.

»Das nennt man ein Portal«, antworte ich mit mühsam unterdrücktem Zorn und lasse die letzten grünen Blitze von meinen Händen verschwinden. Zurück bleiben nur ein merkwürdiges Gefühl der Leere in meinem Körper und das Zusammenkrampfen meines Magens.

Ich bemerke erst, dass ich schwanke, als sich Rileys Hände von hinten um meine Oberarme legen und mich festhalten. Er beugt sich vor und flüstert mir etwas zu, wobei seine Lippen beinahe meine Haut streifen. Beim Kitzeln seines Atems in meinem Ohr fällt es mir schwer, mich auf das Gesagte zu konzentrieren.

»Das war der Wahnsinn, Ash …«, glaube ich zu hören.

Zum ersten Mal muss ich dabei ein wenig lächeln, weil ich jetzt weiß, was der Spitzname für ihn bedeutet.

Doch sofort werde ich wieder ernst, als ich in Jareks violette Augen sehe.

»Du verdammter Mistkerl!«, rufe ich und baue mich vor ihm auf. »Was sollte das? Du hättest uns beinahe verraten!«

»Ich weiß nicht, was du meinst«, entgegnet er kühl.

»Was ist denn in dich gefahren, Yashira?«, fragt Kadira und stellt sich schützend vor Jarek.

»Was in mich gefahren ist?«, wettere ich. »Das fragst du wohl besser mal ihn!«

»Worum geht es überhaupt?«, mischt sich nun auch Riley ein, während er versucht, mich an der Schulter zurückzuhalten.

Das lasse ich mir jedoch nicht gefallen. Energisch schüttele ich seine Hand ab.

»Frag doch lieber Jarek, warum er mit einer Leuchtpistole ein Signal an das Schiff schicken wollte!«, fauche ich.

Kurz ist es mucksmäuschenstill im Raum. Dann legt Jarek den Kopf in den Nacken und bricht in schallendes Gelächter aus.

»Was ist so komisch?«, knurre ich.

»Du musst dich verguckt haben. Ich hatte keine Leuchtpistole dabei. Wozu auch? Hier, sieh selbst.«

Jarek greift an seinen Gürtel und zieht eine Waffe hervor, die der Leuchtpistole sehr ähnlich sieht. Doch in dieser ist das Symbol für Mehrlader eingraviert. Dabei weiß ich genau, dass mir meine Augen in der Wüste keinen Streich gespielt haben. Er muss sie irgendwie ausgetauscht haben, als die Pistole zu Boden gefallen ist.

»Du hast sie ausgetauscht«, zische ich. »Hör auf zu lügen!«

»Es reicht, Yashira!«, donnert Kadira. »Jarek ist Neons Stellvertreter und schon länger hier als die meisten von uns. Er würde nie etwas tun, das uns gefährden könnte.«

»Ich weiß, was ich gesehen habe!«, entgegne ich und funkele Jarek an, dessen Miene vollkommen ausdruckslos ist. Hilfe suchend blicke ich zu Riley. »Ich habe das Symbol für Leuchtpistolen erkannt, das Nilanhi uns gezeigt hat. Er muss die Waffen getauscht haben, als wir in der Höhle angekommen sind. Es ist die Wahrheit!«

Doch bevor Riley etwas erwidern kann, geht Kadira dazwischen. »Schluss jetzt! Ich will nichts mehr von diesem Unfug hören!«

»Aber ich …«

»Ich sagte, Schluss damit! Wir sollten uns lieber beeilen, Neon Bericht zu erstatten. Die Patrouillen müssen zurückgerufen und alle Vorsichtsmaßnahmen getroffen werden. Die Lage ist ernst.« Kadiras Augen bohren sich in meine. »Und du kannst von Glück reden, dass du uns eben gerettet hast. Nur deshalb werde ich Neon nichts von deinen Anschuldigungen berichten. Hast du das verstanden?«

Verzweifelt setze ich zu einem weiteren Protest an, doch sie bringt mich mit einer harschen Geste zum Schweigen. »Kommt!«, bellt sie und entfernt sich ein paar Schritte.

»Geh schon vor«, wendet sich Jarek an Riley. »Ich werde Yashira noch einmal den Unterschied zwischen den Waffensymbolen erklären. Wir kommen gleich nach.«

Ich funkele ihn an.

»Nein. Ich lasse sie nicht allein«, erwidert Riley ruhig, aber bestimmt.

»Das ist Befehlsverweigerung. Und auf solche steht die Verbannung in die Wüste als Strafe. Überleg es dir gut.«

»Ist schon gut, Riley«, murmele ich und suche seinen Blick. Ich spüre, dass ich nur Antworten bekommen werde, wenn ich allein mit Jarek spreche. »Ich komme gleich nach.«

Riley runzelt die Stirn, eine stumme Frage in seinem Blick. Ich nicke kaum merklich.

»Na gut«, murmelt er leise. »Aber wenn du nicht in zehn Minuten auftauchst, komme ich dich holen.«

Ich kann förmlich spüren, welche Überwindung es ihn kostet, sich abzuwenden und Kadira zu folgen.

»So, kleine Aschebringerin«, zischt Jarek plötzlich und tritt ohne Vorwarnung so nah an mich heran, dass ich die grauen Sprenkel in seinen Iriden sehen kann. Sie ziehen sich durch das Violett hindurch wie Regenwolken. Wie Alphas Energieturm bei Gewitter. Ein Schauer läuft mir über den Rücken. »Hör mir gut zu, denn ich sage es nur ein einziges Mal. Du wirst auf der Stelle vergessen, was du da draußen gesehen hast, ist das klar? Sonst wird es dich teuer zu stehen kommen.«

»Womit willst *du* mir schon drohen?«, fauche ich. »Ich habe nichts mehr zu verlieren.«

»Ist das so?«, fragt Jarek betont beiläufig, geht ein Stück in den Gang zurück und hebt die fallen gelassene Leuchtpistole auf. Er muss sie mit einem Tritt in den Schatten befördert haben, als sie heruntergefallen ist. »Ich glaube, es gibt es hier ganz in der Nähe jemanden, an dessen Wohl dir sicher viel liegt.«

»Riley«, entfährt es mir. Das kann er nicht …! Wenn er Riley etwas antut, wird das sicher nicht unbemerkt bleiben, und das weiß er. Es sei denn, er ließe es wie einen Unfall aussehen … Trotz unserer Aufnahme in ihren Reihen bin mir nicht sicher, wie sehr die Rebellen einem Alphanier hinterhertrauern würden.

»An deiner Stelle wäre ich also mucksmäuschenstill. Kein Wort zu niemandem, oder für den Möchtegern-Epsilianer hat es sich ausgelaufen.«

Sämtliche Wärme ist aus Jareks Augen gewichen. Seine Miene sieht aus, als wäre sie in Marmor gemeißelt worden, blass, unnahbar und unaussprechlich kalt. Ich weiß, dass er es ernst meint. Ein falsches Wort von mir, und er wird Riley wehtun. Riley, der in den letzten Wochen immer für mich da war. Riley, den ich um jeden Preis beschützen möchte.

Ich balle meine Hand zur Faust. »Du glaubst doch nicht im Ernst, dass du damit durchkommst. Früher oder später wird jemand bemerken, was für ein Spiel du spielst.«

Jarek schnaubt verächtlich. »Wohl kaum. Ich bin nicht so dumm, wie du offenbar denkst. Wenn du mir heute nicht in die Quere gekommen wärst, dann …«

»Was dann?«, fahre ich ihn an. Meine Stimme klingt schrill in meinen Ohren. »Warum tust du das? Ich dachte, ihr hasst Alpha!«

»Hassen – das ist ein hartes Wort. Sagen wir einfach, Alpha zeigt sich sehr großzügig, wenn man den Leuten gibt, was sie wollen.«

»Das ist doch krank!«

»Mag sein. Aber es interessiert mich nicht, was du denkst. Solltest du auch nur ein Sterbenswörtchen verraten, war es das. Das garantiere ich dir.« Beinahe zärtlich streicht Jarek über den Griff des Jagdmessers an seinem Gürtel, um seine Worte zu unterstreichen. »Und jetzt wirst du artig mit zur Besprechung kommen, um Bericht zu erstatten. Sieh zu, dass du das Richtige sagst.«

Ohne sich noch einmal umzudrehen, verschwindet er im Gang und lässt mich mit der Angst allein, die sich um mein Herz schließt.

»Stimmt das wirklich? Du hast euch alle vier hierher teleportiert?«, fragt Neon, während sie sich mitten auf den Tisch im Kontrollraum setzt. Ihr Haar ist strähnig, das Dreieck auf ihrer Wange verschmilzt mit den Schatten unter ihren Augen. Sie sieht aus, als hätte sie den ganzen Tag durchgearbeitet, was vermutlich auch stimmt.

»Ja«, seufze ich zum wiederholten Mal.

Neon steht auf und beginnt, unruhig auf und ab zu laufen. »Das ändert natürlich einiges.«

»Aha, und was?«, erkundige ich mich, aber niemand reagiert darauf.

»Wir müssen unsere Pläne neu überdenken«, sagt Jarek mit täuschend echter Besorgnis im Blick. »Immerhin schickt Alpha jetzt schon Raumschiffe hierher. So weit draußen waren sie noch nie.«

Nur mit Mühe kann ich dem Drang widerstehen, ihm an die Gurgel zu gehen.

»Sie haben sicher von den Sandgoldschürfern gehört, dass die beiden hier sind«, schaltet sich Nilanhi ein, die auf der Kante eines wackligen Klappstuhls hockt.

»Ich hab's euch doch gleich gesagt!«, zischt Veil. »Wir hätten sie beseitigen und das Geld einsacken sollen, solange wir noch konnten. Jetzt ist es zu spät!«

Bei diesen Worten versteift sich alles in mir. Um ehrlich zu sein, habe ich jeden Tag Angst davor, dass die Rebellen es sich anders überlegen und Riley und mich einfach ausliefern – oder uns Schlimmeres antun. Doch Neon scheint andere Pläne zu haben.

»Sei still!«, donnert sie. »Niemand beseitigt hier irgendjemanden. Es wird Zeit, dass du sie als Mitglieder von *Zerberus* akzeptierst, Veil. Sonst vergesse ich, dass *du* eines bist.«

Die gesamte Farbe weicht aus Veils Adern, bis sie fast weiß wirken. Es sieht aus, als würde seine Haut Risse bekommen. Schwerfällig macht er einen Schritt zurück, als hätte Neon ihn geohrfeigt.

»Nein!«, stößt er dann hervor. »Die Alphanier gehören nicht zu uns! Sieh sie dir doch an. Sie sind nicht wie wir. Sie wissen nicht, wie *das* ist. Sie sind makellos!«

»Wenn du sie nur deshalb ausschließen willst, bist du nicht viel besser als die Alphanier«, sagt Nilanhi leise. »Yashira und Riley können nichts dafür, wo sie geboren sind. Aber sie können sich aussuchen, auf wessen Seite sie stehen. Zumindest diese Wahl solltest du ihnen lassen.«

»Und die haben sie heute getroffen«, ergänzt Neon mit Nachdruck.

»Woher wollt ihr wissen, dass sie es sich nicht jeden Moment wieder anders überlegen?«, ruft Veil aus. »Vielleicht spionieren sie uns ja nur aus. Wir müssen das Risiko eliminieren, solange es noch geht. Wer sagt uns, dass sie sonst nicht mitten in der Nacht in einem ihrer Portale verschwinden und uns an Alpha verraten?«

»Meinst du nicht, dass wir das schon längst getan hätten, wenn wir es wollten?«, hält Riley dagegen und tritt vor mich. Es ärgert mich, dass er immer noch meint, mich beschützen zu müssen, als wäre ich schwach und zerbrechlich. »Wir hätten jeden Tag die Gelegenheit dazu gehabt. Aber wir sind noch hier.«

Ich mustere ihn argwöhnisch. Er muss glauben, dass Veil drauf und dran ist, seine Drohung wahr werden zu lassen. Sonst würde er nicht bluffen und behaupten, ich hätte meine Fähigkeit von Anfang an unter Kontrolle gehabt.

»Du lügst!«, schnappt Veil zornig. »Das Mädchen wusste doch gar nicht, was es tut, als es herkam! Erst jetzt hat sie sich unter Kontrolle! Und wer weiß, was ihr beiden jetzt mit eurem Wissen über *Zerberus* anstellen werdet!«

Allmählich platzt mir der Kragen. Entschlossen trete ich hinter Riley hervor und stapfe auf Veil zu. Mir entgeht nicht, wie seine Hand zu dem Messer an seinem Gürtel zuckt, wie er ausholt, um es nach mir zu werfen – als Jareks Finger sich plötzlich von hinten um sein Handgelenk schließen. Er drückt erbarmungslos zu, bis

Veil einen Schmerzenslaut von sich gibt. Klirrend fällt das Messer zu Boden.

Einen Augenblick lang ist es mucksmäuschenstill.

Dann macht Nilanhi einen Schritt nach vorn, packt Veil an den Schultern und zwingt ihn auf die Knie. Energisch biegt sie ihm die Arme hinter den Rücken, bevor ich auch nur einen Finger rühren kann.

Neon schüttelt tadelnd den Kopf und seufzt. »Veil, Veil, Veil. Ich habe dir doch eben gesagt, dass du sie als Mitglieder betrachten sollst.«

Unter größter Anstrengung dreht Veil den Kopf herum und spuckt mir vor die Füße. »Eher lasse ich mich verbannen, als dass die da Mitglieder von *Zerberus* werden!«

»Nun, das glaube ich nicht«, entgegnet Neon in einem beiläufigen Plauderton. »Heute Abend bekommen sie ihr Initiationsritual.«

»NEIN!«, schreit Veil verzweifelt. »Das kannst du nicht tun!«

Ihre Stimme wird hart. »Und ob ich das kann. Nilanhi, bring Veil bis dahin doch bitte in eine der Zellen, damit er sich beruhigen kann.«

Wortlos zieht Nilanhi Veil zurück auf die Füße und bugsiert ihn sanft, aber bestimmt auf den Ausgang zu. Veil kämpft verbissen gegen ihren Griff an, doch aus Erfahrung weiß ich, wie unnachgiebig dieser ist. Beinahe empfinde ich Mitleid mit Veil. Ich finde es noch immer erstaunlich, wie eine so zierliche Frau wie Nilanhi so eine unerbittliche Kämpferin sein kann.

»Gut, dass du aufgepasst hast, Jarek«, sagt Neon.

»Klar doch«, erwidert er lässig.

Dabei sieht er mich an, als hätte er nur zu gern gesehen, wie Veils Messer mein Herz durchbohrt, während er es vom Boden aufhebt. Einen quälend langen Moment wiegt er die Klinge in der Hand, dann wirft er sie hoch, weit über seinen Kopf, wo es sich in der Luft dreht und schließlich sicher mit dem Griff in seiner Hand landet. Dabei ruht sein grimmiger Blick die ganze Zeit auf mir, eine stumme Warnung, dass er nicht zögern wird, seine Drohung wahr zu machen.

Dann tritt allerdings Kadira vor, die die ganze Zeit über stumm im Schatten gestanden und die Situation beobachtet hat, und lächelt mich an. »Ich freue mich über euer Ritual«, sagt sie. »Auch wenn du noch ein bisschen Nachhilfe in Sachen Waffenkunde bräuchtest.«

»Kadira, bitte triff die Vorbereitungen«, kommandiert Neon. »Jarek, mit dir möchte ich noch etwas unter vier Augen besprechen. Und was euch zwei angeht – ruht euch aus. Wir kommen euch dann holen, wenn es so weit ist.«

Sie lassen nicht lange auf sich warten.

Nur kurze Zeit später nähern sich meinem Zimmer eilige Schritte. Die Tür wird aufgestoßen und Andrina und Kiana, die ich von meinem Küchendienst kenne, platzen herein.

»Was …?«, setze ich an, doch Andrina presst mir ihre knotige Hand auf die Lippen. Dabei bemerke ich, dass ihr ein Ringfinger fehlt, doch ihre Augen funkeln so vergnügt, dass ich nicht nachfrage.

Stumm bedeuten die Frauen mir, mich auszuziehen, und händigen mir einen Stapel frischer Kleidung aus. Widerwillig streife ich mein zerschlissenes T-Shirt und die ramponierten Laufshorts ab. Sie sind neben meinen Laufschuhen und dem Kapuzenpullover das Letzte, was mir von Alpha noch geblieben ist. Stattdessen schlüpfe ich jetzt in eine weite, bequeme Cargohose und ein eng anliegendes dunkles T-Shirt. Meine alten Sachen nehmen sie an sich, doch ich weigere mich, ihnen meinen Pullover zu überlassen. Wenigstens diesen kleinen, flauschigen Teil meiner Vergangenheit möchte ich behalten. Dann schlüpfe ich in meine ausgetretenen Laufschuhe und lasse es zu, dass Andrina versucht, mit einem groben Kamm meine verfilzten Locken zu entwirren.

Zuletzt legt Kiana mir meinen ausgeleierten Pullover über den Rücken, was ihr einen tadelnden Blick von Andrina einbringt, und flüstert: »Keine Angst. Komm einfach mit!«

Die Schwestern haken sich bei mir unter und lotsen mich durch die Gänge des mir mittlerweile vertrauten Höhlensystems, durch die große Halle mit den Feldern, die unheimlich und verlassen in der Dunkelheit liegen, und am Speiseraum vorbei. Allmählich dämmert mir, was sie vorhaben.

»Bringt ihr mich zum Ring?«, frage ich.

Andrina nickt und schenkt mir ein verschmitztes Lächeln, wobei ein Grübchen in ihrem Kinn zum Vorschein kommt.

Eine schlimme Vorahnung kriecht meine Brust hinauf. Was haben sie bloß vor? Gehört es etwa zum Aufnahmeritual, dass Riley und ich kämpfen müssen? Etwa gegeneinander? Vielleicht hat Nilanhi uns deshalb so hartnäckig darin unterrichtet!

Kiana drückt sanft meinen Unterarm, um mich zu beruhigen, sobald wir die Höhle erreichen. Ich höre lautes Stimmengewirr und stelle mit Erstaunen fest, dass der hohe Raum trotz der späten Uhrzeit von grünem Licht erfüllt und voller Menschen ist. Einige von ihnen kenne ich persönlich, doch viele Gesichter sind mir noch nie begegnet. Die Rebellengruppe muss weitaus größer sein, als ich bisher angenommen habe. So viele von ihnen auf einem Haufen versammelt zu sehen, macht mich nervös. Ich spüre, wie sich meine Atmung beschleunigt. Unwillkürlich frage ich mich, ob Neon Veils Wunsch doch nachgegeben hat und uns vor den versammelten Rebellen auf einen Kampf um Leben oder Tod herausfordern will.

Das heißt, falls es funktioniert.

Nervös blicke ich mich um, bis ich Riley entdecke. Er steht mir gegenüber am anderen Ende des Rings und fängt meinen Blick auf. Auch er wurde mit langen Hosen und einem dunklen Shirt neu eingekleidet, das seine Augen trotz der kränklichen Beleuchtung perfekt zur Geltung bringt. Seine Miene wirkt verschlossen, aber ich kann seine Anspannung an der inzwischen vertrauten Art herauslesen, mit der er den Kiefer zusammenpresst oder sein Gewicht von einem Bein aufs andere verlagert. Es beruhigt mich, ihn in meiner Nähe zu wissen. Ein seltsam kribbelndes Gefühl macht sich in meinem Bauch breit, das mich in seine Richtung zieht. Am liebsten würde ich den Raum durchqueren und mich in seine Arme werfen, seinen berauschenden Duft einatmen und seine Haut an meiner fühlen. Ich möchte nur noch das Gesicht in seiner Halsbeuge vergraben, um die Rebellen um uns herum ausblenden, so, wie wir es auch nachts tun, um die Träume fernzuhalten. Wie viel würde ich darum geben, seine Arme um meiner Taille zu spüren. Für einen Moment so zu tun, als gäbe es nur ihn und mich in unserer kleinen Höhle an der Klippe.

Kaum dass ich daran gedacht habe, würde ich mich am liebsten ohrfeigen.

Neon lässt mir jedoch keine Zeit, darüber nachzudenken. Mit einem lauten Scharren schiebt sie zwei Stühle in die Mitte des Rings. Anschließend steigt sie auf einen davon, stellt einen Fuß auf die Lehne und breitet die Arme aus.

»Anhänger von *Zerberus*!«, ruft sie und blickt in die Menge hinab.

Sofort verstummen die Rebellen und sehen zu ihrer Anführerin hinauf. So etwas Beeindruckendes habe ich noch nie gesehen. Nicht einmal der berühmte *Portal-Running*-Kommentator Michael Heathen schafft es, die Aufmerksamkeit der Menschen derart schnell zu fesseln.

»Heute werden wir zwei neue Mitglieder in unserer Runde begrüßen«, fährt sie fort. »Wie ihr alle bereits mitbekommen habt, haben wir vor gerade einmal drei Wochen zwei Alphanier in der Wüste aufgelesen.«

Aufgelesen, pah. So kann man es natürlich auch formulieren. Missbilligend verschränke ich die Arme vor der Brust und hebe eine Augenbraue, sodass jeder, der mich in diesem Moment vielleicht ansieht, weiß, was ich davon halte.

»Und heute haben die beiden Mut bewiesen, als ein Raumschiff von Alpha über Omega hinweggeflogen ist, nur wenige Meter von unserem Versteck entfernt.«

Die Menge schnappt kollektiv nach Luft. Aus dem Augenwinkel erkenne ich Kenneth, dessen Kiefer vor Schreck herunterklappt, und Layla, die sich dichter an die Beine ihrer Mutter Aleesha drückt.

»Die Schiffe sind doch nur wegen denen hier!«, ruft irgendjemand von hinten.

»Ja, genau, liefern wir sie doch einfach aus!«, meldet sich eine Frau weiter vorn zu Wort und schüttelt die Faust.

Neon hingegen hebt mit einer simplen Geste die Hand, um die Stimmen zum Schweigen zu bringen. Sie spricht jetzt ganz leise, doch sie muss sich auch nicht anstrengen. Jeder einzelne Rebell im Raum hängt gebannt an ihren Lippen.

»Niemand liefert hier irgendwen aus. Hätten Yashira und Riley uns verraten wollen, so hätten sie das heute getan. Doch das haben sie nicht. Stattdessen hat Yashira ein Portal eröffnet und Riley, Jarek, Kadira und sich selbst in Sicherheit gebracht. Sie haben sich damit offen gegen Alpha gestellt. Und aus diesem Grund gehören sie ebenso zu *Zerberus* wie jeder andere von uns.«

Die Zuhörer brauchen einen Moment, um das Gesagte zu verarbeiten, während Neon bereits von den Stühlen springt. Sie beginnen, lauthals durcheinanderzureden. Doch ich habe nur Augen für Neon und kann meinen Blick nicht von ihr lösen. Bisher habe ich sie für eine berechnende, aber pragmatische Anführerin gehalten, die keine Zeit für Worte verschwendet. Offenbar habe ich sie unterschätzt, denn es ist unglaublich, welche Wirkung sie auf die Rebellen hat. Es ist, als gäbe sie ihnen mit ihren Worten die Luft, die das Feuer der Revolution zum Atmen braucht. Die leidenschaftliche Atmosphäre, die sie durch ihr Auftreten erschaffen hat, ist beinahe körperlich spürbar.

Plötzlich legt Kiana eine Hand zwischen meine Schulterblätter. Sanft schiebt sie mich vorwärts, in die Mitte des Rings hinein. Sie platziert mich auf einem der Stühle, legt die Hände auf meine Schultern und drückt mir einen Kuss auf die Wange. Reflexartig zucke ich zurück, doch sie wirft mir nur ein wissendes Lächeln zu.

Riley wird von Cole auf den Stuhl mir gegenüber gesetzt. Ratlos sehen wir einander an. Sollen wir uns jetzt etwa ohne Blinzeln in die Augen sehen, bis der andere umfällt?

Neon gibt ihren Anhängern noch einen Moment Zeit zu diskutieren, bevor sie sich zwischen Riley und mich stellt und erneut die Stimme erhebt. »Heute ist der Tag, an dem wir zum ersten Mal zwei Alphanier in unsere Reihen aufnehmen!«

Aufgeregt brüllen die Menschen durcheinander. Zwei gegensätzliche Chöre entstehen, die sich miteinander messen, bis schließlich der lautere gewinnt: »Ja! Ja! Ja!«

Wie auf ein unsichtbares Kommando hin lösen sich zwei Gestalten aus den Schatten und kommen auf uns zu. Sie halten etwas in den Händen, das wie merkwürdig geformte schmale Pistolen aussieht, die beängstigend spitz zulaufen. Sofort verkrampft sich alles in mir. Mein erster Impuls ist es wegzulaufen, sodass ich versuche aufzuspringen. Doch Kianas Hände halten mich unerbittlich auf dem Sitz. Ich versuche, mich zu ihr umzudrehen, ihr einen vorwurfsvollen Blick zuzuwerfen, weil sie mich lächelnd zu meiner Schlachtbank geführt hat, aber ihr Griff ist zu fest. Panik erfüllt mich, und ich versuche, mich freizustrampeln. Als mir das nicht gelingt, wende ich mich voller Verzweiflung Riley zu, der ein Spiegelbild meiner Panik ist. Hektisch versuche ich, ein Portal zu öffnen, doch in der Aufregung bleibt der kribbelnde Funke in meinen Händen aus.

War's das? Ist es aus? Hat Neon uns unter falschem Vorwand hierher gelockt und hinter unserem Rücken eine Hinrichtung arrangiert?

»Dein Arm«, zischt Kiana mir zu. »Streck deinen Arm aus!«

Als ich nicht reagiere, packt sie meinen linken Unterarm, dreht ihn so, dass die empfindliche innere Seite nach oben zeigt, und streckt ihn dem Mann entgegen, der jetzt neben mir zum Stehen kommt. Er hebt die Pistole hoch und drückt das kalte Metall auf meinen Unterarm. Dort, wo es meine Haut berührt, jagt es einen Schauer bis zu meinem Rücken hinauf.

Allmählich dämmert mir, dass es sich bei den Metallgeräten nicht um Pistolen handelt. Ich komme mir sogar noch dümmer vor als zuvor, obwohl ich immer noch nicht weiß, was der Mann vorhat. Plötzlich sticht etwas in meine Haut, immer wieder und wieder, in rasender Geschwindigkeit. Nur mit Mühe kann ich einen kleinen Aufschrei zurückhalten. Tröstend tätschelt Kiana meine Schultern, bis es vorbei ist.

Sobald sie mich loslässt, schnellt mein Blick zu meinem

schmerzenden Handgelenk. Ich muss die Augen zusammenkneifen, um in dem schummrigen Licht etwas zu erkennen. Der gerötete Umriss eines Dreiecks prangt dort. Verwirrt starre ich darauf, doch dann erinnere ich mich an die Tattoos auf Neons und Nilanhis Wangen. Kiana zieht den Ärmel ihres Gewands hoch und zeigt mir, dass auch sie solch ein Tattoo hat, nur dass ihres mit schwarzer Tinte ausgefüllt worden ist. Anscheinend handelt es sich dabei um das Erkennungszeichen der Rebellen.

Neon tritt wieder auf uns zu, ergreift erst meinen und dann Rileys frisch tätowierten Arm und reißt sie mit uns vom Stuhl empor. »*Zerberus*, heißt mit mir die neuen Mitglieder unserer Familie willkommen! Möge unser Zeichen sie stets an die drei Säulen erinnern, die unsere Hoffnung nähren und stützen: den Mut, die Dinge zu ändern, die Treue, für uns einzustehen, und der unablässige Kampf für unser aller Gerechtigkeit. Auf dass sie unsere Ideale achten und ehren und unsere Geheimnisse mit ihren Leben beschützen.« Sie lässt unsere Arme sinken, sieht mir in die Augen und legt den Kopf schief. »Enttäusch mich nicht, kleine Aschebringerin«, flüstert sie mir zu, so leise, dass nur ich es hören kann. Dann dreht sie sich um und verlässt den Raum, ohne mich eines weiteren Blickes zu würdigen.

Kaum dass sie verschwunden ist, strömen die anderen Rebellen in Scharen in den Ring, um uns zu beglückwünschen, sich vorzustellen oder uns zu umarmen. Sie halten uns für einen neuen Teil ihrer Familie und der brennende Schmerz an meinem Handgelenk erinnert mich daran, dass es jetzt kein Zurück mehr gibt.

Ich bücke mich, um Seth und Layla an mich zu drücken, die eifrig am Saum meines T-Shirts zupfen. Während ich meine Arme um die kleine Layla lege, fällt mein Blick auf eine Gruppe am Rand des Rings, die im Abseits steht und uns misstrauisch beäugt. Ich sehe gerade noch, wie der Zorn Veils Gesicht zu einer grausigen Grimasse entstellt, bevor Riley sich dazwischenschiebt.

»Puh, das war … schräg«, bemerkt er.

»Das kannst du wohl laut sagen«, erwidere ich trocken und halte meinen Arm vors Gesicht. Mich beschleicht der Gedanke, dass Neon uns mit den Tattoos weniger als vollwertige Mitglieder auszeichnen und mehr als ihr Eigentum kennzeichnen wollte. Doch darüber werde ich mir später Gedanken machen. Im Augenblick bin ich heilfroh, dass das Ritual uns fürs Erste vor Veils Mordlust bewahren wird.

Riley scheint zu ahnen, was in mir vorgeht. Er macht einen Schritt auf mich zu und zieht mich an sich, um mich vollends vor Veils Blicken abzuschirmen. Leider funktioniert es nicht so gut, wie er gehofft hat.

»Jetzt wird alles gut«, murmelt er in mein Ohr und lächelt.

Wie gern ich ihm das glauben würde.

Kapitel 24

Selbst eine Woche später, als die Rötung auf meiner Haut allmählich nachlässt, kann ich nicht glauben, was passiert ist. Immer wieder betrachte ich den Umriss des Dreiecks, der auf meinem Handgelenk prangt und mich als offizielles Mitglied der Rebellen kennzeichnet. Nie im Leben hätte ich gedacht, dass so etwas jemals passieren und ich mich für jeden hier sichtbar gegen Alphas Senat stellen würde. Aber bis vor Kurzem hätte ich auch niemals gedacht, dass es andere Menschen in unserem Sonnensystem gibt, geschweige denn, dass Alphas Regierung diese so schamlos ausnutzt.

Trotz leiser Zweifel in mir bin ich stolz auf das Symbol auf meiner Haut. Es fühlt sich an, als hätte ich damit endgültig eine Tür hinter mir zugeschlagen, um das Richtige zu tun. Denn jetzt kann ich versuchen, den unterdrückten Menschen auf den Monden zu helfen und gleichzeitig meine Heimat zu beschützen. Ich möchte um jeden Preis eine friedliche Einigung beider Seiten erwirken. Aus diesem Grund bin ich heilfroh, dass Neon uns gestattet hat, gemeinsam mit einer kleinen Gruppe der Rebellen zur Generalversammlung auf Theta zu fliegen. Sie findet, es sei eine gute Idee, dass Riley und ich mehr von *Zerberus* sehen und uns dort blicken lassen, auch wenn mich der Gedanke, mit Riley allein unter Hunderten Alpha-Gegnern zu sein, beunruhigt.

Doch nicht nur das, sondern auch die Aussicht darauf, plötzlich wieder auf so engem Raum mit Riley zusammen zu sein, bereitet mir Kopfzerbrechen. Nach unserem Aufnahmeritual bin ich ihm, so weit wie möglich, aus dem Weg gegangen, habe mich mit Kenneth auf den Feldern oder in den zahlreichen Gängen des

Höhlensystems rumgetrieben und penibel darauf geachtet, mich schlafend zu stellen, wann immer Riley nachts prüfend in mein Zimmer geschaut hat. Meine Angst, er könnte Verdacht schöpfen, dass etwas nicht stimmt, ist zu groß, und Jareks Adleraugen verfolgen jede meiner Bewegungen auf Schritt und Tritt. Nur zu gern hätte ich mich Riley anvertraut, aber das Risiko ist zu hoch. Ich würde es nicht ertragen, ihn zu verlieren. Mir bleibt nur zu hoffen, dass mein Pokerface seinen Blicken standhält und Jarek keinen hinterhältigen Plan ausheckt, um die Versammlung zu vereiteln. Notfalls werde ich die Dinge selbst in die Hand nehmen und Riley und mich dort rausholen müssen.

Eilig schlüpfe ich in die lange Hose und das Shirt, das die Rebellen mir überlassen haben, und packe meine wenigen Habseligkeiten in einen kleinen Stoffbeutel. Als ich meine Zimmertür öffne und auf den Flur hinaustrete, drehe ich mich noch einmal um und blicke zurück in meine karge Kammer, die mittlerweile ein Zufluchtsort für mich geworden ist. Nur die harte Pritsche, ein dünnes Laken und ein klumpiges Kissen, mehr lasse ich nicht zurück. Ich weiß, dass ich dieses Zimmer lange Zeit nicht wiedersehen werde, doch das macht mir nichts aus. Ich bin bereit für etwas Neues.

»Na? Fertig gepackt?«, höre ich Riley hinter mir fragen. Sein Tonfall klingt ungewöhnlich kühl.

Ich erstarre vor Schreck, zwinge mich zu einem müden Lächeln und deute dann auf die schlaffe Umhängetasche, die an meiner Hüfte schlackert. »Klar. Siehst du das nicht?«

»Kopf hoch«, erwidert er und boxt sachte gegen meine Schulter. »Hauptsache, du hast deinen komischen Pulli dabei.«

Den Rest unseres Weges schweigen wir. Innerlich hoffe ich, dass er mich nicht erneut auf die Konfrontation mit Jarek ansprechen wird. Zwar habe ich ihm gegenüber mit einem Stein im Magen behauptet, meine Augen hätten mir bei den Waffenmarkierungen einen Streich gespielt, aber ich weiß, dass er mir nicht glaubt. Trotzdem ist er klug genug, mich nicht weiter zu bedrängen.

An den Feldern wartet Kenneth auf uns, ein ausgebeultes rotes Stoffbündel lässig über die Schulter geworfen. Er trägt ein offenes Karohemd über einem zerschlissenen Shirt, was in einem merkwürdigen Kontrast zu seiner transparenten Haut steht. Seine dunklen Locken wippen auf und ab, als er winkt und uns aufgeregt entgegenläuft.

»Na, nervös?«

»Ja, ein wenig«, gebe ich zu, wobei ich mich bemühe, Riley nicht anzusehen.

»Und wo müssen wir jetzt hin?«, fragt Riley angespannt.

»Oh, das wird euch gefallen!«, meint Kenneth grinsend. Seine braunen Augen funkeln vergnügt. »Mir nach!«

Er greift nach meinem Handgelenk und zieht mich mit sich in einen steil bergab gehenden Seitengang, der gut versteckt hinter einem mit Bananenstauden bewachsenen Feld liegt und von dem ich bisher angenommen habe, er sei ungenutzt. Seine raue Hand liegt warm um meine. Es fühlt sich eigenartig vertraut an, auch wenn ich mir wünsche, dass es Rileys Hand wäre. Unauffällig sehe ich mich nach ihm um, in der Hoffnung, dass ihm die Berührung verborgen geblieben ist. Doch sein Blick ruht unverkennbar auf uns und bohrt sich wie Dolche in Kenneths Rücken. Missgelaunt stampft er hinter uns her, wobei er sich keine Mühe gibt, seinen Unmut zu verbergen.

»Wir haben einen heißen See mitten in der Höhle!«, erzählt Kenneth, während er beiläufig seine Finger mit meinen verschränkt, als wäre es das Normalste der Welt. »Oben in der Decke ist ein Loch, durch das unsere Raumschiffe gerade so durchpassen. Der Wasserdampf versteckt sie, sodass niemand sieht, wenn sie hindurchfliegen. Es ist wirklich praktisch. Und der See hat eine wunderschöne Farbe.«

Ungläubig lege ich den Kopf schief. Eine heiße Quelle inmitten einer Höhle, in der nur wenige Meter weiter kühles Wasser aus dem Berg fließt? Omegas Natur kommt mir immer sonderbarer vor. Je tiefer wir in den Berg hineingehen, desto penetranter wird ein widerlicher Gestank nach faulen Eiern.

Kenneth lacht über meinen Gesichtsausdruck, obwohl auch er sich den freien Arm vors Gesicht hält. »Ja, es stinkt hier leider ganz schön, weil das Wasser im See schwefelhaltig ist. Aber mit der Zeit gewöhnt man sich daran.«

»Na ja, wenn du meinst. Du musst es ja wissen«, murmelt Riley, hält sich die Nase zu und tut so, als würde der Geruch von Kenneth stammen.

»Klar, mach dir da mal keine Sorgen. Außer deine Alphaniernase ist zu empfindlich, dann sieht es natürlich schlecht für dich aus«, gibt Kenneth zurück.

Ich grinse breit, während Riley ihm eine entnervte Grimasse schneidet. Einen Moment zu lange ruht sein Blick wieder auf meiner Hand, die noch immer in Kenneths liegt, und ein Schatten geht über sein Gesicht.

Ich versuche, meine Hand von Kenneths zu lösen, aber er verstärkt den Druck und lächelt mich unschuldig an. »Schaut mal, wir sind da!«, bemerkt er mit einer ausladenden Geste nach vorn.

Wir bleiben auf einem breiten Felsvorsprung stehen, der in eine so gewaltige Höhle hineinragt, dass ich das andere Ende nicht ausmachen kann. Ein feiner weißlicher Nebel zieht in dicken Schwaden durch die Luft. Zögerlich sehe ich über den Rand des Vorsprungs nach unten, und was ich dort sehe, verschlägt mir den Atem. Gut dreißig Meter unter uns erstreckt sich ein riesiger, fast kreisrunder See, dessen Wasser ähnlich wie ein Baum in breiten Jahresringen gefärbt ist. In der Mitte schimmert es türkisblau und geht in mehreren Abstufungen in ein leuchtendes Smaragdgrün über, welches von mehreren Felsringen aus gelben- und orangeroten Steinen umgeben wird.

»Wow!«, entfährt es mir.

»Habe ich zu viel versprochen?«, flüstert Kenneth mir zufrieden ins Ohr.

Meine Nackenhaare stellen sich auf, als sein Atem darüberstreicht.

»Solch einen Ort habe ich noch nie gesehen. Es ist wunderschön«, antworte ich.

»Kommt ihr jetzt, oder was?«, unterbricht Riley uns unwirsch.

Er steht etwas abseits von uns an der Seite des Felsvorsprungs, von wo aus in den Stein gehauene Stufen hinab zu dem eigenartigen See führen. Sie wirken nur wenig vertrauenerweckend, sondern ausgetreten und porös.

»Jaja«, antwortet Kenneth, und ich bin mir sicher, ihn noch murmeln zu hören: »Spielverderber!«

Nur widerwillig lässt er meine Hand los, damit ich mich an der Felswand abstützen kann. Es fühlt sich eigenartig an, seine Berührung nicht mehr zu spüren. Nicht so zehrend wie das Gefühl, das mich in Rileys Richtung drängt, sondern eher wie eine zaghafte Frage. Schlagartig vermisse ich die Geborgenheit, die seine Berührung mir gegeben hat.

Je weiter wir in die Höhle hinabsteigen, desto penetranter wird der faulige Gestank und umso feuchtwärmer die Luft. Langsam wird mir übel. Hinter meinen Schläfen beginnt ein dumpfer Schmerz zu pochen, doch zugleich bin ich zu fasziniert von der Schönheit des Farbenspiels unter mir, um umzukehren.

Als wir endlich unten ankommen, nur wenige Meter vom Wasser entfernt, sehe ich mehrere Silhouetten, die in unregelmäßigen Abständen durch den Dampf huschen. Sie schleppen Kisten hin und her, aber ich kann nicht erkennen, was darin ist.

»Der Nebel ist nicht giftig, oder?«, fragt Riley in die Schwaden hinein und hält sich die Hand vor Mund und Nase. Ich habe den Eindruck, dass er nur etwas sagt, um die Stille zu vertreiben. Offenbar fühlt auch er sich nicht so wohl, wie er tut.

»Nö«, antwortet Kenneth schlicht, legt die Hände jetzt von hinten auf meine Taille und Rileys Schulter und schiebt uns am Ufer entlang nach links.

»Wo sind die Raumschiffe?«, will ich wissen. »Ich meine, die können ja schlecht im Wasser lagern, oder?«

»Nein, natürlich nicht. Mitten im See ist eine Plattform«, erklärt Kenneth, wobei er auf eine Reihe dunkler Metallfliesen deutet, die sich vor uns erstreckt. »Im Moment ist aber ohnehin nur eins da, die übrigen drei sind unterwegs zu anderen Missionen.«

Mit einem mulmigen Gefühl im Bauch folge ich Kenneth über die wackligen Metallkacheln, die vom Ufer aus über das Wasser führen. Jetzt erkenne ich auch das Plateau, das sich aus der Mitte des Sees erhebt.

»Da seid ihr ja!«, ruft Nilanhi plötzlich aus dem Dunst und eilt auf uns zu. »Kenneth, du musst wirklich mal an deiner Pünktlichkeit arbeiten. Es ist jedes Mal dasselbe.«

»Tut mir leid«, sagt Kenneth und grinst, als täte es ihm ganz und gar nicht leid. Schwungvoll nimmt er sein Bündel von der Schulter, um es Nilanhi zu übergeben.

Sie quittiert seine Bemerkung mit einem Augenrollen, nimmt den Beutel entgegen und wendet sich uns zu. »Seid ihr bereit?«

»Ja«, antworten wir wie aus einem Munde.

Reflexartig grinsen wir einander an, nur um den Blick sofort wieder abzuwenden. Meine Wangen brennen verdächtig.

»Gut, dann rein mit euch. Zack, zack!«, weist Nilanhi uns an. Sie wirbelt herum und hüpft die Metalltreppen des Plateaus empor.

Bevor ich ihr folgen kann, zieht Kenneth mich unvermittelt in eine Umarmung. Seine Brust ist warm wie ein Stein in der Sonne und riecht nach frisch umgegrabener Erde und Früchten.

»Pass auf dich auf«, flüstert er mir ins Ohr. Vorsichtig drückt er mir etwas Kleines in die Hand. »Lass dich nicht unterkriegen. Aber das tust du ja ohnehin nicht.«

Als er mich loslässt, fühle ich, wie sich meine Augen vor Überraschung weiten. »Kommst du denn nicht mit?«

»Doch, aber mit einem anderen Schiff. Irgendjemand muss sich ja schließlich um die Vorräte kümmern. Wir sehen uns sehr bald wieder, versprochen!« Er senkt seine Stimme zu einem Raunen. »Du wirst mir fehlen, Champion.«

»Kommt ihr?«, ruft Nilanhi.

Kenneth zwinkert mir zu, tritt einen Schritt zurück und ruckt mit dem Kinn in Rileys Richtung. »Und lass dir von dem da nicht auf der Nase herumtanzen.«

Bei diesen Worten vergräbt er die Hände in den Hosentaschen, nickt Riley zum Abschied knapp zu und geht den gleichen Weg zurück, den wir gekommen sind. Einen Augenblick lang sehe ich ihm nach, wie er im stinkenden Nebel verschwindet, dann senke ich den Blick auf meine Hand und öffne sie. Darin liegt ein dünnes Armband aus einer Art elastischen Bastfasern, das er mir geknüpft hat. Diese Geste rührt mich. Ein Lächeln breitet sich auf meinem Gesicht aus, als ich es vorsichtig um mein Handgelenk binde. Es fühlt sich gut an, etwas von Kenneth bei mir zu tragen, denn es erinnert mich an einen weiteren Grund zurückzukehren. Ein bisschen wie ein Sicherheitsnetz. Vielleicht hat Kenneth es mir genau deshalb gegeben.

Von diesem Gedanken bestärkt balanciere ich hinter Riley die Plattform hinauf. Darauf befindet sich ein dreieckiges Raumschiff, das viel kleiner ist als die Fähre von Alpha, die ich über die Wüste hinwegfliegen gesehen habe. Das Metall muss einmal glänzend weiß gewesen sein, doch inzwischen ist es zerkratzt und verdreckt. Nur an wenigen Stellen, die vom Flugwind und dem aufwirbelnden Schmutz beim Landen geschützt sind, sieht man noch kleine Flecken des Hochglanzlacks, die an längst vergangene Zeiten erinnern. Die Falltür an der Unterseite ist heruntergelassen und gibt den Blick auf das Innere frei. Ich kann neun halbkreisförmig angeordnete Sitzplätze mit hohen Lehnen und orangefarbenen Polstern sowie ein gigantisches Steuerpult mit zwei weiteren Sitzen davor ausmachen. Dort nimmt Nilanhi gerade neben einem Mann mit ebenso blauer Haut wie ihrer Platz. Mit Ausnahme zweier Stühle sind alle Sitze bereits belegt.

Auf der linken Seite sehe ich Kianas und Andrinas Hinterköpfe, die nur knapp über die Lehnen ragen. Neben ihnen hockt ein unglücklich dreinblickender Cole. Dank seiner massigen Gestalt sieht es so aus, als würde sich ein Riese in einen Kinderstuhl quetschen. Auf der rechten Hälfte hingegen entdecke ich zwei mir unbekannte Gesichter und Veil, der unruhig an seinen Fingernägeln kaut und mich ansieht, als wolle er jeden Moment erneut sein Messer zücken, um seinen Versuch vom letzten Mal zu Ende zu bringen.

Na, das kann ja heiter werden.

»Da seid ihr ja endlich«, begrüßt Neon uns gereizt. Sie steht etwas abseits an die Falltür gelehnt. Mit großen Schritten kommt sie auf uns zu. »Das Schiff sollte schon vor einer halben Stunde abheben!«

»Was können wir denn dafür, wenn unser Babysitter uns eine falsche Zeit nennt?«, erwidert Riley.

Empört donnere ich ihm meine Ferse gegen das Schienbein.

Ungeduldig winkt Neon ab. »Schon gut. Also, ihr wisst, worum es geht, ja?«

»Natürlich«, seufze ich und beginne herunterzubeten, was Neon uns so oft eingeschärft hat. »Wir fliegen nach Theta zur Generalversammlung, wo wir unser Gesicht zeigen, um jeden Preis die Klappe halten und uns möglichst nicht wie selbstgerechte Alphanier aufführen sollen.«

»Da hat aber jemand aufgepasst«, flüstert Riley mir zu.

Neon funkelt ihn an. »Es ist wichtig, dass ihr so stark und seriös auftretet wie möglich. Die anderen müssen sehen, dass ihr auf unserer Seite seid und Alpha an den Kragen gehen wollt. Zeigt ihnen ein bisschen was von eurer Kraft. Macht ein kleines Portal, ein paar Blitze, sprüht ein paar Funken, was weiß ich, aber macht ihnen deutlich, dass ihr wirklich diese Fähigkeiten besitzt und dass ihr auf unserer Seite steht. Sie dürfen nicht an unserer Stärke zweifeln.«

»Du meinst, sie dürfen nicht an *dir* zweifeln«, knurrt Riley. Er spricht damit aus, was wir beide denken. »Was ist, wenn ich keine Lust habe, für dich das Zirkusäffchen zu spielen?«

Ich nicke zustimmend und hebe erwartungsvoll die Brauen.

»Nun, ich denke, wir haben dasselbe Ziel, oder etwa nicht?«, fragt Neon leise. Ihr Tonfall könnte den schwefeligen Dampf auf der Stelle zu Eis gefrieren lassen. »Und solange das der Fall ist, werdet ihr beide genau das tun, was ich sage. Habe ich mich klar ausgedrückt?«

Neons gelbe Augen spießen Riley förmlich auf. Einmal mehr erinnert mich ihr Gesicht an das einer Hyäne, und ich schlucke, doch zugleich packt mich die Wut.

Obwohl ich ahne, dass ich mir diese Frau besser nicht zur Feindin machen sollte, kann ich mir meine Worte nicht verkneifen. »Ich glaube, du brauchst uns mehr, als du zugeben willst. Keiner von uns wird sich als deine Trophäe vorführen lassen und nur nach deiner Nase tanzen. Wir sind nicht deine Marionetten. Habe auch ich mich klar ausgedrückt?«

Abwehrend verschränke ich die Arme vor der Brust und funkele sie an. Ich versuche, all meine aufgestaute Wut auf Liam, auf Alpha und mich selbst in meinen Blick zu legen. Die Luft zwischen uns knistert vor Anspannung. Plötzlich macht Neon einen Schritt nach vorn. Dabei tritt sie so nah an mich heran, dass ich ihren heißen Atem auf meiner Haut spüre.

»Willst du mir etwa drohen, kleine Aschebringerin?«, zischt sie.

»Wäre das ein Problem für dich?«, kontere ich. Das Herz rast in meiner Brust, aber jetzt gibt es keinen Weg zurück.

»Du solltest den Mund lieber nicht zu voll nehmen«, flüstert Neon. »Wenn ich sage, macht Küchendienst, macht ihr Küchendienst. Wenn ich sage, demonstriert eure Fähigkeiten, demonstriert ihr eure Fähigkeiten. Und wenn ich sage, wir attackieren Alpha, seid ihr ganz vorn mit dabei und greift Alpha, ohne mit der Wimper zu zucken, mit uns an. Habe ich mich klar ausgedrückt?«

Es fällt mir nicht leicht, meinen Zorn hinunterzuschlucken, aber diese Diskussion ist es nicht wert, es mir mit der Anführerin der Rebellen auf Omega zu verscherzen. »Ja«, knurre ich deshalb widerwillig.

»Na also«, sagt Neon süßlich und tätschelt meine Wange. »Es geht doch. Und jetzt ab mit euch, oder jemand fällt noch ›aus Versehen‹ in den See. Und glaubt mir, das wollt ihr nicht.«

Mit einem süffisanten Grinsen dreht Neon sich um und verschwindet im nebligen Dampf. Zornig will ich ihr hinterherrennen, doch Riley hält mich am Handgelenk zurück.

»Nicht«, murmelt er. »Es hat keinen Zweck, sie noch mehr gegen uns aufzubringen. Lass sie sich erst mal beruhigen.«

»Aber sie kann doch nicht einfach …«

»Doch, kann sie«, fällt Riley mir ins Wort. »Aber das heißt

nicht, dass das letzte Wort gesprochen ist. Wir lassen einfach nicht zu, dass sie uns für ihre Zwecke missbraucht. Weder um ihre Position zu festigen noch um Alpha zu zerstören.«

Ich kann nicht genau sagen, was, doch etwas in seinem Tonfall lässt mich wanken. Seine Stimme klingt, als sei er weit weg in anderen Gedanken, die ich nicht ergründen kann. Ich suche seinen festen Blick, der alle Zweifel zerstreut. Stark und unerschütterlich, geradezu rau, aber auch haltgebend.

»Versprichst du es?«

»Ja«, antwortet er. »Wir werden unseren eigenen Weg gehen, wenn es so weit ist.«

Doch bei diesen Worten schaut er mich nicht an.

Stattdessen wendet er sich von mir ab und geht die Rampe des Raumschiffs hinauf, bis er aus meinem Sichtfeld verschwunden ist.

Kapitel 25

Ich weiß wirklich nicht, was die Menschheit dazu geritten hat, fliegende Metallungetüme zu erfinden.

Voller Panik kralle ich meine Finger in die dünn gepolsterten Armlehnen, so fest es nur irgendwie geht, während das Rumoren der Antriebe alles um mich herum erbeben lässt. Kalte Furcht kriecht meinen Rücken hinauf, als ich sehe, wie Nilanhi und Jason ihre Finger über die Hebel und Knöpfe des Steuerpults gleiten lassen. Am liebsten würde ich aufspringen und schreien, dass ich hier rauswill, dass sie mich bitte hierlassen sollen und ich lieber tausend Extraschichten auf den Feldern absolviere. Doch dafür ist es zu spät. Schon heult die gesamte Maschinerie auf, ein heftiger Ruck geht durch das Schiff, und mein Magen wird unangenehm in Richtung des Sitzes gepresst. Innerhalb von Sekunden wird mir speiübel, der Druck auf meinen Ohren wird unerträglich. Ist so ein Metallgehäuse wirklich stabil genug, um uns sicher durch die Luft zu tragen?

Um mich abzulenken, schaue ich aus dem Cockpitfenster und beiße mir vor Schreck so fest auf die Unterlippe, dass ich Blut schmecke. Dampfschwaden wabern rasend schnell am Fenster vorbei, dann wird es stockdunkel in der Kabine, als wir das Loch im Gestein passieren. Kurz darauf wird sie von gleißendem Sonnenlicht durchflutet. In beängstigender Geschwindigkeit jagt das Raumschiff mit uns in den Himmel hinauf, über die vereinzelten Wolken hinweg und der Sonne entgegen. Ich schließe die Augen und versuche zu schlucken, um das Druckgefühl in meinen Ohren zu lindern.

Als ich die Lider das nächste Mal öffne, blicke ich in ein Meer aus Sternen, die sich wie Irrlichter in alle Richtungen erstrecken. Weit unter mir erkenne ich die von wabernden Wolkenschwaden umgebene sandfarbene Kugel – Omega. Allmählich lässt auch der Druck auf meinen Bauch nach, bis das Schiff schließlich seine Flughöhe erreicht und ruhig durch die Schwerelosigkeit des Alls gleitet. Erleichtert atme ich aus.

»Alles in Ordnung, ihr beiden?«, fragt Nilanhi über ihre Schulter hinweg und mustert Riley und mich.

»Geht schon«, murmele ich, während Riley bloß nickt. Er sieht verdächtig blass um die Nase aus.

Nilanhis Augen funkeln vergnügt. »Ihr wirkt ein bisschen grün im Gesicht. Wir haben leider keine Kotztüten an Bord, also macht uns bitte keine Scherereien!«, sagt sie grinsend, was ihr das Lachen der gesamten Crew einbringt.

»Ha, ha«, mache ich trocken und lasse mich tiefer in den Sitz sinken.

Nach etwa vier Stunden Flug durchbricht das Raumschiff endlich die Atmosphäre des Mondes Theta. Unter den weißen Wolkenmatten hängt ein bläulicher nebliger Dunst, der immer dichter wird, je näher wir der Planetenoberfläche kommen.

»Seht ihr das?«, fragt Cedric zu meiner Rechten und zeigt aus dem Cockpitfenster. Seine Haut ist ungewöhnlich blass und durchscheinend wie Porzellan. Jedes Mal, wenn er mich aus seinen milchig weißen Augen ansieht, läuft mir heimlich ein Schauer über den Rücken, obwohl Cedric alles andere als unfreundlich ist. Er stammt von Omikron, einem Mond, der nur zwei Stunden Sonnenlicht am Tag abbekommt, da er im Schatten zweier anderer Monde steht. Den Rest der Zeit herrscht dort tiefschwarze Nacht. Cedric hat mir erklärt, dass seine Augen deshalb so hell seien, damit sie auch kleinste Lichtpartikel absorbieren können.

»Ich bin jedes Mal wieder überwältigt, wenn ich nach Theta komme«, bemerkt Fionn und lehnt sich schwungvoll in seinem Sitz zurück, wobei die langen Haare auf seiner Haut fliegen. Fionn ist ein lustiger Geselle, wenn man sich erst mal an die vielen langen Haare gewöhnt hat, die aus nahezu jeder Pore seiner Haut sprießen. In seiner Heimat Xi, einem Schneewüstenmond mit ständigen Eisstürmen, ist das jedoch sicher von Vorteil.

»Wieso?«, fragt Riley und reckt den Hals. »Soweit ich weiß, gibt es hier nichts als trockene Steppe.«

»Wart's ab«, sagt Cedric grinsend. »Du wirst den Mond von einer ganz anderen Seite kennenlernen. Ihr werdet sehen!«

»Ruhe dahinten!«, befiehlt Nilanhis Co-Kapitän Jason. »Schnallt euch lieber an. Wir landen jetzt.«

»Jaja, schon gut!«, ruft Fionn zurück. Er zwinkert Riley und mir verschwörerisch zu. »Hört lieber auf ihn. Er ist nicht gerade bekannt für ein sanftes Aufsetzen, wisst ihr?«

»Das habe ich gehört!«, knurrt Jason gereizt.

»Das solltest du auch«, gibt Fionn lässig zurück.

Ich versuche, mein Lachen zurückzuhalten, doch es gelingt mir nicht. Hinter vorgehaltener Hand pruste ich los. Jason wirft mir einen bösen Blick über die Schulter zu und umklammert den Steuerknüppel so fest, dass seine Knöchel weiß hervortreten. Auch Riley kann ein Grinsen nicht unterdrücken.

Nervös ziehe ich meinen Gurt straff. Zuerst hatte ich ein wenig Bammel davor, mit einer Gruppe Rebellen zu reisen, die sich untereinander so gut kennt wie diese Crew. Doch wie sich herausgestellt hat, geben neben den Kapitänen vor allem Cedric und Fionn den Ton an, die Riley und mich mit offenen Armen in der Crew willkommen geheißen haben.

»Festhalten!«, kommandiert Nilanhi.

Ich sehe, wie Andrina ängstlich die Armlehnen ihres Stuhls umklammert und Kiana behutsam ihre Hand auf die ihrer Schwester legt. Veil hingegen lässt Riley und mich selbst jetzt nicht aus seinen grimmig zusammengekniffenen Augen. Cole überprüft seinen Gurt, woraufhin er unbeeindruckt mit den Schultern zuckt, was merkwürdig aussieht, da er sich auf dem für ihn winzigen Stuhl nur schlecht bewegen kann.

Aus dem Cockpitfenster heraus kann ich erkennen, wie schnell die graubraune Landschaft unter uns vorbeifliegt. In der Ferne mache ich eine Ansammlung flacher Steinhügel aus, auf die Jason und Nilanhi zusteuern. Das Schiff kippt immer stärker vornüber und neigt sich dem Boden in einem bedrohlich steilen Winkel entgegen. Der Druck, der dabei entsteht, presst meinen Magen unangenehm zusammen und meinem Brustkorb entgegen. Ich halte mir die erneut fast taub werdenden Ohren zu. Verzweifelt lasse ich meinen Kiefer auf- und zuklappen, eine Übung, die Fionn mir gezeigt hat, um den Druck auszugleichen. So, wie er lacht, muss ich dabei echt bescheuert aussehen.

Die Maschine bremst immer mehr. Die Hügel befinden sich nun direkt unter uns, so nah, dass ich glaube, ich müsse nur die Hand aus dem Fenster strecken, um ihre Spitzen zu berühren. Meine Atmung beschleunigt sich zu einem Keuchen. Ich habe das untrügliche Gefühl, dass wir jeden Moment an ihnen zu zerschellen drohen. Andrina starrt krampfhaft auf ihre Füße, während sie angestrengt die Lippen bewegt, als würde sie beten. Im Gegensatz zu ihr bin ich wie gelähmt und presse die Augen fest zusammen. Ich kann den Anblick nicht ertragen, wie wir in atemberaubender Geschwindigkeit unserem Aufprall entgegenrasen …

Wumm!

Mit einem gewaltigen Donnern kommt das Schiff auf dem Boden auf, sodass seine Wände nur so wackeln. Durch die Sitze geht ein Ruck, der mich nach oben wirft, nur um mich sofort wieder hineinzudrücken. Der Sicherheitsgurt schneidet schmerzhaft in die Haut an meiner Hüfte ein, doch ohne ihn wäre ich bestimmt einmal quer durch das Schiff geflogen. Die Bremsen rumoren, bis der Flieger nach schier endlosen Sekunden zum Stillstand gelangt. Schnaufend hänge ich in meinem Sitz, blicke nach oben und sehe gerade noch, wie sich die Decke über uns schließt. Clever, einen Indoor-Landeplatz als Hügel zu tarnen, aber eine kleine Vorwarnung wäre durchaus nett gewesen.

»Verdammt, Jason! Das üben wir wohl besser noch mal!«, flucht Fionn.

Jason schnallt sich ab, steht auf und streckt sich. »Ups«, sagt er gedehnt, wobei er ein unschuldiges Lächeln aufsetzt. »Vielleicht sollten einige von uns in Zukunft einfach weniger frech zu den Piloten sein, dann klappt das bestimmt von selbst besser.«

Nilanhi verdreht die Augen, steht auf und macht sich an der Carbonklappe von einem der Gepäckfächer über unseren Köpfen zu schaffen. »Oder der *Co*-Pilot hat es einfach nur nicht drauf.«

In meinem Körper schwappen das aufgestaute Adrenalin sowie die Erleichterung, den Flug heil überstanden zu haben, über und machen sich in einem albernen Lachen Luft. Mit zittrigen Händen löse ich den Sicherheitsgurt, um aufzustehen. Meine sonst so starken Beine fühlen sich unsicher und staksig an, als ich sie durchstrecke und versuche, meine steif gewordenen Gelenke und Muskeln zu dehnen.

»Na, alles gut bei euch?«, fragt Cedric lachend. »Ich weiß, der erste Flug kann ein wenig nervenaufreibend sein. Aber keine Sorge, mit der Zeit gewöhnt man sich daran.«

»Wie, mit der Zeit?«, frage ich und werde blass. Ich habe gar nicht mehr daran gedacht, dass wir auch wieder zurückfliegen müssen. Auch Riley sieht bei dieser Vorstellung ein wenig unglücklich aus.

»Was? Erschafft und passiert Portale aus dem Nichts und will plötzlich Flugangst haben? Das gibt's doch wohl nicht!«, spöttelt Fionn, was Cedric zum Feixen und die Crew zum Lachen bringt. Nur Veil und Cole verziehen keine Miene.

»Genug gelacht!«, bestimmt Nilanhi schließlich. Sie zieht nacheinander sieben kleine Metallflaschen mit Schläuchen daran aus dem Gepäckfach hervor.

»Was ist das?«, fragt Riley misstrauisch.

»Das sind Sauerstoffflaschen. Ihr werdet sie brauchen«, erklärt Jason, verschränkt lässig die Arme und lehnt sich gegen seinen Pilotensitz.

Stimmt, das habe ich trotz meiner vielen Läufe hier ganz vergessen. Auf Theta ist der Sauerstoffgehalt zu gering, um sich für eine längere Zeit ohne Maske auf dem Mond bewegen zu können.

Nilanhi geht herum und verteilt die Masken an uns. Sie lächelt mich an. »Hier, legt sie so um euren Kopf und zieht das Band am Hinterkopf straff.«

Ich wiege die Atemmaske in meiner Hand, die ganz anders ist als die, die ich von Alpha kenne. Sie fühlt sich überraschend leicht an und besteht aus einem weichen dunkelblau gefärbten Material. Es fließt durch meine Finger wie Wasser und ist nur an der Stelle, die auf Mund und Nase gedrückt werden soll, durch ein schwarzes Mundstück verdickt. Daran ist ein Schlauch befestigt, der in eine kleine silberne Sauerstoffflasche mündet, welche ich jetzt mit einem Clipper an meinem Hosenbund befestige.

Als ich wieder zu Nilanhi sehe, um auf weitere Anweisungen zu warten, stutze ich. Sie verschiebt ihr violettes Halstuch, um die Maske an ihrem Kinn zu befestigen. Dabei entblößt sie auf jeder Seite ihres Halses fünf Kiemen, die aussehen wie helle Einschnitte in ihrer blauen Haut.

Überrascht reiße ich die Augen auf. Ich wusste aus der Schule, dass menschliche Embryonen im Frühstadium Kiemenanlagen ausbilden, die später in der Entwicklung in andere Strukturen umgewandelt werden. Doch das, was ich jetzt vor mir sehe, übersteigt meine Vorstellungskraft um Längen. Einmal mehr wird mir bewusst, wie wenig ich überhaupt von meiner Welt weiß. Ich schlucke leise, denn ich habe keine Ahnung, wie ich darauf reagieren soll, ohne Nilanhi vor den Kopf zu stoßen.

Schließlich seufzt Jason, klatscht in die Hände und unterbricht damit die unangenehme Stille, die sich im Raumschiff ausgebreitet hat. »Alles klar? Gut. Dann setzt jetzt bitte alle die Masken auf, ich öffne jetzt die Falltür.«

Eilig mache ich mich daran, mir die Maske auf Mund und Nase zu drücken. Hektisch friemele ich an dem Verschlussband an meinem Hinterkopf herum. Immer wieder geraten meine Locken dazwischen, bis ich mich innerlich dafür verfluche, sie nicht vorher zusammengebunden zu haben.

»Brauchst du Hilfe?«, fragt Riley, während er einen Schritt auf mich zumacht. Seine Stimme klingt dumpf durch die Maske, die die untere Hälfte seines Gesichts verbirgt.

»Geht schon«, winke ich ab, doch Riley wartet gar nicht erst auf meine Antwort.

Stattdessen stellt er sich dicht vor mich und greift nach den Enden der Maske, wobei seine Finger wie zufällig meine Wange streifen. Eine weiche Sanftheit blitzt in seinen Augen auf, die ich nicht einordnen kann. Ganz langsam fährt er mit seinen Fingern den weichen Stoff entlang, streicht auf dem Weg zu meinem Hinterkopf behutsam einige lose Strähnen hinter mein Ohr und knotet das Band schließlich fest zusammen, ohne auch nur ein einziges Haar einzuklemmen. Obwohl die Maske jetzt fest auf meinem Gesicht sitzt, verharren seine Hände noch einen Augenblick zu lang in meinen Haaren. Seine Daumenspitzen ruhen auf meinen Wangenknochen und lassen mein Herz unkontrolliert flattern. Wäre es nicht fest in seinem Käfig aus Rippen verschlossen, würde es sich wahrscheinlich geradewegs in Rileys Arme werfen. Ein leises Ziehen macht sich in meiner Brust breit, wo es gegen meine Knochen trommelt, süß und schmerzhaft zugleich. Meine Lippen öffnen sich leicht, doch so gern ich auch würde, ich bringe keinen Ton heraus.

Die Fältchen um Rileys Augen werden tiefer, und ich spüre, dass er dieses Gefühl mit mir teilt. Ich kann es in seinen Augen sehen. Zwischen uns entsteht eine Leere aus unausgesprochenen Worten, die zu überwinden uns nur einen winzigen Schritt kosten würde. Ich kann nicht anders, als seinen Blick mit angehaltenem Atem zu erwidern und mir zu wünschen, dass einer von uns endlich den Mut fände, diesen Schritt zu tun.

Cedric hüstelt unterdrückt. »Wenn ihr zwei dann fertig seid, können wir den anderen mal nach unten folgen.«

Abrupt löse ich mich von Riley und tue so, als würde ich noch einmal ganz sachlich den Sitz meines Sauerstoffschlauchs am Mundstück und an der Flasche überprüfen. Zum Glück hat Cedric uns unterbrochen, bevor noch mehr passiert ist. Auch wenn es schmerzt, muss ich Abstand zu Riley halten. Es ist der einzige Weg, wie ich ihn vor Jarek beschützen kann, selbst wenn es mich innerlich zerreißt.

Mit hochrotem Kopf marschiere ich an Cedric und Riley vorbei, welcher mir mit einer Enttäuschung in den Augen nachsieht, die mir einen Keil in die Brust treibt. Tatsächlich wartet draußen bis auf Cedric bereits die gesamte Crew auf uns und schaut mit amüsiertem Blick empor.

»Na, ihr Turteltäubchen?«, feixt Fionn.

»Nichts Turteltäubchen«, grummelt Riley, während er die Hände in den Hosentaschen vergräbt. »Yashira hatte Schwierigkeiten mit der Maske.«

»Ach, so nennt man das jetzt also?«, erwidert Cedric, grinst über beide Ohren und klopft Riley kameradschaftlich auf die Schulter.

Ich bemerke, dass Riley mich nicht bei meinem Spitznamen nennt. Ein kalter Klumpen macht sich in meinem Magen breit. Ich wünschte, es gäbe einen Weg, ihn zu schützen, ohne ihn zu verletzen. Es fühlt sich an wie Verrat.

Kapitel 26

»Willkommen auf Theta«, ruft eine Frau in den Mittfünfzigern, die eilig auf uns zukommt. Sie trägt einen khakifarbenen Overall, die silbrigen Haare sind zu einem strengen Zopf nach hinten gebunden. Ihre nackten Arme schimmern transparent und passen sich durch Farbwechsel fließend der Umgebung an, sobald sie sich bewegt. Mir fällt ein, dass es bei Kenneth genauso ist. Ich habe ihn nie gefragt, woher er stammt, aber jetzt wird es mir klar.

»Hallo, Tiana«, begrüßt Nilanhi die Thetianerin.

Die beiden Frauen umfassen gegenseitig ihre Unterarme, wobei Tiana das Dreieckstattoo auf ihrem Handgelenk nach oben dreht, und nicken sich respektvoll zu.

»Ist Neons Schiff bereits eingetroffen?«, fragt Nilanhi.

»Nein, noch nicht«, antwortet Tiana schroff.

Ein Schatten huscht über Nilanhis Gesicht, und eine tiefe Furche teilt die Haut ihrer Stirn in zwei Hälften.

»Das muss aber nichts heißen!«, ergänzt Tiana. »Es gab in den letzten Tagen immer wieder … Turbulenzen.«

Etwas an Tianas Tonfall lässt mich aufhorchen. Es klingt, als würde sie etwas anderes meinen, das nur Nilanhi versteht. Sie presst die Lippen fest aufeinander und nickt steif, was wahrscheinlich nichts Gutes zu bedeuten hat. Aber bevor ich nachfragen kann, was es damit auf sich hat, dreht sich Tiana schon zu uns herum.

»Also, wer von euch sind die Alphanier?«, bellt sie und blickt in die Runde. »Ach, vergesst es, ich seh es schon.«

Sie macht einen Schritt auf Riley und mich zu, wobei sie Veil und Cole zur Seite schiebt, ohne sich von deren wütenden Blicken beeindrucken zu lassen. Prüfend mustert sie uns und hebt eine elegant gezupfte Augenbraue. Ihre grauen Augen wirken hart wie Stahl. »Hört mir gut zu. Es mag sein, dass ihr früher hier ein paar eurer schmarotzerischen Läufe veranstaltet habt und meint, unseren Planeten zu kennen. Aber ihr wisst gar nichts über uns, also verhaltet euch gefälligst respektvoll. Verstanden?«

Die Luft um uns herum fühlt sich plötzlich mehrere Grad kälter an. Tianas Feindseligkeit ist beinahe greifbar.

»Es tut mir leid, dass wir planetare Energie von Theta geholt haben«, sage ich und halte ihrem bohrenden Blick stand.

»Geholt?«, echot sie. »*Gestohlen* trifft es wohl besser!«

»Mag sein«, schreitet Cedric jetzt ein und legt mir die Hand auf die Schulter, um mich von einer Erwiderung abzuhalten. »Aber die beiden wussten es damals nicht besser. Jetzt sind sie hier, um es wiedergutzumachen. Und ich denke, das ist alles, was zählt.«

Dankbar sehe ich zu Cedrics blassem Gesicht hinauf und strahle ihn an.

Auf Tiana jedoch scheint Cedrics Geste den gegenteiligen Effekt zu haben. Sie rümpft verächtlich die Nase, mustert Riley und mich, als wären wir ein Stück Dreck an ihrem Lieblingsschuh, und wendet sich dann wieder Nilanhi und Jason zu. »Am Ausgang wartet ein Shuttleschiff, um euch zur Versammlung zu bringen. Folgt mir.«

Damit wendet Tiana sich um und eilt voraus. Unsere Gruppe muss sich beeilen, um mit ihr Schritt zu halten, während sie uns an einer beachtlichen Anzahl heruntergekommener Raumschiffe in allen Formen und Größen entlangführt. Sie wurden in allen möglichen Farben übermalt, um das Symbol Alphas unter dem Lack zu verbergen. So sehr ich mich auch anstrenge, ich kann unmöglich einschätzen, wie viele Schiffe in dieser Halle geparkt sind.

»Puh«, macht Riley. »Da ist wohl jemand mit dem falschen Fuß aufgestanden.«

»Das kannst du wohl laut sagen«, sagt Fionn grinsend und schlägt ihm mit seiner riesigen behaarten Hand so kräftig auf den Rücken, dass Riley sich verschluckt.

»Tiana ist eine gute Offizierin«, brummt Cole missbilligend. »Man nennt sie auch den weißen Tiger. Vor drei Monaten hat sie auf Theta vier Stützpunkte von Alpha eingenommen, bevor der Senat überhaupt etwas bemerkt hat.«

Ich runzele die Stirn. Vor drei Monaten, also kurz vor den *Portal-Running*-Championships. Ich frage mich, wie Alphas Regierung es geschafft hat, die beginnende Revolution so lange vor der Bevölkerung zu verbergen.

»Das gibt ihr aber noch lange kein Recht dazu, so unfreundlich zu sein«, entgegnet Riley.

Bevor jemand etwas erwidern kann, erreichen wir eine gewaltige metallene Schiebetür, die mit einem Handscanner verriegelt ist. Routiniert drückt Tiana ihre Handfläche auf den dafür vorgesehenen Touchscreen und gibt anschließend einen langen Code ein. Das schrille Piepsen der Tasten erinnert mich an das Geräusch der Scanner, die die Sicherheitsbeamten vor den Wettkämpfen benützen. All das kommt mir so unsäglich weit weg vor. Als wären es Erinnerungen aus einem anderen Leben.

»Überprüft noch einmal eure Sauerstoffmasken«, ermahnt uns Tiana.

Lautes Klappern und Rascheln ertönt hinter mir, als die anderen die Bänder ihrer Maske straff ziehen und den Sauerstoffgehalt der Flasche an einer Skala an der Seite überprüfen. Nervös zupfe ich an den Gurten an meinem Hinterkopf herum. Ich habe Angst vor dem, was mich hinter dem Tor erwartet. Es ist seltsam, auf einen Mond zurückzukehren, den ich von meinen Läufen her kenne, nachdem sich so viel verändert hat.

Nachdem *ich* mich verändert habe.

Mit einem leisen Zischen öffnen sich die Türen und geben den Blick auf die Weite der thetianische Steppe dahinter frei. Steinige graubraune Erde erstreckt sich nach allen Seiten hin, bis sie in einem trüben gelblichen Nebel verschwindet. Die einzigen Erhebungen bilden ein paar vereinzelte Büschel harten Gestrüpps, die den widrigen Bedingungen zum Trotz dem orangeroten Himmel ihre holzigen Äste entgegenstrecken.

Nur wenige Meter von uns entfernt wartet ein schmaler Flieger mit zwei breiten Tragflächen an jeder Seite, auf den Tiana jetzt zusteuert. Das Metall ist von Rost zerfressen und übersät mit unzähligen Kratzern und Beulen, sodass die Maschine einen wenig vertrauenerweckenden Eindruck macht. An der Unterseite des Schiffs öffnet sich eine Luke, durch die eine schmale Aluminiumtreppe heruntergelassen wird. Nacheinander steigen wir in den Flieger hinein. Hier drin gibt es nichts als zwei Reihen einander gegenüber angeordneter Sitze und leer stehender Stauraumklappen darüber. Wir nehmen auf ausgesessenen Sitzflächen mit ausgefransten grauen Stoffpolstern Platz, wobei ich darauf achte, mich nicht gegenüber von Riley niederzulassen. Ich könnte es nicht ertragen, den Schmerz meiner Zurückweisung in seinen Augen zu sehen. Kaum dass unsere Crew die Sicherheitsgurte geschlossen hat, eilt Tiana nach vorn ins Cockpit und nimmt auf dem Pilotensitz Platz.

»Also dann«, sagt sie. »Haltet euch gut fest.«

Kapitel 27

Entgegen meinen Erwartungen verläuft der Flug über Thetas Oberfläche ohne irgendwelche Zwischenfälle. Niemand greift uns an, Tiana startet und landet die Maschine sogar um einiges sanfter als Jason. Nicht einmal turbulente Luftströmungen stören unsere kurze Reise. Deshalb bin ich guter Dinge, als wir endlich auf dem weitläufigen Gelände des ehemaligen Stützpunktes von Alpha landen und das Flugzeug verlassen können.

Sobald wir ausgestiegen sind, nehme ich mir einen Moment Zeit, um das pyramidenförmige Gebäude zu betrachten. Unten besteht es aus massivem Stahl, die oberen zwei Drittel dagegen sind aus reflektierendem Glas gebaut, sodass die Menschen im Inneren ungehindert hinaus-, aber niemand hineinsehen kann. Von der Spitze aus hat man vermutlich die gesamte Ebene im Umkreis von mehreren Kilometern im Blick, damit sich niemand ungesehen nähern kann. Und selbst wenn es jemand versuchen sollte, würde er an dem gut fünf Meter hohen, mit mehreren Sprengfallen und automatischen Schusswaffen gespickten Elektrozaun scheitern, der um das Gelände gezogen wurde. Es ist mir ein Rätsel, wie Tiana es geschafft hat, diese Festung einzunehmen. Mit einem Mal habe ich gehörigen Respekt vor dieser Frau.

»Gibt es ein Problem?«, blafft sie mich jetzt an.

Erschrocken fällt mir auf, dass ich sie schon eine ganze Weile anstarre.

»Nein«, erwidere ich eine Spur zu schnell.

Tiana verengt die Augen zu Schlitzen. »Schön, dann beweg deinen knochigen Hintern in den Stützpunkt. Oder willst du hier Wurzeln schlagen?«

Ich schlucke eine bissige Bemerkung hinunter, während sie sich bereits zum Gehen wendet. Es würde mir nichts bringen, sie gegen mich aufzubringen. Deshalb begnüge ich mich damit, heimlich die Augen hinter ihrem Rücken zu verdrehen.

»Jaja, Tiana kann schon eine harte Nuss sein«, flüstert Fionn mir zu und legt mir seinen haarigen Arm um die Schultern.

»Kein Wunder, wenn man bedenkt, was sie alles durchgemacht hat«, ergänzt Cedric. »Ich habe gehört, sie soll ihre Eltern schon als kleines Kind verloren haben und von einem alten General großgezogen worden sein.«

»Es heißt, mit vierzehn habe sie bereits drei Bestien mit bloßen Händen getötet!«, ergänzt Kiana, die jetzt gemeinsam mit Andrina zu uns aufschließt.

»Bestien?«, frage ich nach, obwohl ich vermute, dass mir die Antwort nicht gefallen wird.

»Riesige wolfsähnliche Raubtiere mit Giftzähnen, die es hier gibt. Ihre Augen sind schwarz wie die Nacht, und ihr Fell ist so grau wie die Erde, sodass man sie überhaupt nicht sieht. Sie schleichen sich von hinten an die Menschen heran, und wenn man am wenigsten damit rechnet … Waaah!« Cedric tut so, als würde er mich anspringen.

»Du spinnst doch!«, rufe ich grinsend, aber die ernsten Blicke der anderen belehren mich eines Besseren. Das Lachen bleibt mir im Halse stecken. Reflexartig sehe ich mich um.

»Keine Sorge«, sagt Cole, der die ganze Zeit über stumm neben uns hergeht. »Die Viecher werden wohl kaum über den Elektrozaun springen können.«

»Und wenn doch?«, fragt Kiana ängstlich.

»Quatsch. Tun sie nicht. Oder glaubst du, die Alphanier hätten nicht genug Angst vor ihnen gehabt? Der Zaun ist viel zu hoch für die Tiere«, meint Cedric und hebt vielsagend die Brauen.

»Stimmt«, meint Fionn lächelnd und vergräbt die Hände in den Hosentaschen. »Alphanier sind Angsthasen, sobald sie ihren eigenen Planeten verlassen. Nichts für Ungut, Yashira!«

Ich verschränke die Arme und tue so, als sei ich zutiefst beleidigt.

»Ach, komm schon!«, ruft Fionn in gespielter Empörung und stößt mir seinen Ellenbogen kräftig in die Seite.

Bevor ich protestieren kann, haben wir das dunkelbraun lackierte Tor zur Schleuse erreicht. Erneut drückt Tiana ihre Hand auf einen Touchscreen und tippt einen Sicherheitscode in das darunterliegende Tastenfeld ein.

»Hereinspaziert«, sagt sie trocken, als die Tür aufschwingt. Sie verschwendet keine Zeit damit, sie uns aufzuhalten oder uns den Vortritt zu lassen, sondern marschiert schnurstracks hindurch.

Hektisch folgen wir Tiana, die die Schleuse mit ihren langen Beinen im Eiltempo durchquert. Mir entgeht nicht, dass Riley versucht, sich unauffällig an Veil vorbei- und näher an mich heranzudrängeln. Doch ich zwinge mich dazu, ihn nicht anzusehen. Im Moment brauche ich unbedingt einen klaren Kopf für die bevorstehende Generalversammlung. Wer weiß, was Jarek im Schilde führt, sollte er gemeinsam mit Neon nachkommen. Ich traue ihm alles zu. Und im Zweifelsfall bin ich die Einzige, die uns alle heil hier herausbringen kann.

Wir verlassen die Luftschleuse durch eine zweite Tür, hinter der ich erleichtert meine Maske abnehme und tief durchatme. Trotz der Gummisohlen meiner Laufschuhe klackern meine Füße auf dem geriffelten Metallboden, als wir die große Eingangshalle betreten. Unzählige Menschen rennen hektisch durcheinander und erfüllen den Raum mit ihren Gesprächen, die von den Wänden widerhallen wie das Summen eines Bienenstocks. An der gut zehn Meter hohen Decke hängen Dutzende Leuchtstoffröhren, die das Gewusel in ein grelles weißes Licht tauchen. Am gegenüberliegenden Ende der Halle führen zwei Treppen aus Metallgittern nach oben und eine weitere eine Ebene tiefer. Die Luft ist sauber und kühl – eine echte Erleichterung nach dem stickigen Klima außerhalb der Pyramide. Ich fröstele in meinem verschwitzten Shirt, also löse ich kurzerhand die Ärmel meines Kapuzenpullis von der Hüfte und streife ihn über, wobei sich die Sauerstoffflasche mitsamt der Maske von meinem Gürtel löst. Mit einem lauten Poltern rollt sie über den Boden, bis sie unter der Sohle eines zerlöcherten Stiefels zum Stillstand kommt.

»Na hoppla«, sagt eine mir bekannte Stimme. »Du solltest besser darauf aufpassen. Die brauchst du noch!«

»Kenneth!«, sage ich strahlend und nehme die Flasche entgegen, um sie wieder einzuhaken. Ich lasse zu, dass er mich zur Begrüßung in eine kurze Umarmung zieht, und atme seinen herben Duft nach frischer Erde ein. »Was machst du denn hier?«

»Das Gleiche wie du, nehme ich mal an.«

»Und wie bist du hierhergekommen?«

»Wir haben mehr als nur einen Flieger, weißt du?« Lachend fährt er sich durch die wild von seinem Kopf abstehenden Haare. »Wir sind auch gerade eben angekommen. Anscheinend haben wir das schnellere Schiff erwischt. Neon wird auch jeden Moment hier sein. Sie ist mit Kadira und Jarek unterwegs.«

Jarek. Also wird er tatsächlich zur Versammlung kommen. Eine eisige Faust umschließt mein Herz. Der Mistkerl hat uns schon einmal fast verraten – ich mag gar nicht daran denken, was er dieses Mal im Schilde führt. Immerhin sind im Moment unzählige Rebellen in diesem Stützpunkt versammelt, an dessen Rückeroberung Alpha mit Sicherheit brennend interessiert ist. Mit einem Mal steigt Panik in mir auf, und mir wird klar, dass ich einen gewaltigen Fehler gemacht habe. Es kann nicht länger warten, ich muss mich jemandem anvertrauen. Ich habe keine Wahl.

»Kenneth, ich muss unbedingt mit dir re…«, setze ich an, werde jedoch jäh unterbrochen.

»Hey, Kenneth!«, ruft Fionn quer durch die Eingangshalle und kommt auf uns zu. Beherzt klopft er ihm auf dem Rücken. »Na, froh, wieder in der Heimat zu sein?«

»Klar«, stößt Kenneth hustend hervor. »Wer wäre das nicht? Steine, Staub und Bestien, so weit das Auge reicht.«

»Die haben doch keine Chance gegen euch Chamäleons«, brummt Cedric, der jetzt hinter Fionn auftaucht.

Statt einer Antwort hebt Kenneth die Hände und dreht sie im

Schein einer Neonleuchte hin und her. Sie fangen das Licht ein und absorbieren es, sodass sie beinahe durchsichtig werden.

Ich blinzele und schüttele den Kopf, um mich wieder auf das Wesentliche zu konzentrieren. »Kenneth, ich muss dir unbedingt …«

Wie aus dem Nichts schließt sich plötzlich eine Hand so fest um meine Schulter, dass ich einen überraschten Aufschrei nicht unterdrücken kann.

»Gibt es hier ein Problem, Miss Willow?«, bellt Tiana mir ins Ohr.

»Nein«, stoße ich hervor ich und versuche, mich loszureißen. Es gelingt mir nicht.

»Schön. Dann geh doch bitte wie alle anderen auch in den Konferenzsaal. Wir sind spät dran«, zischt sie grimmig. Sie lässt ihre Hand länger als nötig auf meiner Schulter liegen und drückt dabei so fest zu, dass meine Knochen ächzen. Ich beiße die Zähne zusammen und funkele sie an, entschlossen, ihr nicht zu zeigen, dass sie mir wehtut. Tiana presst die Lippen zu einer dünnen Linie zusammen, dann dreht sie sich um. Zügig geht sie Nilanhi und Jason entgegen, die in einigem Abstand auf sie warten. Ich spüre, wie das Blut schmerzhaft wieder in das umliegende Gewebe zurückströmt, und bin mir sicher, dass ihre Fingerspitzen blaue Flecken auf meiner Haut hinterlassen haben. Blöde Kuh.

»Kommt lieber mit«, murmelt Kenneth. »Mit Tiana ist nicht zu spaßen, wenn sie sauer ist. Und das ist sie zurzeit ständig.«

Ohne ein weiteres Wort zu verlieren, folgen Cedric, Fionn und ich ihm zu der vorderen Treppe, die steil vor uns aufragt. Riley hält gebührenden Abstand zu mir, hinter ihm Cole, Andrina und Kiana, die eifrig auf ihn einredet. Vermutlich hört er ihr gar nicht zu, so intensiv spüre ich seine Blicke auf meinem Hinterkopf. Ich bin froh, dass Veil das Schlusslicht unserer Gruppe bildet. So kann er wenigstens keinen von uns die Treppe hinunterstoßen.

Bereits in der ersten Etage fangen Cedric und Fionn an, heftig in meine Ohren zu schnaufen, was mich grinsen lässt.

»Na, ein wenig außer Form?«, stichele ich und schiebe die ausgeleierten Ärmel meines Pullovers hoch.

»Du hast leicht reden als Läuferin«, stöhnt Cedric.

»Warte, bis wir oben sind, dann lachst du nicht mehr!«, droht Fionn.

Ich grinse noch breiter, während ich meine Schritte beschleunige, um zu Kenneth aufzuschließen. Von jeder Stufe drücke ich mich mit mehr Krafteinsatz ab, als nötig wäre, von den Zehen bis zur Hüfte jede noch so kleine Faser angespannt.

»Du würdest gerade am liebsten alle Stufen hochlaufen, oder?«, fragt Kenneth unvermittelt.

Ich lächele verlegen. »Merkt man das so deutlich?«

»Und ob«, lacht er. »Du sprudelst über vor Energie. Warum tust du es nicht einfach?«

»Ich glaube nicht, dass ich noch mehr Aufmerksamkeit auf mich ziehen will. Es starren mich ja jetzt schon alle an wie einen Fremdkörper. Schon vergessen? Ich bin die doofe Alphanier-Tussi, die die Monde kaputt gelaufen hat«, erwidere ich bitter.

»Weißt du, es ist doch egal, was sie denken. Ich weiß, dass du keine doofe Tussi bist. Das reicht.«

Überrascht sehe ich ihn an. Seine Augen funkeln vergnügt, und er grinst breit, wobei er seine leicht schief stehenden Schneidezähne entblößt. Ich kann nicht anders, als zurückzulächeln. In diesem Moment hätte ich ihn gern noch einmal umarmt, wenn die Treppe und unsere Freunde hinter uns nicht gewesen wären. Und Riley.

»Du spinnst doch!«, kichere ich.

»Selber Spinnerin! Dafür, dass du dich von den anderen so einschüchtern lässt.«

Ich tue so, als würde ich ihn empört von mir wegschubsen, doch er duckt sich unter meinem Arm hindurch und überspringt eine Stufe. Zufrieden stelle ich fest, dass auch sein Atem sich langsam beschleunigt und seine Bewegungen nicht mehr ganz so rund laufen wie zuvor. Der Sprung hat ihn sichtlich angestrengt.

»Im Ernst, Yashira«, murmelt er plötzlich, und sämtlicher Schalk verschwindet aus seiner Stimme. »Verbieg dich nicht. Die anderen haben nur Angst vor dir. Sie sind neidisch auf das, was du kannst.«

Wie angewurzelt bleibe ich auf einem Treppenabsatz stehen und starre ihn an. Mein Herz wird warm und schwer in meiner Brust. Es zittert, als wisse es nicht recht, in welcher Frequenz es gerade schlagen soll.

»Danke«, flüstere ich heiser.

Ich wünschte, ich könnte mehr sagen. Ihm dafür danken, dass er mich von Anfang an ganz selbstverständlich mit seiner lockeren, fröhlichen Art aufgenommen hat, ohne mir eine einzige Frage zu stellen. In diesem Moment wird mir bewusst, dass ich mich bei den Rebellen trotz aller Feindseligkeiten mehr zu Hause fühle als all die Jahre auf Alpha.

Aber Kenneth versteht mich auch ohne Worte.

»Schon gut«, meint er leichthin. »Also … ich würde dir gern ein Wettrennen bis zur Spitze anbieten, aber es sind noch gut sechs Stockwerke, und ich bin jetzt schon außer Puste.«

Schon wieder muss ich lachen, doch dann werde ich schlagartig ernst. Vielleicht ist es egoistisch von mir, ihn mit reinzuziehen, aber ich muss es tun. Irgendjemand muss Bescheid wissen, dass Jarek ein Doppelleben führt.

Kurz entschlossen ziehe ich ihn in eine Nische auf dem Treppenabsatz, sodass die anderen an uns vorbeigehen können. Misstrauisch beäugt Riley uns, sagt aber nichts.

»Kenneth«, setze ich an, die Stimme zu einem Raunen gesenkt. »Es ist etwas Furchtbares passiert. Erinnerst du dich an den Tag unserer Aufnahmezeremonie? Als ich Riley, Kadira, Jarek und mich vor dem Schiff in Sicherheit gebracht habe?«

Er nickt mit sorgenvoller Miene.

Ich hole tief Luft und zögere. Wenn Jarek davon Wind bekommt, dass ich mit jemandem darüber spreche, wird er nicht lange fackeln, Riley etwas anzutun. Aber darüber, wie ich ihn vor Jarek beschützen kann, werde ich nachdenken, wenn es so weit ist. Im Augenblick hat die Versammlung oberste Priorität – und ich weiß nicht, ob ich mir je wieder im Spiegel gegenübertreten könnte, wenn ich indirekt halb *Zerberus* auf dem Gewissen hätte.

»Das ist nur die halbe Wahrheit«, gestehe ich schließlich. »An dem Tag wollte Jarek uns verraten. Er hatte eine Leuchtpistole dabei. Ich habe das Zeichen darauf genau erkannt. Mir sind nur ein paar Sekunden geblieben, um zu handeln, bevor er uns alle Alpha preisgegeben hätte. Als ich ihn im Versteck damit konfrontiert habe, hat er alles abgestritten und die Waffen vertauscht, sodass es aussah, als wäre ich eine Lügnerin. Ich … ich habe Angst, was er heute tun wird.«

Geschockt starrt Kenneth mich an und packt mich am Arm. »Was? Was sagst du da? Warum erzählst du das erst jetzt?«

»Er … er hat damit gedroht, meiner Familie auf Alpha etwas anzutun. Und Riley.« Beschämt schlage ich die Augen nieder. »Außerdem … wer hätte mir schon geglaubt? Er ist Neons Stellvertreter. Ich bin … na ja, ich bin eben ich.«

»Ich hätte dir geglaubt!«, sagt er mit Nachdruck. »Und das tue ich auch jetzt!«

»Was machen wir denn nun?«, frage ich kleinlaut.

Er lässt seine Hand tiefer wandern, hinab zu meiner, um tröstend über meine Finger zu streichen. Sofort überkommt mich eine Woge der Vertrautheit, und ich weiß, dass ich das Richtige getan habe.

»Zuerst einmal: Mach dir keine Sorgen. Es ist noch nicht zu spät. Neon wird gleich hier sein. Wir werden es ihr sagen, bevor die Versammlung beginnt, und sie wird entscheiden, was zu tun ist. Sie wird uns glauben, ich weiß es.« Sein Daumen kreist behutsam über meinen Handrücken, während er den Blick senkt. »Und was Riley betrifft – auch dafür fällt uns eine Lösung ein. Ich verspreche es dir.«

Gehörig außer Puste erreichen wir schließlich den vierzehnten Stock, die Spitze der Pyramide. In der Mitte stehen unzählige Tische in allen Formen, Farben und Größen, die zu einem langen Konferenztisch zusammengeschoben wurden. Drumherum sind alle möglichen Arten von Stühlen, Hockern, leeren Kartons, Holzböcken und allem, was sonst noch in irgendeiner Form als Sitz fungieren kann, aufgestellt. Die Wände ringsum bestehen aus einem schwach getönten, etwas fleckigen Glas, durch das man tatsächlich eine komplett freie Sicht auf die Steppe darunter hat. Der Anblick des glutroten Horizonts, der sich nach allen Seiten hin erstreckt, inmitten der dunklen Wolken ist einfach umwerfend. Eigentlich erwarte ich, weitere Rebellenflugzeuge auf den Stützpunkt zusteuern zu sehen. Stattdessen erblicke ich den Umriss dreier Monde in der Ferne, die von der gläsernen Spitze der Pyramide in vier schmale Facetten gebrochen werden.

»Atemberaubend, nicht wahr?«, fragt Nilanhi und tritt an Kenneth und mich heran. »Mir geht es auch so. Jedes Mal, wenn ich hier bin, ist es, als sähe ich diesen Ausblick zum ersten Mal.«

»Es ist der Wahnsinn«, hauche ich.

Nilanhi lässt mir noch ein paar Sekunden Zeit, bis sie sanft meinen Ellenbogen ergreift. »Hör zu, die Versammlung fängt gleich an. Riley und du … ihr solltet dicht bei mir bleiben, damit jeder sieht, dass ihr zu uns gehört.«

Kurz überlege ich, auch ihr von Jarek zu erzählen, doch Kenneth schüttelt kaum merklich den Kopf und drückt noch einmal tröstend meinen Arm. Also nicke ich nur und frage mich, ob Nilanhis Aufforderung unserem Schutz dient oder Riley und mich bloß als Neons neueste Errungenschaft präsentieren soll. Lange kann ich allerdings nicht darüber nachdenken, denn Nilanhi zieht mich von Kenneth und den Fenstern fort auf einen Platz im hinteren Teil des Raumes. Im Vorbeigehen fällt mir auf, wie viele unbekannte Gesichter sich hier versammeln, Rebellen jedes Mondes in den unterschiedlichsten Konstitutionen. Menschen mit sumpfbrauner ledriger Haut, mehrere Xianer mit starker Körperbehaarung wie Fionn und weißäugige Omikronianer wie Cedric. Leute mit extrem heller Haut und violetten Augen tummeln sich wild durcheinandergewürfelt im ganzen Raum. Dazu sehe ich blauhäutige Rebellen mit Kiemen wie Nilanhi und Jason und zahlreiche Thetianer, auch wenn ich oft zweimal hinschauen muss, um sie zu erkennen. Vor allem aber muss mich anstrengen, nicht den Mund vor lauter Staunen offen stehen zu lassen. Nilanhi hingegen nickt sich souverän durch die Menge, grüßt hin und wieder jemanden und versucht, mich möglichst unauffällig durch die Menschenmasse hindurchzuschleusen. Schließlich drückt sie mich auf einen Holzstuhl und winkt Riley zu uns heran, bevor sie sich auf die Suche nach Jason macht.

Wo zur Hölle bleibt Neon?

Mit zusammengekniffenen Lippen nimmt Riley neben mir Platz. Unauffällig schiele ich zu ihm hinüber. Ich sehe ihm an, wie nervös er ist, aber ich kann nicht sagen, ob es an der Versammlung liegt oder an unserem angespannten Verhältnis seit Jareks Drohung. Als er die Hand hebt, um sich die Haare aus der Stirn zu streichen, senke ich hastig den Blick und starre auf die zerkratzte Tischplatte vor mir. Zu gern würde ich ihm sagen, dass es bald vorbei ist damit, aber ich hüte meine Zunge. Jetzt ist nicht die Zeit dafür.

Nur am Rande nehme ich wahr, wie die Plätze rings um uns besetzt werden und sich das Stimmengewirr aus der Eingangshalle hierher verlagert. Die Versammlung muss jeden Augenblick beginnen. Ungeduldig rutsche ich auf meinem wackligen Hocker hin und her und hoffe, dass Riley mich nicht auf die Situation im Raumschiff anspricht, nicht hier und nicht jetzt. Nicht vor all diesen Leuten, wenn ich meine gesamte Konzentration aufbringen muss.

Zu meinem Leidwesen scheint er jedoch Gedanken lesen zu können – nur um genau das Gegenteil von dem zu tun, was ich möchte.

»Ash, ich wollte dir nur sagen …«, setzt er an, wird jedoch von Tianas harscher Stimme unterbrochen.

»Willkommen, liebe Freundinnen und Freunde, liebe Töchter und Söhne, liebe Schwestern und Brüder von *Zerberus*«, ruft sie laut und breitet die muskulösen Arme aus. »Ich freue mich, dass ihr heute so zahlreich erschienen seid, um unseren finalen Schlag gegen Alpha zu planen. Es ist an der Zeit, dass wir uns nehmen, was uns zusteht: unsere Freiheit!«

Die Rebellen johlen und stampfen lautstark mit den Füßen. Es müssen Hunderte sein, die sich dicht an dicht in die Spitze der

Pyramide gequetscht haben, um über Alphas Schicksal zu entscheiden. Mit einem Mal fühle ich mich schrecklich fehl am Platz.

»Leider ist Thetas oberster Anführer Cadoc noch nicht von seiner Mission zurückgekehrt, doch er wird im Laufe des Tages hier eintreffen. Er bedauert es sehr und hat die Leitung der Versammlung bis dahin vertrauensvoll in meine Hände gelegt«, fährt Tiana fort.

»Was dir aber noch lange nicht das Recht gibt, ohne mich anzufangen!«, donnert plötzlich eine zornige Frauenstimme durch den Raum, gefolgt von dem Geräusch schwerer Stiefel auf Metall.

Augenblicklich ist es mucksmäuschenstill. Nur wenige Sekunden später taucht der unverwechselbar pinke Haarschopf Neons an der Treppe auf. Ihre Augen sind zu schmalen Schlitzen verengt, sodass das Tattoo auf ihrer Wange bedrohlich spitz zuläuft. Energisch marschiert sie auf Tiana am Kopfende des Tisches zu. Ihre Hände sind zu Fäusten geballt und bereit, jederzeit entweder auf den Tisch oder jemandem ins Gesicht zu schlagen, falls nötig.

Endlich ist sie hier. Am liebsten würde ich sofort aufspringen und mit ihr reden, aber ich zwinge mich dazu, ruhig auf meinem Stuhl sitzen zu bleiben.

»Oh, du beehrst uns auch noch mit deiner Anwesenheit«, erwidert Tiana frostig. »Wie schön.«

Neon schnaubt verächtlich und deutet eine übertriebene Verbeugung in ihre Richtung an. »Stets zu Diensten, Miezekatze«, faucht sie, absichtlich einen falschen Spitznamen benutzend. »Dürfte ich jetzt also erfahren, warum die Versammlung beginnt, bevor alle Anhänger von Omega hier sind?«

Hinter ihr erscheinen nacheinander Kadira und zwei in dunkle Tücher gehüllte Männer, die ich nicht erkenne. Keine Spur von Jarek. Was hat das zu bedeuten? Furcht kriecht meine Kehle hinauf, während ich panisch zwischen Neon, Tiana und Kenneth hin- und herblicke, der mitten in einer Gruppe Thetianer rechts von mir sitzt und ratlos mit den Schultern zuckt.

Tianas Nasenflügel beben. Man sieht ihr an, wie sehr sie sich zusammennehmen muss, um Neon nicht auf der Stelle von der

Spitze der Pyramide zu stoßen. Ich wüsste zu gern, was zwischen den beiden vorgefallen ist.

»Wir haben noch nicht begonnen«, entgegnet Tiana gefährlich leise. »Du hast lediglich die Begrüßung verpasst. Bitte, nimm Platz.«

Ein süffisantes Grinsen umspielt Neons Lippen, als sie sich auf den samtgepolsterten Stuhl zwischen Tiana und Nilanhi fallen lässt. Provokant legt sie die Füße auf den Tisch, sodass matschiger Sand auf das blanke Holz tropft. Mit einem angedeuteten Gähnen lehnt Neon sich zurück, bis ihr Stuhl nur noch auf den hinteren zwei Beinen steht, und inspiziert demonstrativ ihre Fingernägel. Nur mit Mühe kann ich ein Grinsen unterdrücken. Ich nehme mir fest vor, Neon nachher dafür zu danken, dass sie Tiana zur Weißglut treibt.

Tiana hingegen bemüht sich mit hochrotem Kopf, Neons provokantes Verhalten zu ignorieren. »Gut. Nun, da wir offensichtlich vollzählig sind«, sie wirft Neon einen giftigen Seitenblick zu, »können wir besprechen, wie genau wir Alpha infiltrieren wollen.«

Schlagartig weicht alle Farbe aus meinem Gesicht. Alpha infiltrieren? Was haben sie vor?

»Die Schutzmechanismen sind viel zu stark. Wir können nur an den Planeten herankommen, wenn wir vorher die Atmosphäre ausschalten. Und genau hier liegt das Problem.«

»Wie sollen wir sie ausschalten, bevor wir auf den Planeten gelangen, wenn wir dafür schon auf dem Planeten sein müssen?«, erbost sich ein alter Mann mit blauer Haut und schlägt mit der Faust so kräftig auf den Tisch, dass seine langen Ärmel flattern.

»Das ist Amrel, der Älteste von Iota«, raunt Nilanhi mir zu. »Das daneben sind seine Beraterinnen und mein kleiner Bruder Jeevan.«

Sie deutet mit dem Finger nacheinander auf zwei weiß geschuppte Frauen mit grün glitzernden Augen und einen drahtigen jungen Mann mit langen blonden Haaren, der Nilanhi wie aus dem Gesicht geschnitten ist.

»Genau darüber wollen wir heute sprechen«, antwortet Tiana

ruhig. »Wir müssen einen Weg finden, dieses Dilemma zu umgehen. Bisher konnten wir die Aktivitäten des Atmosphärengenerators sehr genau nachverfolgen und dadurch Daten über mögliche Schwachstellen sammeln und auswerten. Als Nächstes müssen wir …«

Doch weiter kommt sie nicht.

Die Metalltreppe erzittert unter hastigen Tritten, die rasend schnell näher kommen. Ein Japsen wird laut, und ein Wimmern entringt sich einer Kehle, bevor ein kleiner blonder Junge mit hochrotem Kopf im Treppenaufgang erscheint. Er muss so schnell heraufgeeilt sein, dass er gestolpert ist und sich den Kopf angeschlagen hat, denn aus einer Platzwunde an der Stirn tropft Blut auf sein helles T-Shirt. Er macht sich nicht einmal die Mühe, es fortzuwischen. Keuchend bleibt er stehen, nackte Panik in den Augen, die mir die Haare zu Berge stehen lässt.

»Sch-schiffe«, presst er mühsam hervor. »Sie … k-kommen. A-alpha … Angriff.«

Einen Moment lang ist es totenstill im Raum.

Dann explodiert der Himmel um uns herum.

Kapitel 28

Ich nehme alles wie durch einen Schleier wahr, der das Geschehen um mich herum verlangsamt und sich wie eine Decke über die schreckliche Szenerie breitet.

Glasscherben fallen wie Regen vom Himmel und prasseln auf uns herab. Ich sehe, wie sie auf den Tischen und dem Boden aufschlagen, ich höre ihr grauenvolles Splittern und die Schreie von denen, die unter ihnen begraben werden. Menschen rennen durcheinander, wanken, versuchen, irgendwie zum Treppenaufgang zu gelangen, und trampeln sich dabei gegenseitig fast zu Tode. Blaue und rote Flammen lecken am spröden Holz der Tische, züngeln daran empor und verschlingen gierig alles, was in Reichweite ist. Sie machen keinen Unterschied zwischen Holz und Mensch.

Fremde Hände stoßen mich zu Boden, andere greifen nach mir und suchen Halt an meiner Kleidung. Meine rußgeschwärzten Glieder strecken sich ihnen entgegen, um zu helfen, und versuchen vergebens, sie zu erreichen. Ich rappele mich auf und taumele durch das Durcheinander aus Rauch und Feuer und Körpern, während etwas Nasses über meine Wangen rinnt. Ein Schrei zerreißt meine Kehle. Ich kann ihn fühlen, aber ich höre ihn nicht. Der süßlich-scharfe Gestank um mich herum verätzt meine Lungen und lässt mich würgen, sodass ich erneut ins Straucheln komme. Hilflos gehe ich zu Boden, huste, spucke und bedecke meinen Kopf mit den Armen.

Ich blinzele und blicke in ein Paar braune Augen in einem sommersprossigen Gesicht, das zur Hälfte von Glassplittern bedeckt ist. Sie glitzern in der Sonne wie Tautropfen.

Zu meinem Entsetzen kenne ich das Gesicht. Es ist Kenneths.

Leblos starren seine Augen in den Himmel, in eine Ferne, die ich nicht einmal erahnen kann.

Vor Grauen bin ich wie gelähmt. Ich packe ihn am Arm, schüttele ihn und schreie seinen Namen, wieder und wieder. Die Zeit scheint stillzustehen, während ich mich weigere zu begreifen, was geschieht. Ein gewaltiges Beben durchläuft den Boden und lässt alles erzittern, doch ich weiß nicht, ob es von außen kommt oder aus meinem Inneren.

Da schlingt sich plötzlich ein Arm von hinten fest um meine Taille und reißt mich auf die Füße.

»Nein!«, höre ich mich schreien. »Kenneth!«

»Du kannst ihm nicht mehr helfen!«, brüllt jemand in mein Ohr. »Wir müssen hier weg!«

Wütend stemme ich mich gegen die Arme. Ich will nicht fort von hier, nicht ohne Kenneth, nicht ohne zu helfen. In meinem Kopf überschlagen sich die Gedanken, ohne dass ich einen zu fassen bekomme. Ich weiß nicht, was ich sonst tun soll, also klammere ich mich an das Einzige, was mir im Moment wichtig erscheint.

»Kenneth!«, kreische ich beinahe hysterisch. Er muss doch aufwachen, er muss mit mir fliehen. Wir müssen die anderen holen und abhauen. Jeden Moment wird er wieder aufwachen. Er muss einfach. »Kenneth! Kenneth, Kenneth!«

»Sieh mich an, Ash!«, ruft jemand in mein Ohr.

Ich kenne die Stimme. Sie ist stark wie ein Felsen in rauer See.

»Es ist zu spät. Sieh mich an!«

Als ich nicht reagiere, packt eine Hand mich grob am Kinn und zwingt mich aufzusehen. Zwei irisierend blaue Augen funkeln mich an, zwei Spiegelbilder meiner eigenen Angst, die mich auf einen Schlag wieder fest in meiner Mitte verankern.

Riley.

»Komm!«, schreit er, drückt meinen Kopf nach unten an seine Brust und legt seinen Arm schützend darüber.

So aneinandergepresst hasten wir durch das Meer aus Glas, Flammen und Asche auf die halb geschmolzene Treppe zu. Gerade als wir die ersten Stufen erreichen, explodiert eine gigantische Flammenkugel direkt vor unseren Füßen und schleudert uns zu Boden. Es ist pures Glück, dass wir nicht die Treppe hinab- und in die Tiefe stürzen. Neue Schreie werden um uns herum laut und lassen mein Innerstes zu Eis erstarren, obwohl ich nach der Wucht der Explosion kaum etwas hören kann.

»Da lang!«, ruft Riley mir wie durch Watte zu, während er mich die Treppe Stockwerk um Stockwerk hinabzieht.

Aus allen Richtungen hageln Feuerbälle auf die Pyramide ein, explodieren und setzen giftige Gaswolken und lodernde Flammen frei, die alles verschlingen, was sich ihnen in den Weg stellt. Inzwischen ist kaum noch etwas übrig, das an die ursprüngliche Form des Stützpunktes erinnert. Mit einem Mal wird mir klar, dass das Gebäude wirklich gegen alle Arten von Gefahren gesichert war – alle bis auf Alphas eigene Raumschiffe. Eine Welle der Bitterkeit steigt in mir auf.

Plötzlich rast eine weitere Feuerkugel vom Himmel direkt auf Riley und mich zu, schlägt neben uns ein und reißt den unteren Teil der Treppe mit sich fort. Eine Druckwelle schleudert uns durch die Luft. Unsanft lande ich auf meinem Hintern. Die siedend heiße Luft zerfetzt meine Hosenbeine und versengt die Haare auf meinen Armen, mit denen ich mein Gesicht bedecke. Riesige Metallteile wirbeln durch die Luft, nur Millimeter von unseren Köpfen entfernt. Es grenzt an ein Wunder, dass sie uns verfehlen.

In diesem Augenblick begreife ich, dass wir sterben werden, wenn wir nicht schnellstens hier rauskommen.

Entschlossen rappele ich mich auf. Dieses Mal bin ich es, die Rileys Hand packt, um ihn zurück auf die Füße zu ziehen. Seine Lippen sind blau angelaufen, er schwankt stark. Geistesgegenwärtig taste ich nach der Sauerstoffflasche an meinem Gürtel und presse die Maske auf Rileys Gesicht.

Eindringlich schaue ich ihm in die Augen. »Halt sie dort fest«, verlange ich.

Rechts von uns, nur knapp drei Meter entfernt, befindet sich die andere Treppe. Ihr Metall ist stark in Mitleidenschaft gezogen, an vielen Stellen geschmolzen, geradezu grotesk verformt, doch sie wirkt immer noch brauchbar. Ich deute auf die Treppe und warte, bis Riley nickt. Unsere Hände umfassen einander fester. Niemand von uns wird den anderen loslassen.

Gemeinsam gehen wir in die Knie, nehmen all unsere Kraft zusammen und springen über den Spalt. Beinahe rutsche ich am glatten Stahl ab, doch Riley zieht mich im genau richtigen Moment nach vorn, sodass ich knapp unter einer halb geschmolzenen Stufe zum Stehen komme. Im Gleichschritt hasten wir nach unten, obwohl wir vor lauter Rauch kaum etwas erkennen können. Immer wieder trete ich auf etwas Weiches, aber ich zwinge mich, nicht darüber nachzudenken.

Nur noch zwei Stockwerke trennen uns vom Ausgang.

Doch Alpha wäre nicht Alpha, wenn das schon alles wäre.

Dieses Mal können wir der herannahenden Feuerkugel nicht ausweichen. Sie rast direkt auf uns zu. Wir haben keine Chance.

Ich schließe meine rechte Hand so fest um Rileys, dass meine Knöchel schmerzen. Unsere Blicke kleben aneinander und versuchen, die Stille zwischen uns mit allem zu füllen, was wir uns nicht sagen konnten.

Dann strecke ich meine freie Hand nach vorn.

Ein grünes Licht explodiert an meinem Unterarm, dehnt sich aus und absorbiert uns, nur Sekundenbruchteile, bevor die Feuerwand uns verschlingt.

Nicht einmal einen Wimpernschlag später kommen wir unten im Hof unsanft auf dem Boden auf. Mit einem dumpfen Geräusch schlägt mein Hinterkopf auf einen Stein. Ich stöhne und spüre, wie etwas Heißes meinen Nacken hinabrinnt, doch dafür bleibt uns jetzt keine Zeit.

»Zum Schiff«, stoße ich hervor und kämpfe mich zurück auf meine wackeligen Beine.

Riley nickt knapp. Gemeinsam stolpern wir über Thetas sandigen Steppenboden, wie wir es bei unseren Portalläufen schon Dutzende Male getan haben. Doch dieses Mal ist es anders. Dieses Mal sind es nicht wir, die Generatoren jagen, sondern Alphas Regierung, die hinter uns her ist. Schüsse zersprengen den Grund, über den wir im Zickzack laufen. Jede Faser meines Körpers schmerzt. Ich glaube, jeden Moment zu ersticken, aber um Rileys Willen kämpfe ich mich weiter voran. Immer wieder stolpert einer von uns und wird von dem anderen wieder auf die Füße gezogen, nur um gleich darauf erneut zu straucheln.

Aus dem Augenwinkel sehe ich, wie auch andere Menschen fliehen. Panisch rennen sie über den offenen Hof auf ihre Schiffe zu, um diesen Höllenplaneten zu verlassen. Nur am Rande nehme ich wahr, dass auch ein pinker Haarschopf darunter ist und die Treppe eines Fliegers erklimmt. Das gibt mir neue Kraft, meine Schritte zu beschleunigen. Verzweifelt treibe ich meine Beine zur Eile an, doch ausgerechnet jetzt verweigern sie mir den Dienst. Meine Lunge pfeift, und jeder Atemzug brennt in meiner Kehle wie flüssiges Feuer. Aber ich darf nicht aufgeben. *Wir* dürfen nicht aufgeben. Schritt für Schritt zwingen Riley und ich uns vorwärts. Es ist ein Kampf um jeden Meter, doch wir gewinnen ihn.

Neon hat uns kommen sehen. Sie wartet am Eingang des Schiffes auf uns und streckt uns die aufgeschürften Hände entgegen, während die Motoren bereits aufjaulen. Sie packt uns an den Armen und versucht, uns hochzuziehen. Plötzlich sind da noch mehr Hände, die nach uns greifen und an uns zerren. Zugleich geht ein Ruck durch den Flieger, und er hebt ab. Einige Sekunden lang schweben meine Beine in der Luft, und ich drohe zu fallen, dann ist es vorbei, und ich liege keuchend auf dem Boden des Schiffes.

Hastig zieht Neon die Tür zu und brüllt: »Los jetzt, Nilanhi! Raus aus der Atmosphäre, so schnell es geht!«

Der Antrieb der alten Maschine röhrt und jault, doch Nilanhi treibt ihn zum Äußersten. Es bleibt keine Zeit, uns richtig anzuschnallen. Riley und ich klammern uns an alles, was wir irgendwie greifen können, halten uns aneinander fest. Körper rutschen über den Boden und prallen gegen die Wände des Schiffes, als die Fliehkräfte sich bemerkbar machen. Mit aller Macht kralle ich meine Finger um eine Metallstrebe am Boden, um nicht unkontrolliert nach hinten gegen die Rückwand zu donnern. Der Druck auf meinen Leib wird immer stärker, bis ich glaube, jeden Moment platzen zu müssen – dann lässt er urplötzlich nach.

»Alles gut bei euch?«, schnauft Neon, während sie sich langsam aufsetzt. Sie blutet leicht aus einer Schnittwunde oberhalb ihrer Augenbraue.

Statt einer Antwort kommt ein Stöhnen aus vielen Kehlen.

»Das nehme ich mal als Ja«, murmelt sie.

Dann vergräbt sie mit bebenden Schultern das Gesicht in den Händen. Gerade als ich schon zu der Überzeugung gelangt bin, dass sie weint, streicht sie mit einem Ruck die Haare nach hinten und erhebt sich, um ans Fenster zu treten.

Mühsam rappele auch ich mich auf, um hinauszusehen. Mein Schädel brummt und mir ist so schwindelig, dass ich kaum stehen kann. Trotzdem muss ich mit eigenen Augen sehen, was geschieht.

Weit unter uns erstreckt sich Thetas runde graubraune Silhouette. Ruhig und friedlich schwebt der Mond im All mit dem leicht rötlichen Schimmer seiner Atmosphäre um sich herum, als wäre nichts geschehen.

Dann läuft ein Zittern über seine Oberfläche. Risse bilden sich aus wie zerklüftete Narben, werden breiter und breiter und verdichten sich allmählich zu einem Netz, bis kaum noch etwas von der Landfläche zu sehen ist. Gebannt halte ich den Atem an.

Langsam, ganz langsam, bricht Theta auseinander.

Eine gewaltige Druckwelle geht von dem Mond aus wie ein letztes heftiges Ausatmen. Sie erschüttert unser Schiff und alles um uns herum, bis sie schließlich abebbt und nichts zurücklässt außer feinen Gesteinsbrocken und Staubkörnern, die in schwereloser Stille durch das All treiben.

»Scheiße, Alpha«, zischt Neon. »Was hast du nur getan?«

Kapitel 29

»Ash! Oh, mein Gott, Ash! Geht es dir gut? Ash!«, ruft Rileys Stimme irgendwo über mir. Sie kommt mir unheimlich weit weg vor.

»Lass sie. Sie braucht etwas Ruhe. Sie hat sich den Kopf angeschlagen«, murmelt eine andere Stimme. Cedric.

»Nein, ich muss wissen, ob es ihr gut geht! Sofort!« Wieder Riley – mit einer verzweifelten Dringlichkeit im Ton, die mich erzittern lässt.

»Sie braucht Ruhe!«, beharrt jemand anderes, den ich als Fionn erkenne.

Mühsam suche ich die Muskeln, die meine Augenlider bewegen, doch ich kann sie nicht ansteuern. Ein frustriertes Stöhnen dringt aus meinem Mund. Ich muss wissen, ob es meinen Freunden gut geht.

Zwei Finger berühren sanft die dünne Haut über meinen Augen, als wüssten sie, was in mir vorgeht. Dankbar schlage ich sie auf. Ich erkenne Andrina, die sich über mich beugt und behutsam über meine Wangen streicht. Tränen strömen über ihr Gesicht, der Mund ist zu einem stummen Schrei verzerrt. Aber sie ist unverletzt.

Schwerfällig setze ich mich auf, um nach den anderen zu sehen. Fionn blutet stark aus einer tiefen Wunde am Arm, und in seinem Bein steckt ein Glassplitter, so groß wie meine Hand. Die Haare auf seiner Haut sind komplett versengt, selbst sein Kopf ist fast kahl. Er wird von Cole gestützt, dem bis auf seinen völlig ramponierten Mantel und mehrere Schürf- und Platzwunden nichts passiert zu sein scheint. Cedrics T-Shirt hängt in Fetzen herab, darunter hat er starke Verbrennungen, aber er lächelt mir tapfer zu. Selbst Riley scheint wie durch ein Wunder nahezu unverletzt zu sein.

Doch es fehlt noch jemand.

Ich räuspere mich, um die Verklebungen zu lösen, die Ruß und Rauch in meinem Hals hinterlassen haben. Trotzdem klingt meine Stimme rau, als ich zu sprechen versuche. »Wo ist Kiana?«

Statt einer Antwort heult Andrina neben mir heiser auf und schiebt sich die Fingerknöchel in den Mund. Ihr Rücken krümmt sich, bis ihre Stirn auf den Knien liegt. Verzweifelt wiegt sie sich vor und zurück.

Sprachlos starre ich sie an, während ihre Trauer ein Loch in meine Brust reißt.

»Ich …«, setze ich an, doch ich finde keine Worte, die sie trösten könnten. Stattdessen lege ich ihr die Hand auf die bebende Schulter und drücke sie leicht, eine erbärmlich nichtssagende Geste angesichts des Verlusts ihrer Schwester.

Fionn senkt den Blick. »Jason und Veil haben es auch nicht geschafft. Ich habe versucht, sie aus dem Feuer zu ziehen, aber …«, flüstert er tonlos.

Ich senke den Blick und beiße mir auf die Lippe. Noch immer fällt es mir schwer zu begreifen, was geschehen ist. Fassungslos starre ich auf meine freie Hand, die Hand, die Riley und mich in einem Wirbel aus grünem Licht gerettet hat. Mir wird speiübel.

»Ich hätte mehr retten müssen«, stoße ich hervor. »Ich hätte noch mal zurückrennen und mehr Leute da rausholen müssen. Mit meinem Portal. Es hätten nicht so viele sterben dürfen. Ich hätte …«

»Ash«, sagt Riley sanft, beugt sich zu mir herab und umfasst meine Schultern. »Sieh mich an. Du konntest nicht mehr tun. Es ist nicht deine Schuld.«

»Doch! Ich hätte noch mal reinlaufen und Leute retten müssen! Ich hätte …«

»Nein, hättest du nicht. Es ist Alphas Schuld, nicht deine. Es waren Alphas Schiffe, die uns angegriffen haben, nicht du. Es waren zu viele, und es ging alles viel zu schnell. Niemand konnte etwas tun«, beharrt Riley.

Doch. Ich hätte etwas tun können, etwas tun *müssen*. Hätte ich eher mit jemandem über Jarek gesprochen, dann wäre all das nicht passiert. Für mich steht außer Frage, dass er dahintersteckt. Plötzlich schäme ich mich dafür, Rileys Sicherheit über die Leben so vieler Menschen gestellt zu haben. Es war falsch, egoistisch und leichtsinnig, aber ich würde es wieder tun.

Ich realisiere kaum, wie Riley die anderen fortscheucht, mich auf die Füße zieht und behutsam in seine starken Arme schließt. Er legt eine Hand auf meinen Kopf und drückt ihn an seine warme Brust, direkt in die Kuhle unterhalb seines Schlüsselbeins. Ich höre so deutlich, wie sein Herz gegen seine Rippen pocht, als schlüge es direkt unter meinem Ohr. Immer wieder fährt er mit seinen Fingern durch meine angesengten Locken. Tränen schwimmen in meinen Augen, brechen sich Bahn, bis sie haltlos über meine Wangen laufen. Sie spülen Ruß, Blut und Schweiß mit sich fort, bleiben jedoch als dunkler Schleier auf Rileys Shirt haften.

Ich weiß nicht, wie lange wir einfach nur so dastehen, eng umschlungen an die Wand gelehnt inmitten der Turbulenzen des Schiffes. Jeden Moment könnte es auseinanderbrechen und uns der endlosen Schwärze überlassen. Doch diese Aussicht erscheint mir weniger schlimm als der Schmerz und der Schock, den ich über das Grauen empfinde, das Alphas Senat verursacht hat.

Irgendwann senkt Riley den Kopf, bis seine Lippen beinahe mein Ohr streifen. Er scheint mit sich zu ringen, die Worte immer wieder in seinem Kopf umzuformen, bis er sich schließlich einen Ruck gibt.

»Ich dachte schon, ich hätte dich verloren«, flüstert er erstickt.

Erstaunt über die jähe Verletzlichkeit in seiner Stimme löse ich mich von ihm und trete einen Schritt zurück. In seinen Augen tobt ein Sturm, wie ich ihn noch nie gesehen habe. Als würde der Ozean gegen sich selbst kämpfen.

»Ich dachte, ich würde dich nie wiedersehen. Überall lagen Leute … Ich hätte es nicht ertragen, dich unter ihnen zu sehen.

Alles stand in Flammen, die Tische, die Menschen, einfach alles. Ich bin durch die Gegend gestolpert und hatte solche Angst um dich. Und dann habe ich dich gefunden«, wispert er.

Meine Unterlippe beginnt zu beben. »Du hast mich gerettet«, erwidere ich leise.

»Nein, Ash, du hast *mich* gerettet! Wenn ich dich nicht dort im Feuer gesehen hätte, dann … Ich weiß auch nicht. Dann wäre ich mit allen anderen verbrannt.«

»Das weißt du doch gar nicht«, entgegne ich.

Der Sturm in Rileys Iriden verdichtet sich, bis ich den Blick nicht mehr von ihnen abwenden kann. Entkräftet macht auch er einen Schritt zurück und sieht mich einfach nur an.

Ich öffne den Mund, doch es kommen keine Worte heraus. Die Zeit scheint für einen Moment den Atem anzuhalten. Stumm starren wir einander in die Augen, Blau gegen Grün, als gäbe es nichts anderes mehr um uns herum. Die Luft zwischen uns knistert. Ich spüre, wie mein Puls rast, so schnell, dass mir beinahe schwindelig wird. In Rileys Blick liegt ein Brennen, das auf meine Haut überspringt und sich von dort durch meine Adern hindurch direkt in mein Herz frisst.

Ohne Vorwarnung überwindet Riley plötzlich die Distanz zwischen uns, zieht mich zu sich heran und nimmt mein Gesicht in beide Hände. Bevor ich weiß, wie mir geschieht, presst er seine Lippen auf meine, weich und fordernd zugleich. Ein Funke jagt durch uns hindurch und elektrisiert jede Faser meines Körpers. Er breitet sich immer weiter aus, bis es nichts anderes mehr gibt als Riley und seine Lippen auf meinen. Der Kuss schmeckt nach Verzweiflung, Ruß und Angst. Mein Körper reagiert darauf, ohne dass ich mir dessen bewusst bin. Ich schlinge meine Arme um seine Taille und dränge mich dichter an ihn heran, während unsere Lippen einander umspielen, als hätten sie nie etwas anderes getan. Fort ist die unsichtbare Mauer zwischen uns, die Leere, die zu überwinden wir uns nie getraut haben. Als hätte es sie nie gegeben.

»Tu mir das nie wieder an, Ash«, murmelt Riley an meinem Mund.

Ich ziehe meinen Kopf gerade so weit zurück, dass unsere Nasenspitzen sich noch berühren. »Was? Dich küssen?«

»Nein. Jag mir nie wieder so einen Schrecken ein!«, knurrt er und küsst mich erneut.

Einmal mehr wünsche ich mir, die Zeit anhalten zu können. Dann gäbe es für immer nur noch Riley und mich, eng umschlungen inmitten des Raumschiffes mit Thetas Trümmern hinter uns, die Lippen fest aufeinandergepresst.

Doch zu meinem Bedauern kann ich das nicht. Und leider kann auch ein Kuss uns den Schmerz nicht nehmen.

Irgendwann müssen Riley und ich eingeschlafen sein, ohne es zu merken, denn als ich erwache, befinden wir uns bereits im Landeanflug auf Omega. Neben mir ertönt ein leises Schnarchen von Riley, der halb sitzend, halb liegend an der kalten Metallwand lehnt. Er hat den Kopf in den Nacken gelegt, und sein Mund steht weit offen. Es ist ein so alberner Anblick, dass ich beinahe aufgelacht hätte, wenn der Schock mir nicht noch in den Knochen stecken würde. Stattdessen richte ich mich auf und bette seinen Kopf in meinem Schoß, damit er es bequemer hat. Ich lächele leicht. Er sieht so friedlich aus, während er schläft. Beinahe so, als wäre all das nicht passiert – wären da nicht die Schürfwunden und der Ruß in seinem Gesicht.

Als Cole mich mit einem schläfrigen Nasehochziehen daran erinnert, dass wir nicht allein im Flieger sind, reiße ich mich von Rileys Anblick los. Verlegen streiche ich mir die Haare aus dem Gesicht, während ich mich unauffällig nach den anderen umsehe. Sie alle sind in einen erschöpften, traumlosen Schlaf gefallen, nur Andrina sitzt abgeschieden in einer Ecke. Noch immer wiegt sie sich pausenlos vor und zurück. Zu gern würde ich aufstehen und zu ihr gehen, doch ich habe das Gefühl, dass sie im Augenblick lieber allein sein möchte.

Dieser Flieger ist um einiges größer als der, mit dem wir auf Theta zum Stützpunkt geflogen sind. Im Gegensatz zu dem Schiff der Omegianer ist das Cockpit zur Hälfte mit einem zerschlissenen Vorhang vom Rest der Kabine abgetrennt, hinter dem ich jetzt eine Bewegung wahrnehme.

»Verdammte Scheiße! Ich hätte dich verlieren können!«, zischt eine Stimme erbost. *Neon.*

»Ich weiß. Ich dachte wirklich, es ist vorbei. Ich hätte es nicht ertragen …«

Ein erstickter Laut ertönt. Das muss Nilanhi sein, die am Steuer sitzt.

»Diese Schweine!«, ruft Neon und reißt die Hände in die Luft. »Dafür werden sie bezahlen! Am besten drehen wir sofort um und …«

»Neon«, flüstert Nilanhi sanft.

Mehr braucht es nicht. Eine Sekunde lang starrt Neon sie an, jede Faser ihres Körpers zum Zerreißen gespannt. Doch dann geht ein Ruck durch sie hindurch, ihre Schultern lockern sich, und sie sinkt in sich zusammen. Sie streckt die Hand aus und legt sie auf den Pilotensitz, wo Nilanhi sie mit ihrer bedeckt.

»Ich schwöre dir, Nil, so etwas Schreckliches werden sie dir nie wieder antun«, sagt sie schließlich. »Nie, nie wieder.«

»Nein, das werden sie auch nicht«, erwidert Nilanhi mit Nachdruck, »denn vorher reißt du ihnen die Hintern bis zur Stirn auf und bindest sie an einem Felsen mitten in Omegas Wüste fest.«

Neon schnaubt leise und scheint in sich hineinzulächeln. Dann beugt sie sich vor und umarmt Nilanhi von hinten, sodass diese ihr den Kopf zuwendet und sich an ihre Schulter lehnt.

Ich sitze da wie vom Donner gerührt. Würde ich sie nicht eindeutig vor mir sehen, würde ich niemals glauben, dass diese weiche, verletzliche Seite zu Neon gehört. Und dass sie tatsächlich freiwillig jemanden umarmt.

Behutsam streicht sie Nilanhis Zopf nach hinten und lässt die Hand an ihrer Wange liegen. Mit dem Daumen malt sie ihr kleine Kreise auf die Haut, bevor sie sanft ihren Kopf zu sich zieht und ihre Lippen auf ihre drückt. Die beiden versinken in einem innigen Kuss, und ich wende den Blick ab, um ihnen ihre Privatsphäre zu gönnen.

Ein Lächeln breitet sich auf meinem Gesicht aus. Es macht mich glücklich, die beiden so vereint zu sehen. Nach außen hin wirken sie so verschieden wie Sonne und Regen, doch vermutlich macht genau das ihre Verbindung aus: Die eine kann nicht ohne die andere.

»Was gibt es denn da zu grinsen?«, knurrt Neon plötzlich über mir. Ich habe gar nicht gemerkt, dass sie sich von Nilanhi gelöst hat und näher gekommen ist.

»Ich, ähm, nichts«, stammele ich hastig.

»Aha. Sieht aber nicht so aus.«

Ich lege den Kopf in den Nacken, um sie anzusehen. Ihr Gesicht wirkt dunkler, die Wangen rosiger. Gegen meinen Willen muss ich grinsen und gebe mir alle Mühe, es zu verbergen. »Ich habe mich nur ein bisschen im Flieger umgesehen.«

Neon hebt eine Augenbraue. »Und dabei dachtest du, dass du uns einfach mal ausspionierst.«

»Ich wollte wirklich nicht …«

»Hast du etwa ein Problem damit?«, unterbricht mich Neon auf ihre gewohnt kaltschnäuzige Art. Doch dahinter ist noch etwas anderes. Ihre Stimme zittert.

Ich lächele sie an. »Nein. Überhaupt nicht. Ich habe es nur nicht erwartet.«

Jetzt wirft sie den Kopf in den Nacken und schnaubt. »Na ja, man muss ja nicht alles an die große Glocke hängen.«

Darauf weiß ich nichts zu sagen, also schweige ich.

Eine Weile ist es still zwischen uns, bis Neon schließlich wieder das Wort ergreift. Ihr Blick ruht auf Rileys Kopf in meinem Schoß. »Und ihr?«

»Was soll mit uns sein?«, frage ich betont beiläufig, obwohl mir das Herz bis zum Hals schlägt.

Neon lacht leise in sich hinein. Dann wendet sie sich zum Gehen. Kurz bevor sie das Cockpit erreicht, dreht sie sich noch einmal zu mir herum. »Ich bin froh, dass ihr es geschafft habt, da rauszukommen.«

Ich ziehe einen Mundwinkel nach oben. »So leicht wirst du uns eben doch nicht los.«

»Schade«, erwidert sie. Ihre Augen funkeln belustigt. »Ich hatte schon beinahe die Hoffnung, dass ihr mal jemand anderem auf die Nerven geht.«

Unsere Ankunft auf Omega fühlt sich furchtbar an. Es kommt mir falsch vor, dass nicht alle, die den Mond verlassen haben, auch hierher zurückkehren. Besonders der Verlust von Kenneth und Kiana trifft mich schwer.

Als wir in der Höhle mit dem dampfenden See nacheinander aus dem ramponierten Schiff klettern, das die Reise wie durch ein Wunder überstanden hat, haben sich bereits zahlreiche Rebellen um uns herum versammelt. Mit ernsten Gesichtern sehen sie zu uns hoch und warten, bis wir mit gesenkten Köpfen vor ihnen stehen. Dann tritt Jarek aus der Menge hervor, und mein Herz gefriert zu Eis.

»Wir haben schon per Funk gehört, was passiert ist. Ihr müsst durch die Hölle gegangen sein«, sagt er mitfühlend. Unter seinen violetten Augen liegen dunkle Schatten.

»Die Hölle ist nichts dagegen«, murmelt Neon und schließt die Faust vor ihrer Brust. Lauter, sodass alle Umstehenden es hören können, fügt sie hinzu: »Unsere Brüder und Schwestern sollen ihr Leben nicht umsonst verloren haben. Es ist an der Zeit zu handeln. Alpha hat unsere Kameraden auf dem Gewissen«, mit einem Ruck reißt sie ihre Faust nach oben, »und wir werden sie bluten lassen, so, wie sie uns bluten ließen!«

Nein! Das kann sie nicht tun!

Hektisch versuche ich, mich nach vorn zu drängen. Ich will sie am Arm fassen, sie zu mir herumdrehen und schütteln, bis sie mir sagt, dass das nicht so gemeint ist, dass ihre Worte härter klangen als beabsichtigt. Aber ich bin wie gelähmt. Die Rebellen stoßen drei kurze, kehlige Schreie aus, bei denen sie wie Neon ihre Faust in die Höhe recken. Dann verdichten sie sich zu einer Masse aus zornigen Leibern, die uns entgegendrängt. Rileys Hand schließt sich um meine, hält mich fest und bildet den einzigen Anker. Kaum merklich schüttelt er den Kopf. Er hat recht. Ich kann nichts tun, nicht hier und nicht jetzt. Ich muss auf eine bessere Gelegenheit warten.

Neon bleibt noch einmal stehen, um Jarek etwas Unverständliches zuzuflüstern, bevor sie, von Nilanhi gestützt, in der Menschenmenge verschwindet. Dabei zieht sie ihr linkes Bein nach, als wäre es ein wenig steif.

Jarek wartet, bis die beiden aus unserer Sichtweite verschwunden sind. Dann befiehlt er den Umstehenden mit einer Stimme, die keinen Widerspruch zulässt: »Wir ziehen uns für eine Notfallbesprechung in den Kontrollraum zurück. Haltet euch bereit und wartet auf weitere Befehle. Ich verspreche euch, wir lassen diese Tat nicht ungesühnt.«

Dann wendet er sich an uns und bohrt seine Augen in meine, bis ich den Blick senke. Ich ertrage seinen Anblick und die offenkundige Drohung in seinem Gesicht nicht. Wenn ich ehrlich bin, schäme ich mich vor mir selbst.

»Ihr zwei«, blafft er. »Nicht rumstehen und träumen. Mitkommen!«

»Zur Versammlung?«, fragt Riley, wobei er meine Hand fester umfasst.

»Natürlich, wohin denn sonst?«, schnaubt Jarek. Sein Blick fällt auf unsere ineinander verschränkten Hände. Spöttisch hebt er eine Augenbraue. Am liebsten hätte ich Riley auf der Stelle meine Hand entzogen, um Jarek nicht noch mehr Angriffsfläche zu bieten, aber jetzt ist es ohnehin zu spät. »Ihr beide kennt euch auf Alpha eben besser aus als irgendjemand sonst. Jetzt könnt ihr beweisen, dass ihr wirklich auf unserer Seite steht.«

Ich schlucke. An einer Konferenz teilzunehmen, bei der ein Anschlag auf Alpha besprochen werden soll, erscheint mir grotesk. Aber vielleicht ist es auch eine Gelegenheit, die Pläne der Rebellen zu beeinflussen und in eine andere Richtung zu lenken. Zwar stehe ich auf ihrer Seite, aber das heißt noch lange nicht, dass ich tatenlos dabei zusehen werde, wie ein dritter Planet zerstört wird, erst recht nicht meine Heimat. Noch habe ich die Hoffnung nicht aufgegeben, eine friedliche Lösung zu finden.

Wir folgen Jarek durch die Menge, die darauf wartet, dass weitere Schiffe mit Omegianern oder Flüchtlingen von Theta eintreffen. Knapp hundert Rebellen blicken erwartungsvoll auf den dampfenden See, dessen Wasser trotz der Tragödie unverändert glitzert wie ein Meer aus Edelsteinen. Ihre Gesichter sind blass und verhärmt vor lauter Sorge um ihre Freunde und Angehörigen. Erneut wird mir das Herz schwer bei dem Gedanken, dass ich mehr Menschen hätte retten müssen. Aber dieser Fehler wird mir nicht noch einmal passieren.

Plötzlich tritt mir eine kleine Gestalt mit langen hellbraunen Haaren in den Weg. Rosa Adern ziehen sich über ihre gesamte Haut und verdichten sich auf ihren Händen, die sie jetzt ausstreckt, um meine zu ergreifen. Das omegianische Mädchen hebt ihr Gesicht und sieht mich aus verquollenen gelben Augen an. Ich erkenne Layla, Veils und Aleeshas Tochter, und mein Herz krampft sich schmerzhaft zusammen. Ich ahne, was gleich kommt, aber ich kann mich nicht dagegen wappnen.

»Wo ist Vater?«, fragt sie.

Das Wehklagen in ihrer Stimme schneidet durch meine Brust wie eine Klinge.

Behutsam löse ich mich von Riley, ergreife Laylas Hände und gehe vor ihr in die Knie. Hinter ihr tauchen Aleesha und Seth auf, Bangen in ihren Blicken. Ich versuche, all mein Bedauern in meine Augen zu legen, als ich Layla ansehe und mit den Worten ringe, die mir nur schwer über die Lippen kommen wollen. »Er … er ist nicht mitgekommen«, flüstere ich heiser.

»Kommt er mit dem nächsten Schiff?«, will sie wissen.

In ihrem Gesicht liegt ein Flehen, das mich innerlich zerreißt. So bösartig Veil sich Riley und mir gegenüber auch verhalten hat, solch einen Tod hat er nicht verdient. Ebenso wie Layla und Seth es nicht verdient haben, ihren Vater zu verlieren.

Hilfe suchend schaue ich hinauf zu Aleesha, die die Hand auf ihren Mund gepresst hat, um einen Aufschrei zu unterdrücken. Seth klammert sich mit schreckgeweiteten Augen an ihr Bein und sieht abwechselnd von seiner Schwester zu mir und wieder zurück.

Langsam, ganz langsam nickt Aleesha. Eine einzelne Träne rollt ihre Wange hinab.

Zärtlich streiche ich mit meinen Daumen über die Handgelenke ihrer Tochter, wie Riley es zuvor bei mir getan hat. »Layla«, beginne ich, doch die Kleine unterbricht mich.

»Er kommt nicht wieder, oder?«, schluchzt sie. »Vater kommt nicht wieder. Dabei hat er es mir versprochen!«

In meiner Kehle bildet sich ein dicker Kloß, der mir das Atmen schwer macht. Aus einem plötzlichen Impuls heraus ziehe ich Layla an mich und lege die Arme um ihre bebenden Schultern. Sie sind schmal, viel zu schmal, um solch eine schwere Last zu tragen. Ich wünschte, ich könnte sie ihr irgendwie abnehmen.

»Er ist noch da, Layla, hörst du?«, wispere ich in ihr Ohr. »Er hat sein Versprechen nicht gebrochen. Du kannst ihn zwar nicht sehen, aber er ist oben bei den Sternen und passt auf dich auf.«

Noch während ich das sage und der Kleinen behutsam über das Haar streiche, treten auch mir Tränen in die Augen. Dieses Leiden muss ein Ende haben. Jetzt sofort.

Sanft schiebe ich Layla wieder von mir und drücke sachte ihre winzige Hand, die noch immer in meiner liegt. »Geh zu deiner Familie«, murmele ich und versuche, ein Lächeln zustande zu bringen. »Sie brauchen dich jetzt, meine tapfere Kleine.«

Langsam gehe ich auf Aleesha zu. Nur am Rande nehme ich wahr, wie die Rebellen eine Gasse bilden, um uns durchzulassen. Die ganze Zeit über lasse ich Laylas Hand nicht los, bis ich vor Aleesha und Seth zum Stehen komme. Schweren Herzens sehe ich Veils Frau in die Augen, die so viel sanftmütiger sind als seine, spreche ihr auf diesem Wege stumm mein Beileid aus. Überraschend macht sie einen Schritt nach vorn, umfasst mit zitternden Fingern meinen Nacken und zieht mich zu sich heran, um ihre Stirn gegen meine zu drücken.

»Danke«, flüstert sie tonlos.

Einen kurzen Moment verharren wir in dieser Position, bis sie ihre Hand senkt, um Laylas zu ergreifen. Als die winzigen Finger aus meinen rutschen, fühlt es sich an, als nähmen sie einen Teil von mir mit sich. Dann dreht Aleesha sich um und verlässt die Höhle, um gemeinsam mit ihren Kindern einen Ort zum Trauern zu suchen.

»Komm«, sage ich zu Riley, der mir tröstend von hinten die Hand auf die Schulter legt. »Wir müssen das beenden. Ein für alle Mal.«

Kapitel 30

»Und ich sage euch, wir müssen *jetzt* handeln!«, ruft Neon und hämmert mit beiden Fäusten so fest auf den Tisch, dass das spröde Holz knackt.

»Das würde noch viel größere Opfer fordern als ohnehin schon«, erwidert Tiana zornig. Ihre Stimme klingt blechern durch die Elektronik und den Verband, der die Hälfte ihres Gesichts bedeckt. Sie teilt sich den Bildschirm mit der untersetzten Anführerin von Eta, auf deren Mond einige Thetianer entkommen konnten.

Seit Beginn der Videokonferenz halte ich mich still im Hintergrund, aus Angst, zu schnell etwas Falsches zu sagen und das Gespräch so ungewollt in eine gefährliche Richtung zu lenken. Die Bildschirme der drei riesigen Monitore sind jeweils in sechs oder sieben kleinere Bilder unterteilt. In ihnen sind die lädierten Gesichter der Rebellenanführer – oder die der in aller Eile ernannten Nachfolger – der restlichen zwanzig Monde zu sehen.

Einundzwanzig Monde. Mehr sind nicht übrig geblieben.

»Aber Alpha rechnet im Moment nicht mit einem Angriff«, gibt der Vertreter Lambdas zu bedenken. In seinem schneeweißen Gesicht leuchten seine Augen wie glühende Kohlen. »Sie denken, sie hätten uns zerschlagen. Wir haben das Überraschungsmoment auf unserer Seite.«

»Unsinn!«, schneidet Iotas Ältester, Amrel, ihm das Wort ab, während eine seiner Beraterinnen und Jeevan sich im Hintergrund die größte Mühe geben, die Kameraeinstellungen stabil zu halten. »Ein Angriff zu diesem Zeitpunkt würde uns restlos vernichten. Wir könnten danach nicht noch einmal zuschlagen. Es würde das Ende von *Zerberus* bedeuten!«

»Dann gehen wir wenigstens kämpfend unter!«, zischt eine Frau mit Augenklappe und braun gebrannter, ledriger Haut. Sie ist die neu ernannte Anführerin der Rebellen von Rho, einem Mond, der über und über mit Sumpflandschaften bedeckt ist, wie ich noch aus eigener Erfahrung weiß.

»Ganz genau!«, bekräftigt der Vertreter von Omikron und reibt sich die milchig weißen Augen. Sie sind gerötet vor Trauer und Erschöpfung. »Wir haben lange genug nichts getan. Und was hat es uns gebracht? Den Verlust von Theta!«

Aus einigen Monitoren, hinter denen sich flüchtige Thetianer befinden, ertönt ein aufgebrachtes Zischen.

»Erst einmal müssen wir uns darum kümmern, die Thetianer bei uns aufzunehmen, die fliehen konnten. Danach müssen wir uns neu formieren, und erst dann können wir eine Strategie überlegen«, wirft Pis betagte Vertreterin ein. Ihre beiden Augen sind unter einer zerschlissenen Binde verschwunden, sodass ich nur die flache Nase und den breiten Kiefer erkennen kann.

»Dann kannst du Alpha auch gleich ein Kapitulationsschreiben zukommen lassen!«, zischt der Lambdaianer.

»Das sollten wir zumindest in Betracht ziehen«, bemerkt die Anführerin von Xi leise.

Sofort beginnen alle, lautstark durcheinanderzureden und sich gegenseitig wüste Beschimpfungen an den Kopf zu werfen. In dem Chaos kann ich kein einziges Wort mehr verstehen. Hilfe suchend sehe ich zu Riley hinüber, der bloß ratlos mit den Schultern zuckt. Jarek dagegen vergräbt das Gesicht in einer Hand und rauft sich die Haare, bevor er sich wieder über die Karten auf dem Tisch in der Mitte des Raumes beugt. Er murmelt einer der vermummten Gestalten, die Neon auf Theta begleitet haben, etwas ins Ohr, woraufhin diese nickt und den anderen fünf neben sich etwas zuflüstert. Vermutlich arbeiten sie als Spione versteckt in den Dörfern und verbergen sich deshalb so sorgsam unter dunklen Tüchern. Was führt Jarek bloß im Schilde?

Nilanhi stemmt die Hände in die Hüften und schüttelt den Kopf, sodass der Zopf in ihrem Rücken hin- und herschwingt.

Anschließend stapft sie quer durch den Raum zu Neon hinüber, die mit einem Zorn auf die Gesichter in den Monitoren blickt, der seinesgleichen sucht. Behutsam legt Nilanhi ihr eine Hand auf die Schulter und streicht mit der anderen über ihren Rücken. Die vertrauliche Geste verfehlt ihre Wirkung nicht, denn Neon scheint sich unter der Berührung sofort zu entkrampfen.

Diese Entspannung hält allerdings nicht lange an. Schon beginnen Neons Brauen, sich immer weiter zusammenzuziehen. Genervt streicht sie ihre Haare nach hinten. Dabei entblößt sie eine etwa daumenlange Platzwunde am geschorenen Teil ihres Kopfes. Sie muss ihr furchtbare Schmerzen bereiten, doch sie lässt sich nichts anmerken.

»Es reicht!«, schreit sie jetzt und streckt ihren rechten Arm dabei energisch zur Seite aus. Sofort verstummen die Ratsmitglieder und sehen sie durch ihre Kameras hindurch an. »Hört auf mit der Streiterei! Es bringt uns nicht weiter, wenn wir uns wie Kleinkinder benehmen. Wir müssen eine Lösung finden.«

»Ich habe einen Vorschlag«, meldet sich Jarek plötzlich zu Wort. Eilig tritt er an Neon heran. Die kleine Kamera, die auf unserer Seite am unteren Rand des mittleren Flatscreens befestigt ist, zoomt an ihn heran.

Ich glaube, jeden Moment zu platzen, so dringend möchte ich mit der Wahrheit über ihn herausrücken. Doch jetzt ist nicht der richtige Zeitpunkt. Nicht solange Hunderte Rebellen jedes Wort gebannt mitverfolgen und sein lambdaianischer Anführer unter den Zuhörern ist. Wahrscheinlich wird er seinen Gefolgsmann in Schutz nehmen, falls er nicht sogar selbst an dem Verrat beteiligt ist. Ich kann niemandem mehr trauen außer Riley.

»Sprich«, erteilt ihm der alte Lambdaianer das Wort.

»Es stimmt, dass Alpha zurzeit nicht mit einem Angriff rechnet«, erklärt Jarek. Er hebt sofort die Hand, um die unvermeidlichen Proteste einzudämmen. »Und es ist auch richtig, dass wir bei einem direkten Anschlag hohe Verluste riskieren. Zumal Alpha seine Verteidigungsbarriere aktivieren wird, sobald wir entdeckt werden. Also müssen wir versuchen, unerkannt hineinzugelangen.«

»Und wie stellst du dir das vor? Zwei Drittel unserer Schiffe wurden zerstört. Es wird Jahre dauern, sie wieder zu ersetzen. Alles, was wir haben, sind diese ramponierten Dinger. Und die taugen bestenfalls für Kurzflüge durchs All«, bemerkt Amrel spitz und legt die Fingerkuppen aneinander.

Neon kneift die Lippen zusammen, als überdenke sie den Vorschlag noch einmal. »Und was ist mit Yashiras Portalen?«

Augenblicklich erstarre ich zu Eis.

»Was soll damit sein?«, fragt die Abgeordnete Ypsilons skeptisch und lehnt sich vor.

»Warum machen wir uns nicht ihre Fähigkeit zunutze, um auf Alpha zu gelangen?«

Einen Moment lang ist es totenstill im Raum. Blankes Entsetzen macht sich in meiner Brust breit. Es fühlt sich an wie Gift. *Ich* soll die Rebellen für einen Anschlag nach Alpha teleportieren?

»Yashira? Deine Fähigkeit funktioniert auch zwischen den Monden, nicht wahr?«, fragt Neon. Sie spießt mich förmlich mit ihren Blicken auf.

»Ich … ähm, ich weiß es nicht«, stammele ich und bemühe mich um eine ausdruckslose Miene. »Als es das letzte Mal geklappt hat, hat Epsilon gebrannt, und ich schwebte in Lebensgefahr. Ich vermute, dass es bloß ein Ergebnis des Schocks war, dass ich von selbst nach Alpha gekommen bin. Ich glaube nicht, dass das sonst auch zwischen den Monden funk…«

»Doch, na klar«, fällt Riley mir plötzlich ins Wort. Seine Augen ruhen auf Neon, die kaum merklich nickt. »Ihre Fähigkeit funktioniert zwischen den Monden genauso gut wie auf einem Mond allein. So sind wir auch auf Omega gelangt. Ich bin mir sicher, dass sie es schafft, uns nach Alpha zu bringen.«

Vollkommen überrumpelt starre ich ihn an. Ich frage mich, warum er mir so in den Rücken fällt. Nach all unseren Gesprächen muss ihm doch klar sein, dass ich versucht habe zu lügen, um einen Krieg zwischen Alpha und den Rebellen zu verhindern. Bei einer Invasion der Rebellen würde es auf beiden Seiten hohe Verluste geben, und wofür? Was soll denn seiner Meinung nach die Lösung dieses ganzen Konflikts sein?

Meine Augen weiten sich, als mir klar wird, dass Riley vielleicht genau das will. Natürlich. Er will Alpha bluten sehen für das, was ihm angetan wurde. Koste es, was es wolle. Und dafür scheint ihm plötzlich jedes Mittel recht zu sein.

Es kommt mir vor, als dehnte sich der Raum zwischen uns aus, würde länger und länger, bis er sich wieder mit einer kalten Leere füllt. Hat er sich nur deshalb Sorgen um mich gemacht? Darum, dass das wichtigste Werkzeug für seinen Rachefeldzug gegen Alpha auf Theta hätte verloren gehen können? Hat er mich bloß geküsst, um mich zu manipulieren? Mit einem Mal komme ich mir schrecklich dumm vor.

»Das wäre die beste Möglichkeit«, fährt Tiana fort. »Auf diese Weise könnten wir direkt in das Regierungsgebäude hineingelangen, ohne dass uns jemand aufhalten kann. Von dort aus wird es ein Leichtes sein, die Atmosphäre abzuschalten und auf dem gleichen Weg zurückzukommen, bevor sie sich aufgelöst hat.«

»Ihr wollt *was*?!«, rufe ich und trete vor, sodass die Kamera mein wutverzerrtes Gesicht einfangen kann. »Ihr spinnt doch! Ihr könnt doch nicht einfach so Alphas Atmosphäre abschalten. Das käme einem planetaren Massenmord gleich!«

Amrel lehnt sich vor und blickt auf mich herab. »Oh, kleine Aschebringerin, auch der nobelste Krieg kann nicht ohne Verluste geführt werden.«

»Nobel?«, fauche ich erbost. »Das ist Mord. Primitiver, dreckiger, hinterlistiger Mord. Daran ist rein gar nichts nobel!«

»Seht ihr, wie sie sich aufregt? Ich sag doch, Alphaniern ist nicht zu trauen, ganz egal, auf wessen Seite sie behaupten zu stehen!«, knurrt Tiana. Die Ränder ihres Verbands zittern vor unterdrücktem Zorn.

»Wir werden Alpha gegenüber keine Gnade walten lassen, Mädchen«, mischt sich die Rhoianerin nun ebenfalls ein. »Sieh dich um. Sieh, was sie uns angetan haben. Wir sind nicht diejenigen, die den ersten Schlag führten. Das tat Alphas Senat vor über zweihundert Jahren. Und jetzt sind wir an der Reihe zurückzuschlagen, um uns zu befreien.«

»Pah!«, entfährt es mir. »Ihr versucht, einen Massenmord als Revolte zu tarnen. Das ist doch sinnlos! Wie soll das enden?«

»Es endet in der Befreiung der unterdrückten Mondvölker!«, blafft der Anführer Omikrons. »Wir werden endlich unsere eigenen Herren sein und die Genexperimente ein für alle Mal stoppen.«

»Aber dafür ist es doch längst zu spät«, antworte ich. Mein Herz rast, doch ich zwinge mich zur Ruhe. Ich habe nur eine einzige Chance, den Rat umzustimmen. »Hört zu, ich kann verstehen, wie ihr euch fühlt. Es ist unverzeihlich, was euch angetan wurde. Aber die Genexperimente sind bereits geschehen. Sie können gestoppt, aber nicht mehr rückgängig gemacht werden, egal, was ihr auch versucht. Ich weiß, es schmerzt … und es ist auch alles andere als richtig, was Alphas Regierung vor Jahren begonnen hat. Aber es muss einen friedlichen Weg geben, um sie zu stoppen. Oder zumindest einen, der die Unschuldigen verschont. Und vielleicht können wir gemeinsam ein Gegenmittel finden, das eure DNS wieder auf den Urzustand bringt.«

Einen Moment lang ist es totenstill im Raum. Dann brechen alle in schallendes Gelächter aus.

»Halt die Klappe, Yashira«, zischt Neon mir zu.

»Nein, das werde ich nicht!«, gebe ich harsch zurück. »Ich werde nicht zulassen, dass ihr Massenmord begeht! Damit seid ihr keinen Deut besser als die, gegen die ihr euch auflehnt. Im Gegenteil.«

Tiana lehnt sich noch weiter vor und funkelt mich an. Blanker Hass spiegelt sich in ihrem nicht bandagierten Auge. »Jetzt hör mir mal gut zu, Mädchen. Gnade ist ein Luxus der Menschen, denen nie etwas Böses widerfahren ist. Und Alpha hat kein Mitgefühl verdient. Also: Entweder du hilfst uns bei der Umsetzung unseres Plans und dem Versuch, die Verluste auf unserer Seite so gering wie möglich zu halten. Vielleicht kannst du ja so einen Teil deiner eigenen Schuld an unserem Elend begleichen und wir verschonen deine Angehörigen. Oder du lässt es bleiben, und es wird für alle ein längerer und schmerzhafterer Weg, als du es dir je vorstellen könntest. Vor allem für deine Familie.«

Hilfe suchend blicke ich mich nach Riley um. Er steht mit verschränkten Armen und zusammengepressten Lippen dicht neben Neon und macht keine Anstalten, mir beizustehen. Ganz im Gegenteil. In seinen Augen liegt eine Bitte, ein stummes Flehen, auf den Handel einzugehen.

Nie zuvor war mir so übel.

Neon hingegen sieht mich mit ausdrucksloser Miene an und wartet auf meine Antwort. Die fünf vermummten Omegianer bewegen sich keinen Millimeter, doch es geht eine gewisse Anspannung von ihnen aus. Sie sind bereit, jederzeit zuzuschlagen, was immer das auch heißen mag. Verzweifelt sehe ich zwischen ihnen und den Kameragesichtern auf dem Monitor hin und her, während fast dreißig Augenpaare jede meiner Regungen beobachten.

Eine lähmende Schwere breitet sich in meiner Brust aus, als ich realisiere, dass ich in eine Sackgasse geraten bin. Egal, wie ich es drehe und wende, alles ist entsetzlich falsch. Und ich kann nichts dagegen tun. Wenn ich ihren Vorschlag ablehne und der Putsch gelingt, verurteile ich nicht nur unzählige Alphanier zum Tode, sondern auch gleichzeitig Hunderte Rebellen. Wenn ich ihn aber annehme und es wirklich schaffen sollte, ein Portal nach Alpha zu generieren, dann klebt nicht nur Blut an meinen Händen, sondern ich bin auch noch eine Verräterin und trage die Schuld am Angriff auf Alpha.

»Ihr spinnt doch alle«, faucht da plötzlich der Anführer von Beta. Seine Haut wirkt unnatürlich dünn und dadurch so rot, als schimmere sein Blut direkt durch sie hindurch. Sobald er die Lippen bewegt, hat sein Gesicht mehr von einem Totenschädel als von einem Menschen. »Wie kommt ihr dazu, zwei dahergelaufenen Alphaniern zu vertrauen? Aschebringerin und Möchtegern-Epsilianer hin oder her, diese beiden sind Portalläufer. Seit Jahrhunderten beuten sie unsere Monde aus und sorgen für ihre Instabilität!

Naturkatastrophen, Temperaturverschiebungen, Missernten – reicht es nicht, dass Epsilon niedergebrannt ist und Theta zerstört wurde? Wollt ihr jetzt auch noch unsere gesamte Mission in ihre Hände legen und dadurch zum Scheitern verurteilen? Dann ohne Beta!«

Zustimmendes Gemurmel wird unter den Videoteilnehmern laut, bis sich zwei Stimmen herauskristallisieren. Sie gehören dem Zwillingspaar von Kappa, zwei Frauen mit ergrauten Pferdeschwänzen und waldgrünen Augen. Die Linke der beiden spricht wie ein menschliches Echo das letzte Wort jedes Satzes ihrer Schwester nach.

»Warum wollt ihr sie überhaupt mitnehmen? Wahrscheinlich würden sie sich nur verdrücken und die Security alarmieren, bevor wir den Turm überhaupt erreicht haben!«, schnappen sie. »Ich meine, sie haben uns doch offenbar schon verraten! Woher wussten Alphas Leute denn sonst von der Versammlung auf Theta?«

»Stimmt! Erklär uns das doch bitte, Neon!«, verlangt Rhos Anführerin und fuchtelt mit dem Zeigefinger vor der Kamera herum.

»Sie haben Alpha nicht alarmiert!«, donnert Neon. »Wie sollten sie denn? Die ganze Zeit über befanden sie sich in Nilanhis Obhut. Und ihr wollt uns doch wohl nicht unterstellen, dass wir sie bei einem Verrat unterstützt hätten?«

»Trotzdem!«, beharrt Tiana. »Irgendwie muss Alpha ja von der Generalversammlung erfahren haben. Wie sonst hätten sie uns ausfindig machen und Theta so gezielt angreifen können?«

»Vielleicht, weil ihr Alphas Stützpunkte auf Theta eingenommen habt und der Senat sie wiederhaben will?«, frage ich betont gleichmütig, aber in mir brodelt es.

Mir ist klar, wie leichtsinnig meine Bemerkung ist und dass ich damit nur noch mehr Öl ins Feuer gieße. Doch das ist mir egal. Heiße Wut rauscht durch meinen gesamten Körper und vermischt sich mit dem restlichen Adrenalin, das sich noch in meinen Adern befindet, zu einem gefährlichen Cocktail. Ich bin es leid, so behandelt zu werden, als sei ich eine unliebsame, hochexplosive Zeitbombe, die so schnell wie möglich an den nächsten weitergegeben werden muss. Sie reden über mich, als sei ich überhaupt nicht im Raum. Und das geht mir gewaltig gegen den Strich.

»Jetzt wird sie auch noch frech!«, empört sich der Lambdaianer. »Dann sag uns doch mal, wie Alphas Schiffe uns sonst finden konnten?«

»Fragt das doch mal Jarek!«, platze ich heraus, nur um mir sofort auf die Zunge zu beißen. Das war … nicht sehr geschickt.

»Was soll das heißen?«, donnert der Lambdaianer. »Unterstellst du gerade einem meiner besten Offiziere, uns zu betrügen? Wie kannst du es wagen?«

Jetzt gibt es kein Zurück mehr. Neon muss die Wahrheit erfahren, alle Anwesenden müssen das. Zittrig hole ich Luft. »Es war vor ein paar Wochen, als wir draußen auf Patrouille waren. Dann ist ein Schiff von Alpha aufgetaucht und hätte uns beinahe entdeckt. Ich konnte uns gerade noch mit einem Portal in Sicherheit bringen.«

»Jaja, diese Geschichte kennen wir bereits«, faucht Jarek und unterbricht mich damit. Der unbändige Zorn in seinem Blick lässt mir die Nackenhaare zu Berge stehen. »Das hat aber nichts …«

»Und kennen die anderen auch den Teil, in dem du das Schiff mit einer Leuchtpistole auf uns aufmerksam machen wolltest?«, falle ich ihm ins Wort.

Entsetzt schnappen die Rebellen nach Luft.

»Jarek, ist das wahr?«, donnert Neon, ist mit zwei Schritten bei ihm und packt ihn am Kragen seines Hemds.

»Natürlich nicht!«, lügt er. »Unsere kleine Aschebringerin hat anscheinend keine Ahnung von Waffen. Ich hatte einen Mehrlader bei mir, weiter nichts.«

»Und warum solltest du mit einem Mehrlader auf ein Metallschiff zielen?«, fragt der lambdaianische Anführer mit schneidender Stimme.

»Woran hast du die Pistole erkannt, Yashira?«, fragt Nilanhi.

Es beeindruckt mich, wie ruhig ihr Tonfall trotz der angespannten Situation ist.

»Ich habe das Symbol darauf erkannt. Es war rot, ein kleiner explodierender Raketenkopf.«

Nilanhi nickt langsam. »Das ist richtig. Ich habe ihr und Riley alle Symbole ausführlich erklärt.«

»Ich bitte euch, ihr macht euch doch vollkommen lächerlich!«, ruft Jarek. »Glaubt ihr wirklich einer dahergelaufenen Alphanierin mehr als mir? Sie will doch nichts weiter als einen Keil zwischen uns treiben!«

»Dann wirst du dich sicher einem Lügendetektor-Test unterziehen, oder?«, zischt Neon. Wütend zerrt sie an Jareks Kragen. »Es sei denn, du hast etwas zu verbergen.«

Panik flammt in Jareks Augen auf. Hilfe suchend blickt er hin und her, obwohl er versucht, weiterhin tough zu wirken. »Ihr vertraut mir also nicht? Was ist bloß in euch gefahren? Ich dachte, wir stünden auf derselben Seite!«

»Das kannst du uns mit einem Lügendetektor-Test ganz einfach beweisen«, sagt Nilanhi und wendet sich an den Sprecher Lambdas. »Es tut mir leid, Keto, aber wir müssen auf Nummer sicher gehen. Das verstehst du doch?«

»Selbstverständlich«, erwidert Keto. »Allerdings erwarte ich eine angemessene Entschuldigung für diese Beleidigung, sobald alles vorbei ist.«

»Ihr fallt mir auch in den Rücken?«, ruft Jarek, während er anklagend auf den Bildschirm starrt.

»Unterzieh dich dem Test, das ist ein Befehl!«, kommandiert Keto.

»Ich kann deine Angst fast riechen!«, faucht Neon. »Ich warne dich, wenn auch nur irgendein Wort davon wahr sein sollte, dann …«

Doch sie kommt nicht dazu, den Satz zu beenden. Energisch reißt Jarek sich los, stößt sie von sich und hechtet über den Konferenztisch, direkt auf mich zu. Reflexartig verlagere ich mein Gewicht und hebe die Arme, um mich zu schützen. Ich habe keine Waffen, keine Schutzkleidung, nichts, was mir irgendwie helfen könnte. Panisch versuche ich, Energie in meine Hände zu leiten und ein Portal zu erzeugen, doch nichts passiert. Noch im Laufen zieht Jarek das Jagdmesser aus seinem Gürtel und reißt es über seinen Kopf. Seine Augen funkeln vor Hass. In diesem Moment bin ich mir sicher: Das war's.

Nur Millimeter, bevor seine Klinge meine Haut berührt, stockt er plötzlich. Sein Gesicht verzieht sich zu einer schmerzerfüllten Grimasse. Durch seinen Rumpf geht ein Beben, das immer heftiger wird. Blaue Blitze zucken über seinen Körper, seine Finger verkrampfen sich, und das Messer fällt zu Boden. Hinter ihm steht Riley, eine Hand von hinten in Jareks Nacken, die Fingerspitzen leuchtend vor Elektrizität und die Lippen vor Wut verzerrt. Jareks Beine geben nach. Er sackt an Ort und Stelle keuchend auf dem Boden zusammen. Zwei der vermummten Männer packen ihn und drehen ihm grob die Arme auf den Rücken.

»Ihr versteht das nicht!«, ruft Jarek gequält. »Ich hatte keine Wahl!«

»Man hat immer eine Wahl«, entgegnet Tiana kühl.

»So, wie ihr es euch ausgesucht habt, mit zwei Alphaniern zusammenzuarbeiten?« Er spuckt das Wort in die Luft.

»Manchmal heiligt der Zweck eben die Mittel«, sagt Keto. »Das gilt jedoch keineswegs für Verrat. Das ist unverzeihlich und wird auf Lambda mit dem Tode bestraft.«

»Hast du noch irgendwas zu deiner Verteidigung zu sagen, du mieser Verräter?«, zischt Neon.

Ergeben lässt Jarek die Schultern sinken. »Ich musste es tun. Sie haben meine Familie.«

»Und deshalb fällst du ganz *Zerberus* in den Rücken? Tausende Menschen sind tot, und das ist deine Schuld! Ganz Theta ist zerstört durch dich!«, schreit Tiana heiser. Sie ist so außer sich, dass sich Blutflecken auf dem Verband in ihrem Gesicht abzeichnen.

»Es tut mir leid«, murmelt Jarek und senkt den Kopf.

»Es tut dir *leid*?«, rufen mehrere Anführer aufgebracht durcheinander.

»Du bist eine Schande für *Zerberus*«, knurrt der Betianer. »Und obendrein ein Mörder. Wie kannst du nur mit Alpha unter einer Decke stecken? Wir haben dir vertraut!«

»Versteht doch, ich musste meine Familie beschützen!« Jareks

Blick bohrt sich in meinen. »Gerade du solltest das wissen, *Aschebringerin*. Du selbst hast so lange geschwiegen, weil jemand in Gefahr schwebte, den du liebst.«

»Was meint er damit?«, fragt Riley und sieht mich an. »Warum hast du nichts gesagt?«

»Ich …«, setze ich an und stocke. Ich weiß nicht, was ich sagen soll, um mich zu erklären. Es war falsch, so lange geschwiegen zu haben. Dafür gibt es keine Entschuldigung.

»Wenn sie davon wusste, ist sie mitschuldig!«, beharrt Tiana. »Ohne Wenn und Aber. Wahrscheinlich hat sie ihm sogar noch geholfen und als Doppelagentin agiert!«

»Verhaftet sie alle!«, verlangt der Lambdaianer, woraufhin ein heftiger Streit zwischen den Rebellen ausbricht.

Nach einer Weile stützt Neon geräuschvoll die Hände auf den Tisch, legt den Kopf in den Nacken und seufzt. »Ihr vergesst dabei etwas«, sagt sie laut. »Ohne Yashira kommen wir nicht unbemerkt auf Alpha.«

»Dann müssen wir uns eben auf unsere Schiffe verlassen und als Einheit angreifen!«, beharrt die Rhoianerin und schüttelt die Faust, dass ihre ledrigen Hautfalten nur so schlackern. »Ich werde das Leben meiner Leute nicht in die Hände von einer Alphanierin legen, schon gar nicht in die einer Verräterin.«

»Wir brauchen Yashira, um das Regierungsgebäude zu infiltrieren. Wir müssen das Überraschungsmoment nutzen«, hält Neon dagegen und sieht mich an. »Es ist der beste Weg, Verluste so gering wie möglich zu halten. Also, was ist? Hilfst du uns oder nicht?«

In meinem Kopf überschlagen sich die Gedanken. Schuldgefühle und Zweifel mischen sich mit der Angst, noch mehr Menschen zu verlieren, und dem Bedürfnis, meine Heimat zu retten, allem voran meine Eltern und Diana. Wie ich es auch drehe und wende, alles fühlt sich falsch an.

Neon hebt die Brauen. »Was ist, Mädchen? Das ist deine Chance, deine Schuld wiedergutzumachen.«

»Komm schon, Ash, gib dir einen Ruck. Wir brauchen dich. Es

wird alles gut«, flüstert Riley und tritt an mich heran. Er sieht hinüber zu Neon, die seinen Blick auffängt und kaum merklich nickt.

Fassungslos schaue ich zwischen Neon und Riley hin und her. Zwischen den beiden scheint irgendeine Art Verbindung zu herrschen, eine stumme Absprache, um mich in ihre gewünschte Richtung zu lenken. Was wird hier nur gespielt?

»Gar nichts wird gut!«, rufe ich plötzlich, viel lauter als beabsichtigt. Schlagartig ruhen alle Blicke auf mir. Gut so, sie alle sollen hören, was ich zu sagen habe. »Ich weiß, wie grausam die Explosion auf Theta gewesen ist. Verdammt, ich war dabei! Alphas Senat hat mit dem Angriff Familien zerrissen, Menschen getötet und noch dazu den gesamten Mond völlig zerstört. Und glaubt mir, ich bin ebenso wütend und entsetzt darüber wie ihr. Aber genau deshalb dürft ihr nicht so werden wie sie! Ihr plant einen Anschlag, um euch von Alphas Einfluss zu befreien, und dann? Wie soll es erst weitergehen, wenn auch an euren Händen das Blut Tausender unschuldiger Menschen klebt? Wie könntet ihr euch selbst noch im Spiegel ansehen und guten Gewissens sagen, dass ihr besser seid als sie?« Zitternd hole ich Luft. »Es mag für euch vielleicht naiv klingen, dass ausgerechnet ich als Alphanierin euch dazu auffordere, eine friedliche Lösung zu finden. Aber einen Massenmord, ein solches … Abschlachten – das kann und werde ich nicht zulassen. Ich weigere mich, auch nur ein einziges Portal für diesen Zweck zu öffnen.«

Mein Brustkorb hebt und senkt sich viel zu rasch, während ich versuche, die heiße und stickige Luft der Höhle in meine Lungen zu pumpen. Zornig blicke ich in die ausdruckslosen Gesichter der Rebellenführer, die von den Monitoren auf mich herabsehen, als hätten sie verlernt, was Menschsein bedeutet.

Tiana gluckst vergnügt in sich hinein. »Was für eine niedliche Rede, kleine Aschebringerin. Dein ganz eigener Akt der Rebellion – als Alphanierin gegen *Zerberus*. Schade nur, dass dein Vorhaben tatsächlich zu naiv ist. Denn auch, wenn dein Idealismus bewundernswert ist, die Realität sieht anders aus. Eine friedliche Lösung gibt es nicht. Aber ich denke«, sie tut so, als würde sie sich nach rechts und links zu den anderen Rebellen umsehen, »dass du uns darin bestärken konntest, den ignoranten Alphaniern ein für alle Mal die Augen zu öffnen. Und wir müssen zuschlagen, solange sie am wenigsten damit rechnen.«

»Es könnte eine Falle sein«, gibt Amrel zu bedenken. »Jarek könnte Instruktionen von Alpha erhalten haben, um uns dorthin zu lenken. Und wer weiß, ob die beiden Alphanier nicht mit ihm unter einer Decke stecken, um uns von innen heraus zu zerschlagen.«

»Wir müssen es riskieren«, sagt Tiana. »Koste es, was es wolle. Heute oder nie.«

Neon tritt vor. »Ich würde gern zu einer Abstimmung kommen. Wer ist für einen Angriff auf Alpha, und wer ist dagegen?«

Wie gelähmt sehe ich zu, wie sich die Rebellenführer nacheinander für oder gegen eine Attacke auf Alpha aussprechen. Mein Gefühlsausbruch scheint völlig an ihnen abgeprallt zu sein. Ich möchte schreien, mit den Füßen auf den Boden stampfen, mir die Haare raufen, irgendwas tun, doch alles in mir ist wie erstarrt, während Neon die Stimmen der Monde zählt. Gerade einmal vier von zweiundzwanzig Rebellenführern stimmen gegen einen Angriff.

»Damit ist es entschieden«, sagt Neon und dreht sich zu Riley und mir herum. Ihr Blick ist hart wie Stahl. »Euch drei werden wir in Gewahrsam nehmen, damit ihr nicht auf dumme Gedanken kommt. In unseren Reihen ist kein Platz für Verräter.«

Was?! Panisch blicke ich mich um, doch da werde ich bereits von hinten von zwei starken, massigen Armen umfasst und hochgehoben. Es ist Cole, der mich wie einen Sack über seine Schulter wirft und mir dabei entschuldigend die Kniekehle tätschelt. Neben mir werden Riley von zwei weiteren Männern beide Arme auf den Rücken gedreht und zusammengebunden, damit sie keine Stromstöße von ihm verpasst bekommen. Unsanft schubsen sie ihn und *Jarek* vor sich her und bringen uns fort von der Versammlung, bevor ich auch nur einen klaren Gedanken fassen kann.

Das Letzte, was ich von der Konferenz mitbekomme, ist Neon, wie sie sich auf dem Besprechungstisch abstützt und mit ihrem listigen Hyänengrinsen sagt: »Also dann. Der Krieg gegen Alpha hat hiermit offiziell begonnen.«

Kapitel 31

»Lasst mich hier raus!«, brülle ich zum gefühlt hundertsten Mal und trete mit aller Kraft gegen das Holzgitter meiner Zelle. Es ist dieselbe, in die die Omegianer mich nach unserer Gefangennahme in der Wüste gesteckt haben. Zu meinem Ärger bewegt sich das Holz unter meinen Füßen keinen Millimeter. Es gibt nicht einmal ein mitleidiges Ächzen von sich.

»Das wird nicht funktionieren«, seufzt Riley von der gegenüberliegenden Kammer herüber. »Das hat es letztes Mal auch nicht.«

»Sehr witzig«, knurre ich. »Wenigstens versuche ich, hier rauszukommen.«

»Wir hätten ja gar nicht erst hier drin landen müssen, wenn du nicht so einen Mist verzapft, sondern kooperiert hättest!«

»Ist das dein verdammter ...?«, setze ich an, doch weiter komme ich nicht.

»Ruhe!«, donnert die Wache vor unseren Zellen und schlägt gegen mein Gitter. »Das ist ja nicht zum Aushalten!«

Trotzig strecke ich dem Omegianer die Zunge heraus und schneide eine Grimasse. Ich kenne ihn noch von der Arbeit auf den Feldern. Es ist James, ein drahtiger junger Mann mit Dreadlocks und dem dünnsten Geduldsfaden, den ich mir vorstellen kann. Aber ich weiß auch, dass nicht mit ihm zu spaßen ist, wenn er wütend wird.

»James, kannst du mir wenigstens ein bisschen Wasser bringen?«, frage ich betont höflich und reibe die hinter meinem Rücken gefesselten Hände aneinander. »Ich habe wirklich großen Durst.«

James kneift die gelben Augen zusammen. »Netter Versuch. Nein.«

»Bitte«, sage ich und räuspere mich demonstrativ, um die Trockenheit meiner Kehle unter Beweis zu stellen. »Es ist wirklich schlimm.«

»Nichts da!«, wettert James. »Du willst doch einfach nur die Gelegenheit nutzen, um von hier zu verschwinden. Das hätte mir gerade noch gefehlt!«

Ich schließe die Augen. Nur mühsam kann ich mich dazu zwingen, ruhig zu bleiben, um mir nichts anmerken zu lassen. Allerdings schmerzt mein Hals wirklich von dem Rauch des Feuers auf Theta. »Ich verspreche dir, ich werde kein Portal öffnen. Meine Hände sind doch sowieso gefesselt. Ehrlich, James, bitte!«

Er verschränkt die Arme vor der Brust. »Vergiss es! Ich bin doch nicht bescheuert!«, faucht er. »Und wehe, ich sehe auch nur das kleinste grüne Leuchten oder den winzigsten blauen Funken bei einem von euch beiden. Wehe!«

Ich verdrehe die Augen. »Oh, ich habe ja solche Angst«, schnaube ich leise.

»Wie bitte?«, knurrt James und kommt mit dem Gesicht ganz nah an die Gitterstäbe heran. Misstrauisch schließt er die transparenten inneren Lider über seinen Iriden, was ihnen einen milchigen Schleier verleiht.

»Nichts«, beeile ich mich zu sagen und kauere mich vor dem Gitter zusammen. »Ich werde mich etwas ausruhen, falls das genehm ist.«

Mit aufgeblähten Nasenflügeln starrt James auf mich herab. Er scheint nach einem weiteren Grund zu suchen, seine Wut darüber, während des Putschversuchs auf Omega zurückgelassen worden zu sein, an mir auszulassen. Schließlich wendet er sich von mir ab und setzt sich im Schneidersitz zwischen Rileys und meine Zelle.

»Und keinen Mucks!«, warnt er uns.

»Jaja«, murmele ich leise.

Ich verspüre ohnehin nicht das Bedürfnis zu reden. Dazu bin ich viel zu wütend. Auf Riley, der mich und meine Fähigkeit auf der Versammlung ans Messer geliefert hat, auf die Rebellen und Alpha, auf Jarek – und am allermeisten auf mich selbst.

Frustriert rutsche ich auf dem sandigen Steinboden hin und her, ohne eine bequeme Position zu finden. Wie konnte ich nur so naiv sein und glauben, eine friedliche Lösung finden zu können? Sie haben mich überhaupt nicht ernst genommen. Wenn ich ehrlich zu mir bin, kann ich ihnen das nicht einmal verübeln. Ich hätte schon viel früher jemandem davon erzählen müssen. Neon hätte bestimmt einen Weg gefunden.

Vielleicht würde Kenneth dann noch leben.

Dieser Gedanke brennt sich so schmerzhaft in meine Brust, dass ich keuche und die Hände gegen meine Schläfen presse. Ich habe das Leben so vieler Menschen riskiert, um Riley zu schützen. Riley, der mich anscheinend nur dazu drängen wollte, bei dem gewaltvollen Sturz von Alphas Regierung zu helfen, um seinen persönlichen Rachefeldzug durchzuführen. Unwillkürlich frage ich mich, wie viel von dem, was seit unserer Ankunft im Rebellenlager zwischen uns passiert ist, echt war und wie viel gelogen. Wie geschickt er mich um den kleinen Finger gewickelt hat mit seinem Lächeln, seinen irisierenden Augen, seinen weichen Lippen auf meinen …

Ich weiß nicht, wie lange ich so daliege und vor mich hin grübele, bis ich das Geräusch nahender Schritte höre.

»Wachablöse«, brummt eine tiefe Stimme.

»Du bist viel zu spät dran!«, erbost sich James.

»Ich musste noch aushelfen.«

»Aha. Na gut. Viel Spaß mit den Streithähnen«, zischt James. Er verschwindet im Gang, nicht ohne mir vorher noch einen warnenden Blick zuzuwerfen. Es muss ihn echt hart getroffen haben, dass er zurückbleiben musste, nur um uns zu bewachen.

»Alles in Ordnung?«, fragt die neue Wache jetzt und bückt sich, um ins Innere meiner Zelle zu sehen.

»Cole!«, rufe ich überrascht. »Bist du nicht mit den anderen aufgebrochen?«

»Irgendwer muss doch auf die beiden Alphanier aufpassen. Ich habe gehört, dass das Mädchen von ihnen ein wenig aufmüpfig ist.« Er zwinkert mir verschwörerisch zu. »Also … wenn ihr irgendwas braucht, gebt mir Bescheid.«

»Danke«, flüstere ich.

Cole will schon wieder ein Stück in den Gang zurücktreten, als er sich noch einmal zu mir umdreht. Verlegen kratzt er sich mit einer Hand an seinem bulligen Stiernacken. »Hör mal … Ich weiß, dass du niemandem etwas Böses wolltest. Du hast das Herz am rechten Fleck. Tut mir leid, dass ich dich hierher geschleppt habe. Und auch damals. Bestimmt habe ich dir eine Heidenangst eingejagt. Ich hätte an deinem ersten Tag im Ring nicht so hart zu dir sein sollen.«

Ich blinzele ihn an. Das waren wohl die meisten Worte, die ich je an einem Stück von Cole gehört habe. Es bedeutet mir viel, dass er sich bemüht, nett zu mir zu sein.

»Schon gut«, winke ich ab. »Ehrlich.«

Er nickt leicht, zieht sich in die Schatten des niedrigen Höhlengangs zurück und überlässt mich wieder meinen Gedanken. Nach einer Weile sehe ich Rileys Augen in der Zelle mir gegenüber schimmern. Sie mustern mich, versuchen zu ergründen, was in mir vorgeht, und bleiben mir dennoch verschlossen. Der Abstand zwischen uns macht mich wahnsinnig. Jeder Meter kommt mir zu viel vor und ist gleichzeitig zu wenig, um meine Wut auf ihn verrauchen zu lassen. Eine innere Stimme quält mich mit dem Gedanken, dass seine Gefühle mir gegenüber nicht gespielt sein konnten. Der Kuss … Er fühlte sich echt an. Real. Aufrichtig. Wenn ich doch nur wüsste, was er wirklich für mich empfindet. Ob das, was im Raumschiff nach Thetas Explosion zwischen uns passiert ist, von Herzen kam oder nur ein Versuch war, mich zu verwirren – was ihm leider gründlich gelungen ist. Ich wünschte, ich könnte ihn unter vier Augen fragen.

Lange starre ich einfach nur geradeaus auf den Höhlenboden, bis ich erneut ein Scharren an meiner Zellentür höre.

»Ähem«, macht Cole. Er räuspert sich und lässt dabei einen

schmalen Gegenstand zu Boden fallen. »Ich werde mich mal eben ein paar Schritte den Gang runter erleichtern gehen. Und vielleicht mache ich dann auch noch ein paar Beweglichkeitsübungen. Macht solange nichts Dummes, ja?«

Er deutet mit dem Finger zuerst auf mich, dann auf Riley, um mir zu verstehen zu geben, dass wir die Angelegenheit zwischen uns in seiner Abwesenheit klären sollen. Er muss die Anspannung spüren, die von uns ausgeht. Statt einer Antwort nicke ich nur steif und warte, bis er hinter der nächsten Biegung verschwunden ist.

Eine Weile ist es still zwischen Riley und mir, während ich nach dem Objekt taste, das Cole hat fallen lassen. Das einzige Geräusch sind unsere Atemzüge, deren Rhythmen sich unbewusst aneinander angepasst haben. Verärgert ändere ich meine Frequenz und starre missmutig an die Höhlendecke, bis meine Finger den Gegenstand umfassen. Es ist ein Taschenmesser, damit ich meine Fesseln lösen kann. In diesem Augenblick würde ich Cole am liebsten um den Hals fallen.

»Du weißt schon, dass die Rebellen mit deiner Fähigkeit weitaus größere Chancen auf Erfolg gehabt hätten, oder?«, fragt Riley schließlich betont beiläufig.

Ich schnaube und beginne, die Stricke möglichst lautlos über der Klinge hin und her zu schaben. »Ja, um einen ganzen Planeten einfach abzuschlachten!«

»Alpha hat dasselbe getan«, entgegnet Riley. »Warum sollte es sie dann besser treffen?«

»Weil der Anschlag unzählige Unschuldige mit in den Tod reißen wird.«

»Genau wie auf Theta! Und wie auf Epsilon und jedem anderen gottverdammten Mond, der noch folgen wird. Wie lange wird es wohl dauern, bis alle Monde zerstört sein werden?«, gibt er aufgebracht zurück. »Die Menschen sind wütend. Zu Recht. Ich habe jahrelang unter ihnen gelebt – du kannst dir das Elend gar nicht vorstellen. Armut, Naturkatastrophen, Totgeburten und die ständigen Machtkämpfe der Dörfer untereinander – das alles raubt jedem irgendwann den Verstand. Und es ist nur natürlich, dass sie irgendwann zurückschlagen wollen.«

»Und deshalb muss auch ich zur Mörderin werden?«

Jetzt ist es an Riley zu schnauben. »Ich dachte, wir stünden auf derselben Seite.«

»Ja, das tun wir auch«, zische ich. »Glaub mir, nichts widerstrebt mir mehr als zuzusehen, wie all das so weitergeht wie bisher. Aber es muss einen anderen Weg geben, um die Menschen zu befreien. Wir sollten Alphas Regierung und der Bevölkerung dieselbe Chance einräumen, sich für eine Seite zu entscheiden, wie wir sie bekommen haben.«

»Als ob irgendein Alphanier jemals an jemand anderen denkt als an sich selbst!«, donnert Riley. Seine Stimme wird als Echo von den Wänden zurückgeworfen. »Für den Senat zählt doch nur die eigene Macht. Was mit allen anderen geschieht, ist denen total egal!«

Abrupt setze ich mich auf, um lauter sprechen zu können. »Genau deshalb müssen wir zwischen ihnen vermitteln. Die Leute müssen erfahren, was auf den Monden geschieht.«

»Und was, glaubst du, passiert dann? Nichts.«

»Woher willst du das denn wissen?«, halte ich dagegen und starre auf seine Zellentür. »Es ist einfach falsch, die Atmosphäre abzuschalten, ohne den Menschen wenigstens eine Chance gelassen zu haben, das Richtige zu tun.«

»Es gibt keinen anderen Weg«, beharrt Riley stur. »Niemand würde ein paar dahergelaufenen Rebellen zuhören. Aber wenn ihre Atmosphäre schwindet und der Planet zu brennen beginnt, dann werden sie *verstehen*, was sie uns angetan haben!«

»Hörst du eigentlich selbst, was du da redest? Wie kannst du nur so etwas sagen?«, fauche ich. Plötzlich bin ich froh, dass sich Gitter zwischen uns befinden, denn ich wüsste nicht, was ich tun würde, wenn er neben mir säße.

»Weißt du etwa eine andere Lösung? Nenn mir eine einzige Idee, um das Ganze ein für alle Mal zu beenden, und ich komme mit dir. Aber du wirst keine andere finden. Zerstörung ist der einzige Weg, um etwas Neues aufzubauen.«

Am liebsten würde ich durch die Gitterstäbe greifen, ihn am Kragen packen und schütteln, bis er wieder zur Vernunft kommt. Es mag sein, dass er recht hat und die Alphanier den Rebellen kein Gehör schenken würden. Aber nichtsdestotrotz ist es unser Zuhause mit Tausenden Unschuldigen, das die Rebellen wegen sechsundzwanzig verlogener Senatoren und einem Präsidenten, der mit ihnen unter einer Decke steckt, zerstören.

»Es ist immer noch unsere Heimat«, sage ich erstickt.

»Pah!«, macht Riley. »Was hat der Senat denn je für mich getan? Ich wurde als Portalläufer ausgebeutet, meine Eltern wurden mir genommen und ich selbst auf Epsilon entsorgt. Nein, Ash, Alpha ist schon lange nicht mehr meine Heimat. Und deshalb wünsche ich mir, den Planeten brennen zu sehen. So, wie sie es mit Epsilon und Theta gemacht haben.«

»Riley«, murmele ich. »Das meinst du doch nicht ernst.«

Zornig tritt er gegen das Tor vor seiner Zelle, sodass es scheppert. »Und ob! Ich will nichts mehr mit Alpha zu tun haben!«

»Also auch nicht mit mir.«

»Das habe ich doch gar nicht gemeint!«, knurrt Riley.

»Doch, das hast du«, erwidere ich, streife endlich die letzten Reste des Stricks ab und spüre, wie sich ein Ziehen von meinem Magen bis in meine Fingerspitzen hin ausbreitet. Der winzige Raum um mich herum beginnt, blassgrün zu leuchten. »Offenbar sind wir doch verschiedener, als ich dachte.«

»Was willst du damit sagen?«

Statt einer Antwort lasse ich zu, dass das grüne Licht in meinen Handflächen meine Arme hinaufkriecht und mich umhüllt. Ich lege den Kopf in den Nacken, reibe meine Finger aneinander und schließe die Augen. Als ich sie das nächste Mal öffne, stehe ich direkt vor Riley. Wie in Zeitlupe dreht er sich zu mir herum. Im Dunkel der Höhle kann ich nicht viel von seinem Gesicht erkennen, doch der Schmerz in seinen Augen ist beinahe greifbar.

»Riley«, flüstere ich. »Sag mir nur eins: Wie viel von allem zwischen uns ist echt?«

»Was meinst du?«, fragt er. Seine Stimme zittert.

Ich dagegen bin plötzlich erfüllt von einer merkwürdigen inneren Ruhe. Obwohl es mir in der stickigen Luft der Höhle nicht leichtfällt, nehme ich einen tiefen Atemzug und blicke Riley unverwandt an.

»Alles«, erwidere ich. »Das, was in unserer Höhle passiert ist. Unsere langen nächtlichen Gespräche, das Aufeinander-Aufpassen und der Schrei unter Wasser. Die Angst um mich auf Theta, unser Kuss, einfach alles. War das alles echt oder wolltest du mich nur manipulieren, damit ich beim Angriff auf Alpha helfe?«

Riley bringt keinen Ton heraus. Es ist quälend still zwischen uns. Ich kann meinen eigenen Herzschlag in den Ohren hören. Er geht in einem langsamen und gleichmäßigen Rhythmus, obwohl ich mir wünsche, mein Herz würde schnell und hastig gegen meine Rippen schlagen. So könnte es vielleicht aus seinem Käfig ausbrechen und fliehen, bevor Riley es mit den Worten bricht, die zwischen uns stehen.

»Ash«, wispert er schließlich. »Bitte, tu das nicht.«

»Antworte mir«, fordere ich. »Was lief da zwischen dir und Neon?«

Ergeben senkt Riley die Lider. »Sie hat mich darum gebeten, dir einen Schubs in die richtige Richtung zu geben, wenn wir dich brauchen. Sie dachte, wenn wir gut miteinander auskommen und du siehst, was ich für *Zerberus* bereit bin zu tun, würde dich das umstimmen. Ihr war klar, dass du nicht ohne Weiteres einem Angriff auf Alpha zustimmen würdest.«

Ich höre die Worte, die er sagt, doch mein Verstand will sie nicht begreifen. Obwohl die Welt um mich herum jetzt eigentlich in unendlich viele Scherben zerspringen müsste, tut sie es nicht. Sie steht nicht einmal still. Ruhig und gleichmäßig strömt der Atem in meinen Lungen ein und aus und versorgt mich weiter mit Sauerstoff und Leben, als wäre nichts passiert. Als würden sich nicht erneut die Puzzleteile zwischen uns verschieben, als würde nicht erneut ein Riss durch das Bild von uns getrieben und die Hälften auseinandergedrängt.

»Ich habe dich nie belogen«, flüstert er. Behutsam ergreift er meine Hände und streicht mit seinen Daumen über meine Handrücken, wie er es schon so oft getan hat, wenn er mich beruhigen wollte.

Ich antworte nicht. Stattdessen beiße ich mir fest auf die Unterlippe und spüre, wie heiße Tränen über meine Wangen laufen. Lautlos lasse ich zu, dass mich der Schmerz überrollt, dass alles zwischen uns nur Einbildung war, ein Wunsch, der nicht in Erfüllung ging. Ein Traum, der süß und bitter zugleich war. Nichts weiter als eine Lüge, ein Mittel zum Zweck, egal, was er behauptet.

Rileys Finger hören auf, über meine Haut zu kreisen. Trotzdem hält er meine Hände weiterhin fest in seinen. Er räuspert sich angestrengt, bevor er mit brüchiger Stimme weiterspricht: »Als Theta explodiert ist … dachte ich wirklich, das war's jetzt. Du bist weg und … ohne dich …«

»Du meinst ohne meine Portale«, presse ich hervor.

»Nein, ohne *dich* …«

Mein Mund fühlt sich eigenartig trocken an, als seine Worte plötzlich zwischen uns in der Luft hängen. Wie eine bleischwere Wolke breiten sie sich in der winzigen Zelle aus und legen sich um mein Herz, bis ich kaum noch atmen kann. In seinen Augen spiegelt sich eine emotionale Nacktheit, wie ich sie noch nie bei jemandem gesehen habe. Schmerz, Reue und Wut ringen miteinander, als sei auch Riley innerlich zerrissen.

Doch kein Liebesgeständnis der Welt ist dazu in der Lage wettzumachen, dass sich der Mensch, dem ich am meisten vertraut habe, mit Neon zusammengetan hat, um mich aus der Reserve zu locken. Falls seine Erklärung überhaupt der Wahrheit entspricht. Das Gefühl, von Riley verraten worden zu sein, bohrt sich wie ein Messer in meine Brust. Er wusste um meine Gewissensbisse und trotzdem hat er mich den Rebellen förmlich zum Fraß vorgeworfen. Ich kann nicht mehr unterscheiden, was wahr ist und was falsch. Ich kann überhaupt nicht mehr denken.

Als ich noch immer nichts sage, lehnt Riley sich näher zu mir. Sein warmer Atem streift über meine nasse Wange und lässt mich schaudern. »Warum hast du mir das mit Jarek nicht früher erzählt?«

Ich weiche seinem Blick aus. »Jarek hat gedroht, meinen Eltern und Diana etwas antun zu lassen, wenn ich jemandem etwas verrate. Und … und dir.« Neue Tränen schwimmen in meinen Augen, doch ich balle trotzig die Hand zur Faust. »Außerdem – wer hätte mir denn schon geglaubt? Dass er sich heute so verraten hat, war pures Glück.«

»Ich hätte dir geglaubt«, murmelt Riley leise. »Und ich hätte niemals zugelassen, dass er jemandem etwas antut. Vor allem nicht, dass er dir etwas antut.«

Erneut ist es still zwischen uns, bis Riley noch einen Schritt näher kommt. »Ich bitte dich, komm mit mir nach Alpha«, flüstert er. »Lass uns das Ganze ein für alle Mal beenden. Zusammen.«

»Riley«, stoße ich hervor und schlucke mühsam den Kloß in meiner Kehle hinunter.

»Bitte, Ash«, wispert er.

»Ich kann nicht«, antworte ich und entziehe ihm meine Hände. »Ich habe alles gehört, was ich wissen wollte. Ich kann nicht länger hierbleiben.«

»Ash …«, setzt er an, doch ich bin noch nicht fertig.

»Nein, Riley«, sage ich, selbst erstaunt darüber, wie fest und entschlossen meine Stimme klingt. »Ich lasse mich nicht länger von irgendjemandem manipulieren. Von niemandem mehr. Es wird Zeit, dass ich meinen eigenen Weg gehe.«

Dass ich selbst die Dinge in Ordnung bringe, die ich kaputt gemacht habe. Allen voran mich selbst. Dieser Weg ist einsam, doch ich muss ihn gehen.

»Was hast du vor?«, fragt er beklommen.

»Das geht dich nichts mehr an«, entgegne ich, doch meine Stimme bricht. Ich wende mich von ihm ab, damit ich das Gitter vor mir sehe und nicht Rileys Portalaugen, die doch nur wieder versuchen werden, mich in sein Herz zu ziehen. Und ich weiß genau, dass es dann kein Zurück mehr gibt.

»Ash!«, knurrt Riley jetzt und packt mich grob an den Schultern.

Bevor ich reagieren kann, dreht er mich zu sich herum, drückt mich gegen das Holzgitter und presst wütend seine Lippen auf meine. Seine Haut duftet nach Wüstensand, Rauch und Minze, als er seine Finger in meinen Haaren vergräbt und mich näher an sich heranzieht. Gegen meinen Willen schließe ich die Augen, schlinge die Arme fest um seine Taille und erwidere den Kuss. Wie heißes Feuer brodeln sein Zorn und seine Verzweiflung durch mich hindurch, während ich das Salz meiner Tränen schmecke. Ich spüre, wie sich kleine Holzsplitter in meine Arme bohren und wie die Streben des Gitters in meinen Rücken drücken, doch das ist mir egal. Für einen Moment gibt es kein Oben und kein Unten, kein Richtig und kein Falsch, keine Lüge und keine Wahrheit. Das Einzige, was zählt, ist Riley, dessen Zerrissenheit ich in jeder Zelle meines Körpers fühle, als wäre es meine eigene. Ich genieße das Gefühl seines Arms um meine Taille und die Nähe zu ihm, bis etwas in mir zerbricht und ich ihn mit aller Kraft von mir wegstoße.

»Ash, was …?«, stößt Riley heiser hervor und will erneut einen Schritt auf mich zumachen.

Statt einer Antwort lasse ich erneut grüne Blitze über meine Fingerspitzen zucken, die sich ausdehnen und mich einsaugen, schneller, als Riley reagieren kann. Schon stehe ich auf der anderen Seite des Gitters, außerhalb seiner Zelle, und blicke in sein aufgewühltes Gesicht.

»Es tut mir leid«, flüstere ich und umfasse mit einer Hand die Holzstreben. »Aber es kann kein *Wir* geben. Nicht jetzt. Nicht so.«

Erschrocken reißt er die Augen auf. »Was hast du vor?«

Ein trauriges Lächeln huscht über mein Gesicht, aber ich merke, dass es meine Augen nicht erreicht. »Ich werde meinen eigenen Weg gehen«, sage ich. »Einen Weg, auf dem mich niemand mehr für seine Zwecke ausnutzen kann. Ich werde Alpha retten und versuchen zu vermitteln. Ich werde wiedergutmachen, was ich durch mein Schweigen angerichtet habe. Und wenn es das Letzte ist, was ich tue.«

»Bist du verrückt geworden? Das ist ein reines Selbstmordkommando!«, zischt er. »Verdammt, Ash, es tut mir leid, dass ich dich in all das mit reingezogen habe, aber, bitte, tu das nicht!«

Noch immer lächelnd lasse ich das Gitter los und trete zurück, um mir Rileys Gesicht einzuprägen. Im Halbdunkel kann ich nicht viel erkennen, doch ich ergänze es mit den Bildern aus meiner Erinnerung. Seine goldbraunen Locken und die Strähne, die stets widerspenstig in seine Stirn fällt, sein immer schiefes Grinsen und vor allem seine leuchtend blauen Augen, die mich so sehr an Portale erinnern.

»Ash! Hol mich hier raus! Du spinnst doch!«, ruft er.

Statt einer Antwort drehe ich mich um und gehe den Gang entlang, während ich in Gedanken nach dem flauen Gefühl in meinem Magen taste. Langsam dehne ich es aus, bis es meine Arme erreicht. Ich bleibe stehen, strecke die Hand aus und schaue zu, wie das grüne Leuchten zu einer runden Scheibe anwächst, durch die ich hindurchgehen kann.

»Verdammt, Ash! Du kannst mich doch nicht einfach hier allein lassen! Komm zurück!«

Mit der freien Hand wische ich mir die Tränen von den Wangen und fixiere mein Portal, das ich endlich unter Kontrolle zu haben scheine. Die Wahrheit ist, dass ich ihn nicht vollkommen allein lasse. Denn ein Teil von mir bleibt bei ihm, hier in dieser Höhle, wo er mich zum zweiten Mal geküsst hat.

Ohne mich noch einmal umzudrehen, gehe ich in das Portal hinein, um mein Leben endlich selbst in die Hand zu nehmen.

Kapitel 32

Als ich wieder aus dem Portal hinaustrete, stehe ich zu meiner eigenen Überraschung nicht mitten in Omegas Wüste oder auf Alpha, sondern in der Höhle mit dem dampfenden See und der Plattform für die Raumschiffe. Offenbar war ich so aufgewühlt, dass ich mich unbewusst hierher gesteuert habe.

Still und verlassen liegt die Höhle vor mir. Lediglich das sanfte Sprudeln und Plätschern des Wassers und das Geräusch seiner gegen die Metallstreben schlagenden Wellen sind zu hören. Am gegenüberliegenden Ufer des Sees, ein gutes Stück hinter der Plattform, kann ich die Umrisse von drei schmalen Gleitern im schwefligen Dampf ausmachen, die dort zurückgelassen worden sind. Ich blicke über meine Schulter nach hinten, um mich nach möglichen Verfolgern umzusehen, doch ich kann niemanden entdecken. Die Rebellen müssen davon ausgegangen sein, dass Riley und ich sicher weggesperrt sind, sonst hätten sie ihre Schiffe nicht ohne Wachen zurückgelassen. Ich nehme mir fest vor, Cole für seinen Freundschaftsdienst zu danken, falls ich ihn jemals wiedersehe.

Falls.

Noch bevor ich mir dessen bewusst bin, setzen sich meine Füße in Bewegung und steuern wie von selbst auf die Gleiter zu. Der nach fauligen Eiern stinkende Nebel durchdringt meine Kleidung, legt sich auf meine Haut und erfüllt meine Lungen, bis mir beinahe schlecht wird. Doch jetzt ist keine Zeit für solche Schwächen. Ich muss mich auf den Weg nach Alpha machen, bevor es zu spät ist. Und dafür muss ich die Schiffe erreichen, denn ich vertraue meiner Fähigkeit nicht genug, um mich sicher nach Alpha zu teleportieren. Das Risiko, irgendwo im All zu landen und elendig zu ersticken, ist zu groß.

»Ash? Ash!«, höre ich plötzlich Rileys Stimme hinter mir rufen. Ein Poltern wird laut, als würde jemand eilig die Stahltreppe hinunterstürmen.

Ich schüttele den Kopf und wische mir über das Gesicht. Meine Ohren spielen mir einen Streich. Schließlich habe ich Riley in seiner Zelle zurückgelassen, und Cole wird ihn wohl kaum einfach so laufen lassen.

»Ash! Warte!«

Jetzt drehe ich mich doch um. Tatsächlich, dort ist Riley. Er rennt durch den Nebel hindurch auf mich zu. Was will er hier? Mich aufhalten?

Eilig beschleunige ich mein Tempo. Ich höre, wie Riley immer näher kommt, also werde ich ebenfalls schneller, bis ich schließlich in einen Laufschritt falle. Doch auch Riley beginnt zu rennen. Seine Schritte klingen dumpf in meinen Ohren, werden immer lauter und lauter. Ich erreiche das andere Ende des Sees, biege scharf nach links ab und komme schlitternd vor einem der Gleiter zum Stehen. Der Puls dröhnt in meinen Ohren, und mein Atem geht viel zu schnell, doch ich muss mich beeilen. Ich hämmere auf den Knopf an der Seite des Gleiters, um die Falltür herunterzulassen, und sehe mich nach Riley um. Er ist nur noch wenige Meter von mir entfernt.

»Komm schon, du blöde Tür, mach schneller!«, zische ich.

Doch diesen Gefallen tut sie mir nicht. Quälend langsam senkt sie sich hinab, bis das rostige Metall über den Felsen schrappt. Gerade als ich einen Fuß auf die Rampe setzen will, knallt Riley mit der Wucht einer Kanonenkugel gegen mich und bringt mich zu Fall. In einem wirren Knäuel aus Armen und Beinen schlagen wir auf dem Boden auf und rutschen über den Stein. Die Erschütterung des Aufpralls presst die Luft aus meinen Lungen, hallt in meinem Kopf nach und betäubt meine Sinne, bis sich ein scharfer Schmerz in meinem gesamten Körper breitmacht. Ich fluche laut.

»Verdammt, Riley! Lass mich in Ruhe!«

»Vergiss es!«, keucht er mir ins Ohr. »Ich lasse nicht zu, dass du dich auf dieses Selbstmordkommando begibst!«

»Versuch doch, mich davon abzuhalten!«, schreie ich und springe auf.

Riley hingegen denkt gar nicht daran, mich so einfach loszulassen, und klammert sich mit aller Kraft an mein Bein, sodass ich beinahe wieder auf ihn falle. Ich nutze den Schwung in seine Richtung jedoch aus, um ihm einen leichten Schlag in den Bauch zu verpassen. Er lockert seinen Griff gerade genug, dass ich ihm mein Bein entreißen kann. Hektisch wende ich mich ab und laufe auf den Flieger zu, doch Riley gibt sich nicht so einfach geschlagen. Blitzschnell ist er hinter mir und schlingt einen Arm um meine Taille, sein Griff fest wie ein Schraubstock. Verzweifelt schlage ich um mich, aber er zerrt mich unaufhaltsam hinter sich her, fort von dem klapprigen Gleiter. Ich rufe mir ins Gedächtnis, was Nilanhi mir in den Kampfstunden beigebracht hat. Mühsam zwinge ich mich dazu, alle Muskeln erschlaffen zu lassen, um Riley in Sicherheit zu wiegen. Nach zwei weiteren Metern, die er zwischen mich und das Raumschiff gebracht hat, werfe ich mich urplötzlich mit meinem gesamten Gewicht nach hinten. Erschrocken versucht er, die Wucht abzufangen, doch es gelingt ihm nicht. Reflexartig krallt er sich an mir fest, sodass wir gemeinsam mit einem ohrenbetäubend lauten Klatschen in den See kippen. Warmes Wasser schwappt über meinem Kopf zusammen, dringt in meine Kehle und lässt mich würgen. Einen Moment lang glaube ich, zu ersticken, bis ich mich durch ein Knäuel aus strampelnden Gliedmaßen wieder an die Oberfläche kämpfe.

Auch Riley ist inzwischen wieder auf die Füße gekommen. Das nasse Shirt klebt an seinem muskulösen Oberkörper, und er hat die zu Fäusten geballten Hände kampfbereit vor der Brust erhoben. In seinem Gesicht steht die grimmige Entschlossenheit, mich aufzuhalten. Ich kann nicht anders, als ihn wütend anzufunkeln. In meiner Brust rumort es vor unterdrücktem Zorn.

»Lass mich gehen«, verlange ich mit zitternder Stimme.

»Nein«, sagt er ruhig. »Ich werde das nicht zulassen.«

Abrupt bücke ich mich und spritze ihm heißes Wasser ins Gesicht. Er taumelt zurück und bedeckt seine Augen, dann streckt er knurrend die Hand nach mir aus, wobei er ins Leere greift. Ich versuche, ihn an den Schultern zurück ins Wasser zu stoßen, um mir einen Vorteil zu verschaffen und zum Schiff laufen zu können. Doch Riley fängt sich schneller als gedacht und packt mich an der Hüfte. Seine Finger schließen sich fest um meine Knochen und graben sich in den Stoff meiner Hose. Mit aller Kraft werfe ich mich nach hinten. Riley gerät ins Wanken, verliert erneut das Gleichgewicht und fällt ins Wasser. In letzter Sekunde löse ich seinen Arm von meiner Hüfte, um nicht von ihm mitgerissen zu werden, doch der Schwung zwingt mich in die Knie. Platschend stürzt Riley in die türkisgrüne Stelle des Sees und kann sich gerade noch so mit den Händen abfangen, bevor er aufschlägt.

Plötzlich zuckt ein grellblauer elektrischer Funke durch das Wasser, den ich bis in meine Knochen spüre. Ich verliere die Balance und stütze mich auf Händen und Knien ab, sodass ich auf allen vieren im Wasser kauere. Jede einzelne Muskelfaser erzittert unter den Stromstößen, die durch das Wasser jagen. Ein Schmerzensschrei zerreißt meine Kehle. Ich kann nicht atmen, mich nicht bewegen, nicht einmal einen einzelnen Finger krümmen, bis der Schmerz ebenso schnell verschwindet, wie er gekommen ist. Still liegt der See nun vor mir. Ruhig, beinahe idyllisch, als hätte ich mir das alles bloß eingebildet. Benommen sehe ich mich nach Riley um.

Riley!

Wo ist er? Panik erfasst mich, als ich ihn nirgends entdecken kann. Eigentlich müsste ich ihn sehen können, denn das Wasser ist hier nicht so tief, dass er lange untertauchen könnte.

»Riley!«, schreie ich heiser und krabbele hektisch zu der Stelle, an der ich ihn zuletzt gesehen habe. »Riley, wo bist du?«

Voller Angst taste ich mich am Grund entlang, so hektisch, dass das Wasser nach allen Seiten hin spritzt. Immer wieder rufe ich seinen Namen. Dann, endlich, stoßen meine Hände gegen etwas Weiches und Warmes. Ich zerre an Rileys Armen, hake meine Handgelenke unter seine Achselhöhlen und ziehe seinen Kopf aus dem Wasser. Er atmet nicht. Ich schließe meine Hände von hinten um ihn und drücke so stark, wie ich nur kann, auf die weiche Stelle knapp unterhalb seines Brustkorbs. Ein Zittern geht durch seinen Körper, und ein Schwall Wasser quillt aus seinem Mund. Er stöhnt und beginnt, hektisch zu japsen, um die Sauerstoffschuld wettzumachen. Erst als ich mir sicher bin, dass er sich selbst über Wasser halten kann, lasse ich ihn los und lege ihm die Hand auf die Schulter.

»Was war das für ein Stromstoß?«, frage ich.

»Das war der verdammte See!«, keucht Riley. »Dieses grüne Steinzeug auf dem Grund! Als ich es berührt habe, sind meine Finger förmlich explodiert.«

Ich betrachte die wellige Oberfläche des Wassers und suche sie nach der Ursache für die Blitze ab. Eine Armlänge vor mir, auf dem Grund des Sees, entdecke ich ein winziges grünes Funkeln. Es muss ein Fragment des Gesteins sein, das sich bei der Entladung gelöst hat. Neugierig strecke ich die Hand danach aus. Kurz bevor meine Finger es berühren, halte ich inne. Wenn mir das Ding einen genauso großen Stromschlag verpasst wie zuvor Riley, könnte es mich völlig außer Gefecht setzen. Doch eine innere Stimme sagt mir, dass ich das Risiko eingehen muss.

Als ich meine Hand kurz entschlossen auf den kleinen Steinsplitter lege, spüre ich ein elektrisches Summen, ein Vibrieren und Kribbeln, das sich in meiner Hand ausbreitet und durch meinen gesamten Körper pulsiert. Es kitzelt mich, aktiviert jeden meiner Sinne, doch ein Stromschlag bleibt aus. Erleichtert schließe ich die Faust um das winzige Steinfragment und hebe es zu meinem Gesicht hinauf. Ich spüre dem Pochen seiner Energie nach, die sich anfühlt wie ein schwacher Herzschlag. Als wäre der Stein lebendig.

»Was ist das?«, frage ich andächtig.

»Ein verdammtes Mistding«, knurrt Riley. »Schmeiß das bloß weg!«

»Nein«, entgegne ich ruhig und hebe den Splitter mit spitzen Fingern an, um ihn besser untersuchen zu können.

»Bist du jetzt von allen guten Geistern verlassen?«, fragt Riley verdattert.

Ich drehe das Fragment in meiner Hand. »Nein, ich … Von ihm geht eine starke Energie aus, das kann ich fühlen.«

»Natürlich tut es das! Wir wären beinahe von dem Teil gegrillt worden!«

Unwillig schüttele ich den Kopf und halte ihm meine Hand unter die Nase. »Das meine ich nicht. Sieh ihn dir mal an.«

»Nimm es weg von mir! Ich will das Ding nicht wieder in meiner Nähe haben.«

»Bitte, Riley!«, flehe ich.

Er sieht mich an und wägt einige schier endlose Sekunden lang ab, was er tun soll, bis ihm schließlich ein resigniertes Seufzen entfährt. »Na gut. Aber sag nicht, ich hätte dich nicht gewarnt.«

Vorsichtig nimmt er den Splitter entgegen. Sofort bilden sich blaue Funken an seinen Fingerspitzen und grüne Blitze auf der Oberfläche des Steins, die einander anziehen und sich zu einem weißen Leuchten vermischen. Ein lautes Summen erfüllt die Luft. Die Blitze verdichten sich zu einer faustgroßen Kugel aus Energie. Gemeinsam mit dem Nebel um uns herum wirkt es, als hielte er ein eigenes Gewitter in seiner Handfläche.

»Die Steine müssen eine extrem starke elektrische Ladung haben«, murmelt Riley, während er die Kugel betrachtet. »Ich glaube, sie reagieren zusammen mit meiner Fähigkeit.«

Ich runzele die Stirn. Wenn die Steine in einer größeren Menge auf Rileys Funken so heftig reagieren, dass der ganze See unter Strom gesetzt wird, dann … Plötzlich kommt mir eine Idee. Sie ist verzweifelt und wahrscheinlich hochgradig bescheuert, aber sie ist da.

»Riley«, murmele ich. »Hast du jemals so einen heftigen Stromschlag bekommen, wenn du etwas berührt hast?«

»Nein«, antwortet er irritiert und starrt auf seine freie Hand. Seine Fingerspitzen glühen rot, und die Haut auf ihnen glänzt, als hätte die Heftigkeit des Stromschlags sie versengt.

»Du sagst also, die Steine im See haben eine hohe elektrische

Ladung«, sage ich langsam. »Vielleicht eine so große, dass sie es schaffen könnten … eine Atmosphäre aufrechtzuerhalten?«

Geschockt wirbelt Riley zu mir herum und sieht mich an. Seine Augen weiten sich vor Erstaunen, und der letzte Rest Farbe weicht aus seinem Gesicht. »Du meinst …?«

»Denkst du, es ist so stark geladen, dass es Alphas Atmosphäre aufrechterhalten könnte – anstelle der Batterien?«, frage ich. Meine Stimme überschlägt sich beinahe vor Aufregung.

Riley sieht abwechselnd zwischen mir, dem Schiff und dem grünen Gestein im See hin und her. »Es … es wäre möglich«, murmelt er.

Riley scheint in meinem Gesicht abzulesen, was ich vorhabe.

»Das kannst du nicht tun, Ash!«, zischt er. »Das wäre Selbstmord! Du weißt doch nicht mal, ob es überhaupt funktioniert!«

»Das ist mir egal!«, gebe ich zurück. »Wenn auch nur die geringste Chance besteht, dass es funktionieren könnte, muss ich es versuchen.«

»Nein! Du kannst doch nicht … Es würde dich …« Verzweifelt fährt Riley sich durch die nassen Locken, die auf seiner Stirn kleben. Dann packt er mich an den Schultern und sieht mich eindringlich an. »Sie würden dich nicht einmal in die Nähe des Generators lassen, der die Atmosphäre aufrechterhält! Du hättest überhaupt keine Chance. Und wenn die Rebellen die Atmosphäre schon abgeschaltet haben … Hast du etwa vergessen, was auf Epsilon geschehen ist?«

»Natürlich nicht! Aber es ist mir egal. Ich muss es versuchen«, wiederhole ich eindringlich.

»Nein, Ash! Du kannst doch nicht einfach so dein Leben wegwerfen für eine fixe Idee, die vermutlich nicht einmal funktioniert!«

Ich atme tief durch und sehe ihm dann geradewegs in die Augen. »Begreifst du es denn nicht? Ich könnte nicht weiterleben mit dem Wissen, dass Alpha zerstört wurde und ich mich nur feige verkrochen habe, statt wenigstens zu versuchen, die Rebellen aufzuhalten. Trotz allem ist es immer noch mein Zuhause, Riley.

Glaubst du wirklich, dass es vorbei ist, wenn sie Alpha vernichtet haben?« Ich schüttele den Kopf und senke die Stimme zu einem Raunen. »Die Kämpfe der Rebellen werden immer weitergehen, bis irgendwann alles zerstört ist. Und wenn Alpha erst einmal in Schutt und Asche liegt, haben sie kein gemeinsames Ziel mehr. Dann werden sie sich gegenseitig bekämpfen. Du hast doch gesehen, wie sie sich streiten. Aber es muss eine Möglichkeit geben, all das zu beenden. Bitte, Riley, lass uns nicht zu den Mördern werden, zu denen sie uns machen wollen. Denn Wegsehen ist für mich dasselbe.«

Riley beißt sich auf die Lippe und ballt die Hände zu Fäusten. Sein Brustkorb hebt und senkt sich rasch, aber ich kann unmöglich einschätzen, was in ihm vorgeht.

»Du sagtest, du würdest mit mir kommen, wenn ich dir nur irgendeinen anderen Weg nennen könnte«, flüstere ich und lege all die Verletzlichkeit in meinen Blick, die ich in den vergangenen Stunden empfunden habe. »Also, hier bin ich und zeige dir eine andere Möglichkeit, so klein sie auch ist. Die Frage ist nur: Wirst du wirklich mit mir kommen?«

Kaum dass ich die Worte ausgesprochen habe, verlässt mich der Mut, und ich senke den Blick auf die sich kräuselnde Wasseroberfläche. Die Wellen brechen mein Spiegelbild in unzählige Schlieren, die sich wirr vermischen und trotzdem ein klares Bild ergeben. Ich weiß, was ich zu tun habe. Aber weiß Riley das auch?

Da schiebt er seinen Finger unter mein Kinn und hebt es sanft an, sodass sich unsere Blicke treffen. »Ash«, flüstert er und legt mir die Hand auf die Wange. »Ich würde dir überall hin folgen.«

Vor Erleichterung würde ich am liebsten laut auflachen, doch ich begnüge mich damit, die Tränen zurückzuhalten, die in meinen Augen brennen.

Gerade als ich mich näher an Riley drücken will, dringt das zornige Trampeln mehrerer Füße auf den Stahltreppen am anderen Ende der Höhle an meine Ohren. Offenbar haben die Rebellen unseren Ausbruch entdeckt und eins und eins zusammengezählt. Wenn wir jetzt nicht handeln, werden sie uns schnappen und gefangen nehmen, bevor wir auch nur die Chance hätten, »Alpha« zu sagen.

Hektisch taste ich auf dem Boden umher, bis ich auf einen etwa faustgroßen matten Stein stoße. Entschlossen packe ich ihn und richte mich auf, um tiefer in den See hineinzuwaten. Langsam bewege ich mich vorwärts, bis ich im Stehen gerade noch so den Kopf über Wasser halten kann. Als die wütenden Rufe der Rebellen beängstigend nah durch die Höhle schallen, wird mir klar, dass ich nur eine einzige Chance habe. Also hole ich tief Luft und tauche unter, wobei mir das sanfte Leuchten der Steine den Weg weist. Mit halb geschlossenen Lidern taste ich nach den grünlichen Steinen, die sich glatt und scharfkantig unter meinen Fingern anfühlen, eher wie Kristalle und weniger wie Felsbrocken. Auch ohne Rileys Fähigkeit kann ich das starke elektrische Summen fühlen, das von ihnen ausgeht. Entschlossen hebe ich die Hand und lasse den Stein mit aller Macht auf einen hervorstehenden Kristall knallen. Immer wieder schlage ich auf die Stelle ein, bis sie endlich nachgibt und ich ein großes Stück des Gesteins in der freien Hand halte. So schnell ich kann, drücke ich mich wieder hinauf, bis ich einen Luftzug an meinem Gesicht wahrnehme. Riley ist sofort bei mir, greift meinen Arm und hält mich fest, damit ich atmen kann. Triumphierend halte ich einen blassgrün schillernden Kristallklumpen in die Höhe, dessen fremdartige Energie durch meinen Arm jagt und sämtliche Haare darauf zu Berge stehen lässt.

»Da sind sie!«, brüllt ein Mann hinter uns.

»Wo?«, ruft eine Frau zurück.

»Dort vorn! Im See!«

»Schnappt sie euch!«

Voller Panik schießt mein Blick zu Riley, der düster auf die nahenden Rebellen starrt. Sie haben uns bereits den Weg zu den Gleitern abgeschnitten. Nur knapp zehn Meter liegen noch zwischen uns, die die Rebellen rasch überwinden werden. Wir haben keine Wahl. Ich muss ein Portal heraufbeschwören.

Und ich habe nur einen einzigen Versuch.

»Du kannst das, Ash«, sagt Riley und klammert sich an mir fest. »Ich glaube an dich.«

Ich schließe die Augen und lasse die Energie des Kristalls durch meine Adern fluten. Jedes Neuron meines Körpers pulsiert im Takt seiner elektrischen Wellen. Ich forme die Energie um mich herum, bis sie sich ausdehnt, immer weiter und runder wird.

Ein letztes Mal sehe ich zu den Rebellen zurück, die mit offenen Mündern auf das riesige Portal starren, das ich erschaffen habe. Dann verschluckt es uns und reißt uns mit sich fort, bis wir den Boden unter den Füßen verlieren und zu einem Wirbel aus grünem Licht verschmelzen.

Kapitel 33

Als ich die Augen das nächste Mal öffne, erinnert nichts mehr an die neblige Höhle, in der wir uns vor wenigen Sekunden noch befunden haben.

Direkt vor uns ragen die Überreste von Alphas Regierungsgebäude auf, dessen einst so imposante Kuppel in Trümmern zu unseren Füßen liegt. Der gigantische Stahlturm, der die Atmosphäre aufrechterhält, ragt wie der übrig gebliebene Finger eines Skeletts kläglich in den Himmel hinauf. Von dem Summen und Vibrieren, das ihn einst erfüllt hat, ist nichts mehr übrig. Die violetten Blitze, die sonst über ihm erstrahlten, zucken nun kümmerlich im Licht der Dämmerung, die mit ihrer Schönheit dem grausamen Anblick trotzt.

Fassungslos starre ich auf die stählernen Stufen, die mit bewusstlosen Körpern übersät sind. Security-Leute liegen kreuz und quer zwischen den Rebellen. Einige von ihnen bluten aus Platz- und Schnittwunden, andere haben Schusslöcher in der Brust. Eine lähmende, eiskalte Furcht kriecht meinen Rücken hinauf und schließt ihre Finger fest um meine Kehle. Sind wir zu spät?

»Komm mit«, murmelt Riley und greift nach meiner Hand.

Ohne mit der Wimper zu zucken, zieht er mich die Treppe hinauf, vorbei an den Körpern und hinein in die Überbleibsel des protzigen Foyers.

Das Herz bleibt mir beinahe stehen, als ich das Ausmaß der Zerstörung im Inneren des Gebäudes sehe. Die violett schillernden Fliesen sind komplett mit Schutt und Staub bedeckt. Überall liegen riesige Steinbrocken, die von der Decke herabgestürzt sind. Die Wände sind zerlöchert und eingefallen, als hätte hier drin eine Explosion stattgefunden. Bei jedem Schritt knirscht es unter meinen Füßen. Ich merke, wie sich scharfe Splitter durch die Sohlen meiner abgenutzten Laufschuhe bohren. Sie stammen von den Kronleuchtern, die in Einzelteilen auf dem Boden versprengt sind und ihn bedecken wie eine Schicht aus Asche. Meine Füße rutschen und schlittern über die zerplatzten Fliesen, bis wir den Eingang zum Turm am anderen Ende der Halle erreichen. Bis auf das rot blinkende Alarmlicht sind seine Schutzmechanismen vollkommen außer Kraft gesetzt worden. Der Sicherheitsscanner für ID-Chips wurde aus der Wand gerissen, sodass er nur noch an einem dünnen Stück Kabeldraht baumelt. Die bruchsicheren Schiebetüren bewegen sich nutzlos in einem diffusen Rhythmus, weil jemand einen abgebrochenen Pfeiler zwischen sie geschoben hat. Mühsam klettern wir über ihn hinweg, wobei Riley mir helfen muss, weil ich den grünen Stein von Omega mit einer Hand fest umklammere. Ich weigere mich, dieses winzige Stück Hoffnung auch nur einen einzigen Moment loszulassen.

Ich wünsche mir, ich hätte den riesigen Stahlturm zu einem anderen Zeitpunkt das erste Mal betreten. Der Eingangsbereich ist ungefähr so groß wie die Innenfläche eines Stadions, doch alles ist bedeckt mit Glassplittern und versengten Plastikresten. Ab und zu mischt sich das leise Stöhnen eines Verwundeten in das Knistern zerschnittener Stromleitungen. Wir stürmen an der verlassenen Rezeption vorbei an das gegenüberliegende Ende des Vorraums, von wo aus mehrere Treppen und Aufzüge nach oben führen.

Wieder und wieder hämmert Riley auf den Knopf des Fahrstuhls. Er drückt ihn immer schneller, bis ich es nicht mehr aushalte.

»Vergiss es!«, rufe ich. »Der kommt nicht mehr.«

»Willst du etwa die Treppe nehmen? Das schafft doch kein Mensch! Der Turm ist viel zu hoch.«

»Hast du eine bessere Idee?«, gebe ich zurück.

Gerade als ich für einen aussichtslosen Versuch den ersten Fuß auf die Treppe setzen will, ertönt ein leises *Pling*. Sofort wirbele ich auf dem Absatz herum und quetsche mich gemeinsam mit

Riley in die schmale Kabine. Er drückt die Taste für den sechzigsten Stock und lehnt sich an die Wand des Aufzugs, während dieser sich in Bewegung setzt. Die Lautsprecher, aus denen sonst vermutlich irgendeine fröhliche Wartemelodie dudelte, rauschen über unseren Köpfen.

»Eins muss man den Rebellen lassen. Zerstören alles, aber ausgerechnet den Aufzug lassen sie ganz«, murmelt Riley.

Ich bringe nicht mehr als ein sarkastisches Schnauben zustande, während ich mich an die Haltestange in meinem Rücken klammere.

»Was glaubst du, was da oben los sein wird?«, fragt Riley vorsichtig.

Ich öffne die Augen, um ihn anzuschauen. Er sieht ängstlich aus, obwohl er tough wirken will. Vermutlich macht es ihm trotz allem schwer zu schaffen, seinen Heimatplaneten so zu sehen.

»Ich weiß es nicht«, erwidere ich leise. »Ich hoffe einfach nur, dass wir nicht zu spät kommen.«

Eine Weile ist nichts anderes zu hören als das unruhige Rumpeln des Aufzugs und das leise Klingeln, wenn wir eine weitere Etage passieren. Es kommt mir vor, als bewege sich der Fahrstuhl extra langsam hinauf, nur um uns zu quälen.

Nach zweiundvierzig Stockwerken bricht Riley erneut das Schweigen zwischen uns.

»Ash«, flüstert er. »Was ich vorhin gesagt habe, und das mit Neon – es tut mir lei…«

»Wir können später darüber reden«, unterbreche ich ihn und deute auf die Anzeige. »Erst mal retten wir Alpha. Und danach knöpfe ich mir dich vor.«

»Davor habe ich fast noch mehr Angst«, nuschelt er kaum hörbar.

»Was?«

»Nichts«, beeilt er sich zu sagen, während die Anzeige mit einem weiteren hellen *Pling* auf sechzig springt.

Hastig schiebe ich den grünen Kristall in eine Tasche an der Seite meiner Cargohose, um die Hände frei zu haben. Ich hoffe, dass er nicht herausfallen oder mir doch noch einen Stromschlag verpassen wird. Die Türen öffnen sich, Riley und ich quetschen uns hinaus – und stehen mitten in einem kreisrunden, lichtdurchfluteten Saal mit einer fast durchgängigen Fensterfront. Nur an der linken Seite stehen beinahe deckenhohe Regale, die gefüllt sind mit Batterien voll planetarer Energie.

Es gibt keinen Flur, der den Aufzugsschacht von diesem Raum trennt, sondern nur einen gewaltigen dunklen Holztisch, der ringförmig um den Schacht herum steht. Kaum dass wir die Kabine verlassen haben, schließen sich die Türen. Lautlos senkt sie sich wieder in den Turm hinab, woraufhin eine Stahlplatte über das Loch im Boden gleitet. Ich lege den Kopf in den Nacken, um die etwa zehn Meter hohe Decke zu erspähen, an die sich nahtlos die knapp hundert Meter hohe Spitze des Turms anschließt. An ihrem höchsten Punkt liegt das Zentrum von Alphas Atmosphäre, über die sich in unregelmäßigen Abständen leichte Wellen kräuseln.

»Natürlich. Die beiden Alphanier kommen, um ihren Planeten zu retten«, zischt eine Frauenstimme hinter uns verächtlich.

Neon.

Ich wende den Blick von der bedenklich gestörten Atmosphäre ab, drehe mich um – und erstarre. Auf zwölf der siebenundzwanzig Plätze um den ringförmigen Tisch sitzen reglos die Körper mehrerer Senatoren. Die anderen vierzehn liegen kreuz und quer und in allen möglichen Verrenkungen auf dem Boden, als hätten sie versucht zu fliehen, während die Rebellen sie hinterrücks attackiert haben. Hinter Neon verteilt stehen rund zwanzig Rebellen, die uns aus wutverzerrten Gesichtern anstarren. Ich erkenne Nilanhi, Kadira und Tiana unter ihnen. Der Hass in ihren Augen lodert heller als das Feuer auf Theta.

»Richtig«, sagt Riley, während er sich vor mich stellt, um mich vor ihnen abzuschirmen.

»Pah! Ich wusste es doch!«, ruft Tiana und spuckt in unsere Richtung. Mit einem leisen Platschen trifft sie den auf Hochglanz polierten Tisch, direkt vor dem leblosen Körper eines Senators. Diese Respektlosigkeit lässt mir die Haare zu Berge stehen.

»Y-Yashira W-Willow«, ächzt eine männliche Stimme leise.

Sie stammt von einem mittelalten Mann, den Neon in einem festen Würgegriff umklammert hält und dem sie den Lauf einer Pistole fest an die Schläfe drückt. Ich erkenne sein Gesicht. Ich habe es unzählige Male in den Medien gesehen. Jetzt jedoch wirkt es um Jahre gealtert. Aus einer kleinen Platzwunde an der Seite seines Kopfes sickert Blut über seine aschfahle Wange, und seine sorgfältig braun gefärbten Haare starren vor Ruß und Schweiß. Sein dunkler Nadelstreifenanzug, der in Fetzen an ihm herunterhängt, ist mit Staub bedeckt. Trotz allem ist dieser Mann unverkennbar Präsident Céus, offensichtlich der letzte Überlebende von Alphas Regierung.

»Yashira«, krächzt er noch einmal. »Unsere kleine Aschebringerin. Wie schön.«

»Ich bin nicht um ihretwillen hier«, sage ich hart und schiebe Riley beiseite, um dem Präsidenten in die stahlgrauen Augen blicken zu können. Obwohl Céus sich ein halbherziges Lächeln abringt, wirken sie kalt und unnahbar.

»Nicht«, murmelt Riley, als ich ein paar Schritte auf den Céus zugehen will. Er hält mich am Arm zurück. »Sie sind bewaffnet.«

Neon lässt ein leises Lachen hören. »Keine Sorge, Riley. Noch hat sie mir keinen Grund gegeben, sie zu erschießen. Obwohl ich es vielleicht gleich am ersten Tag hätte tun sollen.«

Ein eisiger Schauer läuft mir über den Rücken, aber ich versuche, mir nichts anmerken zu lassen. Entschlossen gehe ich auf Neon und den Präsidenten zu, bis nur noch der Tisch uns trennt.

»Ich möchte Sie etwas fragen«, sage ich ruhig. »Warum? Warum haben Sie zugelassen, dass der Senat all die Experimente auf den Monden durchführt?«

Die Schultern des Präsidenten beginnen, heftig zu beben. Seine Arme und Beine zucken und aus seiner Kehle dröhnt ein Laut, als würden Steine aneinanderschaben. Es dauert eine Weile, bis ich begreife, dass er *lacht*.

Zornig macht Tiana einen Satz nach vorn und verpasst ihm eine schallende Ohrfeige, so kräftig, dass die Haut an seinem

Wangenknochen aufplatzt. Sofort erstirbt Céus' Gelächter, doch sein Mund bleibt zu einem frostigen Grinsen gekräuselt.

»Ich möchte dir eine Gegenfrage stellen, Mädchen. Was würdest du tun, wenn du die Menschen von der Erde auf einen künstlichen Planeten bringen müsstest, der nicht groß genug für alle ist?« Sein Grinsen wird so breit, dass ich schon befürchte, gleich die Haut seiner Lippen aufreißen zu sehen. »Wenn du wüsstest, dass auf den umliegenden Monden menschliches Leben zwar prinzipiell möglich ist, die Bedingungen jedoch so extrem sind, dass es nicht von Dauer wäre?«

»Ich würde sie jedenfalls nicht irgendwelchen widerwärtigen Mutationsseren aussetzen, um ihre DNS zu manipulieren«, fauche ich.

Der Präsident seufzt theatralisch. »Vielleicht begreifst du es noch nicht, Yashira, aber die Menschheit ist eine vom Aussterben bedrohte Spezies. Das All birgt Tausende Gefahren, von denen wir teilweise nicht einmal eine Ahnung haben, dass sie überhaupt existieren. Und Alphas Atmosphäre wird nicht ewig halten. Irgendwann ist die planetare Energie der Monde verbraucht, die du und die anderen Athleten so ruhmreich aus den Portalen holen. Dann müssen wir bereit sein, uns einen neuen Planeten zu suchen.«

»Wie die Parasiten!«, zischt Riley angeekelt und ballt die Hand zur Faust.

Céus schnaubt. »Wie sollen wir denn sonst einen Weg finden zu überleben? Die größte Chance liegt darin, unsere DNS flexibel an die verschiedenen Umweltbedingungen anzupassen, die auf fremden Planeten herrschen. Das Ziel unserer Forschung ist es, ein Serum herzustellen, mit dem wir bestimmte Gensequenzen in kurzer Zeit verändern und nach Belieben aktivieren oder löschen können. Und Wissenschaft funktioniert nun einmal nur mit Experimenten.« Er lacht kurz und freudlos auf. »Oder was denkst du, weshalb es euch Portalläufer gibt?«

»Was meinen Sie damit?«, will ich wissen, während Neon den Griff um Céus' Hals verstärkt.

Hinter mir kocht Riley vor Wut. Zornig tritt er vor, funkelt Céus an und ballt die Hände zu Fäusten, als wolle er ihn schlagen.

»Sie verdammter Bastard!«, knurrt er mühsam beherrscht. »Sie haben mir meine Eltern genommen und mich auf Epsilon verbannt! Und das nur, weil ich Ihnen auf die Schliche gekommen bin. Sie haben mein Leben ruiniert!«

»Ah, Riley Chase, ich erinnere mich. Ja, das war in der Tat ein Problemfall. So viel vergeudetes Talent«, seufzt Céus. »Aber du verstehst doch sicher, dass wir all das geheim halten mussten. Es hätte massenhaft Aufstände gegeben, weil die Menschen nicht verstanden hätten, dass dies nur zu ihrem eigenen Wohl geschieht.«

»Zu ihrem eigenen Wohl? Auf unsere Kosten?«, schreit Kadira quer durch den Raum. Es macht mir Angst, die sonst so besonnene Frau so wütend zu sehen.

»Opfer müssen immer gebracht werden, meine Liebe«, lächelt der Präsident. »Nur will niemand wahrhaben, dass jemand sich dafür die Hände schmutzig machen muss.«

»So nennt ihr das also?«, knurrt Neon und entsichert die Pistole an Céus' Schläfe. »Sich die Hände schmutzig machen? Nichts als Leid und Elend habt ihr über uns gebracht! Ihr habt euch angemaßt, über unsere Körper, über unser Schicksal zu entscheiden. Womit willst du das vor deinem Schöpfer rechtfertigen, Alphanier?«

»Gar nicht. Denn *wir* sind die Schöpfer, wir, die das Projekt *Evolution der Götter* erst ins Leben gerufen haben, um die Menschheit zu optimieren. *Wir*, die daraus hervorgehen!«

»Du verdammter Mistkerl! Ihr spinnt doch!«, brüllt Tiana quer durch den Raum.

Ich sehe, wie Neons Finger am Abzug zuckt. Panik wallt in mir auf. Doch bevor ich etwas tun kann, kommt Riley mir zuvor.

»Halt!«, rufe ich. »Das ist es nicht wert!«

Der Präsident beginnt zu kichern. »Ach, Yashira. Ich wünschte wirklich, ich bekäme noch die Gelegenheit, mir deine DNS genauer anzusehen. Es ist jammerschade, dass ich selbst nicht mehr dazu komme, aber das macht nichts. Andere werden es tun und unser Werk vollenden. Denn du, Yashira, bist das Ergebnis unserer Experimente. Du bist das Produkt unserer Schöpfung.«

Als ich schweige, fährt er fort.

»Was glaubst du, warum nicht jeder Mensch einfach so Portalläufer werden kann? Dachtest du, die kleine Genmutation, die dir das erlaubt, wäre reiner Zufall? Nein. Das genverändernde Serum dazu wird jeder werdenden Mutter injiziert, vermischt mit der Schutzimpfung für Schwangere.«

Sprachlos starren alle Anwesenden ihn an.

»Wir wollten die Ergebnisse dieses Experiments mit den Forschungsergebnissen von den Monden kombinieren, um das Serum zu verbessern. Aber es ist uns nie gelungen. Bis du kamst.«

Trotz Neons festem Griff lehnt er sich vor und starrt mich an wie ein Besessener seinen Schatz.

»Wir dachten schon, wir würden es nie schaffen. Und dann hast du wie aus dem Nichts das Portal auf Epsilon erschaffen. Da war uns klar, dass du der Schlüssel zu dem Ganzen bist.«

»Nein«, stoße ich hervor. »Das ist eine Lüge!«

Céus verengt die Augen zu Schlitzen. »Sieh dich doch an, *Aschebringerin*! Gestern noch eine gefeierte Athletin, heute verachtet, gejagt und verstoßen. Zerrissen zwischen zwei Welten. Weißt du denn selbst noch, wer du bist?«

Mein Brustkorb hebt und senkt sich viel zu schnell. Ich spüre etwas Nasses auf meinem Gesicht. Erst jetzt bemerke ich, dass Tränen über meine Wangen laufen. Ein erstickter Laut entringt sich meiner Kehle.

Alles, was ich in den letzten Monaten über Alpha gehört und mit eigenen Augen gesehen habe, prasselt jetzt mit einer Wucht auf mich ein, die mich erstickt. Ich kannte die Wahrheit bereits, aber sie jetzt noch einmal so unverblümt und zugleich schrecklich verdreht aus dem Mund von Alphas Präsidenten zu hören, reißt mir den Boden unter den Füßen weg.

»Gehen Sie mir aus den Augen«, murmele ich. »Ich möchte nichts mehr mit Ihnen zu tun haben.«

»Du bist eine Alphanierin!«, ruft Céus. »Es ist dein Geburtsrecht, hier zu leben. Du solltest auf unserer Seite stehen statt auf der dieses dreckigen Mutationsabschaums!«

Ich kann in ihrem Gesicht ablesen, was geschehen wird, noch bevor Neons Finger sich um den Abzug schließen und abdrücken.

Ein ohrenbetäubender Knall hallt durch den Saal. Mit einem grässlichen Geräusch rutscht ein Körper zu Boden, ein Schrei zerreißt die Luft, dann ist es still.

Schlaff fällt der Kopf des Präsidenten zur Seite, sodass seine leblosen Augen mich ansehen, die schmalen Lippen noch immer zu einem kalten Grinsen verzerrt.

Kapitel 34

»Und nun zu euch«, sagt Neon und richtet die Pistole auf meine Brust. »Was wollt ihr hier?«

»Beruhige dich«, versucht Riley sie mit erhobenen Händen zu beschwichtigen. »Wir sind nicht hier, um euch anzugreifen.«

»Sondern?«, faucht Tiana.

Ich nehme all meinen Mut zusammen. Vorsichtig lasse ich die Hand zu meiner Hosentasche hinabgleiten. »Ich habe etwas, das uns allen helfen könnte. Eine Lösung für das ganze Dilemma. Eine Lösung, für die niemand sterben muss.«

»Dafür hättest du nicht herkommen brauchen!«, ruft einer der Rebellen aus dem hinteren Teil des Raums. »Wir schalten Alphas Atmosphäre ein für alle Mal ab. Und damit basta!«

»Und wie soll es dann weitergehen?«, halte ich dagegen. »Ihr holt doch immerzu Ressourcen von Alphas Handelsstützpunkten auf den Monden. Wie soll das ohne Alpha gehen? Und wie wollt ihr ohne neue Raumschiffe handeln, was ihr nicht habt? Wer von euch soll herrschen?«

»Das geht dich überhaupt nichts an«, erwidert Kadira und tritt einen Schritt vor.

»Nein«, geht Nilanhi dazwischen und hält sie zurück. »Ich finde, sie haben ein Recht darauf, es zu erfahren.« An mich gewandt fährt sie fort: »Unser Ziel ist es, dass jeder Mond unabhängig für sich leben kann. Auch die Stützpunkte werden wir übernehmen und selbstständig bewirtschaften. Wir hoffen, dass mit den Jahren die Auswirkungen der Experimente zurückgehen werden.«

»Und was dann? Wie wollt ihr miteinander umgehen, wenn ihr kein gemeinsames Ziel mehr habt?«, bohre ich weiter nach. »Es wird zu Ungleichheiten unter euch kommen. Ihr werdet streiten, irgendwann kämpfen und euch schließlich alle gegenseitig zerstören.«

»Du hast doch keine Ahnung«, zischt Tiana und zieht eine Klinge aus dem Gürtel an ihrer Hüfte. Dunkle Blutflecken kleben auf dem Metall.

»Auf Omega haben wir etwas gefunden, das für all das die Lösung sein kann«, fahre ich fort. »Niemand müsste mehr sein Leben lassen.« Mit zitternden Fingern ziehe ich den grünen Kristall aus der Tasche.

»Wo hast du das her?«, fragt Nilanhi argwöhnisch. »Es sieht aus wie das Gestein aus dem Berg, das wir für unsere Lampen verwenden.«

»Es stammt aus der heißen Quelle in eurer Höhle«, antworte ich. »Der Kristall ist stark elektrisch geladen. Er hat uns fast umgebracht, als wir ihn gefunden haben. Aber vielleicht hat er genug Energie, um Alphas Atmosphäre aufrechtzuerhalten. Dann braucht niemand mehr planetare Energie, und die Monde sind sicher.«

Einige Augenblicke lang schweigen die Rebellen und starren uns an. Dann tritt Neon vor, wobei sie die Waffe auf meine Brust gerichtet lässt.

»Du spinnst!«, zischt sie. »Du glaubst doch nicht allen Ernstes, dass wir das zulassen? Dass wir gestatten, dass Alpha fortbesteht, nur damit sich in ein paar Jahren neue Senatoren über uns erheben?«

Zustimmendes Gemurmel wird hinter ihr laut, doch ich habe bereits mit solch einer Antwort gerechnet. Ruhig entgegne ich: »Nein. Das soll niemals wieder geschehen. Ich glaube daran, dass wir alle in Frieden miteinander leben können. Gemeinsam. Aber dafür muss es eine interplanetare Regierung geben, die alle Bedürfnisse gleichermaßen berücksichtigt. Eine, die aus Vertretern jedes Mondes besteht.« Ich atme tief durch, bevor ich weiterspreche. »Wir alle müssen gemeinsam dafür sorgen, dass so etwas Schreckliches nie wieder geschieht. Aber das können wir nicht, wenn wir weitermachen wie bisher und nichts als Zerstörung walten lassen. Das muss ein Ende haben, ein für alle Mal – jetzt und hier.«

Entschlossen sehe ich geradewegs in Neons gelbe Augen. Trotzig starren wir uns an und tragen ein stummes Kräftemessen aus, das niemand gewinnen kann. Schließlich zieht sie einen Mundwinkel nach oben, wobei sich das Tattoo auf ihrer Wange kräuselt.

»Ihr seid es nicht würdig, Anhänger von *Zerberus* zu sein«, presst sie hervor und deutet auf meinen Unterarm, auf welchem der Umriss des Dreiecks prangt.

»Wir werden niemals ruhen, bevor Alpha nicht genauso in Schutt und Asche liegt wie unsere Heimat!«, zischt Tiana.

Die Rebellen im Hintergrund johlen begeistert, doch Nilanhi tritt vor und fasst Neon am Ellenbogen.

»Neon«, meint sie sanft. »Vielleicht hat sie recht. Es ist genug.«

»Was sagst du da?«, fragt Neon und zuckt zurück. In ihrem Gesicht spiegelt sich der Schmerz einer Verratenen. »Hast du den Verstand verloren, Nilanhi?«

Die Iotanerin schüttelt den Kopf. »Nein, das habe ich nicht. Aber Yashira sieht vielleicht klarer als wir. Und das wüsstest du, wenn du dich nicht so auf Rache versteift hättest. Glaub mir, ich verstehe deine Wut so gut wie jeder andere hier im Raum. Es ist dieselbe, die ich auch empfinde. Aber wenn wir Alpha zerstören, sind wir kein Stück besser.« Nilanhi lässt ihre Hand auf Neons Schulter wandern. »Wir können nicht ewig mit dem Blutvergießen fortfahren. Neon, ich weiß, was für ein großes Opfer das verlangt. Aber bitte, tu das nicht. Gib ihnen eine Chance.«

»Bitte lasst uns wenigstens versuchen, den Kristall in den Generator einzusetzen«, sagt Riley leise und tastet nach meiner freien Hand. »Wenn es nicht funktioniert, stehen wir euch auch nicht länger im Weg. Versprochen!«

Erschrocken wende ich den Kopf, um ihn anzusehen. Hat er den Verstand verloren, so leichtfertig den gesamten Planeten aufs Spiel zu setzen? Oder blufft er nur? Seine Miene ist so unbewegt, dass ich unfähig bin, eine Antwort darauf zu finden.

»Soll das etwa ein Trick sein?«, knurrt Kadira. »Ich warne euch, versucht nicht, uns reinzulegen.«

»Kein Trick«, erwidert Riley und macht einen Schritt auf sie zu.

»Bleibt, wo ihr seid!«, schreit Tiana und hebt ihren Dolch vor ihr Gesicht. »Ihr vermaledeites Alphanierpack! Nie im Leben lassen wir euch einfach so davonkommen!«

Ich sehe in ihre wutverzerrten Gesichter und schlucke. Das grüne Gestein ist unsere einzige Hoffnung – falls es überhaupt so funktioniert, wie ich es mir erhoffe.

Wir haben nichts mehr zu verlieren.

»Neon«, wispere ich, suche erneut ihren Blick und halte ihm stand. Ich beschließe, alles auf eine Karte zu setzen. »Ist es nicht genug, dass Epsilon und Theta dieses Schicksal widerfahren ist? So viele Opfer für nichts und wieder nichts. Aber es müssen nicht noch mehr Menschen sterben. Lass mich einfach den Kristall einsetzen, und wir sehen, ob es funktioniert. Falls nicht, kannst du deinen Plan immer noch in die Tat umsetzen, und wir werden dich nicht mehr daran hindern. Bitte, lass es uns versuchen.«

Ich sehe, wie sie sich mit ihren spitzen Eckzähnen auf die Unterlippe beißt und die Hände zu Fäusten ballt. Nilanhi nutzt die Gelegenheit, den Arm ihrer Partnerin zu ergreifen. Ich kann nicht sagen, ob sie sie beschwichtigen oder ihr Halt geben will.

»Nein«, flüstert Neon so leise wie ein Blatt im Wind. »Das kann ich nicht.«

Damit wirbelt sie herum und stößt Nilanhi zur Seite. Es ist kein starker Stoß, doch Nilanhi landet mit einem lauten Krachen auf dem Holztisch, und ein hässliches Knacken ertönt. Keuchend umklammert Nilanhi ihr Handgelenk, während Neon Präsident Céus' Körper unter den Achseln packt und ihn quer durch den Raum zum Generator schleift. Sein Kopf rollt schlaff auf der Brust hin und her, sodass seine dünnen Haare flattern.

Panisch setze ich ihr nach und merke, wie Riley es mir gleichtut. Gemeinsam stürzen wir vorwärts und hechten über den Ringtisch, gleiten über das Holz und kommen beinahe zeitgleich auf der anderen Seite auf. Ich mache einen Satz nach vorn, Neons leuchtend pinker Haarschopf nur Zentimeter von mir entfernt. Erst das Geräusch von gut vierzehn Pistolen und Gewehren, die auf uns gerichtet werden, und das Schnappgeräusch von vier Paar Wurfmessern lässt mich innehalten. Auch Riley erstarrt mitten in der Bewegung.

Zornig starren die Rebellen uns an. Ein vielfaches metallisches Klicken hallt durch den Raum, als sie die Waffen entsichern. Meine Nackenhaare stellen sich bis zum Anschlag auf. Mir ist klar, dass die Rebellen nicht zögern werden, uns bei der kleinsten Regung zu töten. Egal, was auf Omega geschehen ist, im Augenblick sind wir für sie nichts weiter als zwei Alphanier, die versuchen, ihre eigene Haut zu retten.

Nur eine Rebellin erhebt ihre Waffe nicht gegen uns: Nilanhi. Sie sieht uns aus schreckgeweiteten Augen an, eine stumme Bitte um Vergebung im Blick, während Neon die Hand des ehemaligen Präsidenten in eine Vertiefung in der Wand drückt und seinen Körper anschließend angeekelt fallen lässt. Ein Stück der Wand, so groß wie eine Tür, gleitet in einen schmalen Spalt im Boden, und ein Metallfuß mit einer gigantischen Kristallglocke darauf schiebt sich in den Raum hinein. Von ihrem mattierten Glas geht ein dunkelvioletter Schimmer aus, der wie ein Herzschlag pulsiert. Doch der Rhythmus geht zu schnell, zu unregelmäßig. So, als läge er in seinen letzten Zügen.

Energisch drückt Neon auf einen Knopf an der Seite der Glocke. Mit einem Zischen schwingt sie auf, wobei sie eine Mischung aus violetten Blitzen und weißem Dampf freigibt. Darunter kommt ein Kasten aus graubraunem Metall zum Vorschein, kaum größer als mein Unterarm. An seiner Seite befindet sich eine Anzeige mit mehreren Balken, von denen nur noch der unterste rot leuchtet.

Das ist also der Generator, der Alphas komplette Atmosphäre aufrechterhält. Ein kleiner, fragiler Metallkasten, der kaum seiner Aufgabe gewachsen scheint. Mehr nicht.

Ein unscheinbarer Kasten, den Neon jetzt mithilfe eines Taschenmessers aus ihrem Gürtel aufbricht, um hineinzugreifen und ihm sein Innerstes zu entreißen. Mit einem fürchterlichen metallischen Kreischen, das mir durch Mark und Bein geht, zerrt sie es aus ihm heraus und hält dann eins der Röhrchen in den Händen, die ich von meinen Läufen kenne. Dieses jedoch ist weitaus größer, als wären mehrere von ihnen fusioniert worden. Ein letzter violetter Blitz knistert über die Spitze der Batterie, dann liegt sie still und leer in Neons Hand. Angewidert lässt sie sie fallen. Mit einem dumpfen Poltern schlägt sie auf dem Boden auf, rollt darüber hinweg, bis sie unter einem der Fenster liegen bleibt. Neons Mundwinkel verziehen sich zu einem erwartungsvollen Lächeln.

Ängstlich blicke ich hinauf zur Turmspitze, an deren Ende ein Zittern über die Atmosphäre geht. Einen Moment lang schlägt sie Wellen über dem spitzen Metall, bevor sie lautlos zurückweicht, erst langsam und schleichend, dann immer schneller und schneller. Dahinter kommen die endlose Schwärze des Alls und ein gleißend helles Licht zum Vorschein, das sich wie flüssiges Feuer auf die Spitze des Turms herabsenkt.

Ich halte den Atem an.

Wie in Zeitlupe sehe ich zu Riley hinüber. Seine Augen sind vor Angst weit aufgerissen. Er öffnet die Lippen, um mir etwas zuzurufen. Vergessen sind die Waffen, die auf uns gerichtet sind, die Rebellen im Raum oder das bevorstehende Ende von Alpha. Das Einzige, was zählt, ist, dass wir zueinander gelangen, bevor es zu spät ist.

Mit einem Geräusch, als würde Stoff zertrennt, reißt der Himmel endgültig über uns auf.

In rasender Geschwindigkeit breitet das Loch sich aus, wird länger und breiter, bis immer mehr von dem gleißenden Licht hindurchfällt und sich zu einer flammenden Klinge zu verdichten scheint. Es dauert einen Moment, bis mir klar wird, dass es die Spitze des Turms ist, die zu glühen beginnt. Die Wände um uns herum beben so stark, dass wir zu Boden gehen. Panisch greife ich nach Rileys Händen, doch das Erbeben des Turms reißt uns auseinander, bevor unsere Finger sich berühren können. Die Fensterscheiben klirren in ihren Rahmen, bis sie dem plötzlichen

Druckzuwachs nicht mehr standhalten können und mit einem grässlichen Splittern in Millionen von Scherben zerspringen, die auf uns niederprasseln.

Ich hebe die Hände über meinen Kopf, um ihn zu schützen, doch da ist noch etwas anderes. Nein, *jemand* anderes. Riley. Er hat sich irgendwie zu mir durchgekämpft und presst mich flach auf den Boden. Ohne ein Wort zu sagen, kauert er sich über meinem Rumpf zusammen, um mich zu beschützen. Tränen steigen in meine Augen, als ich sein Gewicht auf meinem Rücken spüre. Messerscharfe Scherben dringen durch den festen Stoff meiner Hose und schneiden in meine Haut. Ich will Riley etwas zurufen, ihn von mir runterschieben, um ihn selbst mit meinem Körper abzuschirmen, doch alles, was ich tun kann, ist zu hoffen, dass ihm nichts geschieht.

Kaum dass der Glasregen stoppt, versengt uns eine unerträgliche Hitze die Haut. Rasend schnell breitet sie sich im Raum aus und erfüllt jeden noch so kleinen Winkel. Unter großer Anstrengung rappele ich mich auf, wobei ich den Stein aus dem See so fest umklammere, wie ich nur kann. Riley kauert auf allen vieren und sieht mit einem kaum merklichen Nicken zu mir herauf. Sein T-Shirt ist komplett durchlöchert und von Scherben bedeckt. Sämtliche seiner Muskeln zittern, als er versucht aufzustehen, aber er beißt tapfer die Zähne zusammen, bis er beinahe wieder steht. Am liebsten würde ich ihm aufhelfen, doch dafür bleibt keine Zeit. Wenn ich jetzt nicht handle, verbrennt Alpha.

Während ich bereits auf Neon und den offen stehenden Generator zutaumele, versucht Riley, mir Rückendeckung zu geben, so gut es geht. Er stolpert hinter mir her und blickt sich hektisch nach allen Seiten hin um. Inzwischen kommen auch die übrigen Rebellen wieder auf die Beine und greifen nach unseren Armen und Beinen. Verzweifelt versuchen sie, irgendetwas von mir zu erwischen, doch es gelingt ihnen nicht. Knapp hinter mir höre ich jetzt auch Nilanhis Atem in meinem Ohr, schnell und schwerfällig. Sie stößt all die Hände zur Seite, die Riley und ich nicht abschütteln können, um mir den Weg frei zu machen. Nur noch wenige Meter trennen mich von Neon und dem leeren Generator. Wie in Zeitlupe hebt sie ihre Pistole, entsichert sie und zielt genau auf meinen Kopf.

Einen Wimpernschlag lang treffen sich unsere Blicke. Für einen unsagbar kurzen Moment sind wir nichts anderes als zwei Kämpferinnen, die auf verschiedenen Seiten stehen, obwohl sie Schwestern hätten sein können.

Dann fällt das gleißende Licht der Sonne durch das wachsende Loch in der Atmosphäre in den Raum, genau auf die Regale mit den vollgeladenen Batterien. Augenblicklich beginnen sie zu dampfen.

Und dann geht plötzlich alles ganz schnell.

Mit einem ohrenbetäubenden Krachen explodieren sämtliche Energiegefäße in den Regalen. Dabei erzeugen sie eine so gewaltige Druckwelle, dass ich rückwärts gegen Riley und quer durch den Raum geschleudert werde. Der Aufprall an der Wand presst mir die Luft aus den Lungen. Ein gleißender Schmerz jagt mein linkes Bein hinauf, so intensiv, dass ich glaube, ich müsse bersten. Ein Schrei zerreißt meine Kehle und hallt dumpf in meinem Kopf wider. Ich kann ihn fühlen, aber nicht hören. Jede Faser meines Körpers brennt. Schwarze und weiße Punkte tanzen vor meinen Augen, nehmen mir die Sicht, lassen mir Galle die Kehle hinaufsteigen. Mühsam rolle ich von Riley herunter und würge sie hervor, bevor ich versuche, meine Gliedmaßen zu sortieren. Aber sie weigern sich, mir zu gehorchen. Verzweiflung übermannt mich. Ich will fliehen, irgendetwas tun, irgendwen retten, doch ich kann nicht. Mein Körper gibt auf.

Da sehe ich den grünen Kristall nur wenige Zentimeter vor mir liegen. Er muss mir während des Aufpralls aus der Hand gefallen sein. Ich keuche und huste, während Hitze, Staub und Asche meine Lungen füllen, doch sein Anblick gibt mir neue Kraft. Mit bebenden Muskeln krieche ich durch den Schutt um mich herum, wobei ich versuche, mein linkes Bein nicht zu bewegen. Der Schmerz lässt nicht nach, und ich wage nicht, es anzusehen. Ich würge erneut, aber irgendwie schaffe ich es zu dem Kristall.

Kraftlos schließen sich meine Finger um den überraschend kühlen Stein.

»Riley«, versuche ich zu sagen, doch meine Stimme gehorcht mir nicht recht. Ich drehe meinen Kopf, sehe über meine Schulter hinweg nach hinten, obwohl mein Schädel dabei förmlich zu explodieren scheint. Doch Riley liegt schlaff mit dem Rücken an der Wand, die Augen geschlossen, und rührt sich nicht.

»Riley!«, rufe ich, aber ich weiß nicht, ob ich es nur in meinen Gedanken schreie oder wirklich ein Laut zwischen meinen aufgeplatzten Lippen hervordringt.

Entgegen all meinen Instinkten zwinge ich mich, den Blick von ihm abzuwenden, und richte ihn vor mich auf den Raum, der in Flammen steht. Sie lecken an den Überresten des Tisches, an den Regalen, am Generator, der wie durch ein Wunder noch intakt zu sein scheint.

Der Generator.

Mit neuer Kraft schließe ich meine Faust um den Kristall. Plötzlich weiß ich genau, was ich zu tun habe, wenn ich noch irgendjemanden vor dieser Katastrophe bewahren will. Wenn ich Riley retten will. Ich habe nur eine einzige Chance.

Zitternd versuche ich aufzustehen. Es ist kaum noch etwas übrig von der alten Stärke meines Körpers, nur noch Schmerz und Blut und Schweiß, der mir in Bächen über die verbrannte Haut rinnt. Sobald ich mein linkes Bein belaste, knickt es unter mir weg, doch wenn ich mich auf mein rechtes konzentriere, kann ich stehen. Ich muss es bis zum Generator schaffen, koste es, was es wolle. Selbst wenn ich dafür kriechen muss.

Ich muss es einfach schaffen.

Rings um mich herum liegen die reglosen Körper der anderen Rebellen. Einige von ihnen stöhnen und versuchen, sich aufzusetzen, oder betasten benommen ihre Verletzungen. Kadiras Augen sind geschlossen, und sie blutet aus einer Wunde an der Stirn. Über ihren Beinen liegt Tiana mit dem Gesicht nach unten. Nilanhi kniet auf allen vieren und versucht mühsam, ihres Körpers wieder Herrin zu werden. Es ist ein furchtbarer Anblick.

Doch noch jemand richtet sich stöhnend wieder auf. Es ist Neon, deren Blick erst auf mich, dann auf mein Ziel fällt. Die Augen in ihrem rußbedeckten Gesicht weiten sich, und sie bleckt die Zähne zu einem wütenden Knurren. Blitzschnell springt sie auf die Füße. Offenbar hat die Explosion sie weniger schlimm erwischt als mich, obwohl Rileys Körper mich abgefangen hat. Hektisch sieht sie sich nach ihrer Waffe um, doch sie ist nicht da. Voller Zorn mustert sie erst mich und anschließend den Generator. Dann rennt sie los, um ihn zu zerstören.

Voller Angst setze ich ihr nach. Ich probiere zu rennen, doch mein verletztes Bein gibt unter mir nach und ich stürze zu Boden. Panisch versuche ich, wieder aufzustehen, doch es gelingt mir nicht. Tränen laufen über meine Wangen und hinterlassen brennende Spuren auf meiner Haut. Die Lage scheint aussichtslos.

Dabei muss ich es um jeden Preis vor ihr schaffen. Für Alpha. Für meine Eltern. Für Diana.

Für Riley.

Entschlossen umfasse ich mit der linken Hand den Kristall, so fest ich kann. Einem Impuls folgend strecke ich die rechte vor mir aus und schließe die Augen. Wie schon so oft taste ich nach dem elektrisierenden Kribbeln in meinem Bauch, das sich dieses Mal beängstigend schwach anfühlt. Instinktiv weiß ich, dass ich es nicht schaffen kann, in meinem Zustand diese Distanz mit nur einem einzigen Portal zu überbrücken. Es gibt nur eine einzige Lösung.

Aus, aus, ein. Ein, aus, aus.

Mit aller Macht treibe ich die Energie in meine ausgestreckte Handfläche, lasse die grünen Blitze meinen gesamten Arm umhüllen und eine leuchtende Scheibe bilden, die sich auftut und mich absorbiert, wenige Meter weiter vorn wieder ausspuckt und wieder einsaugt. Schon strecke ich den Arm wieder aus und lasse neue Blitze darüber tanzen. Ich springe von Portal zu Portal, quer durch den Raum, immer schneller und schneller, bis es nichts anderes mehr gibt als das Pulsieren des Adrenalins in meinen Adern und den Rausch der Portale. Nur am Rande nehme ich wahr, dass ich Neon einhole. Ihre Miene wandelt sich von einem verbissenen hin zu einem verzweifelten Ausdruck, als ihr klar wird, dass sie es vielleicht nicht schaffen wird.

Dann passiere ich das letzte Portal und stehe direkt vor dem leeren Generator. Mit letzter Kraft ramme ich den grünen Kristall in die dafür vorgesehene Halterung und taumele einen Schritt zurück. Ein grünes Leuchten geht über den Stein, er erzittert, leuchtet auf und – erlischt.

Das war es. Meine letzte Hoffnung. Vorbei.

Neon prallt von hinten in mich hinein und versucht, mich zu Fall zu bringen, während ich mich mit aller Macht an dem metallenen Kasten festklammere. Nilanhi steht dicht hinter Neon, legt die Hände um ihre Taille und versucht verbissen, sie von mir fortzuziehen und zur Vernunft zu bringen. Ihre Lippen bewegen sich, sie schreit Neon etwas ins Ohr, das ich nicht verstehe. Energisch rüttelt sie an Neons Schulter und will ihren Kopf zu sich herumdrehen, aber es gelingt ihr nicht. Schließlich nimmt sie Neons Gesicht in beide Hände und drückt die Lippen auf ihre Wange, doch Neon reagiert nicht. Verbissen zerrt sie an meinen Armen, um selbst an den Generator zu gelangen, den ich mich nicht traue loszulassen.

Plötzlich beginnt der Generator, lautstark zu flirren. Ein tiefes Summen dröhnt von der Spitze des Turms über die Wände bis hinab in seine Wurzel und lässt ihn bis auf die Grundfesten erzittern. Dann schleudert mich eine weitere Druckwelle nach hinten. Mein Körper schlittert über den Boden, Scherben schneiden in meine Haut. Reflexartig schlinge ich die Arme um meinen Kopf und mache mich so klein, wie es nur geht. Ich rechne fest damit, gleich mit einem heftigen Knall an die Wand oder – schlimmer noch – aus einem der jetzt leeren Fensterrahmen in die Tiefe zu fallen. Aber ebenso schnell, wie er gekommen ist, lässt der Druck wieder nach, und ich komme nur wenige Meter neben einem Eckpfeiler zum Stillstand. Keuchend bleibe ich liegen, rolle mich auf den Rücken und wende den Kopf nach rechts in Richtung der Fensteröffnung, während Ascheflocken auf mich herabregnen. Was ich dort sehe, lässt meinen Atem stocken.

Über mir schließt sich der Himmel, doch unter mir brennt Alpha.

Heiße orangerote Flammen verschlingen meine Heimat und breiten sich rasend schnell aus, schlagen um sich und machen vor nichts Halt. Menschen schreien und rufen aufgeregt durcheinander, versuchen zu fliehen und einander Schutz zu bieten. Wie klein sie von hier oben erscheinen, winzig und hilflos.

Doch ein lautes Geräusch neben mir lässt mich den Kopf zurück in die andere Richtung drehen. Es ist ein Schrei, der mein Herz zerreißt, noch bevor ich den Grund dafür realisiere.

Verschwommen erkenne ich Neon, die über einen leblosen Körper gebeugt ist. Es ist Nilanhi. Ihre sonst so ozeanblaue Haut wirkt unnatürlich blass, und ihr Zopf hat sich gelöst, sodass ihre langen Haare wie ein Kranz aus Wellen um ihren Kopf liegen. Blut sickert von ihrem Hinterkopf in ihre Haare. Vor lauter Entsetzen bleibt mir die Luft weg. Tränen laufen Neons Wangen hinab, während Krämpfe ihren Leib schütteln. Ihr Wehklagen erfüllt die vor Hitze wabernde Luft und geht mir durch Mark und Bein.

Ich möchte aufstehen, zu Neon hinübergehen und ihre Hand ergreifen, ihr sagen, dass alles wieder in Ordnung kommt – aber ich kann nicht. Mein Körper gehorcht mir nicht.

Ich weiß nicht, wie lange ich so daliege, bis Neon irgendwann die Hände unter Nilanhis Körper schiebt und sich mit ihr in den Armen erhebt. Schlaff hängen Nilanhis Kopf und Gliedmaßen an ihr herab, als Neon sie an sich drückt. Mit wackligen Schritten kommt Neon auf mich zu und sieht auf mich herab, während hinter ihr Schritte laut werden. Ihre Schultern beben, doch ihre gelben Augen sind klar, als sie mich über Nilanhis Brustkorb hinweg ansieht.

»Du hast gewonnen, Yashira«, sagt Neon. »Du hast gewonnen. Ich hoffe, du machst wahr, was du versprochen hast. Lass ihr Opfer nicht umsonst gewesen sein.«

Kraftlos blicke ich sie an. Zu gern würde ich ihr sagen, dass all das nicht vergebens war, doch es kommt kein Laut aus meiner Kehle. Ich versuche, das Versprechen in meine Augen zu legen, als

Neon sich zum Gehen wendet. Schmerzen pulsieren von meinem linken Bein hinauf in meinen Kopf. Die Welt entgleitet mir und verschwimmt, bis ich nichts anderes mehr wahrnehme als neue Security-Kräfte, die jetzt in den Raum stürmen, und flackernde Lichter über mir, die nach und nach zu einer dunklen Schwärze verschwimmen.

Epilog

Sechs Monate später

»Du kannst das, Yashira«, sage ich mir zum wiederholten Mal, während ich in der Aufwärmschleuse hektisch auf- und abgehe. »Das hast du früher so oft gemacht. Du gehst einfach da raus, winkst ein paar Leuten zu und läufst durch dieses dämliche Portal. Das ist nichts anderes als sonst. Du kannst das!«

Doch die Wahrheit ist, dass sich mir vor Angst der Magen umdreht.

Mit einem Seufzen lasse ich mich auf die schmale Holzbank unter dem alten *»Portal-Running-Championships Finale 2450«*-Poster mit meiner Silhouette sinken und stütze das Gesicht in die Hände. Dabei fällt mein Blick auf das Bein, welches nach der Explosion auf Omega nicht mehr zu retten gewesen war. Jetzt besteht es vom Kniegelenk abwärts aus einem metallenen Knochengerüst, das fest in meinem Oberschenkel verankert ist. Nur an den Seiten befinden sich zwei blaue Platten, die geformt sind wie menschliche Muskeln. Durch sie wird das Gewicht imitiert, das mein Bein an dieser Stelle hatte, damit ich keinen Unterschied in der Belastung spüre.

Es kommt mir vor, als wären Jahre vergangen seit meinem letzten Lauf.

Als ich die Hände auf die Bank lege, um mich frustriert wieder hochzudrücken, stoßen meine Finger gegen etwas Weiches. Mit einem leisen Rascheln fällt es zu Boden, und ich blicke an meinen Beinen hinab. Auf dem weißen Fliesenboden liegt ein kleines, nur notdürftig mit braunem Packpapier eingeschlagenes Päckchen.

Es klebt kein Zettel daran, keine Karte, nichts. Einer der Sicherheitsbeamten muss es mit einer Sondergenehmigung hier hineingebracht haben, bevor ich den Raum betreten habe.

Ich runzele die Stirn und bücke mich danach. Bereits bei meiner Berührung löst sich das Papier, und es kommt eine Pappschachtel zum Vorschein, die von leuchtend pinkem Garn zusammengehalten wird.

Sofort läuft mir ein Schauer den Rücken hinab, und mein Mund wird trocken. Hastig löse ich den Knoten und nehme den Deckel von der Schachtel. Das Erste, was ich sehe, ist ein knittriger Fetzen Papier, beschrieben mit nur einer einzigen kurzen Zeile.

Möge dein Feuer niemals erlöschen, Aschebringerin.

Darunter liegt ein schmales Armband, geknüpft aus dem gleichen Garn, mit dem auch die Schachtel verschnürt war. Ein dunkelblauer Faden zieht sich der Länge nach hindurch. Er hat den gleichen Blauton wie Nilanhis Haut.

Ich spüre, wie meine Augen brennen, noch bevor ich die Tränen in ihnen bemerke. Eilig wische ich sie fort, bevor sie mir über die Wangen laufen können. Ich weiß, dass es Neons Art ist, mir ihren Segen zu geben – aber auch, mich an die Opfer von Nilanhi und den anderen zu erinnern, eine stumme Mahnung, unsere Verluste nicht zu vergessen. Auch wenn Neon den Posten als Omegas Präsidentin abgelehnt und lieber für eine Weile untergetaucht ist, lassen ihr die Ereignisse bestimmt keine Ruhe.

Lass ihr Opfer nicht umsonst gewesen sein, sagte sie damals. Das Echo dieser Worte begleitet mich noch immer in meinen Träumen, lodert gemeinsam mit dem Feuer über meine Haut und lässt mich regelmäßig aus dem Schlaf hochfahren.

Mit einem Ruck balle ich die Hände zu Fäusten und stehe auf. Nein, es wird ganz sicher nicht umsonst gewesen sein. Ich glaube fest daran, dass mein Sport die Völker wieder zusammenführen kann, wenn er erst einmal den Schrecken verloren hat, den Alpha ihm eingeflößt hat. Und genau deshalb muss ich mich heute draußen zeigen, stark und ungebrochen und nicht wie das kleine, eingeschüchterte Mädchen, das ich vor wenigen Monaten noch war.

Also binde ich das Armband zu den anderen an meinem Handgelenk, direkt neben Kenneths, und bringe mich vor der Schleusentür in Position. Ich weiß, ich bin nicht allein. So viele andere sind bei mir, auch wenn ich sie nicht alle sehen kann. Ich bewahre sie in meinem Herzen, direkt neben der neuen Stärke, die ich gefunden habe.

Ich atme noch einmal tief durch, bevor das Tor sich öffnet und ich das Stadion betrete. Aus Tausenden Kehlen schlägt mir lauter Jubel entgegen und treibt mir die Röte in die Wangen. Verunsichert blicke ich mich um und entdecke den vertrauten Anblick riesiger Zeigefingerhandschuhe und bunter Plakate in der Zuschauermenge. Erst jetzt fällt mir auf, wie sehr ich das vermisst habe.

»Peinlich, oder?«, murmelt Riley und tritt plötzlich hinter mich. Er deutet auf ein Plakat schräg rechts von uns. Darauf steht in einem leuchtenden Grünton *»YAshira + RILey«* geschrieben und darunter etwas Unleserliches, das ich von hier aus nicht entziffern kann.

Ich fühle meine Wangen noch röter werden. Die Zuschauer scheinen uns als Pärchen sehen zu wollen, aber ich weiß nicht, ob ich dafür schon bereit bin.

»Ja, schon«, erwidere ich.

»Ich habe gehört, sie haben das kristalline Element von Omega nach uns beiden benannt. *Yaril …*«, flüstert Riley verlegen.

Erstaunt hebe ich den Kopf und sehe gerade noch, wie auch sein Gesicht sich einige Nuancen dunkler färbt, bevor er den Blick senkt.

»Oh … wie nett«, sage ich lahm.

Ich weiß nicht recht, wie ich darauf reagieren soll. Mehr denn je schiebt sich eine unsichtbare Mauer zwischen uns, doch sie fühlt sich anders an als früher. Nicht mehr so unüberwindbar, sondern eher rissig und porös, als würde es nur einen winzigen Stoß benötigen, um sie einzureißen.

Pflichtbewusst – und um einen Vorwand zu haben, nicht darüber sprechen zu müssen – wende ich mich nach links und folge den anderen Athleten, die eben aus der Schleuse getreten sind, auf den traditionellen Ehrenrundgang rings um die Tartanbahn des Stadions. Einige von ihnen sind altbekannte Gesichter – Ryan, Linos, Tone, Victoria, Syrah –, aber ich entdecke auch neue unter ihnen. Nelah, eine zierliche Iotanerin, Silas vom Mond Rho und die Deltianerin Jeeta sehen aufgeregt hin und her und streichen sich immer wieder nervös über die Arme. Es freut mich, dass sie dabei sind. Die neue interplanetare Regierung hat lange debattiert, bevor sie beschlossen hat, das Portallaufen fortzuführen. Statt Batterien zu sammeln, sollen nun mit dem Locator Strichcodes gescannt werden, um Punkte zu erlangen.

Je weiter wir uns von den Aufwärmschleusen entfernen, desto wohler und sicherer fühle ich mich in meiner Haut. Diese Art der Anspannung ist mir bekannt. Doch nach nur wenigen Schritten bemerke ich, wie die Leute die Köpfe zusammenstecken, auf mich zeigen und zu tuscheln beginnen. Erst glaube ich, es läge daran, dass sie mich, die Aschebringerin, jetzt mit anderen Augen sehen. Dann jedoch folge ich ihren Blicken hinab zu meiner Prothese, an welcher sie kleben wie Motten am Licht. Unbehaglich ziehe ich an meinen Shorts, als könnte ich den Stoff so dazu bringen, sich in die Länge zu ziehen und mein Bein zu bedecken. Da legt sich plötzlich eine warme Hand auf meine, sanft, aber bestimmt.

Riley.

»Wenn du es dir anders überlegt hast, lass es mich wissen. Dann helfe ich dir sofort hier raus und halte dir die Presse vom Leib. Ich bin da.«

Nervös beiße ich mir auf die Lippe und sehe zwischen dem Publikum und meinem Bein hin und her. Ich bin ihm dankbar für das Sicherheitsnetz, das er mir anbietet. Doch jetzt ist nicht der Moment, ihm das zu sagen. Stattdessen straffe ich die Schultern, blinzele ihm zu und recke stolz das Kinn. Während der gesamten restlichen Stadionrunde lasse ich Rileys Hand nicht los. Er gibt mir mehr denn je die Kraft, ich selbst zu sein. Es fühlt sich richtig an.

Als wir jedoch wieder auf der langen Geraden ankommen, an der sich die Tore der Aufwärmschleusen befinden, tritt mir eine hochgewachsene Gestalt in den Weg, und Rileys Hand entgleitet mir. Die dunklen Haare wehen in der leichten Brise, und das hellblaue Shirt schlottert wie immer um den schmalen Körper. Dunkle Schatten liegen unter den eisblauen Augen, und die Wangen wirken merkwürdig eingefallen. Doch das blitzende Zahnpastalächeln, das sich jetzt auf dem länglichen Gesicht ausbreitet, würde ich überall wiedererkennen.

»Yashira!«, ruft Liam und breitet die Arme aus.

Augenblicklich dreht sich mir der Magen um, und der bittere Geschmack von Galle breitet sich in meinem Mund aus. Ohne es zu wollen, weiche ich ein paar Schritte zurück. Tränen sammeln sich in meinen Augen, und das Herz hämmert mit einer Panik gegen meine Rippen, dass ich befürchte, es wird jede Sekunde an ihnen zerschellen. Diesen Moment habe ich so lange gefürchtet.

Ich will das nicht. Ich will ihn nicht sehen, nicht hier, nicht jetzt. Nicht nach allem, was er mir angetan hat, und nach dem, was ich durchgemacht habe. Nicht nachdem ich beschlossen habe, einen Neuanfang zu wagen. Meine Knie zittern, und meine Unterlippe beginnt zu beben, während ich die schweißnassen Hände an meinen Shorts abwische.

Ich will das nicht.

Und doch kommt Liam immer weiter auf mich zu wie ein alter Freund. Mit einer Selbstverständlichkeit, als wäre nie etwas gewesen, zieht er mich in eine Umarmung. Der moschusartige Geruch seines Parfums beißt mir in der Nase, und ich brauche einen Moment, bevor ich reagieren und ihn von mir wegschieben kann.

»Was ist denn los?«, fragt er erstaunt. »Erkennst du mich denn nicht mehr?

»O doch, Liam«, höre ich mich sagen. Meine Stimme ist schwer von Bitterkeit. »Wie könnte ich dich vergessen?« Ich mache einen kleinen Schritt zurück, doch ich hüte mich davor, mich an Riley zu drücken. Das hier muss ich allein regeln.

Am liebsten würde ich die Hände an den Kopf heben und sie mit aller Macht auf meine Schläfen pressen, um die Gedanken zum Schweigen zu bringen, doch die Genugtuung dieses Anblicks will ich Liam nicht geben. Stattdessen entschlüpft mir eine einzige alles entscheidende Frage, zu schnell, um sie zurückzuhalten: »Warum?«

Irritiert legt Liam den Kopf schief. »Warum was?«

Ich weiche seinem Blick aus und betrachte meine Schuhe. »Warum hast du mich hängen lassen und aus dem Team geworfen? Ich dachte, du glaubst an mich.«

Ich kann fühlen, wie Rileys Körper sich neben mir anspannt, während die anderen Athleten ringsum noch ihre letzten Dehnübungen vor dem Start vollführen. Ich bin mir sicher, dass er sofort einschreiten wird, sobald ich ihm ein Zeichen gebe, aber er ist klug genug, es nicht von selbst zu tun. Liam jedoch bricht bloß in ein gekünsteltes Lachen aus und winkt in eine der Kameras, die unser Wiedersehen für die neugierigen Massen einfangen. Als hätte ich gerade nichts weiter als einen schlechten Scherz gemacht, wischt er meine Worte mit einem Schlenker seiner Hand einfach zur Seite.

»Ach, das wirst du mir doch nachsehen, oder?« Als ich nicht antworte, fährt er fort: »Was hätte ich denn tun sollen? Das Gericht hat dich gesperrt, nicht ich. Dir wurde die Erlaubnis zum Starten entzogen. Du musst doch verstehen, dass ich mich dann erst mal um die anderen Athleten kümmern musste.«

»Du hättest mich weitertrainieren können, bis ich wieder hätte laufen dürfen. Du warst schließlich mein Trainer.« Ich balle die Hand zur Faust. »Du hättest hinter mir stehen müssen.«

»Aber das tue ich doch! Ich stehe hier vor dir, um dich bei deinem Lauf zu unterstützen wie früher. Also ist doch alles gut!«

Ich schnaube verächtlich und hebe den Blick. Zornig sehe ich ihm geradewegs in die Augen. Sie sind berechnend und kalt wie Eis, aber mich werden sie nicht mehr lähmen. Nie wieder.

»Nichts ist gut. Und du bist auch nicht mehr mein Trainer! Nie mehr«, zische ich.

Liam hebt eine perfekt gezupfte Augenbraue. »Yashira, sei doch nicht albern. Du brauchst mich, und das weißt du. Willst du ernsthaft zulassen, dass dieses kleine Missverständnis zwischen uns deine Karriere zerstört? Sei doch vernünftig, Kind. Ohne mich bist du doch ein Nichts. Du würdest schneller von der Bildfläche verschwinden, als du aus deiner Versenkung wieder aufgestiegen bist.«

Wütend starre ich ihn an. Noch immer schlägt mir das Herz bis zum Hals, doch es ist, als würde es mit jedem Schlag ein wenig mehr von dem Knoten lösen, der dort seit meiner Suspendierung gewachsen ist. Je länger ich Liam ansehe, desto mehr verraucht mein Zorn auf ihn und weicht einer merkwürdigen inneren Ruhe. Der Ruhe vor dem Sturm.

»Nein, Liam«, sage ich und schüttele den Kopf. »Du bist es, der mich braucht. Nicht andersrum.«

»Sei keine Närrin! Ohne mich hast du keine Chance«, zischt Liam. »Ich habe dafür gesorgt, dass du groß geworden bist. Tag und Nacht habe ich dafür geschuftet, dass du dort ankommst, wo du jetzt stehst. Das ist mein Verdienst. Wirf das nicht einfach so weg wegen eines dahergelaufenen Jungen!«

Er macht eine abfällige Geste in Rileys Richtung, sodass ich mir redlich Mühe geben muss, meine Wut im Zaum zu halten.

Lass ihr Opfer nicht umsonst gewesen sein. Neon hätte gewollt, dass ich mich ihm stelle und mich auf meine eigene Stärke besinne. Vielleicht hat sie mir das Päckchen aus genau diesem Grund geschickt – aus Freundschaft.

Ein leises Lachen kommt über meine Lippen, als ich jetzt wieder in Liams Gesicht blicke. Ich denke an die Nacht in der Höhle, an den befreienden Schrei unter Wasser. Und mit einem Mal weiß ich, was ich sagen muss.

»Es tut mir leid, Liam, aber in Zukunft wirst du bei deinen Wetten wohl auf jemand anderen setzen müssen. Denn ich werde nicht länger dein Schoßhündchen sein, das nach deiner Pfeife tanzt, wenn es dir gerade einmal in den Kram passt.« Sprachlos starrt er mich an. »Und jetzt entschuldige mich, ich muss mich auf einen Lauf konzentrieren«, sage ich, greife mit einer übertriebenen Geste nach Rileys Hand und gehe gemeinsam mit ihm an Liam vorbei auf das mir zugeteilte Portal zu.

»Verdammt, Yashira!«, ruft er mir hinterher. »Du hast keine Ahnung, was du gerade tust. Sei nicht so dumm und wirf alles weg, nur weil du einen kleinen Ausflug auf die Monde untern…«

Weiter kommt er nicht, denn Riley, der die ganze Zeit wie ein Schatten neben mir stand, wirbelt auf dem Absatz zu ihm herum, ohne meine Hand loszulassen. Er baut sich zu seiner vollen Größe auf, sodass er ein paar Zentimeter größer ist als Liam, und starrt auf ihn hinab. Seine Kiefermuskeln zucken, wie immer, wenn er zornig ist. »Sie hat gesagt, du sollst sie in Ruhe lassen.«

Liam starrt ihn nur an, eingeschüchtert von der Wut in seinem Blick. »Schön«, zischt er schließlich. »Aber bildet euch ja nicht ein, dass ich je wieder etwas für sie tun werde. Ihre Karriere ist zu Ende. Merkt euch meine Worte. Ohne mich ist sie ein Nichts.«

Riley, der sich eben schon zum Gehen gewendet hat, wirft ihm einen Blick über seine Schulter hinweg zu. »Weißt du was, Liam?«, sagt er. »Fahr zur Hölle.«

»Das war der Wahnsinn!«, murmele ich Riley zu, als er zu mir aufschließt.

»Nicht der Rede wert«, brummt er verlegen.

»Ich finde schon. Er hat ganz schön doof aus der Wäsche geguckt.«

Riley zuckt die Achseln. »Wie immer. Wenn du mich fragst: Wer dich so behandelt, ist mehr als nur doof.«

Unsere Blicke treffen sich, und die Luft zwischen uns knistert, als hätte er Funken auf seinen Fingerspitzen entzündet und zöge sie hindurch. Sein Gesichtsausdruck wird weich, und er sieht aus, als würde er mit den Worten in seinem Kopf kämpfen.

»Hör zu«, murmelt er schließlich und schlägt die Augen nieder. »Auch ich habe mich blöd benommen. Ich hätte damals von Anfang an mit dir drüber reden sollen, was Neon geplant hat, aber … ich war einfach nur dämlich.«

»Ziemlich«, sage ich und verschränke die Arme vor der Brust.

Er schenkt mir ein gequältes Lächeln. »Das hätte jetzt eigentlich der Moment sein sollen, indem du mir verzeihst, die Arme um meinen Hals schlingst und rufst: ›Oh Riley, du bist doch gar nicht blöd!‹«

»Meine Stimme klingt nicht einmal halb so hoch!«, protestiere ich, bevor ich wieder ernst werde. »Na ja, ich … ich war ja auch nicht gerade einfach.«

»Stimmt«, erwidert er und gestattet sich ein neckisches Grinsen.

In gespielter Empörung boxe ich gegen seine Schulter.

»Also … sind wir quitt?«, fragt er vorsichtig.

»Das hättest du wohl gern!«, gebe ich zurück. »Aber das mit den Armen kannst du haben.«

Ich mache einen Schritt auf ihn zu und vergrabe die Hände in dem Haar in seinem Nacken. Es fühlt sich viel weicher an, seit wir wieder zurück auf Alpha sind. Mein Atem stockt, als mir der fruchtige Menthol-Duft seines Duschgels in die Nase steigt und sich mit dem Geruch der Sonne auf seiner Haut vermischt. Fast so wie damals in der Wüste. Ich gestatte es mir, einen Moment lang mein Gesicht in der Kuhle an seinem Hals zu vergraben und die Geborgenheit zu genießen, die seine Umarmung mir spendet. Für einen Augenblick gibt es keinen Wettkampf, kein Publikum und keine Kameras, sondern nur ihn und mich, eng umschlungen inmitten des überfüllten Stadions.

Dann löse ich mich von ihm und stelle mich auf Zehenspitzen, um ihm in die Augen sehen zu können. Sie schillern in allen erdenklichen Blautönen und scheinen vor Elektrizität geradezu zu summen. Eine zärtliche Wärme liegt in ihnen, während er mich ansieht. Nicht zum ersten Mal kommt es mir vor, als bildeten sie ein Portal in sein Innerstes, das nur für mich bestimmt ist. Rileys Hände liegen warm auf meiner Taille und weigern sich, mich gehen zu lassen. Allmählich werden meine Knie weich, aber ich gebe mir Mühe, es vor ihm zu verbergen.

»Ash«, wispert er dicht an meinem Gesicht.

Der Atemstrom, der dabei über meine Wangen streicht, weckt

Erinnerungen an die Küsse, die wir getauscht haben – Zärtlichkeiten voller Verzweiflung, Sehnsucht und Wut. Aber auch voller Wahrheit.

Plötzlich neigt er den Kopf, sein Gesicht nähert sich meinem, und mein Herz beginnt, aufgeregt zu flattern. Doch nur Millimeter, bevor sich unsere Lippen berühren, senke ich das Kinn, sodass nur noch unsere Stirnen und Nasen aneinanderliegen.

»Riley«, flüstere ich. »Du glaubst doch wohl nicht, dass ich es dir so leicht mache, oder?«

Seine Augen weiten sich und hastig versucht er, sein Kinn vorzuschieben und mich zu küssen, aber ich bin schneller. Ich lege zwei Finger auf seine Lippen, halte ihn zurück und schüttele in gespieltem Ernst den Kopf.

»Was soll das?«, nuschelt Riley an meinen Fingern.

»Na ja«, antworte ich. »Für jemanden, der sich – wie du selbst sagtest – danebenbenommen hat, bist du ganz schön voreilig.«

»Ich dachte, wir wären quitt!«, beschwert er sich.

»Nö«, grinse ich. »Das musst du dir schon verdienen.«

»Ach ja? Und wie?«

Ich schiele hinüber zu den Portalen, an dessen Rahmen die Countdown-Monitore jeden Moment zu ticken beginnen werden. »Na ja, zuallererst könntest du gegen mich laufen.«

Er hebt eine Augenbraue. »Und was soll dir eine Niederlage beweisen?«

Jetzt ist es an mir, die Augenbrauen zu heben. »Du glaubst du doch wohl selbst nicht, dass ich gegen *dich* verliere!«

»Legst du es etwa drauf an?«

»Gut, dann machen wir eine Wette draus!«, bestimme ich, löse mich von ihm und wende mich meinem Portal zu. »Wer zuletzt durchs Ziel kommt, bezahlt heute Abend das Essen.«

»Und was ist mit meinem Kuss?«

»Das sehen wir dann«, rufe ich ihm über meine Schulter hinweg zu und drehe dann eilig den Kopf nach vorn, damit er mein breites Grinsen nicht sieht.

Aus, aus, ein. Ein, aus, aus.

Ohne darüber nachzudenken, verfalle ich in meine übliche Atemroutine, lehne den Oberkörper vor und verlagere mein Gewicht auf die Fußballen. Das nervöse Kribbeln aus meinem Bauch breitet sich in meinen Armen und Beinen aus, bis auch die letzte Faser meines Körpers von Adrenalin erfüllt ist. Das grüne Portal vor mir knistert erwartungsvoll. Obwohl es nicht meinen eigenen Fingern entstammt, ist es trotzdem ein Teil von mir. Jede Zelle meines Körpers ist erfüllt von seinem Summen, das ich tief in mir spüre, als hätte ich es selbst heraufbeschworen.

Noch 30 Sekunden.

Ich lasse meinen Blick über das Publikum schweifen. In der ersten Reihe gegenüber von mir erkenne ich meine Mutter, nicht zu verfehlen mit den flammend roten Haaren, und meinen Vater. Schüchtern winken sie mir zu. Neben ihnen steht Diana und reckt beide Daumen in die Höhe. In diesem Moment sieht sie unfassbar stolz aus.

Noch 20 Sekunden.

Gewissenhaft überprüfe ich meinen Stand und kauere mich in eine tiefere Startposition. Die Muskeln sind angespannt, bereit, bei der kleinsten Regung um mich herum loszusprinten. Die Prothese sitzt gut und fest an meinem Bein, ich spüre sie kaum. Die Ungeduld, die in meinen Muskeln pulsiert, ist kaum auszuhalten. Jeder meiner Sinne ist geschärft wie der eines Geparden, der nach langer Zeit das erste Mal wieder auf die Jagd geht. Die Anspannung um mich herum ist beinahe physisch greifbar und überträgt sich direkt auf meinen Körper. Statt mich wie früher davor zu verschließen, reiße ich die Augen weit auf und stelle mir vor, dass ich sie über die Poren meiner Haut in mich aufsauge. Ich bin bereit.

Noch 10 Sekunden.

Meine Augen huschen hinüber zu Riley, der rechts neben mir sein eigenes Portal fixiert. Jetzt löst sich sein Blick davon und trifft meinen, Blau gegen Grün, Portal gegen Portal. Mein Herz setzt einen Schlag lang aus und beginnt danach, einen neuen Rhythmus zu trommeln. Ein Lächeln umspielt meine Mundwinkel. Ich werde nicht gegen ihn verlieren, koste es, was es wolle.

Null.

Der Startschuss ertönt, und ich drücke meine Ballen fest in den Boden. Mit jedem meiner Schritte stoße ich mich kraftvoller nach vorn. Die Geschwindigkeit ist wie ein Rausch in meinen Ohren, der mich alles andere vergessen lässt. Ich höre den hektischen Atem der anderen Läufer, doch mein eigener geht ruhig und gleichmäßig, während meine Muskeln und Sehnen sich in ihrem altbewährten Spiel ausdehnen und wieder zusammenziehen. Ich erreiche das Portal als Erste, eine Nasenlänge vor Riley, strecke die Hand danach aus und lasse mich in das grüne Leuchten hineinfallen.

Es empfängt mich wie eine lang vermisste Freundin. Grüne Blitze zucken um mich herum, elektrisieren jeden meiner Sinne und reißen mich mit sich fort, um mich in eine andere Welt dahinter zu teleportieren. Ein zufriedenes Lächeln breitet sich auf meinem Gesicht aus.

Denn ich bin Yashira Willow, die Aschebringerin.

Anhang

Auszug aus dem Regelwerk des *Interplanetaren Bunds für Portal-Running* (IBPR)

Über das Portal-Running

Beim *Portal-Running* holen die Läufer*innen Batterien mit planetarer Energie von den umliegenden Monden, mit deren Hilfe die Atmosphäre des Planeten Alpha aufrechterhalten wird. Diese befinden sich in mobilen Generatoren, die über die Oberfläche der jeweiligen Monde verstreut sind. Nach dem Passieren des Portals haben die Athlet*innen eine Stunde Zeit, um so viele Batterien aus den Generatoren zu sammeln wie möglich. Anhand der Ausbeute werden der Punktestand und die Gewinner*innen ermittelt.

Die wichtigsten Regeln

1. Es ist den Athlet*innen strengstens untersagt, andere Gegenstände als die vom IBPR in genormten Generatoren verstauten Batterien mitzubringen oder von Alpha mitgeführte Gegenstände zurückzulassen. Jeglicher Verstoß wird mit einer Freiheitsstrafe und lebenslanger Sperre vergolten.

2. Sobald ein Generator geleert wurde, muss er umgehend mit leeren Batterien zur Wiederaufladung befüllt werden.

3. Die Athlet*innen dürfen sowohl im Stadion als auch auf den Monden ausschließlich die vom IBPR vorgeschriebene Ausrüstung mit sich führen. Dazu gehören Trikots, ein Locator, ein Sauerstoff-

gerät sowie eine Trinkflasche. Zusätzlich werden sie durch eine Kameradrohne begleitet. Diese darf unter keinen Umständen zurückgelassen werden.

4. Die Läufer*innen müssen sich binnen einer Stunde wieder am Portal einfinden. Andernfalls kann aufgrund der Instabilität der Energie ein Zurückkommen nicht garantiert werden.

Glossar

Alpha
Künstlich erschaffener Planet, auf den die Menschen flohen, als die Erde durch einen Asteroidenschauer zerstört wurde. Zur Aufrechterhaltung der Atmosphäre wird planetare Energie benötigt, die von den umliegenden Monden geholt werden muss. Alpha ist der einziger Planet dieses Sonnensystems, der vor kosmischer Strahlung ausreichend geschützt ist.

Bekannte Bewohner: Yashira Willow, Riley Chase, Diana Rosslyn, Liam Ascott

Beta
Erhält wenig Sonnenlicht, hat dafür dauerhaft hohe Temperaturen von bis zu 45 Grad Celsius und zahlreiche heiße Quellen. Aufgrund dieser Umstände sind die Hautschichten der Bewohner stark verdünnt, sodass das Rot darunter hindurchschimmert.

Gamma
Vorwiegend von Sukkulenten besiedelter Mond, auf dem es aufgrund seiner Position zur Sonne maximal drei Stunden in der Nacht dunkel wird. Da sich wegen des trockenen Klimas der Ackerbau als schwierig erweist, leben die Menschen vorrangig von tierischen Produkten und trinken die für andere Menschen giftige Flüssigkeit bestimmter Pflanzen.
Bekannte Bewohner: Andrina, Kiana

Delta

Epsilon

Dicht mit dunklen Waldgebieten übersät, nur knapp 17 Prozent Sauerstoffgehalt und hohe Luftfeuchtigkeit. Die Bewohner weisen erweiterte gelbliche Iriden sowie vergrößerte Lungenflügel auf.

Zeta

Eta

Theta

Der Mond weist hauptsächlich karge und ebene Steppenlandschaft auf, wenig Vegetation und heißes Klima. Die Haut der Bewohner trägt verhärtete Partikel an der Oberfläche, die sie transparent erscheinen lassen und einen Farbwechsel gemäß der Umgebungsfarbe ermöglichen. Die Atmosphäre ist relativ sauerstoffarm, weshalb die Menschen Lungen mit mehreren Luftsäcken ausgebildet haben, die eine intensivere Sauerstoffversorgung des Blutes ermöglichen.

Bekannte Bewohner: Kenneth, Tiana

Iota

Zu 86 Prozent von Wasser bedeckt, extrem hohe Luftfeuchtigkeit. Die Bewohner leben wegen der wenigen Landflächen überwiegend in Korallenhöhlen weit unter der Wasseroberfläche, die durch Schleusen und Filtersysteme trocken gelegt wurden. Zusätzlich weisen sie eine blaue von Schuppen besetzte Haut auf, die das spärliche Sonnenlicht absorbiert, wasserabweisend ist sowie eine effektive Tarnung vor Raubfischen beim Schwimmen ermöglicht. Am Hals besitzen die Menschen kleine Kiemen, die sie bei der Atmung unterstützen.

Bekannte Bewohner: Nilanhi, Jeevan, Amrel

Kappa

Vorwiegend von Gebirgslandschaft überzogener Mond mit erhöhtem Stickstoffgehalt von 83 Prozent in der Luft. Die Bewohner weisen vergrößerte rote Blutkörperchen sowie ein drastisch vergrößertes Lungenvolumen auf und neigen besonders häufig zu Zwillingsgeburten.

Lambda
Völlig von Schnee und Eis bedeckt, häufige Schneestürme, extrem kaltes Klima. Die Menschen dort haben eine sehr helle Haut zur verbesserten Aufnahme der Sonnenstrahlen und als Tarnung.

Bekannter Bewohner: Jarek

My

Ny

Xi
Wird wegen der häufigen Schnee- und Eisregenstürme oft auch als »Eiswüstenmond« bezeichnet. Die Bewohner weisen am gesamten Körper sehr starke Behaarung auf, um sich bei den eisigen Temperaturen warm halten zu können.

Bekannter Bewohner: Fionn

Omikron
Mond, der im Schatten zweier anderer steht und somit nur zwei Stunden Sonnenlicht pro Tag abbekommt. Die Bewohner zeichnen sich insbesondere durch ihre helle Haut und milchig weiße Augen aus. Zusätzlich verfügen sie über eine Art Echolotfähigkeit.

Bekannter Bewohner: Cedric

Pi

Rho
Vornehmlich von Sumpflandschaft bedeckt, feuchtwarmes Klima, große Artenvielfalt in Flora und Fauna, vor allem Insekten betreffend. Zum Schutz vor der Witterung und den zahlreichen Stechmücken ist die Haut der Menschen sumpfbraun und ledrig.

Sigma

Tau

Ypsilon

Phi

Chi

Psi

Omega
Bis auf einige Gebirge komplett von Sandwüste bedeckter Mond, extrem heißes und trockenes Klima. Als Anpassung an diese widrigen Bedingungen weisen die dort lebenden Menschen einen nachtschwarzen Hautton auf. Da ihr Blut aufgrund der erhöhten körperlichen Belastung und der Höhenlagen mehr rote Blutkörperchen in sich trägt, ist es ungewöhnlich hell und das Kapillarnetz dichter, sodass die einzelnen Adern sich sichtbar über die Oberfläche ihrer Haut erstrecken. Besonders auffallend sind auch die Augen der Wüstenmondbewohner: Sie verfügen über ein zweites Paar transparenter Lider zum Schutz gegen den Sand sowie über gelbliche schlangenhafte Iriden.

Bekannte Bewohner: Neon, Cole, Kadira, James

Danksagung

Nach so ziemlich jeder Geschichte, die in den Weiten der Bücherwelt zu finden ist, steht eine Hommage an diejenigen, die die Autorinnen und Autoren auf ihrem Weg begleitet haben. Tatsächlich gehöre ich zu den Menschen, die sie stets in Gänze lesen und sich fragen, wer diese großartigen Alltagsheldinnen und -helden wohl sein mögen. Lange habe ich davon geträumt, und endlich darf ich selbst ein paar meiner eigenen Heldinnen und Helden benennen, die mich auf meinem Weg zum Debüt begleitet haben.

Zuallererst möchte ich dem gesamten Team des Piper Verlags danken, das Yashira und Riley einen Platz in ihrer großen Bücher-Arena eingeräumt hat. Danke vor allem an Christiane Bauer und Julia Feldbaum, die mit ihren geübten Augen dem Roman den Feinschliff verpasst haben.

Julia Niederstraßer – wir kennen uns gerade mal eineinhalb Jahre, aber es kommt mir vor, als wäre es ein Leben lang. Du bist stets die Erste, die da ist – sei es mitten im kreativen Schreibwahnsinn oder bei dem ganz persönlichen Chaos hinter den Kulissen. Du hast schon so manchen Tag gerettet.

Dagny Giel – deine Mut machenden Worte begleiten einen wie Schokolade durch jede Zeit. Glücklich, warm, geborgen und immer da.

Ayla Dade – ich erinnere mich noch gut daran, wie begeistert du mich nach Beendigung des Wettbewerbs angeschrieben und an mich und mein Projekt geglaubt hast. Du stehst mir stets mit Rat und Tat zur Seite, und ich möchte dich in meinem Leben nicht mehr missen.

Emily Bähr – dir habe ich nicht nur dieses wundervolle Cover zu verdanken, von dem Yashira mir entgegenblickt, wann immer ich es ansehe. Auch meine Charaktere verdanken dir ein Stück weit Leben. Ich bin unheimlich froh, dass wir uns kennengelernt haben.

Artemisé Fedi – selten war Testlesen so lustig wie gemeinsam mit dir. Ich danke dir für dein Vertrauen in mich und die Geschichte, für all die Liebe, mit der du dich zwischen den Zeilen verloren und mich immer wieder ermutigt hast.

Natürlich möchte ich auch meine Familie und besonders meine Eltern nicht außen vor lassen. Auch wenn ihr meine Leidenschaft nicht immer versteht, schenkt ihr mir die Freiheit, ihr nachzugehen. Egal, wie viele Abzweigungen ich inzwischen schon nehmen wollte oder musste.

Allen voran danke ich dir, Tobi, dass du mich aufgefangen und ein Stück weit getragen hast, bis ich selbst wieder laufen konnte und den Mut gefunden habe, darüber zu schreiben.

Ich würde gern noch sehr viel mehr Menschen in aller Ausführlichkeit danken, wenn das nicht vollends den Rahmen sprengen würde. Deshalb seien unbedingt noch die erwähnt, die ich im Laufe des letzten Jahres durch das Schreiben kennenlernen durfte. Dank euch waren die schönen Tage noch sonniger und die schlechten ein Stück leichter: Michelle Pitson, Marie Döling, Leni Wambach, Eve R. Vogel, Emmi Koschke, Sarah Nierwitzki und noch viele mehr.

Und vor allem danke ich dir. Dafür, dass du diesem Buch eine Chance und Yashira und Riley vielleicht sogar ein Zuhause gegeben hast. Halte an deinen Träumen fest, selbst wenn alles unmöglich scheint. Wenn ein Portal sich schließt, steht ein anderes bereits offen für dich. Du musst es nur finden.